06
AUTHOR. wo oon
ILLUST. 阿蟬蟬
重生使用說明書
REGRESSOR INSTRUCTION MANUAL

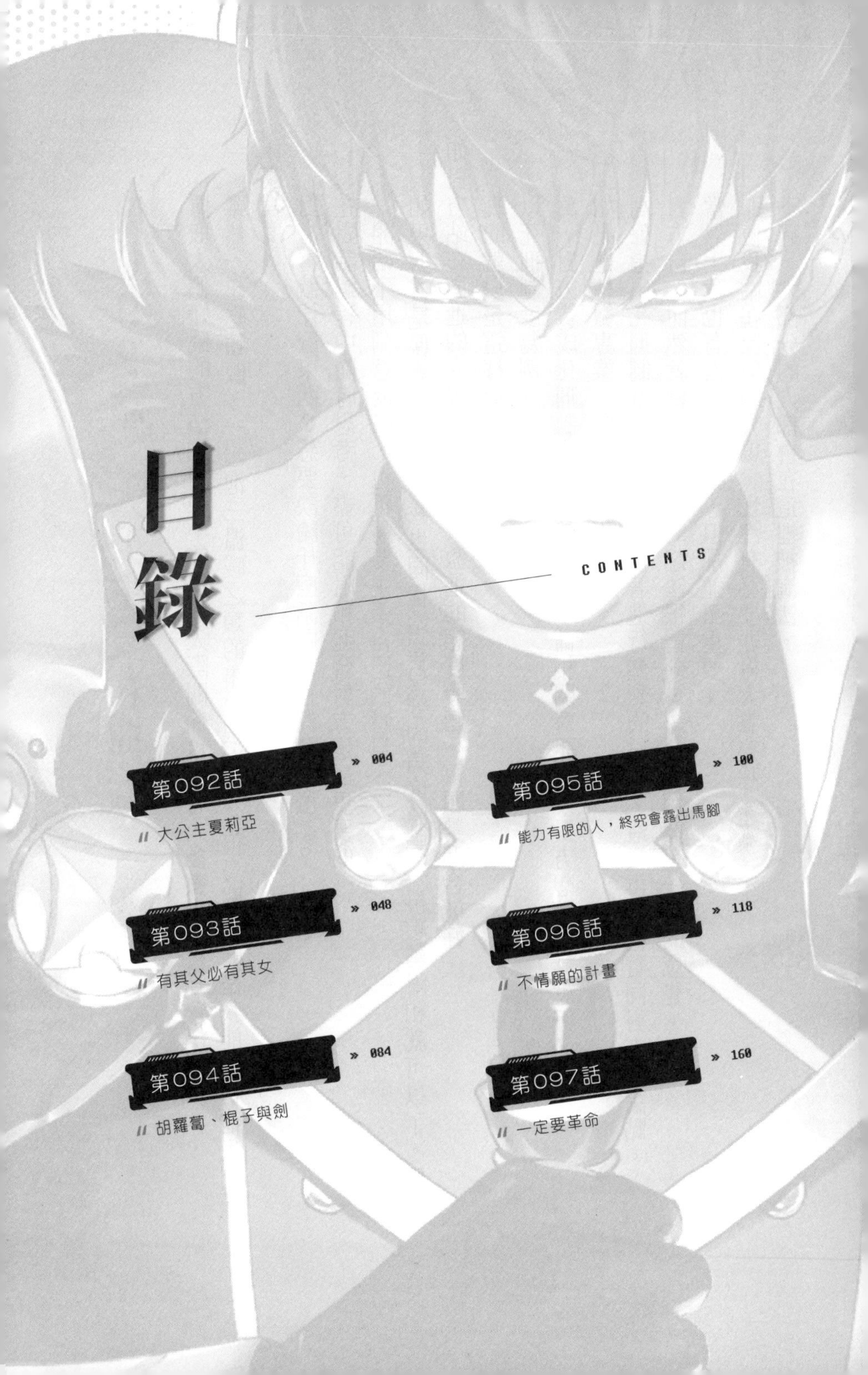

目錄

CONTENTS

第092話　大公主夏莉亞

博取人們好感的方法比想像中簡單，人際關係也沒有大多數人想得那樣困難。

雖然一起吃頓飯、一起泡三溫暖之類的事也很有效，但最關鍵的是我能迎合他人到什麼程度。

對方喜歡什麼東西？想要談論什麼話題？喜歡聽什麼話？

在對話過程中隨時思考，盡可能附和迎合對方是最重要的。

一開始不用刻意反駁，也不需要主張自己的意見。

如果對方是保守的類型，我也同樣站在保守的角度聆聽，再順勢附和就可以了。假如對方站在激進的立場，那就採取激進的態度聆聽，再順勢迎合就好。

真的就只是這樣而已。

以死刑制度為例的話，更是如此。

萬一對方贊成死刑制度，那就只需準備相關資訊以及對方想聽的話就好。

如果是稍微專業一點的內容更好。

高聲指出死刑制度的必要性，接著進行熱烈的討論，最後再積極贊同對方的論點。

對方自然而然就會覺得雙方的想法很雷同，認為我們擁有一樣的感覺。

當然，我也有自己的主張，但那並不重要。

即便我站在反對的立場，也沒有必要非得大聲疾呼。

不過，大部分的人都會在這裡被淘汰。

因為很多人會因此惱怒，或乾脆中斷彼此的對話。

假如想將自己的主張傳遞給對方，就不應該當場發怒，而是必須拖延一點時間。

當對方認知到彼此是相當契合的朋友，是具有相似立場的同類，從這一瞬間開始，只要一點點、一點點逐步補上自己的意見就能讓對方聽進去了。

就像泡在溫水裡的青蛙，水逐漸沸騰了也不會想跳出去。

這就是將他人轉變成友軍的方法，也是奸臣操控當權者的手段。

我對巴傑爾樞機主教長期使用的手法正是如此。

和他一起打發時間、不斷附和他，讓他持續對我感到滿意。同時精準解決對方的困擾，並分享各式各樣的話題。

為了談話順利，事先做好功課自然是必要之舉。我必須精通神學，也要非常了解與異端、惡魔相關的內容。

比起和他聊天，我反而花費更多時間跟上他的知識水準，預備工作的重要性可見一斑。

為了鞏固彼此想斷也斷不了的關係，我耗費了長達數個月的時間。

當然，我也花了差不多的時間計畫，才正式開始執行這個方法。

效果完全超乎想像。

但偶爾也會有想盡辦法討對方歡心，卻始終沒辦法變得親近的情況。

那種感覺就像在談及對話主題與傾向之前，發現作為人類的頻率不吻合。

當然，年邁的皇帝是剛好相反的例子。

我跟他的頻率似乎完美同步。這位皇帝想要一位真正的奸臣，而我剛好百分之百符合他的條件。

他是和李智慧不同類型的另一種靈魂伴侶。

但他不斷地對我絮絮叨叨，已經開始讓我感到困擾。

即便帝國八強的遊行已經結束，現在進入派對時間，他看起來還是很想跟我說話。

我敢保證，這位皇帝要不是為了顧及其他貴族們的目光，一定會繼續黏著我。

這個老頭也有很多事要處理，他必須和坐擁權勢的貴族聊天，也需要和教皇廳的人維繫關係。

忙碌是必然的。

才剛被任命為八強的八位異邦人，同樣也忙得不可開交。

雖然我每次在這種場合都備受矚目，但像今天這樣受到眾人關心卻是第一次。

琳德、席利亞與大灣，即便都隸屬於神聖帝國，卻被不少人認為是獨立區域。在城市裡治理這些地方的強者們也是這麼想的。

也就是說，儘管這些城市出身的人對帝國間接產生影響，卻不可能進行直接性的活動。

如今狀況完全扭轉，就算名門望族開始趨炎附勢也不足為奇。

利用帝國八強的名號，我多少能在神聖帝國的政治圈獲得一點助力。

雖然不是很了解，不過反對皇帝的貴族們或十分關注政局變化的人，很可能會對今天的事更敏感。

「哈哈哈。帝國人民的歡呼聲好像持續不止。」

「這是當然的。我們神聖帝國數一數二冒險家們的名聲，難道會是隨便編纂出來的嗎？」

「啊啊，是啊，說得也是。」

「我聽說現在的小孩子，沒有一個人沒看過冒險日誌。尤其是從琳德來的冒險日誌，我自己也對其中的很多情節印象深刻，感覺就像是在看童話書裡出現的英雄或勇士所發生的故事。」

「哈哈哈。的確和英雄或勇士沒什麼區別，皇帝陛下親自選定的帝國八強，就是帝國的英雄沒錯。」

「您過獎了。」

大致就是這種情形。

看著貴族們不分你我，接連跑來說這種阿諛奉承的話，我就忍不住笑出來。

每個人身邊至少都被七、八個人圍繞。

派對才剛開始沒多久，就能看出很多人已經開始感到疲倦。

車熙拉在距離較遠的地方被許多貴族圍著聊天。雖然她的嘴角掛著微笑，但我比誰都清楚，那其實是爆發前一刻的表情。

朴延周非常熟稔地主導話題，春日由乃則是默默聽著大家說話。

親愛的重生者也一樣。

他也學過貴族禮儀嗎？

總覺得他的手勢和舉止看起來確實像是有受過禮儀教育。

我能明顯看得出來他比平常更用心。

這段期間我也經常和貴族夫人們打成一片，雖然從中學了幾招，卻沒辦法像金賢成做得一樣自然。

他在第一次人生應該也很努力吧……

就在我胡思亂想之際，轉頭就聽見一位金髮貴族接續著話題。

「我女兒也吵著要我買給她介紹李基英榮譽主教大人的冒險日誌呢。原本只會闖禍的任性孩子，現在只要讓她看那本書，她就會乖乖安靜下來……哈哈哈。」

這人還真會說謊啊。

不過他既然是為了討我歡心才說這些話，適當地接受好像也不賴。

「這真是我的榮幸，納伯特男爵大人。哈哈。如果有時間的話，不知道方不方便到您的領地拜訪呢？」

當然不知道是什麼時候。

雖然根本無意去拜訪他，但最好還是給予這種程度的回應。

「啊啊！您能來當然是感激不盡啊！我會做好準備等候您光臨的。」

「如果我沒記錯，納伯特男爵管理的領地……好像是在東西方附近的加路西亞……」

「很榮幸能被您記住，李基英榮譽主教大人。雖然那實際上是個沒什麼看頭的小領地，不過有座被稱為鏡之湖的美麗湖泊，是適合在秋天划船遊覽的地方。如果您與情人一同前來，一定能創造非常美好的回憶。」

他這段話是意識到黏在我身邊的鄭白雪才說的。

她沒有說話，只是擺出客套的笑容，但她用力握緊的手就像是在叫我帶她一起去那裡玩。

「啊……我也去過。湖面就像鏡子一樣映照出天空，真的是很有魅力的景點呢……

我丈夫還很健康的時候，鏡之湖也是我們每年都去的地方。」
「原來卡特琳公爵夫人也去過。」
「是的，李基英大人。您去了之後肯定不會後悔的。」
「既然大家都這麼說，看來我明年就該趕快去看看了，哈哈哈。」
「哈哈哈哈哈。」
我當然完全不想去。
如果那個鏡之湖藏著寶藏，我還有可能會想去，但如果只是單純為了觀光，我可沒有悠閒的時間去那麼遙遠的地方。
不過目前的氣氛還滿好的。
和帝國八強探究戰爭話題不過是昨天才發生，現在根本就像在作夢一樣。
看著老神在在的貴族們，戰爭之類的事彷彿就像來自其他遙遠國家的傳聞。
我心中不免覺得，果然任何地方的當權者都是一個樣。
每個人都拿著酒杯互相敬酒，嘻嘻哈哈的笑聲充斥整個宴會廳，貴夫人們則是炫耀著自己穿戴的奢侈品。
雖然還有幾個談論帝國未來的人，但從他們通紅的臉色看來，應該早已喝了不少杯黃湯下肚。
如果只是紙上談兵反倒更好。醉醺醺地談論國家未來，這件事本身就很諷刺。
萬一帝國的知識分子看見這幅光景，應該都會失望地對他們指指點點吧。
前提是他們這麼做還能活下來的話。
但是這些跟我有什麼狗屁關係？

先別管帝國的未來了，我還有很多事要關心。

以現在的事態來說，比起這些事，一直對我懷有戒心的夏洛特公主更值得在意。

我是不是表現得太像奸臣了？

為了讓皇帝滿意而配合他的節奏，正是讓夏洛特產生警戒的原因。

就像前面說的，皇帝太過喜歡我也會帶來副作用。

好像也不太能親近皇帝啊……

在我眼中，二公主和我還算不上「想法不一樣」，應該說只是頻率不相通的感覺。

與她的傾向不太相符，她給人的印象是難以親近的類型。

既然她是最有可能繼承皇位的人，我理應更努力接近她，但也因此不得不耗費更多時間。

等過一段時間再重新計畫吧。

正當我這樣想的時候——

「啊啊啊！」

不知道從哪裡傳來了尖叫的聲音。

「非、非常抱歉。非、非常抱歉。」

這又是怎麼回事？

事件爆發的位置距離這裡不遠。

一位侍女低著身體不斷磕頭，站在她面前的女子似乎被她惹怒了，整個人氣呼呼的。

那是大公主夏莉亞。

不需要解釋也能大概知道發生了什麼事。

傾倒的紅酒灑在她的白色禮服上，八成是侍女一時沒站穩導致的結果。酩酊大醉的夏莉亞臉色通紅，抬起巴掌往侍女臉上搧，那副模樣完全就是歹毒的壞女人。

她醉到失去平衡的樣子也相當驚人。

「這女人……這女人怎麼敢！」

「非常抱歉。公主殿下，請、請殺了我吧。」

「拿劍來。如果不親自砍斷這女的脖子，我是不會消氣的。快！聽不懂我的話嗎！」

果真是個瘋婆子。

即使犯錯的不是她自己，可是在酒醉狀態下表露出這種模樣就是有損形象的行為。我好像也明白為什麼從剛才開始，她身邊都沒有其他貴族環繞在側了。

是因為有情緒管理障礙，還是因為愚笨？

先前看過她的傾向和特有癖好後，我就覺得這個女的應該沒救了。現在親眼目睹她做出一連串脫序舉動，這樣的想法又更加強烈了。

幾位騎士和貴族試著提醒她自重，事態卻已經發展到沒辦法控制的地步。

顯露出酒醉醜態的大公主，這下是真的完蛋了。

或許是這樣的場景不算少見，所以皇帝只是搖搖頭，讓二公主夏洛特想辦法收拾這件事。

「這一家人簡直是一盤散沙啊……」

就在這時，我發動心眼觀察一直反覆道歉的侍女，也因此發現了一件有趣的事實。

其實也沒什麼，只是覺得真的很奇怪。

她所有的能力值都在六十以上，這樣的女人會不小心摔倒？

我敢說，就算天塌下來也不可能。

這難免會讓人認為，她是為了某個目的才故意打翻紅酒，例如讓大公主夏莉亞的形象一落千丈。

否則就是想讓瘋婆子變得更瘋狂的人所為。

至於這個人是誰，答案顯而易見。

夏洛特。

理由也很簡單，因為她的野心比想像中更大。

為了奪取皇位，看不見的鬥爭從很久以前就已經開始了。

＊＊＊

「公主殿下，請息怒……」

「還不立刻把我的劍拿來！」

「公、公主殿下！」

「現在馬上！你沒聽見我的命令嗎！來人啊！」

大公主激動得連站都站不穩，看來的確是醉了。

要是幕後主使者原先就對大公主夏莉亞的脾氣一清二楚，那麼此刻可以說是挑起事端的絕佳時機。

儘管這是個微不足道的突發事件，卻能看出許多端倪。

此刻的大公主八成會被當成瘋子，但事出必有因。

看來她是徹底被設計了。

本來就瘋癲無狀的女人，碰巧又在醉到神智不清的情況下攤上這種事，幕後主使者現在肯定在心裡拍手叫好。

雖然不清楚犯人是夏洛特，還是與她站在同一陣線的貴族，但整起事件的走向的確如幕後主使者所願，朝著一發不可收拾的狗血路線發展。

夏莉亞腳步踉蹌，不停撞上周圍的桌子。

桌上的餐點和酒水接連掉落在地，伴隨著一陣清亮的聲響。

柔弱的貴夫人們瞬間驚叫出聲，連忙避開碎落一地的玻璃，在場的男性則是愣在原地，不知該作何反應。

與此同時，夏莉亞依舊搞不清楚狀況，扯著嗓子命令下人將她的劍拿來，而侍女則站在一旁扮演完美的被害人角色，那精湛的演技簡直能媲美安其暮。

真狗血……根本就是在演八點檔。

帝國最高貴的宴會廳，頓時成為市井小民喝著廉價蘭姆酒的酒館，原先活絡的氣氛一下子盪到谷底。

那個瘋女人的父親，也就是帝國的皇帝，似乎再也無法忍受女兒醜態百出，索性把臉別了過去，不停地咂舌。

從他的反應來看，一點也不難理解為何大公主會是這副德性。

繼小機靈事件後，我又再次深刻體會到家庭教育的重要性。

想當然耳，那位喝得酩酊大醉的公主殿下，此刻還在場內大聲嚷嚷，她震耳欲聾的吼叫就像是要掀翻整座宴會廳一樣。

「你們！竟敢無視我？就憑你們也敢無視我？」

「不、不是這樣的，公主殿下。」

「那為什麼還不照我的命令去做……嘔嘔……」

「公、公主殿下。」

「放開，還不趕快給我放手。」

「您好像有點醉了……」

「我沒醉。」

「請、請您息怒。」

我望向一旁的納伯特男爵，他的臉色果然無比慘淡，於是我立刻向他拋出話題。

畢竟關於大公主的情報實在不多，要是能趁機打聽到更多內幕就再好不過了。

「納伯特男爵大人，那位是……」

「她是帝國的……大公主，夏莉亞。」

只見他緊抿著雙唇，看來是沒有膽量在大庭廣眾之下對大公主說三道四。即便如此，光是看到那傢伙扭曲的神情，多少也能猜到那女人是個頭痛人物。

這樣的事肯定發生過無數次了，儘管每一次的狀況有些不同，但今天的事絕不是頭一回發生。

我敢篤定，根本不需要夏洛特或是她身邊的貴族出手設下圈套，那女人本身就是個麻煩製造機了。

雖然有那麼一瞬間，我想過要站出來緩和一下局面，不過該為這起鬧劇劃下句號的人不是我。

不出我所料，沒過多久，由一群女性組成的騎士團從會場的另一端現身。

此時，夏洛特安撫著參與宴會的眾人，並向騎士團說道。

「她應該很累了，妳們好好護送大公主回房吧。」

她的一句話，讓混亂的宴會現場開始找回了原有的秩序。

「是。」

「大公主殿下，我們護送您回房。」

「放開我！我叫妳放開！」

儘管派出了騎士團，夏莉亞依舊死命地掙扎，一副不肯善罷甘休的模樣。見到她那副德性，令人不禁懷疑這樣的人還配被稱為大公主嗎？

我敢打包票，換作是一般的貴族，老早就被壓制在地上了。但夏莉亞卻不死心地使勁掙扎，想方設法甩開騎士團，想必那些騎士也十分頭疼。

就像深怕傷到公主殿下一根寒毛似的，騎士們小心翼翼地攙扶著她，不過從某個角度來看，這也是一種拖延時間的手段。

難道是想讓大家再多看一下這個難堪的局面嗎……

換作是我，肯定會盡可能地延長壓制大公主所需的時間。這樣一來，在場的觀眾才能深刻體會到大公主有多麼垃圾。

儘管在場的人不動聲色，但大家心裡在想什麼再清楚不過了。

這種人竟然是大公主，帝國的未來還真黯淡……這甚至是比較和緩的用詞。

就在此時，情況突然有了變化。

「啊！」

「哎呀！」

大公主試圖揮開騎士攙扶她的手，頓時失去平衡，身體往一側倒去。

更令人驚慌的是，她的身體竟然往我這邊傾斜。

絲毫不講義氣的納伯特男爵發出一聲怪叫後，便自顧自地側身迴避，而我想躲也躲不了。

該不該接住她呢……

那瞬間，我的腦海裡閃過無數念頭，苦惱著介入這件事究竟是對是錯。

和名聲早已跌落谷底的大公主扯上關係，想也知道不是件好事，倒不如退後一步，站在一旁袖手旁觀。

可是……在場這麼多雙眼睛盯著這裡，再加上貴夫人與千金們齊聚一堂，幫助她免於摔得四腳朝天，似乎也是個不錯的選擇。

接住她才是對的。

比起撒手不管，我最好還是展現出紳士的一面。不過為了避免節外生枝，首先得盡可能避開肢體接觸。

我迅速彈了彈手指，緊接著傳來了一陣振翅聲，一隻龍掌瞬間從地面冒出，接住即將落地的夏莉亞。

「給、給我放開！」

她似乎以為是女騎士一把抓住了自己，仍然不停地大聲嚷嚷，醜態畢露的模樣簡直令人不忍直視。

在場的貴族瞪大雙眼望向我們，倚靠在龍掌中的夏莉亞掙扎了好一會兒之後，逐漸冷靜下來。

是沒力氣了嗎？

當我正準備朝她走去時，只見她微微抬頭。

這種情況下還能夠抬起頭看我，看樣子她還沒徹底失去意識。

「你……」

「您還好嗎？公主殿下。」

「我很好。你叫什麼名字？」

「我不太懂您的意思……」

「我是想稱讚你長得還真好看。」

那彷彿在對待男妓說話的語氣，荒謬到讓我不禁失笑。

看來她是真的想讓自己的形象徹底破滅。

「您好像喝醉了，公主殿下。我會安全地將您護送回寢宮，請您安心休息吧。」

「好，好……就讓你來護送我吧。要是你能讓我滿意，我會給你豐厚的……獎賞……」

只見她開始打瞌睡，想必是體力到極限了。

我雖然猜到了必須做什麼才能得到豐厚的獎賞，卻只能勉強擠出一抹微笑，因為方才不停砸舌的皇帝，此刻正一臉歉疚地看著我。

「咳……竟然讓你看見她這種醜態。」

皇帝還主動向我搭話，可能是真的對於讓我撞見這種事感到很尷尬。

「您別這樣想，皇帝陛下。任何人都會有失誤的時候。」

「嘖嘖……這件事實在讓我無顏面對。李基英榮譽主教……今日之事，我日後一定會報答你的。」

「我這麼做並不是為了讓您報答我，哈哈。」

「咳咳……我知道。」

「能幫上一點小忙是我的榮幸，皇帝陛下。」

引發整起事件的嫌疑人二公主，似乎也十分滿意這樣的結局，於是開始著手收拾局面，讓一切恢復原狀。

最終這場鬧劇的輸家，只有一個人。那就是將身體靠在女騎士身上，被拉回寢宮的夏莉亞。

如果她還有一點意識，明早醒來後，肯定會在腦中反覆回想自己今天闖出的禍。在重要的社交場合中喝得爛醉如泥，大肆撒野之後被騎士一把拽走，對於難得齊聚一堂的貴族、帝國八強，以及教皇廳而言，她勢必會在眾人心中留下十分不堪的形象。宴會廳內甚至還有來自鄰國的使節團，看樣子在國際間的聲譽也是無法挽回了。

她大概會丟臉到想逃走吧。

儘管整起事件打從一開始就是設計好的劇本，但會在這種情況下上當的人，絕對是個傻子。

倘若她能寬容地原諒侍女，或許還能塑造出不同於以往的形象。

然而，毫無節制地灌下一瓶又一瓶紅酒，是她犯下的第一個錯誤，而徹底放飛自我則是第二個。

她絕對不能當上皇帝。

此時此刻，大家對於夏洛特的好感度反而大幅上漲。

一邊是心腸歹毒又無能的大公主，另一邊則是具備一國之君該有的賢明，且心慮縝密又細心的二公主。

為了帝國的未來著想，該選擇誰擔任繼承人顯而易見。

在一旁繼續和我搭話的傻瓜皇帝，似乎也已暗自決定要將二公主夏洛特立為繼承人。

「幸好夏洛特表現得很好。」

「哈哈哈，她一定讓您感到很放心。」

「嗯……確實很放心。就像你看到的，我唯一需要擔心的只有剛才那個不孝女。今天不該讓她出席的，嘖……」

「任誰都會有做錯事的時候。」

「是啊……李基英榮譽主教，你說的沒錯，謝謝你的安慰。我得這樣想才行……」

即便是失去寵愛的子女，也依舊是皇帝的血脈。

皇帝失望地數落著夏莉亞的不是，但我能感受到他並不是希望我附和他。他想聽到的，應該是能安撫他內心擔憂的話，而事實證明我是對的。

不過，二公主想必更受寵。

雖然令人痛心，但大公主已經處於被皇帝半放棄的狀態。

就在此時，二公主緩緩走向我們，宛如一位平定亂局，從戰場凱旋而歸的將軍。

打翻紅酒的侍女已經離開，地板也都清理得一乾二淨了，一切都被整理地井然有序，彷彿未曾發生過任何意外。

我的內心不自覺地感受到一陣澎湃，她的確是個人才。

夏洛特公主殿下萬歲！

儘管皇位繼承人八字還沒一撇，但我已經做好準備，盡可能地對她展現出我的忠心。

雖然走錯的第一步棋讓我多花了一些時間，但正因如此才更令人滿足。

正當我準備開口時，卻發現她盯著我的眼神根本和看見蟑螂沒有兩樣。

「辛苦了……」

「陛下，時間很晚了，您該回去休息了。」

「是嗎，那李基英榮譽主教……」

「我會替您向他表示謝意的，我擔心您的身體……」

「那就這麼做吧。」

她完全無視我的存在，自顧自地服侍皇帝陛下回宮就寢。

這個臭女人……

＊＊＊

「看來她是想馴服你呢。」

「……」

「所以當初拉攏那個老頭時，你就該放慢腳步才對，誰都看得出來皇帝格外賞識你，二公主會對你有所戒備再正常不過了。我一眼就能看出她是哪種人了……反正你們也相處不來，不是嗎？說不定她很討厭你呢。我真是不明白，怎麼會有人討厭基英哥呢？」

在李智慧心中，我確實十分討喜，但對夏洛特而言，似乎不是這麼一回事。

「這次是基英哥失策了，不過，我沒想到那個皇帝會這麼喜歡你。」

「嗯……」

宴會結束後，李智慧抽空與我碰面，她的一番話竟令我無從辯駁。事實上，確實也沒什麼好辯解的。

二公主花時間精心設下的圈套，卻在瞬間被我打亂，她會對我心生警惕也在所難免。

「對公主來說，要把你趕走也不是件容易的事……畢竟你是帝國八強的一員，更何況還得顧慮你與其他貴族和教皇廳的交情。在我看來，她大概會找一個適當的時機，私下找你商量。」

「等到她徹底馴服我之後嗎？」

「我想是吧。她應該不至於笨到只因為與對方不對盤，就拒人於千里之外。要是只因為看你不順眼，而決定這麼做，那麼她的水準肯定和大公主半斤八兩。這樣一來，帝國的未來就徹底完蛋了。」

我不得不點頭認可她的話。

二公主應該沒笨到這種地步。

想必除了李智慧所說的原因之外，她還有其他顧慮。

我與其他貴族之間維持著友好的關係，恐怕也是其中之一，她肯定不會放任我的影響力持續擴大下去。

她應該會覺得，要是連穩坐皇位繼承人寶座的自己，都對李基英釋出善意，那麼李基英這個人的身價勢必會水漲船高。畢竟皇帝已經在眾目睽睽之下，展現出與我交情匪淺的樣子，而我與教皇廳的友好關係更是無人不知。

她或許會認為必須稍微滅一滅我的氣焰。

這點我很確定……至於另一個原因就在於，她說不定認為我是教皇廳派來的人。

儘管皇室和教皇廳同在神聖帝國這片土地上共存，但兩者之間依舊存在著微妙的角力鬥爭。

假設我確實帶著某種目的刻意接近皇帝，光從這一點來看，夏洛特對我抱有戒心也是理所當然的事。

無論理由是什麼，問題的核心就像李智慧說的那樣。

她想馴服我。

她想要的不是我單純趴在地面上臣服於她，而是乖乖地迎合她的胃口，任她擺布。

「她的怒氣想必還得持續好一陣子，搞不好還會試圖削弱你的政治地位呢……」

「看樣子，她想把我逼到絕境啊。」

「這個嘛，目前還不確定會不會進展到那一步……我想她大概會挫挫你的銳氣，讓你不至於妨礙她，接著再找個合適的機會，私下與你聯絡。坦白說，對二公主來說，她現在還不足以一舉將你扳倒。她無論如何也得先削弱你的地位，等到將來能把你一口吞下時，再抓準時機出手，不是嗎？」

「還真是煩人……她的計謀會持續到何時，我根本無從得知。老實說，她一副打算把我生吞活剝的樣子，也讓我相當不滿。如果能擁有教皇廳或卡特琳公爵夫人那種難以撼動的地位，或許沒什麼問題……」

但我可能會因為立場明確而失去一部分支持。

「你是在擔心會失去更多嗎？」

「對。」

李智慧竟然能一眼看穿我的想法。

「這個嘛，大概不會糟到那種程度。不過在合理的範圍內，想辦法和她達成共識，也是個不錯的選擇。現在讓步的話，以後說不定能得到更多好處……坦白說，只要對二公主示弱，日後再慢慢攏絡她不就行了嗎？就像用溫水煮青蛙一樣。這不是基英哥最擅長的嗎？先假裝和對方站在同一陣線，再冷不防地從別人背後捅一刀。」

「我就當作是稱讚了。」

李智慧的一番話，和我心裡盤算的計畫十分相近。在這方面，我和她的想法確實一致。

先做出讓步再發動攻勢，這樣一來或許就能扭轉局面，反過來讓二公主聽我們差遣。那些被二公主剷除掉的勢力，也會重新回到我身邊，說不定還能建立起比以前更加龐大的勢力。

話雖如此……

「就算是這樣，假如真的要這麼做……」

「沒錯，我還是有很多疑慮……」

如果是信念或自尊被奪走或遭到踐踏，對方要多少我都能給。然而，一旦涉及權力或任何物質層面的東西，就讓我變得難以妥協。

「在物質方面，我絕對不會讓步。」

「你打算和二公主槓上嗎？」

「不管怎麼說，得罪下一任皇位繼承人還是不太妥當……現在還有點時間，我再想想辦法吧。」

「我一直認為你應該會這麼想……沒想到真的被我猜中了。我需要準備些什麼嗎？」

「目前還不用，畢竟我這邊還有許多事情必須仔細斟酌。這個話題先暫時聊到這，等我有了想法再告訴妳，妳也替我多想幾個對策。正好在令人頭疼的時機攤上這種事，真煩人。對了，你們那頓飯吃得還順利嗎？」

「什麼飯？」

「妳忘了嗎？我們跟皇帝一起吃飯的時候，妳和白雪不是也和其他隨行人員一起用餐嗎？」

「啊……你想知道什麼？」

「當然是好奇白雪能不能適應那種場合啊。」

「她適應得還不錯，也能和大家正常交談……雖然聽到不能和你一起行動時，她似乎有點煩躁……完全陷入了低氣壓。」

「有發生什麼事嗎？」

「有個從大灣來的隨行人員，似乎對她頗有好感。」

「什麼？」

「吃飯前還好好的，結束後準備起身時，那個男人卻說想和白雪小姐聊聊，接著輕輕碰了她的肩膀……」

「然後呢？」

「然後……那隻手就粉碎了。我是不太清楚那是魔法還是什麼，不過當時整個空間瞬間扭曲，連他的手臂也因為變形而嘎吱作響，場面亂成一團。那個人像發了瘋似地拚命哀號，魔力甚至逐漸蔓延到他的肩膀……要不是同行的隨行人員中有一位祭司，他早就變成殘廢了。」

「這種事妳怎麼現在才……」

「當然是因為雙方已經達成協議，決定假裝什麼也沒發生過。況且我根本沒時間和你見面。雖然闖禍的當下，白雪看起來有點慌張……不過確實跟我想的一樣，白雪並沒有主動向你提起。這件事一看就知道可能會釀成禍端，所以她才和對方說好假裝什麼事也沒有，更何況那位隨行人員也並非完全沒有過錯。」

「還真是會協商啊。」

「隨便觸碰女性的身體，本來就是他的錯。不過他們可能是對琳德的勢力有所顧忌，所以也不希望把事情鬧大。手裡握有權力果然就是不一樣，對吧？」

看來鄭白雪承受的壓力，比我想的還要更大。

儘管一起行動時看不太出來，但只要分離的時間一長，她的負面能量便會迅速累積。好險有李智慧在一旁幫忙收拾殘局，畢竟我現在實在沒有多餘的心力照顧她。

我由衷地感謝朴延周能把李智慧找來當隨行人員。

大多數的隨行人員普遍具有高強武力，儘管如此，她依然適應得相當順利，說不定還能游刃有餘地主導相關事務。李智慧不愧是李智慧。

此時，李智慧像是意識到我正以微妙的眼神凝視著她，她緩緩撩起一側的髮絲，接著開口。

「除了這件事之外，就沒別的事了。雖然當下氣氛變得越來越凝重，不過這也沒辦法。

「其實那些上位者都有一定的交情，我想用不了多久，一切就能回復原狀。光看他們態度的轉變就知道，他們應該也大概聽說過關於白雪小姐的事。」

「那就好。萬一事情不小心鬧大了，記得通知我。」

「不會有這種事的，用不著你親自出面……不過我拜託你，好好和白雪小姐溝通一下，替她收拾殘局是沒有問題，但老實說，我被她嚇得心臟快跳出來了。」

「嗯，我會警告她的。」

「太好了。那麼我們也差不多聊完了吧？」

「智慧姐，謝啦。」

「有什麼好謝的，對我來說也有好處。如果有需要我幫忙，記得說一聲。對了，尤其是和二公主有關的事，一定得馬上告訴我。你得決定好路線，我才能判斷之後該怎麼行動。」

「好。」

「那就下次見啦，我的愛人。」

李智慧迅速起身，在我的臉頰上輕輕落下一吻後便匆匆離去。

她沒有像平常一樣要求進一步的肢體接觸，看來鄭白雪確實令她十分在意。

我的腦海中浮現之前看過的場景。

確實滿嚇人的。

比起那個蠢貨「肢」離破碎的手，鄭白雪的表情可能更令人印象深刻。

當惱火的情緒即將爆發時，鄭白雪臉上的恐怖神情，就連老是與她同進同出的我也無法適應。

得念她幾句才行。

之前問她時，她分明告訴我沒什麼事。就算問題已經順利解決，但說了謊就得好好警告一番，正好我也覺得她這陣子似乎過於鬆懈了。接下來跟她一起行動的時間說不定會更少，嚴加訓斥她幾句也是應該的。

恰巧在此時，我聽見門打開又關上的聲響。

不用看也知道是誰來了，於是我立即開口說道。

「過來坐下。」

說話的語氣當然得不同於往常。

我必須在對話的一開始，就讓她感受到我的滿腔怒火，接下來的訓話才會奏效。面對精明得不能再精明的鄭白雪，若是態度不夠明確，那鐵定不會管用。

想必鄭白雪大概正在回想自己闖下的大禍，並猶豫著是否該走過來。

「我不是說過不能說謊嗎？」

她確實陷入了苦惱，似乎想起了我的叮囑。

「算了，我現在不想見妳。妳就站在門邊回答吧。別過來了。」

要是看到她流淚，我肯定會忍不住心軟。

雖然聽不太清楚，但我敢確定，原本在她眼眶裡打轉的斗大淚珠，鐵定止都止不住地正沿著她的臉頰緩緩滑落。

就在此時，耳邊傳來的聲音卻完全出乎我的意料。

「那個……基英先生。」

「啊……」

登門造訪的人不是鄭白雪，而是金賢成。

當下我的臉頰瞬間漲紅，而金賢成則伸長脖子盯著我，像是在擔心自己做錯了什麼，直到看見我的表情後，他才意識到一切只是誤會一場。

即便如此，一頭霧水的金賢成依舊苦惱著該不該走進來。

「抱歉，我還以為是白雪……請坐。」

「不，別這麼說，沒關係。該說抱歉的人反而是我，我來得太突然了。」

氣氛莫名地陷入一陣尷尬，連直視對方都十分困難。

這種時候，最好直接切入正題。

金賢成似乎也有同樣的想法，只見他微微點了頭。於是，我連忙開口。

「發生了什麼事嗎……」

「啊，對……嗯……雖然不曉得該怎麼說才好，但我來到這裡，是有件私事想拜託你。」

「好，不用客氣，你儘管說吧。」

既然他都開口了，我當然得幫忙。

仔細想想，金賢成從來沒有親自要求我為他做過什麼。

一股好奇心伴隨著莫名的滿足感頓時湧上心頭，因為我實在猜不出他會需要我幫什麼忙。

而且，選在這個時機點突然向我求助，本就不是一件尋常的事。

到底是什麼事啊？

金賢成的神情十分凝重，原先尷尬的氛圍瞬間消失得無影無蹤。
只見他一副欲言又止的模樣，似乎還在思索自己的判斷是否正確。
一陣沉默後，金賢成終於開口。
「我希望能阻止二公主夏洛特成為皇帝。」
聽完他的請求，我不禁詫異地盯著他。

＊＊＊

這麼突然？
這樣的請求，任誰聽了都會感到無比驚訝。
為什麼？
聽見他那令人完全摸不著頭緒的請求，我頓時露出困惑的表情。
雖然無意向他打探背後的原因，但金賢成看見我的樣子後，似乎也察覺到我的好奇，於是他繼續說道。
「抱歉……我希望你別過問原因。這份恩情，我之後一定會……」
看樣子他有無法說明的理由。
我多少能看出我們親愛的重生者有所顧慮，卻萬萬沒料到背後的緣由竟然得由我自行推測。
畢竟作為一名重生者，金賢成當然不可能直接表明「因為在我的第一次人生中，和她有一些恩怨」。

「別這麼說，這也算不上是恩情。我想你應該另有打算，如果對公會或隊伍有幫助……」

「不，不是這樣的，這只是出於我個人的原因……」

其實只要說是為了公會著想就行，他卻堅持劃清界線，強調是基於個人的原因，果然是金賢成的作風。

嘖嘖。

我當然知道他會這麼要求，肯定是出於個人原因。儘管夏洛特對我們抱有敵意，但綜觀全局，由她來繼承皇位，才是真正為這個帝國著想。

現任皇帝根本不配被稱作皇帝，而大公主夏莉亞看上去簡直跟瘋子沒有兩樣，操控皇帝和大公主對我來說或許更容易，但如果慎重地考量帝國未來的發展，那就一定得讓夏洛特當上皇帝。

甚至根本不需要我表態，夏洛特幾乎已經坐穩了下一任皇帝的寶座。

眼下精神失常的大公主是皇室的頭號麻煩人物，在缺乏繼承人的情況下，皇帝似乎也將夏洛特視為接班人，不出意外的話，她一定能順利登基。

在金賢成的第一回人生中，夏洛特順利當上皇帝的可能性也很高。

不，應該不單單只是可能性很高。

金賢成想阻止她當上皇帝，也就說明在第一回人生中，夏洛特確實成為了皇帝。雖然不曉得他出於何種原因不願讓夏洛特登上皇位，但大致能推測出兩種可能。

第一種，未來的夏洛特將會成為史上最邪惡的暴君。

從她想徹底除掉夏莉亞來看，就能知道她絕非善類，因此這種情況並非毫無可能。

夏洛特的特有癖好與個性還算善良，不過一旦被她認定為敵人，她便會毫不遲疑地向對方揮劍。從她的冷酷無情的行徑來看，就算日後成為雙手沾滿鮮血的殘忍君王，也不會令人感到意外。

對金賢成來說，如果想順利度過第二回人生，他自然不會希望讓帝國再次落入第一回人生中的暴君夏洛特手上。

但金賢成此刻的表情，推翻了我的第一個假設，他的神色沒有透露出一絲對於夏洛特的憎惡，除非他在刻意隱瞞……

依我看，金賢成反倒像是在憐憫夏洛特。

這也讓我推測出第二種可能：夏洛特登基後的人生將會變得十分悲慘。

可能是愧疚感使然，又或者當上皇帝之後迎來悲慘的下場，都讓她承擔不起一國之君的重責大任。總而言之，夏洛特很有可能後悔登上皇位，而在一旁的金賢成，將那一切全看在眼裡。

雖然真正的緣由只有兩位當事人清楚，不過金賢成提出請求時，並沒有流露負面情緒，想必第二個推測的可能性更高。

如果這個推測也不對……

難道大公主會成為史上最賢明的君王嗎……

不管再怎麼想，第三種推測的可能性實在微乎其微。

在我看來，大公主就是個我行我素、凶暴殘忍的瘋女人，簡直可以說是無藥可救的朽木。

如果第三種推測是對的，那麼在金賢成開口反對二公主即位之前，想必會先提出擁護大公主上位的主意。

所以第三個推測應該要被排除，那麼就只剩第一和第二種可能。

眼下稍微探探他的口風似乎也不錯。

「難道發生了什麼我不知道的事嗎？」

「啊……是這樣沒錯……」

「原來如此。之前沒能告訴你，其實二公主對我有很大的敵意，萬一讓那種人當上皇帝，確實令人頭疼。」

「對，沒錯。我的請求也是出於類似的理由。」

「我會盡可能做得徹底一點，不給她捲土重來的機會……」

「呃，也、也不需要做到那種地步。只要在你的能力範圍內適當地出手……讓她無法當上皇帝就夠了。」

看來答案是第二種。

鐵定是第二種可能，金賢成的確對夏洛特抱持著善意。

儘管第一回人生中的夏洛特可能是個雙手沾滿鮮血的瘋癲皇帝，金賢成仍對她抱持善意，但這種揣測已經沒有意義了。重要的是，金賢成不希望讓二公主成為皇帝。

他一臉焦慮不安，深怕我繼續追問，看來我最好就此打住。

「我知道你希望我怎麼做了。我也了解你不太方便回答我的提問。」

「謝謝你的體諒。」

「別這麼說。這段日子以來，我得到你不少幫助，就當作是報恩……最重要的是，我們是伙伴啊。」

「幸好有你……」

金賢成一臉感動。

就是這樣。

這樣的請求最好有多少來多少，我求之不得。

正好我也得決定日後的策略，本來還在苦惱該不該擁護二公主，如今金賢成的請求就像在替我開路一樣，感覺真不賴。

話說回來，一想到之後得和二公主針鋒相對，不免讓我感到有些頭疼。

姑且不論二公主究竟是不是個難纏的對手，雙方八成會經歷一場激烈的廝殺，想好好收尾幾乎是不可能的事。

不管發生什麼樣的衝突，萬一我真的成功了，夏洛特很有可能因此受到傷害。

我個人是不在乎……但金賢成能不能接受才是問題。在開始執行計畫之前，得先向他確認清楚才行。

我緩緩開口，緊接著迎來一陣沉默。

「你應該也料想到了，這件事絕對無法圓滿收場。」

話雖如此，但他似乎心意已決。

「沒錯，那就拜託你了。」

他的樣子看起來有些落寞，但他的答覆也讓我就此下定決心。

夏洛特是我們的敵人。

這絕對沒有參雜任何私人恩怨。如果沒有金賢成的請求，我極有可能選擇支持夏洛特，畢竟那才是最合理，也最能將利益最大化的選擇，之所以會出現這樣的轉變，說到底都是因為金賢成。

儘管如此，我的嘴角卻不自覺地微微上揚。

＊＊＊

在金賢成的請託下，本就忙碌的日子，如今變得更加焦頭爛額。

理由不用多說，正是為了處理昨天的事。

我已經向李智慧表明日後要採取的策略，而她也如我所料地默默點了點頭，沒有表示反對。

雖然她說了句「我早就知道你會這麼做，這才是李基英」，似乎誤以為我的決定是出於私人恩怨，不過如果這樣能讓李智慧更積極行動，我也會輕鬆不少，對我來說反而是件好事。

不過，急著出手的人可不只李智慧。

「跟我預料的一樣，親愛的。有什麼需要幫忙的儘管告訴我。」

不曉得出於何種理由，連車熙拉也表明會站在我這邊，春日由乃當然更不用說，就連帕蘭也不打算袖手旁觀。金賢成則是比平時還要積極，也交辦好幾項任務讓鄭白雪一同分擔。

在這個過程中，我忙得暈頭轉向，想方設法地到處跟有權有勢的貴族建立交情。行程看似稀鬆平常，但實際的談話內容卻和往日截然不同。

如果說前段時間與貴族見面是為了維繫感情，那麼現在則是要開始利用這些交情。

俗話說養兵千日用在一時，我這段時間以來累積的人脈終於是時候派上用場了。

當然，這些士兵還不清楚我的目標為何……萬一被他們看出端倪，勢必會引起軒然大波。畢竟誰都認定二公主穩坐下任皇帝寶座，選擇背棄她就等於把手中的權力拱手讓人。

卡特琳公爵夫人，還有凱斯拉克伯爵……這些人很有可能不願提供幫助。

就算和貴族的關係再怎麼親近，要這些人賭上整個家族的未來與夏洛特為敵，的確不是一件容易的事。

當然，教皇廳一定會給予我們支持，但考量到皇室與教皇廳之間沒有太多利益糾葛，榮譽主教這個頭銜或許起不了太大的作用。

真棘手……

到目前為止，夏洛特應該還不知道我打算與她為敵。但她遲早會發現，所以我得趁現在好好計畫才行。

其實我已經想好對策了，不，應該說我能做的選擇十分有限。

看是要去夏洛特的地盤大鬧一場，讓她的勢力徹底分崩離析，或是讓夏莉亞當上皇帝……

雖然兩者我都不怎麼樂見，但也沒有別的選項了。

夏洛特對我始終充滿戒心，因此肯定不會讓我接近或攏絡她身邊的權貴。

再不然就只能造反了。但是我並不想讓自己被送上斷頭臺，所以也別無他法。

到頭來只能選擇後者了。

這對於神聖帝國而言，絕對是場大災難。

金賢成想必是連這一點都考慮過了，才會向我提出請求，畢竟要阻攔二公主成為皇帝，就意味著必須擁護大公主上位。

就算帝國滅亡也無所謂嗎？

要不就是金賢成認為我們有能力控制大公主。

當然，就算順利組成夏莉亞的陣營，麻煩事還在後頭。

大公主的帝國毒瘤形象依舊無法洗白，已經有不少貴族表示不願與她站在同一陣線。

她不僅沒有任何後援，還是個不折不扣的庸才。

看來事情比想像的更困難，甚至不能只用困難來形容。

不過這對我來說，卻是所有選項中，最有可能成功的路線。

正好夏莉亞打算就先前宴會上的意外向我道謝，邀我前去見她一面。

然而當我抵達大公主的住所，看見宮殿裡侍女們之後，我便更加篤定剛才的想法。

這個瘋女人……

好幾位侍女的臉上，隱約殘留著些許神聖力的痕跡，只看一眼就能推測出究竟是怎麼一回事。

鐵定是那位瘋子大公主使勁地搧侍女們耳光所留下的痕跡，而在聽到我要來訪的消息後，才忙不迭地請來祭司試圖湮滅證據。

一路走來見到的每位侍女都滿臉驚恐，像是在擔心會不會又發生什麼事，精神狀態極其緊繃，從這一點就能看出她平常是如何對待下人的。

我敢打包票，住在這裡的侍女，身體肯定沒有一天是毫髮無傷。

雖然上次見面時，就能大致看出她是個人渣……但她的人品也未免太糟了吧。害我不由自主地緊張了起來。

本來想盡可能避免和夏莉亞扯上關係，但事已至此，我也無可奈何。得大膽嘗試一次才行。

「那、那個……大公主殿下，李、李……李基英榮譽主教前來拜訪。」

或許是太過緊張，侍女們顫抖著嗓音說道。

此時門內卻傳來了比預期還要開朗的聲音。

「是嗎？讓他進來吧。」

「是，公主殿下。」

不曉得是不是我的錯覺，總覺得大公主的聲音似乎和昨天不太一樣，雖然聽起來較為尖銳，卻比想像中還要端莊。

接待室的門被打開後，映入眼簾的是盛裝打扮後，正等待著我的夏莉亞。

或許是因為受到特有癖好影響，總覺得她看向我的眼神充滿善意。

她露出略為矯情的微笑向我打招呼，那副模樣簡直令人嘆為觀止，甚至讓我不禁懷疑起眼前的這個人，真的是我昨天看到的那女人嗎？

「我是夏莉亞。」

＊＊＊

一頭象徵著皇室的白金長髮披散在肩上，再加上高挺的鼻梁以及纖長的睫毛，怎麼看都是位美人。

或許是因為流著相同血脈，她臉上確實也有著夏洛特的影子，不過細看還是能發現不少差異。

首先，她的面相給人的感覺並不怎麼討喜。長相就像一張畫紙，記錄那個人一直以來過著什麼樣的生活。儘管她不斷試圖揚起嘴角，臉上的惡毒也無法就此消失。

不過，比起臉龐，她身上配戴的飾品更引人注目。

這些到底值多少錢啊……

她全身上下用各種寶石點綴，看上去奢華無比，讓我忍不住瞪大雙眼。

她的手指戴著鑲有大顆寶石的戒指，搭配其他雕工精細的戒指。

此時，柔煦的陽光從窗戶灑進屋內，戴在她耳朵上的小巧耳環在陽光的照耀下不斷地閃爍。

雪白的胸口上是一條無比華美的項鍊，奢華程度讓人不禁懷疑她的脖子是否會覺得沉重。

她身上的禮服同樣也來頭不小，雖然不是我熟知的品牌，不過看起來更有價值，想必是由帝國的知名設計師親自操刀。

奇特的是，上半身的設計雖然十分裸露，卻沒有流露出色情的感覺。

整體而言，儘管造型略顯浮誇，卻與她十分相稱。

我光顧著留意大公主的穿著，這才發現自己還沒自我介紹。

於是，我微微點頭，接著開口說道。

「我是李基英。」

我暗自心想，要是能在她身上的飾品中，隨便挑一件拿去變賣，想必能拯救好幾萬名挨餓的老百姓。但我當然沒有表露出來。

「我當然知道您是誰，李基英榮譽主教，我們要不要簡單地喝杯茶……」

「簡單準備一下就行了。」

「妳聽見了吧？」

「是、是的，公主殿下。」

夏莉亞看了侍女一眼，像是在質問她是否有聽見。侍女見狀，立即顫抖著聲音回話。她的表情像是在慶幸自己能逃離現場，和眼前若無其事地撫摸自己一頭長髮的夏莉亞相比，確實有著鮮明的對比。

她的臉皮還真不是普通的厚啊……

初次見面時，誰都看得出來她是個不折不扣的無賴，她現在卻裝出一副正常人的樣子，讓人覺得莫名可笑。

最起碼她還懂得分辨什麼是對的，看起來還不算太糟糕，不過對於在她身邊服侍的一眾侍女們來說，確實會感到不可思議。

本來想著可能得等上好一陣子，沒想到侍女衝出去沒多久，立刻就端了各式茶點和兩套茶具進來。

動作真快。

桌子原先擺放了一些茶點，但其中幾名侍女迅速上前，將桌面重新整理乾淨。有別於臉上不安的神情，她們的動作十分俐落，宛如一群受過訓練的士兵，沒有絲毫誤差。

雖說是簡單地喝杯茶，但桌面上已經擺了十種以上的茶點，侍女卻還是不斷地忙進忙出，不免令人有些慌張。

一旁的侍女緩緩將茶倒入杯中，神情隱約透露著一絲懇切，希望這杯茶能合我胃口。

而負責為大公主倒茶的侍女，似乎是在祈禱著不要出錯。

我像平常一樣拿起茶杯，卻發現在場的侍女都將視線集中在我身上。

還真讓人有壓力。

她們為何會有這種反應，背後的原因再清楚不過了。

她們肯定十分在意這杯茶是否合我的胃口，畢竟在這個地方，一旦聽到任何負面評價，在場的侍女隨時都有可能小命不保。

我靜靜地點了點頭，開口說道。

「味道真不錯，茶香也是。」

正如我所料，站在一旁的兩位侍女明顯鬆了一大口氣。

「幸好合您的胃口。呵呵，我還很擔心萬一您不喜歡該怎麼辦呢。」

「口味確實有點陌生，但我很喜歡。喝了之後，讓人有種心靈變得安定的感覺……整個人變得懶洋洋地，身體似乎也暖和了起來。」

「這是從遙遠的妖精王國運送過來的茶。」

「原來如此。」

妖精王國是什麼鬼啊。

頓時之間，體內燃起一股異樣的感覺。我默默看向手裡的茶，被摻入其中的成分開始浮現在眼前。

〔大王花的花瓣（普通級）〕

是迷藥。

如此荒謬的情況，令人差點失笑出聲。

這個瘋子嘴巴上說出於感謝與抱歉才希望能見我一面，卻設下這樣的圈套，實在可笑至極。

儘管添加的含量極少，肉眼無法輕易察覺，但不難看出她為何要這麼做。

我感覺自己的心跳逐漸加快，眼前的女人也變得充滿吸引力。

我繼續用心眼觀察夏莉亞，才赫然發覺不只茶裡被摻進迷藥，就連夏莉亞身上散發的陣陣香氣，也混雜著迷藥的氣息。也就是說，迷藥正逐漸在這個偌大的房間持續擴散。

雖然無法得知她是否想藉此讓我們近一步接觸，但既然迷藥的濃度不高，我猜主要目的應該是想提升我對她的好感。

不是所有瘋女人都會受到自身特有癖好影響，但眼前這位大公主，明顯對我很有好感。

撇開癖好不說，她八成是想讓我在皇帝面前替她美言。

也許可以利用這點呢……

選擇用這樣的手段，確實令我有些不自在。即便我對藥物的免疫力極高，不會受到太大的影響，但身體的反應還是讓我無比煩躁。

從她身上傳來的陣陣香氣，總令我心癢難耐。

大公主出眾的外貌，甚至讓我產生了與那張惡毒臉龐接吻的念頭。

但我當然不能這麼做。

除非必要，否則我不想和她有任何額外的接觸。

另外，突然現身在空中、凝視著我的阿涅摩伊之眼也令人難以忽視。

怎麼有這麼多要顧慮的事……

面對眼下的狀況，我心裡的牢騷正不斷地滋長。

比起思緒複雜的我，夏莉亞似乎認為事情進展得相當順利，她微微低下頭說道。

「有件事想先跟您說……我想就我先前犯下的無禮之舉，向您鄭重地道歉。當然，您在那之後還幫助了我，針對這點，我也得表示我的感謝……」

她像個有氣度的皇室成員說出這段話，看來還是有接受過禮儀教育。

而我也只能適時作出回應，讓這件事就此翻篇。

對於她來說，那天發生的事，應該是她極其想要抹去的汙點。

不過，為了能和她有更深入的對話，誠實地表達我的想法或許會比較有利。

「沒關係，您不需要為此道歉，更何況我不過是幫了個小忙，不值得您這麼鄭重地道謝。畢竟只要是人，誰都有可能會犯下一時的失誤……想必您一定也有自己的苦衷。不，公主殿下您為何會忍不住怒火，其實我也能理解。」

她果然一臉驚慌地望著我。

不過她似乎有所顧忌，不敢輕易附和，反而想說些話來反駁我。

當然，這不是我期望的回應。

「啊，我不是忍不住怒火……是、是因為我太……」

「我都懂，您為了參加重要的宴會，精心準備了禮服，卻被區區一名侍女給弄髒了。

您的心情我完全能夠理解，真的。」

「不是的，是因為我當時狀態不太好……準確來說，我不是控制不了自己的情緒……」

她依舊在裝模作樣。

她似乎沒聽出我話中有話，於是我只好說得更清楚一些，好讓大公主明白我的意圖。

「公主殿下，我沒有您想得這麼好。」

「這是什麼意思，我不太明白……」

「就是字面上的意思。坦白說，我是個非常壞的人。那天發生的事，就算您氣得將侍女拉出去斬首，我也不怎麼在意。我是個自私自利的人……只要我和我身邊的人沒事，其他人的處境我一點也不在乎。」

「……」

「哎呀！我果然和夏莉亞大人很像……」

「您說的很像，是什麼意思……」

「我是指我和您一樣，只要有人讓我吃虧，我無論如何都會讓對方付出慘痛的代價，藉此紓解我心中的怒火。換作是我，如果在宴會中碰上那種事，表面上或許會維持一貫的笑容，但內心肯定會不停地盤算著該如何整垮對方。」

「……」

「忍住心中的怒火，肯定不容易吧。那種情況下……只要憤怒瞬間湧上來，就得馬上報復才行。見到惹怒自己的人在面前下跪求饒，我的情緒就會舒緩很多……」

就算我已經說到這個地步了，她依舊堅持維護自己塑造的形象，簡直令人無言以對。

我當然知道，無論基於何種意圖說出這種話，都一定會讓人起疑心。

再說了，雖然迷藥的用量不多，但既然選擇使用迷藥，就說明她對我抱持一定的好感。要在心儀對象面前暴露自己的黑暗面，並不是件容易的事。

「我是個無法壓抑怒火的瘋女人。

「全帝國上下都知道我是個只知道胡作非為，垃圾般的女人，也是個容易暴怒，讓下人過得豬狗不如的帝國大公主。」

換作任何人，都不可能會說出這些話。

見到她事到如今還不肯脫下面具，讓人實在無法理解昨天的她怎麼反而那麼輕易地露出馬腳呢。

如果想徹底揭開她的真面目，這種對話似乎行不通。

「我是開玩笑的。」

「啊……您、您果然如傳聞中的風、風趣呢。」

她勉強揚起笑容。

我默默放下手裡的茶杯，開口說道。

「雖然可能有些失禮……不過我得離開了。」

「什麼？」

「不管是道歉還是道謝，我都已經收到了……我和皇帝陛下還有約，就不久留了。」

「這、這麼快嗎……」

「喝著喝著發現這杯茶似乎不太合我的胃口……我明天會再找時間來拜訪您。」

「啊！」

我連忙起身準備離開，隨即看見她慌張的神情。

她的臉色瞬間大變，看樣子就快要忍不住內心的怒火了。畢竟我現在的一舉一動，對於皇室而言，可以說是極度傲慢無禮的行為。

即使如此，她也不願在我面前卸下防備，看來比起我的無禮，似乎有別的事更令她惱火，她八成是在埋怨妨礙今天這場會面的人。

不過，一切都與我無關。

我稍稍鞠躬，適度地表達我的恭敬後，便轉身準備離去。此時，在外頭待命的侍女們匆忙地從我身邊經過，接連走進房裡。

接待室的房門被緊緊闔上，在外頭等待的侍女們臉色慘白得不能再慘白了。

她們肯定覺得自己完蛋了。

房間被隔音魔法徹底包圍，絲毫聽不見裡頭的任何騷動，但我大致能猜到發生了什麼事。

想必大公主正在大吼「妳們這些該死的傢伙」。

說到底，惹怒她的人不是我，那麼她心中的怒氣，自然會轉移到其他人身上。

我在心中默數十秒，接著回頭走向緊閉的房門，侍女們的表情明顯比剛才更加驚慌。

「夏莉亞公、公主殿下！李基英大人……」

我發動事先準備好的簡單咒語。

「沉默。」

「呃呃！」

侍女不停摸著脖子，赫然發現自己失去了聲音。

「李基英榮譽主教大人，您現在的行為非、非常無禮……如果您想再度拜訪大公主大人，請讓我先去向大公主大人稟告。」

啪滋！啪滋滋！

從地面竄出的龍尾搗住了侍女不斷說話的嘴。

就在我親手將大公主的房門打開後，眼前的景象正如我所料。

啪！一道清脆的巴掌聲，以及怒氣直逼天際的嘶吼聲率先傳入我的耳中，緊接著耳邊也傳來了侍女飽受驚嚇的回應。

「我明明……我明明說過招待客人時，絕對不能有任何閃失。我講過多少遍了！我！我！我說那位是很重要的客人！我難道沒告訴過妳們嗎！」

「小、小的罪該萬死，罪該萬死啊，公主殿下。」

「好啊！既然這是妳的心願……啊！」

在我轉身離開，短短不到一分鐘的時間內，就能上演如此精彩的戲碼，真是令人大開眼界。

剛才走進接待室的侍女中，有一位雙頰通紅，還有一位趴跪在地上，不停地求饒。

此時，大公主的視線不斷在那些侍女和我之間游移，神情充滿困惑，不知道該如何是好。

我打破這短暫的沉默，開口說道。

「看來我的猜測是對的。我怎麼想都覺得大公主和我是同類。」

當然，那個瘋女人和我是不同種類的垃圾。

這還用說嗎？我們怎麼可能會是同類，我沒爛到那個地步吧？

第093話　有其父必有其女

誰都看得出來夏莉亞現在一臉錯愕。

當然，她會感到慌張實屬正常。為了能在我心中留下好印象，她刻意營造出和自己一點都不符合的端莊形象，卻萬萬沒料到臉上的面具會以這樣的方式被徹底撕開，可以想見她有多不知所措。

而一旁的兩位侍女也不例外。她們對於這一切究竟是如何演變至此的，絲毫摸不著頭緒。不過一直以來，她們唯一能做的事，也就只有站在一旁瑟瑟發抖而已。

夏莉亞朝我開口，似乎想盡其所能地收拾殘局。可惜如我所料，她的嘴裡吐不出一句像樣的辯解。

眼前的局面再清楚不過了。簡單來說，此刻的她進退維谷。

「其、其實我……我……」

「啊，我其實並不在意，您不解釋也沒關係。我只是發現用餐時間差不多到了，打算邀請您一起享用晚餐罷了。要是繼續維持現狀，似乎也有些不妥，我想最好還是請侍女收拾一下。門外也要麻煩妳們處理，因為我剛剛用了比較粗魯的方式走進來……」

「噢……」

「另外，我為我剛才的無禮，真心地向您道歉，公主殿下。我只是認為如果要進行更有深度的對話，彼此應該要更加坦誠相對，所以我不得不那麼做。」

「沒事……沒關係……」

「公主殿下就由我來服侍，麻煩妳們先去準備晚餐。」

我扶起趴跪在地上的兩位侍女，只見她們一臉猶豫，像是在顧慮夏莉亞。在見到夏莉亞微微點頭之後，兩人立刻逃跑似地衝出門外。

「茶其實很好喝。」

「那、那真是太好了。」

「夏莉亞公主殿下，您不需要感到不好意思。」

「李基英榮譽主教，剛才那是……」

「我都懂。您是在糾正下人的失誤。」

「啊……對、對，就是這樣。」

「我剛剛也說了，我非常能理解您的作為。侍女在招待客人的過程中出了差錯，您感到憤怒也是理所當然的。換作是我，肯定也會發脾氣。」

「對，就是這樣。」

「同樣一件事有的人說一遍就能聽懂，有的人說了好幾次還是做不到。不把公主殿下的話謹記在心，會受罰也不是什麼奇怪的事……」

「李基英榮譽主教……」

「怎麼了嗎？」

「您真的很懂我呢！」

「是啊，我剛才不是說過了嗎？我們是同一類人。」

我看得出來，她正絞盡腦汁思考該如何回應我。

我說的每一句話都包裹著善意的糖衣，而她直到現在才發覺。

她小心翼翼地觀察我的神情，似乎認為自己可以再更坦誠一些。想必她正在暗自揣度自己能夠對我開誠布公到什麼地步。

「我這裡有很多能力稍嫌不足的下人。」

「這是因為……她們和公主殿下您不同。」

「大部分的侍女都很愚蠢……」

「原來是這樣啊。」

「不曉得是不是天生就這麼愚蠢……事情只交代一次的話，她們老是無法馬上聽懂，惹我不耐煩已經不只一兩次了，害我總是覺得壓力很大。」

我不過在一旁跟著搭腔，她果然像是忍耐已久似的，立刻接著說下去。

大公主興奮地說個不停，宛如見到了許久未見的老朋友。

我當然沒有意願和大公主成為老朋友，現在的我只要一直點頭附和就好，而這對我來說並非難事。

「嗯嗯，這是當然的。我完全能夠理解您的想法。」

「要做到這種地步，我當然也覺得很心痛。但不管怎麼樣，為了整頓綱紀……」

「沒錯，這是一定要的。您會這麼做也是迫不得已。」

「對，我就是這個意思。」

事到如今，她似乎還是無法徹底抛開那副矯揉造作的模樣，還試圖用「整頓綱紀」來淡化自己的惡行惡狀。不過，相較於剛才聊天時的態度，她明顯坦率了不少。

在此期間，下人們也開始著手準備晚餐了。

由於方才已經事先交代侍女，我與大公主不前往餐廳，而是在此處用餐，於是在布置餐桌的同時，她們也馬不停蹄地準備著開胃菜。

侍女們神情十分緊張。

目前在場的侍女並非剛才在房裡的那幾位，但她們的雙手也同樣不停地顫抖。

此時看到大公主開懷大笑的模樣，想必她們應該十分慶幸。

在我看來，現在的氣氛的確和樂融融，似乎也無需再多說什麼。

「呵呵呵。其實我從父親那裡聽說了關於李基英大人的事。」

「真好奇陛下和您說了些什麼，現在竟然連皇帝陛下都會提起我，想想還真是讓人擔憂。」

「哎呀！不是您想的那樣。是關於上次的事……您……替我犯下的失誤辯護……」

「哈哈，用辯護來形容似乎不太恰當，畢竟我只是說了我認為對的話而已。」

「不曉得是不是因為那件事，父親還特意囑咐了我好幾次呢。」

「囑咐您什麼事呢……」

「父親叮嚀我一定要找時間向李基英榮譽主教大人致歉……不過，今天會約您見面，並不是因為父親的交代。我只是想再次為我當時犯下的錯誤向您道歉，更重要的是，我其實對您十分好奇……」

「啊哈……」

「實際與您見面後，我才發覺您比我想像中的還要好。」

聽到這句話，我心裡隱隱升起一絲不祥的預感。

令我感到驚慌的是，皇帝竟然囑咐她得主動向我道歉。

當然，他會這麼要求一點也不奇怪。真正讓我擔心的是，皇帝說不定另有所圖。

「我也很好奇您想知道什麼呢？不過我多少也能理解，畢竟絕大多數的貴族都對我們這些異邦人抱持著濃厚的興趣，尤其現在又被推選為帝國八強，自然會有更多人對我們感到好奇。您是不是看過冒險日誌……」

「說到這個，我在昨天碰巧讀了一點帕蘭公會的日誌。」

「哈哈哈哈，那還真是榮幸。話說回來，其實我也正想和公主殿下見一面。」

「真的嗎？」

「我心想，如果能有機會與您聊天就太好了，沒想到竟然會在這種情況下見面，哈哈。」

在我們聊天的同時，侍女們也為了準備餐點忙進忙出。

我暫時中斷話題，緊接著望向侍女。

她們已經等待許久，似乎一直在尋找能夠插話的時機點，看樣子到頭來還是需要我的幫忙。

「請問……公主殿下的牛排要幾分熟呢？」

「三分熟。」

「我的那份和公主殿下一樣就行了。」

「是。」

「甜點可以過一小時後再拿來，我們應該會聊上一段時間。」

「好的，我知道了。」

其實我更偏好全熟，但我想讓大公主更深刻地感受到我們是同一類人。

看到幾乎沒煮熟的鮮紅牛肉被端上桌，我確實有些慌張，暗自擔心該如何吃下肚。

大公主嫻熟地切著牛排，盤子裡的血水不斷積累。

或許是我想多了，刀叉摩擦肉塊發出的一陣沙沙聲，讓氣氛頓時有些詭異，但我仍舊若無其事地看向她，延續剛才的話題。

夏莉亞切下一塊牛排，在侍女們全數離開後才再度開口。

她連切好的牛肉都沒打算送到嘴裡，可見比起眼前的食物，她似乎更好奇剛才那段對話的後續。

「那個……如果您不介意，能說說您想和我聊什麼嗎？」

「哈哈，其實也沒什麼。是跟皇室有關的……」

「什麼？」

「夏莉亞公主殿下，希望您聽了別誤會，我只不過是一位外地人，並沒有想對皇室指手畫腳或批評的意思。我只是想聽聽您對二公主夏洛特的看法而已。」

「您這是什麼意思……」

「因為我曾經聽說過，目前能左右神聖帝國的實際掌權者，其實是二公主殿下。」

「是、是誰膽敢說出如此放肆的話！」

「聽說偉大且充滿智慧的皇帝陛下身體狀態每況愈下，於是陛下將不少公事都交由二公主負責，此外，不少勢力龐大的貴族也與二公主頻繁往來，再加上二公主的能力確實相當出眾……算了，我擔心再繼續說下去，會被誤會是在褻瀆皇室。」

「不會的，李基英榮譽主教。您可以繼續說。」

「咳……其實我們這邊也收到不少提議……」

這當然是謊話，我們根本就沒收到過什麼鬼提議。

「能、能請您說得詳細一點嗎？『我們』是指……」

「噢，我的意思是，帝國八強中有幾名成員，私底下曾經收到二公主的提議，應該是希望等到皇帝陛下駕崩之後，我們都能夠支持她。雖然不曉得該不該跟您說這種話……我只是認為二公主似乎對您有敵意，才決定告訴您的。」

從二公主想要馴服我們的動機來看，無非就是希望我們與她站在同一陣線。

所以這也不算是謊話，只不過是還沒發生罷了。

而眼前的這位大公主，果然一點也不想查明事情的真相。事實上，就算有心想了解真相，她也沒能力調查。

看她不斷低聲念叨著「夏洛特……夏洛特」，想必對妹妹的憤怒已經到達了最高點。

「所以您的回答是……」

「我還沒給出答覆。站在帝國八強的立場上，我們希望盡可能避免與神聖帝國的政事有過多的牽連，畢竟異邦人有異邦人該過的生活。不過，我們不冷不熱的態度，似乎也讓二公主開始心生不滿。雖然從大大小小的坊間傳聞來看，二公主的脾氣並不壞，但最近假消息過於氾濫，實在難以判斷是非真假。」

「對……對，您說的沒錯。二公主夏洛特……不，和那個卑鄙妓女有關的消息，全都是捏造出來的。沒錯，就是這樣，所有人都被她騙了。」

「您說什麼？」

「雖然說起來有些羞愧，但她其實是個壞到骨子裡的女人。她的母親出身卑賤，打從一開始就不該將這個庶女正式立為公主，所有人都很擔心這件事情。沒錯，就是如此。我知道她野心勃勃，卻沒想到她一成為皇室成員，竟然就開始欺騙父親，露出了真面目。」

「嗯……」

「刻意裝出一副對男人興致缺缺的樣子，實際上不曉得帶了多少男人進宮。每次經過她的寢宮，從那裡頭傳來的嬌喘聲都快讓我的耳朵起繭子了。果然血緣是不會騙人的。她在人前總是一副笑臉迎人的模樣，背地裡卻不曉得做了多少齷齪事……我實在不知道該怎麼跟您說。」

儘管早已有所預料，但一提到夏洛特，她便毫不留情地大肆數落著她的不是，一點也不在意我的目光，想讓她徹底宣洩對二公主的氣憤，短短一頓飯的時間當然不夠。

看到夏莉亞那張嘴有如機關槍，不停說著二公主的壞話，我不自覺笑了出來。簡直就是五十步笑百步。

「那個殺千刀的賤女人，像條骯髒的泥鰍一樣，不斷玷汙皇室，損害皇家的威嚴，我實在是沒有臉見先皇了。父親也是，深怕別人不知道他是夏洛特的父親，怎麼能、怎麼能……把那個賤女人……看得比我還重要……」

在極度憤怒之下，夏莉亞握緊雙拳不停顫抖，死命地咬著下嘴唇，我甚至一度以為剛剛那段愉快的時光只是幻覺。

她的雙眼布滿血絲，不曉得究竟有多麼委屈，竟然還激動地流出眼淚。

想當然耳，那些眼淚不全然是出自於對皇室的擔憂，只不過是嫉妒罷了。

她嫉妒夏洛特擁有自己無法獲得的一切，因而把自身的執著、怨恨以及憤怒全數轉移到夏洛特身上。

發現卑賤的血統獨占父皇寵愛後，她產生了自卑感。而這些眼淚，正是源自於她的氣憤。

我默默拿出手帕，伸手為她拭去淚水。

這突如其來的舉動似乎令她相當吃驚，她的身體不自覺地往後傾。

「噢……抱歉。」

「李基英大人……真是溫柔。」

什麼啊？

這句話莫名流露出一股危險的氣息。

再繼續這樣下去，我跟她說不定會一起躺在眼前那張沙發上。出於不祥的預感，我趕緊將手抽回，硬是轉移話題。

「這沒什麼。我完全沒想到竟然會有這種事。果然在這個世界上，比起真相，更多的是謊言呢，哈哈。」

「什麼意思？」

「其實我也聽說過關於大公主的傳聞……當然，大部分都是負面的評價。不過實際認識您之後，便發現您與傳聞完全不同。您比誰都還要為皇室著想，是如此地聰慧又美麗，在許多方面也都展現了您的堅毅。您所表現的智慧與言行，讓我彷彿看見了貝妮戈爾女神……」

「啊……」

「我敢肯定……您才是最有資格成為下一任皇帝的人。」

我將切好的牛肉放入口中，沒煮熟的肉腥味瞬間在我口中擴散開來。

在聽了我的一番話之後，夏莉亞的嘴角忍不住上揚。她安靜地點了點頭，將眼前的食物不停塞入嘴裡。

或許是因為對她來說，這是世界上最甜美的諂媚，又或者是因為那冷掉的牛排比她想像的還要美味，她的身體沒來由地微微顫抖，似乎覺得很痛快。

果然有其父必有其女。

＊＊＊

儘管我不清楚她口中的卑賤血統和皇家血統是指什麼，但我不得不承認，眼前的大公主，確實完全繼承了皇帝的血脈。

一句微不足道的阿諛奉承，就能讓她的心情瞬間變好。或許是因為她從來不曾被他人肯定，所以每當我稱讚夏莉亞時，她都會笑得花枝亂顫的，那個模樣簡直令我無所適從。

讓這種人當上皇帝真的沒問題嗎？

在無數的稱讚和奉承之中，大公主特別愛聽那些將她捧得比夏洛特還要高的好聽話。不出我所料，她最喜歡以「跟二公主相比」作為開頭的讚美。只要在句子前面加上這幾個字，效力堪比魔法。

「您比二公主還要美麗、聰慧。」

「您的為人和我聽到的傳聞完全相反。」

諸如此類的話對她來說極具效果。

我當然不希望被冠上褻瀆皇室的罪名而鋃鐺入獄，因此我並沒有直接點出夏洛特的名字。但那個愚蠢的夏莉亞，卻不知為何總能從我冗長的奉承之中，準確地捕捉到我誇獎她比二公主更優秀的內容。

看來她的腦力只用在這種事情上。

她的嘴角不停上揚，彷彿即將裂開，不知情的人看到，說不定會以為她嗑了藥。

對她來說，這些稱讚當然就是世界上最美味的迷魂湯。

在和她聊天的過程中，我也趁機打聽到不少情報。

比如說，二公主的母親是貧民出身。

還有，大公主是因為過分聰穎的二公主，才逐漸走上歧路。

我完全可以理解。

某天，貧民出身的夏洛特突然被擁戴為二公主，還進一步獨占了父親的關愛。不僅如此，二公主的天資無比聰穎，總是能輕易得到眾人的稱讚，更在各個領域展現出比自己優越的才能。

站在夏莉亞的立場來看，她當然會對夏洛特恨得牙癢癢。

比起夏莉亞幾乎可以說是廢物等級的能力值，夏洛特的能力值大多都超過英雄級。如此壓倒性的實力差距，不難看出大公主在幼年時期，該有多麼怨恨自己的無能。

〔習得基礎劍術知識〕

〔習得基礎魔法知識〕

〔習得基礎體能知識〕

〔習得基礎修養知識〕

〔習得基礎軍事知識〕

〔習得基礎教養知識〕
〔習得基礎煉金知識〕
〔習得基礎元素知識〕

她的狀態欄中，最引人注目的，是不計其數的各種基礎知識。

事實上，除了這些之外，她具備的基礎知識多到數不清。

理由很簡單。

我敢肯定，幼年時期的大公主，肯定什麼都學過一輪了。

從狀態欄就能看出她曾經卯足全力瘋狂學習。

劍術不行就靠魔法彌補，魔法不行就靠軍事知識彌補，再不行就靠元素知識。

殊不知在二公主的天分面前，她的所有努力就像沙子堆成的堡壘般，瞬間潰堤。

那時的她究竟會是什麼感受，自然不言而喻。

在那之後的某個契機下，大公主徹底走上歧路，最後過著成日待在宮中酗酒和折磨侍女的人生。

當然，上述的故事都是以夏莉亞的視角出發。

我敢肯定，考慮到夏莉亞的特有癖好和個性，二公主的人生鐵定也不是那麼順遂。

夏莉亞一定會想方設法地折磨二公主，而且她折磨人的手段，說不定完全超出常人的想像。

夏洛特可能得承受隨時被暗殺的威脅，臉頰上腫脹疼痛的感覺更是家常便飯。

一想到眼前這個惡毒的女人心狠手辣的程度，就能知道二公主肯定是經歷了一段血淚交織的童年。

反派夏莉亞千方百計想把女主角夏洛特踩在腳底下，而女主角夏洛特即便面對無數次的打壓，始終不依不饒，一步一步地壯大實力。如今，故事的劇情正朝著懲惡揚善的方向發展，已經邁向結局了——至少在我介入之前是這樣沒錯。

沒錯，「在我介入之前」。

生命力如雜草般強韌的夏洛特，不知不覺已經強大到足以控制整個皇室。從小到大受盡折磨與欺辱，現在總算嘗到了苦盡甘來的痛快。

反觀大公主夏莉亞，可以說是一無所有，夏洛特折斷了她的羽翼，更奪走了她曾經能行使的一切權力。

就算刀子硬生生地架在她的脖子上，恐怕這位愚蠢的大公主依舊對自己的處境一無所知。

不過局勢也不是完全沒有轉圜的餘地，所幸大公主最起碼還保有正統的皇室血脈。

儘管夏莉亞還停留在起跑線上，但現在出發還不算太晚。

話題持續進行，夏莉亞也被我逗得樂不可支。她抬手將積在眼角的淚水拭去，並說道。

「呵呵呵，好久沒像今天這樣笑得這麼開心了！我都笑到流眼淚了呢。」

「哈哈哈哈，我也是。與您共度的這段時間，比想像中還要愉快，公主殿下。」

「聊著聊著不知不覺就天黑了呢……如果您不介意，我另外替您安排房間，今天就在這休息一晚再走吧？我也想再和榮譽主教多聊一些……」

「不用麻煩了，公主殿下。我雖然也很想與您徹夜暢談，但這麼做說不定會為您帶來不必要的麻煩，畢竟還是得顧及旁人的眼光。」
「啊……」
「如果真的這麼做，其他人肯定會議論紛紛。我雖然不在意自己的名譽掃地，但我不能讓公主殿下也成為眾人茶餘飯後的話題。」
「旁人的眼光……」
「您必須得謹慎行事。畢竟人類這個種族，只會相信眼前所見的一切。就算我想和公主殿下多聊聊神聖帝國的未來，那些懷著齷齪思想的人，也絕對不會把今晚的面會解讀成單純的政治討論。而我，想守護大公主殿下。」
「這樣啊……」
「除了這件事之外，其它方面應該也不例外。」
「這是什麼意思……」
「我想一定有不少愚鈍的人，無法理解公主殿下您想要重整紀律的用心。因此，您得好好思考二公主與夏莉亞大公主之間的差異才行。畢竟對於人類來說，表裡不一才能擄獲民心。」
「……」
「夏莉亞公主殿下既純真又毫不虛偽，總是不加掩飾的模樣我當然能夠理解……不過，就像高級的食材會隨著烹調方法改變風味一樣，傳遞給社會大眾的資訊，也會因為包裝、潤飾方式的不同，而產生截然不同的效果。和公主殿下相處後我才知道，您的心胸宛如一望無際的汪洋大海，但那些一無所知的愚民，怎麼可能了解大海有多麼寬闊呢？」

「哎呀……謝謝您。」

「公主殿下的智慧與教養，也得讓那些愚鈍的人民有機會掂量才行。對於他們來說，最重要的不是皇室的綱紀，而是觸目所及的一切。」

夏莉亞大概也知道自己不能蠻橫無理，但她那火爆急躁的性格想必阻擋不了內心的熊熊怒火與固執。

「沒錯，您說的對。愚蠢的人確實只願意相信自己眼前所見，誰也不會在意那些看不見的事物。」

「是的。所以有時候，必須在大眾面前戴上符合他們期望的面具才行。嗯……我就老實告訴您吧。」

「您請說……」

「我想和您站在同一陣線。」

「真的嗎！」

「其實，我本來想多觀察一陣子再向您提議。不過，今天和殿下聊過之後，我才發現我的苦惱有多麼地多餘又無意義。作為帝國的子民，我能感受到公主殿下有多麼替人民著想。當然……我也不會特意否認，有一部分原因是受到殿下美貌的誘惑，哈哈。」

「天啊……」

「公主殿下是怎麼想的呢？」

「什麼？」

「您願意和我站在同一陣線……」

「當然！當然好！怎麼可能會不願意呢！李基英榮譽主教！我當然願意！」

我才稍稍伸手，夏莉亞便毫不遲疑地起身靠過來，一把握住我的手，簡直跟一隻飢腸轆轆的餓死鬼沒兩樣。

夏莉亞似乎也被自己的舉動嚇了一跳，連忙放開我的手。不過她內心的雀躍全寫在臉上，好比在一片黑暗之中找到燈塔一樣。

要拉攏她並非難事，但我沒料到事情會進展地如此順利。

我能夠理解，對於夏莉亞來說，在這個沒有人願意相信自己、理會自己的窘境下，我是她唯一的盟友。不過看到她毫不猶豫地對我表達無限的信任，我驚慌地乾咳了幾聲。

「您如此熱烈地歡迎我，真讓我不知道該如何反應，哈哈哈。」

「是、是我太丟臉了……」

「不是這樣的，夏莉亞大人。您願意展現出這一面，我反而更高興。咳……那麼今天就到這裡吧，畢竟我得在夜色更深之前……」

「啊，好，那就這樣吧。」

她看起來似乎有些惋惜，卻也無可奈何。如果我繼續待在這裡，說不定真的會傳出什麼莫名其妙的謠言。

今天就到此為止。

日後若要一起行動，勢必得矯正她的言行舉止，不過今天再繼續下去不免有些操之過急。我想應該等到關係更親近後，再針對她的日程安排或言行舉止給出建言。

我默默起身把門推開，只見站在外頭等待的侍女們個個笑臉迎人，想必是看到了我身後夏莉亞的表情。

大公主露出滿足的笑容目送我離開，負責為我帶路的侍女們自然也是同樣的表情。

「今天不需要伺候我沐浴。我會自己看著辦，誰都別進來。」

「是的，公主殿下。」

「還有，一定要向李基英大人詢問下次來訪的時間。」

「是，我知道了。」

夏莉亞囑咐下人的嗓音十分溫柔，甚至連轉身離去的腳步都無比輕盈。

竟然連伺候沐浴都免了，看來她確實有所體悟。只要心情一好，連容忍小失誤的度量都有了。

雖然我不太願意承認，但她在這部分的確和我十分相像。

原本決定藉由隨行人員的用餐事件狠狠教訓鄭白雪一頓，不過現在這種行為會讓我聯想到大公主，導致我沒辦法真的對她板著一張臉。

此時，一陣飛快的腳步聲傳來。轉頭一看，原來是幾位負責傳話的侍女。侍女們在與我對視後，匆忙地低下頭來。

我一語不發地看著她們，點頭示意她們說話。

「李、李基英譽主教大人。」

「是，請說。」

「那個……可以請問您何時會再過來嗎？」

「這個嘛……我得再想想……」

幾位侍女的臉色瞬間一沉。

「不對……能幫我問問公主殿下，明天午餐時間是否有空嗎？」

「是，我、我知道了。」

侍女們的表情又瞬間開朗了起來。

我能明白她們為什麼會如此。想也知道，她們似乎認為我馴服了那個瘋女人。

雖然不清楚她平時究竟有多瘋狂，才會讓眼前這群侍女露出這種反應，但可以肯定的是，現在的她將會變得與過去截然不同。

當然，感受到她這一層轉變的人，不只侍女。

「大公主變得不一樣了。」

那天之後，又過了三天，關於大公主的消息開始在王城內傳開。

＊＊＊

大公主變了。

準確來說，是「她終於振作起來了」的消息已經傳遍了王城。

就連我也覺得她和以前看起來不太一樣，那些與她相處已久的人自然更加有感覺。

而最先感受到變化的，絕對是服侍大公主的貼身侍女。

隨著日子一久，她們應該只會越來越驚訝。

過去那些容易觸怒大公主的地雷和禁忌，現在大多會被當成稀鬆平常的小事一筆帶過；對於一些小失誤，大公主也願意睜一隻眼閉一隻眼。

侍女們在大公主的手下做事，見識過各式各樣的瘋狂行徑，如今出現這種轉變，她們會覺得幸福也不無道理。

有趣的是，這些侍女成天盼望著我的到來。

她們似乎十分篤定大公主的轉變是我一手促成的，於是她們為了拉近我和大公主的距離，開始自發性地做出一些不尋常的舉動。

而這樣的行為看在我眼裡只覺得可愛，因此我並不怎麼在意。

不過對於那些必須執行任務的侍女團，我反倒有些同情她們。

是啊，她們是最辛苦的……我不想摧毀她們好不容易獲得的幸福。

這一切對我來說根本不痛不癢，但對侍女們而言，這場行動可以說是捍衛生存權的抗爭。

出於這種微妙的廉價同情心，我和夏莉亞待在一起時，偶爾會稱讚侍女們的行為。然而這個舉動帶來的效果，可以說是完全超乎我的想像。

隔天，我與侍女對上眼時，她們的神情中彷彿蘊含著打算誓死效忠於我的念頭。

沒想到出於憐憫脫口而出的幾句話，卻得到了意料之外的效果。

過了一段時間之後，就連我不在時，侍女們也會主動向我彙報夏莉亞的近況。

當然，那並不是什麼正式的報告，她們不過是如實描述大公主進出接待室時的態度轉變而已。

「昨天榮譽主教大人回去後，大公主殿下看起來非常開心。」

「公主殿下讀了一些書，睡不太著。」

大概都是這種內容。

大公主的侍女團對我抱持著高度善意，確實是個好消息。

不管是什麼情報，總會有派上用場的時候。即便是勢單力薄的侍女，也可能有小兵立大功的一天。

就像剛才說的，這件事的最大受益者，其實是大公主的侍女團。不過，會為這些事感到高興的人，絕對不只那些被她折磨過的人。

一直以來為大公主感到擔憂的人，也紛紛點頭讚賞她的表現。尤其是皇帝，他最近可以說是每天都過得十分幸福。

看到曾經被視為皇室頭號麻煩人物的夏莉亞，如今有了如此正向的轉變，就足以讓一個總是為子女操心的老人家高興不已。

事實上，並沒有發生多大的改變。畢竟我也不是對夏莉亞施了魔法，讓她的精神狀態恢復正常。

人類這種動物，本就容易走歪路，不容易向善。就算真的能將她導回正途，也絕非一蹴可幾的事。

也就是說，想將夏莉亞教化成有資格當皇帝的人，根本就是異想天開。

我只不過是和她閒聊幾句，並告訴她在大眾面前該如何表現，才能夠獲得眾人的青睞罷了。

先用話術哄哄她，再告訴她下一步該怎麼行動；此外，還得進一步幫她擬定任務清單，安排行程。

夏莉亞的狠毒與執著不亞於夏洛特。

她的自尊心不過是被從小到大累積的挫敗感給消磨殆盡而已。

夏莉亞雖然是個集無能與自卑於一身的人，卻也因為這樣，她比任何人都更渴望得到認可。

當所有人都不在乎她，眾人的視線焦點都落在她妹妹身上時，她一個人究竟默默承擔了多少壓力，實在令人難以想像。

我敢肯定，夏莉亞最期待的，就是出現一個像我這樣的人。

一個能夠認可她、支持她的人。

一個能夠告訴她不可回收的廢物也很偉大的人。

最重要的是，一個能夠將她那些微不足道的行為精心包裝，放到市場上販售的人。

也就是，在太空包餅乾中填充了一半以上的氮氣，還能順利將其賣出的人。

「聽說殿下讓侍女們放假了。」

「殿下最近都會定期前往神殿，應該是徹底洗心革面了。」

「聽說她還出席了早上的國務會議。雖然只是坐在最後一排，安靜地聽完整場會議……」

「我還聽說她很好奇人民過得怎麼樣，想親自去民間視察，連行程都安排好了。」

「這麼說來，她最近好像還滴酒不沾呢。」

「上次那場晚宴，我可是親眼看到她當場拒絕了遞到面前的紅酒呢。」

要在大公主那些微不足道的行為中加油添醋，其實非常簡單。

我悄悄地開口，周遭的視線立刻集中在我身上。

「果然血統是騙不了人的，哈哈哈哈。」

這是能夠瞬間拉攏老一輩貴族勢力的必殺金句。

一般來說，選舉用的宣傳標語，每一句都代表著候選人的形象。

一號候選人夏莉亞，血統是騙不了人的。

雖然帝國不會出現這種宣傳標語，但為了包裝夏莉亞的各種言行，這是必要之舉。

畢竟地球上那些政治人物，不會一下子說要拯救人民，一下子又嚷嚷著要振興經濟。若要將目標放在人民身上，候選人的行動則必須聚焦在人民身上；如果主張要提振經濟，那麼就得將焦點放在經濟層面。

候選人的政策方向、宣傳以及競選活動等，儘管看起來十分相似，實際上卻存在一定的差異。

如果是我，肯定會選擇更荒謬的作法。

我為夏莉亞擬定的標語，既不是替帝國子民謀求更多福利，也不是為了拯救帝國的經濟，甚至不能代表候選人的形象。

雖然這句標語毫無根據和邏輯，但對某些老頑固來說，卻是如同魔法般神奇的句子，因為他們相當注重正統性。

「就是說啊！看來夏莉亞公主殿下真的完全繼承了皇室的血脈，這是無庸置疑的。」

「沒錯，呵呵呵。誰沒經歷過短暫的徬徨呢？但血緣是騙不了人的。」

「仔細想想，之前曾聽說第七代皇帝陛下年輕時，似乎也過得不太順遂。年過四十才開始埋首鑽研學問，到了五十歲才繼承皇位。即便如此，先皇還是建立了豐功偉業……夏莉亞大公主殿下從現在開始努力，應該也不算太晚。」

「哈哈哈哈，沒錯，就是這樣！」

他們你一言我一語地瞎扯，還真是可笑。

說完這句宣傳標語，我的任務就算完成了。於是，我拿著一杯紅酒，默默走到角落。

有好一陣子沒能和我待在一起的鄭白雪，自然緊跟在我身後。

在另外一頭和我分開執行任務的李智慧，也緩緩地走了過來。

「妳會累嗎？」

「啊……不會。因為和基英哥待在一起，嘿嘿。」

總覺得很久沒和鄭白雪說話了。現在雖然幾乎天天都能見面並聊上一兩句，不過在關鍵時刻卻無法顧及到她，讓我莫名感到一絲愧疚。

儘管想為她做點什麼，但眼前的鄭白雪似乎只希望我能待在她身邊。

我輕輕摸著她的頭，只見她一臉愉悅地往我身上靠。

「要乾杯嗎？」

「好！」

「話說回來，妳的研究進行得如何？」

「噢，好像還算順利。因為要提前完成進度，所以最近變得有點忙，不、不過比想像中的還要順利。再過幾天，應該就能做出原型了。」

「馬克斯沒有說什麼時候會完成嗎？」

「對，沒有說……」

「嗯……」

「是不是要稍微催促一下比較好呢？」

「不，沒有必要。至於二公主……」

「我、我們一直在觀察她。」

「好，如果出現什麼突發狀況，務必馬上向我報告。」

「好！」

我輕輕握住她的手，只見她立刻低下頭。

這時，我們正好走到了會場中央。

我慢慢地引領著鄭白雪的步伐，她也一臉歡喜地配合著我的腳步。雖然沒有正式學過社交舞，但如果只是一些基本舞步，我應該還是應付得來。

此時，鄭白雪笑呵呵地開始轉圈。

雖然不曉得她此刻在想些什麼，但看著她不斷上揚的嘴角，想必高興得都快飛上天了。感覺就像變身成童話故事中的公主一樣。

我的心情當然也不錯，甚至可以說是相當愉快。

鄭白雪雖然經常露出令人毛骨悚然的一面，但基本上她總是以我為優先，日子一久，我似乎也習慣了這一切，還莫名地覺得她有些可愛。

只是她最近安靜到讓我有點不安……

隨著魔力值不斷上升，本以為她會有什麼驚人的表現，但除了偶爾使用阿涅摩伊之眼，我並沒有看到她做了別的事。

從我們相處的時間變短這一點來看，這段時間她已經算是相當安分了。

除了我交付給她的任務之外，她將剩餘的時間用來消化那些透過傳說級魔杖獲得的知識。在我看來，她可能認為自己還無法靈活運用這些知識。

難道她覺得自己的實力還不夠嗎？也對，她肯定希望自己能變得更強。

當然，等她達到期望的境界之後，會做出什麼樣的行為，也令我十分不安。

光是想到那天從李智慧口中聽見的消息，就完全無法預料哪天又會在哪裡發生何種意外。但至少在我的眼皮子底下，她不會做些奇怪的事。

總而言之，所有能稱得上是計畫的事，都按部就班地進行著。

交付給鄭白雪的夏洛特跟監計畫，以及馬克斯的全像投影技術研究，全都進展得相當順利。雖然能否在時間內完成是成功的關鍵，卻不是迫在眉睫的事。

這對姐妹的皇位之爭至今仍未浮上檯面，就算影像媒體現在立刻被研發出來，也無法派上用場。也就是說，當務之急是利用這個時機，讓原本徹底傾向某一側的天秤恢復平衡。

既要進一步鞏固大公主的地位，也要盡可能散布有關二公主的負面傳言。

每個當權者總會有一兩件見不得人的骯髒事。

先前我還曾經考慮散布一些似是而非、毫無根據的假消息，但既然重生者這麼重視那個女人，我想我最好還是別下手太重。

當然，對於夏洛特來說，那句標語說不定會令她暴跳如雷，不過這已經是我能想到的所有口號中，攻擊力道最小的句子了。

為了打擊她的形象，我創造的口號十分簡單。

「果然血統是騙不了人的。」

雖然和夏莉亞的標語是同一句話，背後的含義卻截然不同。

因為在這樣的社會環境之下，擁有一個出身平民的母親，本身就是一個極大的弱點。

只有一半的皇室血統，品行能好到哪裡去？

＊＊＊

針對夏洛特的那些惡意抹黑，正以極其緩慢的速度，悄無聲息地蔓延著。

讓消息從皇宮內部流傳出去，顯然不是個好主意。因此，我打算讓這些傳聞由外往內滲透，從規模小的地方，逐漸往規模大的地方擴散。

這件事情並不難，黑天鵝公會和春日由乃所屬的夜空公會都會助我一臂之力。

黑天鵝公會本就稱得上是大型情報公會，他們對這種事相當在行。前陣子合併了大和公會的夜空公會，實力也同樣不容小覷。

我們並沒有明目張膽地操縱輿論，因為現在還不是時候。

但與此同時，帕蘭和紅色傭兵也沒有袖手旁觀。眼下我的行動範圍有限，於是金賢成和車熙拉正在代替我，想辦法說服來自大灣的八強成員陳冠偉和魏蘭，加入我方陣營。

就算他們想和二公主站在同一陣線也無所謂，只是同樣身為玩家，我認為他們終究會和我們聯手。

如果他們是帝國子民，或許會做出其他選擇。不過我想他們最起碼理解，不能背棄和大灣立場相同的琳德和席利亞。

當然，我所謂的「事情並不難」並不單單是指散布傳聞，製造假消息也同樣不是什麼難事。

捏造這類假消息時，最重要的是要基於事實。比起毫無事實根據，至少得在真相中參雜一些可疑的部分，才能達到理想的效果。

一般人或許會認為夏洛特沒有任何要害，但事實上並非如此。

她愛民如子的美德，反而就是最有力的把柄。

「智慧姐，今天二公主的行程是什麼？」

「這個嘛，跟平常一樣。和市民代表開會……」

「啊，看來沒什麼特別的。那麼，似乎可以照常進行。」

「你是說和卑賤血統進行淫亂遊戲之類的嗎？」

夏洛特和市民代表們針對國家政策所召開的會談，將被徹底包裝成與卑賤血統一起享受淫亂遊戲的時光。

「聽說她會和侍女一起簡單地吃頓飯。」

「嗯……那部分也加進去吧，我是指卑賤血統。」

「我本來就打算這麼做，既然要做就得做得徹底。一邊是卑賤的血統，另一邊則是高貴的血統，不過一看就知道混血公主的行為非常端正，這一切未免太有趣了。」

紆尊降貴與侍女團一同用餐的美意，卻被我們醜化為「果然卑賤出身是騙不了人的」之類的鬼話。

或許是受到母親影響，夏洛特極其愛護百姓，這還真是神奇。不過這樣的性格卻反倒成為了她的絆腳石。

要不是我們刻意對付她，她的登基之路根本不會出現程咬金，但問題就在於，她已經成為我們的眼中釘了。實際上，越是了解她就越能深刻感受到，她絕對是理想的皇帝人選。

我想李智慧應該也和我有相同的看法。

「我當然是無所謂。不過，我越看越懷疑，我們這樣做究竟是不是對的？」

「……」

「我敢保證，夏洛特如果當上皇帝，她絕對會是名垂青史的一代明君。只可惜中途殺出了基英哥來搗亂。」

「我也是這樣想的。」

「說實話，帝國未來會怎麼發展，確實和我們沒關係。不過既然都搭上同一條船了，如果這是一艘又大又穩固的船，不是更好嗎？之前只聽過她的一些傳聞，所以還不太清楚，但從白雪小姐搜集到的情報來看，她真的是個人才。既有領袖風範，又有魅力，膽量也不小。」

「……」

「遇強則強，遇弱則弱，控制得宜的政治手腕更是一流……當初還想要馴服你，你不覺得她非常大膽嗎？身上流著一半的平民血液，憑藉著自身力量走到現在的地位，絕對不是件容易的事。再加上一顆愛護百姓的心……外貌、才能、智慧以及人品，全都無懈可擊，這也難怪大公主會嫉妒得直跳腳。」

「我跟妳有同樣的想法。我身為一個外人，卻對這裡的政事指指點點，真是可笑……我知道妳腦中肯定也有很多想法。不過我也無可奈何。」

因為金賢成說不能讓二公主當上皇帝。

世界上沒有完美的人，她肯定也有大大小小的缺點。

「她想馴服你，就這麼讓你感到不開心嗎？你的心胸比我想的還要狹窄呢。其實，我更想搭上她那艘船……」

「我都說了不是因為那樣。說實話，我也覺得二公主不錯。再怎麼想，她都比大公主好多了……但也僅此而已。就算夏洛特真的會為人民著想，也絕對不會為我們著想的。與其這樣，倒不如選擇能任我們擺布的夏莉亞。雖然需要耗費一些精力，但這是能夠實際掌握帝國權力的機會，我怎麼能輕易錯過？」

「你這麼說也對，我只是隨口說說罷了。既然你已經決定好路線了，我會繼續跟進。今天得評估一下從哪裡著手，以及要用什麼方式散布假消息。」

「有什麼動靜了嗎？」

「沒有才奇怪吧？雖然消息傳進王城需要一些時間，但這位二公主對於坊間關於自己的傳言非常敏感。我想她應該已經開始暗中調查是誰在惡意中傷她，萬一被抓到，基英哥和我的小命都不保了。」

「大不了就斷尾求生吧。只要我們裝蒜到底，她也無可奈何。」

「你和大公主最近幾乎每天黏一起，能不能靠裝蒜蒙混過關還是個問題……如今恐怕連路過的阿貓阿狗都知道你打算和大公主結盟，只差沒有正式公開消息而已。想必夏洛特也已經知情了。」

「我心裡多少也有底。」

剛好這陣子有越來越多的貴族拒絕與我會面。

夏洛特陣營已經將李基英這個人視為政敵，並開始向貴族施壓，不讓他們與我見面。不過，卡特琳公爵夫人、愛麗絲伯爵夫人以及瑪麗蓮千金等人，依舊是我們背後強而有力的支柱。

其實那些表態的人，多半都是一些與我不怎麼親近，或者沒有利用價值的貴族。

然而，令人驚訝的是夏洛特的反應速度。她搶在我和夏莉亞的關係正式搬上檯面之前，率先一步展開行動。

不僅如此，王城裡開始流傳一些「帝國八強是否該干涉帝國政事」之類的不尋常的言論，這一點也十分可疑。

但只要稍稍細想，就能意識到這是多麼荒謬的想法。

將異邦人任命為帝國八強，本來就是皇帝獨斷的決定，因此，反對帝國八強，就相當於違抗皇帝的旨意。

我當然知道夏洛特不會蠢到正面反抗皇帝的決定。

儘管如此，這樣的主張悄無聲息地在王城中傳開，顯然是打算限縮帝國八強的權限和行動範圍。

她的策略就像在殺價一樣，拿商品有瑕疵當作藉口砍價，再以有裂痕為理由繼續砍價，等到對方出示價格的底線，再將商品買下。

我能理解她的想法。

或許從一開始，帝國八強就不在夏洛特描繪的藍圖中。也就是說，我們是她不想看見的不速之客。

在第一回人生時，異邦人可能十分積極地擁戴她坐上王位，不過現在的情況恰恰相反，她肯定會認為帝國八強根本就是燙手山芋。

總而言之，從那天之後，我和二公主就已經在互不相見的情況下，輕輕地朝對方揮出了一拳。

想必有一部分善於察言觀色的貴族，已經察覺皇室的氣氛有些不尋常了。

「比我預期得還要快，確實是個問題……」

「只是發生的時機點比預期的還要早罷了。事情本來就會朝這個方向發展。總之，不是二公主的陣營強大，就是她本人十分能幹。雖然我個人認為是後者，但這根本無關緊要。眼下我們的進展也相當順利，直到這些謠言徹底在王城內傳開前，我想也只能靜觀其變了。話說回來，你是不是該去找大公主了？」

「對，我得去見她一面了。」

「我把行程放在你的書桌上了。你先研究一下，然後照著行程走就可以了。」

「謝謝。」

「有什麼好謝的，我都是為了自己。這可是能讓我未來的丈夫成為神聖帝國祕密掌權者的絕佳機會呢……我怎麼可能會輕易放過？你要知道，我雖然不喜歡冒險，卻願意在這件事上幫你一把，我絕對是個賢內助。」

「那我就收下妳的心意了。」

「你要好好表現。對了，其中幾則假消息的尺度，我就不調整了。怎麼說也得安排幾個爆點才行。」

「適可而止就好，畢竟我們的目的不是讓她無法東山再起。」

「知道了，我會適可而止的。」

雖然不曉得李智慧所謂的適可而止，究竟會做到什麼地步，總之最好還是在她行動前先確認一下。

我一邊看著她向我輕輕地揮手，一邊離開李智慧的房間。然而，在我走回房間的途中，看到了一名侍女在我房門前徘徊。

是大公主侍女團的一員。

雖然我不知道她的名字，但或許是經常見面，所以留下了印象。

我很確定，她就是在我第一次登門拜訪大公主時，那個趴跪在地上，不斷向大公主求饒的侍女。

而她之所以會在我的房門口徘徊，理由顯而易見。

「李基英榮譽主教大人。」

「哎呀。」

我悄悄地用心眼確認她的名字後，小心翼翼地開口。

「艾里絲小姐。」

「您不需要這麼恭敬，萬、萬一會被別人聽見就糟糕了。」

「哈哈，這是我的習慣。不過話說回來，妳怎麼會來這裡……不，不對，是我多問了。我正好要去找大公主殿下，所以我們今天的行程是……」

「大公主說要勉勵帝國的騎士團，表揚他們至今為止的辛勞。」

這實在是件沒什麼大不了的事，不小心就被我忘了。

為了勉勵帝國騎士團而前去探訪，本來就只是為了作秀而已。連這種事都要找我一同參與，看來夏莉亞相當信任我。

這是當然的。

採用幕僚提議的行程，享受隨之而來的宣傳效果，不到一週，她便發現自己的名聲開始出現變化，連盲人都能感受到我方陣營有多麼強大。

但我倒是沒想到她會如此依賴我……

「不過，這也不一定是件壞事……」

「什麼？」

「沒什麼。公主殿下還沒出發嗎？」

「是。她還在苦惱要穿什麼禮服……」

「啊，看來是我忘記說了。」

「什麼？」

「比起穿禮服，選擇輕便一點的服裝更好，得營造出休閒中帶點高級的感覺。畢竟是去拜訪騎士團，不需要特意穿著禮服。我敢保證，穿得輕便一點，效果鐵定會更好。妳應該能明白我的意思。」

「啊！是！」

魔鬼藏在細節裡。即便是服裝這種小事，其中的枝微末節也很重要。

「頭髮要整齊地盤起來綁好。飾品的數量也要盡可能減少，如果能配戴帝國騎士團的標誌，那就再好不過了。」

「是，我知道了。」

「妳先去準備，我隨後就到。」

「是！」

侍女急匆匆地離開，我則是先回到房裡，繼續研究擬定好的行程。

拜訪完帝國騎士團後，緊接著還要拜訪宮廷魔法師。

今天根本就是在扮演大公主。

像這樣替她安排行程與服裝，甚至連演講內容都親自為她代筆，莫名有種經紀人與藝人的感覺。

完成最終的行程確認後，我隨即起身前往與大公主經常會面的接待室。

此時，著裝完畢的夏莉亞出現在眼前。

她完全按照我的指示打扮。

雖然和騎士不一樣，不過她身上穿著輕便的盔甲，且沒有配戴多餘的飾品。

「榮譽主教大人！」

「夏莉亞公主殿下，很抱歉讓您久等了。」

「別這麼說，我也才剛到而已……」

「哈哈哈，您果然不僅適合禮服呢！這種風格的打扮也十分美麗。只有您才能襯托出這套服裝的美！」

「也沒這麼誇張……」

事實上，比起嘴角不停上揚的大公主，站在一旁的侍女更了不起。

也許是因為她們都在地獄打滾過，所以每個人身上都具備不少技能。

能夠在這麼短的時間內，精準又迅速地理解我的用意，連妝容都知道要走淡雅路線，真是令我讚嘆不已。

就連我隨便指定的髮型，完成度也相當高。

她們真不是蓋的。

宛如屏風般站在後方的侍女團，在聽見我稱讚夏莉亞後，紛紛露出一副完成任務的輕鬆神情。雖然想仔細看看她們的反應，但礙於時間緊迫，我只好再度將視線轉向夏莉亞。

我再次開口稱讚夏莉亞的美貌，並簡短說明接下來的注意事項。

在說明完她的移動路線後，我將寫著演講稿的紙條遞給她，只見她緩慢地閱讀著上方的內容。

就是要這樣。就算沒有能力，也要有意志，這一點相當重要。

夏莉亞似乎也開始變得有自信，走起路來氣度不凡。

但沒過多久，她的小臉卻皺成一團。

此時，帝國騎士團的演武場前方，出現了另一個人。

發現夏洛特搶先一步探訪帝國騎士團的當下，連我都不禁咂舌。

她八成是故意的。

第094話　獎賞、懲罰與劍

嘖嘖……夏洛特八成是故意的。

我先前分明確認過，她沒有拜訪騎士團的行程。

眼前的景象，就好比同一區的候選人，前往同一地點進行造勢活動。讓人感到不爽也是理所當然的事。

尚未站穩腳步的大公主，對上後臺十分穩固的二公主。

看到位高權重的貴族和夏洛特一同前來，我不禁想著當初應該先壯大勢力範圍再探訪才是。

此時，夏洛特彷彿等待許久似的，滿臉歡喜地朝我們走來。

夏莉亞還不至於笨到猜不出夏洛特出現在這裡的意圖。站在我身旁的她氣得雙手不停顫抖，雙眼通紅地死命瞪著夏洛特。

「表現得像平常一樣就好了，公主殿下。」

擔心她一氣之下衝動行事，我在她耳邊低聲說了一句。聞言，她朝我點了點頭，臉上卻依舊是一副要將眼前這個女人生吞活剝的神情。

不曉得她能不能忍住。

畢竟只要想到這個同父異母的妹妹，夏莉亞便克制不住滿腔的嫉妒，在一旁的我會感到不安也很正常。

儘管二公主八成也對自己的姐姐沒什麼好感，但起碼她不會在這種場合表現出來。

她嘴角噙著一抹微笑，朝我們微微點頭。那模樣簡直令人嘆為觀止。

夏莉亞看到妹妹的表情後，開口問道。

「妳、妳怎麼會來這裡？」

「我聽說妳要來拜訪帝國騎士團，表揚他們的辛勞。這畢竟是個難得的活動，我想我或許能幫上什麼忙，就決定過來了。抱歉，沒有事先知會妳一聲。」

「……」

幫忙個屁。

「這樣啊……還真是謝謝妳。」

聽見這段荒謬的回答，夏莉亞只是簡單點頭回應，神情看上去似乎有些不悅。不過，光是沒有當面表現出來，就已經值得嘉獎了。

這個畫面還真不賴。

「大公主和二公主一同拜訪帝國騎士團」算是一則不錯的新聞，也是那些已經知道兩人素來不合的人樂見的情況。只要事情順利進行，兩人都能得到不錯的收穫，可以說是雙贏的局面。

聽到這樣的消息，皇帝自然會非常開心。而一無所知的帝國子民，見到兩姐妹相親相愛的模樣，想必也會放聲歡呼。

唯一的問題就在於，不曉得夏莉亞何時會突然發神經，但至少到目前為止，她的行為舉止看起來都還算正常。

總而言之，這對姐妹不再繼續對話，開始朝著騎士團的演武場走去。

二公主的視線並沒有放在大公主身上，反而一直瞟向我，看樣子她依舊對我相當不滿。

這也在情理之中，畢竟在她眼裡，我肯定跟奸臣沒有兩樣。

夏莉亞做出任何行動之前，都會在我耳邊低語，她絕不可能察覺不到我在暗地裡操縱著夏莉亞。

最近夏莉亞的言行舉止和所有行程，皆由我一手包辦，她會這麼想確實也合情合理。

只希望她對我的印象不要太差……

即使是政敵，也希望當權者別對自己抱有太大的敵意，這是身為一介市民的真心話。

走進演武場後，帝國騎士團的副團長，也就是本次活動的負責人，向我們鞠躬問好。

他似乎完全沒料到兩姐妹會同時出現，神情略顯慌張。

「能、能看到兩位蒞臨騎士團，是我無上的榮幸，大公主殿下、二公主殿下。」

「我們還在擔心會不會給騎士團帶來困擾呢。」

「怎麼會呢，夏洛特殿下願意來訪，團員們高興都來不及了。」

「你們能這樣想，真是太好了。」

夏莉亞本來打算說些什麼，卻被對方搶先了一步。

我就知道會這樣……

看樣子夏洛特相當熟悉這種場合，一下子就掌握了現場的氣氛。相較之下，夏莉亞就顯得有點多餘。

她想必也意識到自己成了一個不折不扣的花瓶。

「啊……」

她支支吾吾的樣子還真稀奇。

夏莉亞無論如何都想要拿回主導權，然而副團長與夏洛特早已開始聊起她無法介入的話題。

看樣子，我們的二公主在這方面的學識也相當淵博。

「那麼，您在煩惱的兵力編制問題，順利解決了嗎？」

「是，當然。雖然帝國騎士團的兵力組成向來是以騎兵隊為主，不過我認為還是要提高一般步兵和盾兵的比例。」

「最近在兵力的使用上，只靠騎兵隊確實有點困難……」

「二公主殿下說得對，確實有點勉強，畢竟騎兵隊能做的事有限。另外，您先前打算提高騎士團個人藥水補給的提議，我們也相當期待。」

「這件事，我想也能和在場的李基英榮譽主教一同討論。」

「這麼說來……」

「沒錯，騎士團這次將採用帕蘭的煉金工坊製造的補給藥水。整個大陸最優秀的煉金術師就在我們帝國，怎麼能不好好運用呢？」

「哈哈，原來如此，其實我也使用過帕蘭出產的高級藥水。以普通騎士的薪水來說，帕蘭的藥水價格確實有些高昂，不過效果真的是好得令人難以置信呢。」

這一招還真是……

天外突然飛來一道獎賞，頓時讓我不知所措。

先前夏洛特試圖馴服我，的確令我有些不悅。不過，怎麼可能會有人不喜歡獎賞呢？

難道這是表示歉意的賠禮嗎？

一直以來，在帝國內部販售的普通藥水，品質都不怎麼樣。考慮到騎士團的生存率和安全，當然要選擇帕蘭煉金工坊出產的藥水才對。

本來還想著如今也是時候與帝國騎士團簽訂契約了，殊不知主動促成這場交易的人竟是夏洛特。

她不像是會這麼做的人……肯定有什麼隱情。

無論如何，為了騎士們的安全著想，我們的藥水絕對是最佳選擇。

不論在地球或是這片大陸，國家必須提供軍人高品質的裝備，這是基本常識。當然，鐵定也有不把這當成一回事的國家，不過，對於這些為國家奉獻性命的騎士團和軍人，帝國還不至於笨到選擇虧待他們。

關係好不好是一回事，但採用我的藥水已經是勢在必行了。

也就是說，夏洛特只是隨手施捨我一點小恩小惠罷了。如果我願意答應當然是最好，就算不接受，她也不是一無所獲。

她想挑撥離間？

我的推測是對的。此時，夏莉亞的惱怒全寫在臉上，我不免有些畏懼。

雖然想裝作毫不在意，但這畢竟是公事，我還是得回應一下。

就這樣加入兩人的對話，似乎也不是壞事。當然，也得讓完全被排除在外的夏莉亞說上一兩句話才行。

「價格雖然昂貴，但品質的部分二位大可放心。畢竟商品是提供給為了帝國不捨晝夜努力奉獻的騎士團，我會特別嚴格把關。坦白說，帕蘭因為發生了各種事情，經濟方面不太寬裕……」

其實帕蘭的經濟非常地寬裕。

「不過，合約上的價格會比市價還要低上許多。」

既然機會主動找上門，當然要盡可能拿下這筆訂單，讓他們知道不會再出現這麼優惠的價格了。

「其實大公主殿下先前也曾提過類似的想法……哈哈哈，還真是巧啊。」

我當然沒聽過她說這種話。

對話才進行不到一分鐘，我就已經說了不少謊。不過，這些都算是善意的謊言，所以我並不怎麼愧疚。

我默默地將夏莉亞往前推，朝她點點頭。她緩緩地走上前，臉上的神情瞬間落入我的眼中。

接下來，夏莉亞只需要配合他們聊聊天就好。

「原來如此，夏莉亞殿下也提過這個想法……」

帝國副團長揚起笑容，頻頻點頭，看起來備感欣慰。

夏莉亞果然沒有蠢到白白地錯失這個大好機會，她順著副團長的話，接著開口說道。

「您過獎了。」

「哈哈哈，我沒想到兩位公主竟然如此為騎士團著想。」

「國家要安全，才能有資本繼續壯大國力。騎士團可以說是帝國內最強大的武力組織，只要是生活在這個國家的人民，想必都會抱持著同樣的想法。」

「夏莉亞殿下，您願意這麼說，我就已經很感謝了！哈哈哈哈。」

就是這樣，她表現得很好。

夏莉亞直到剛才都還在閱讀我寫的紙條，看來果然有所幫助。

當然，夏洛特的表情非常平靜，眼前的一切彷彿早在她的預料之內，看來剛才那只是隨口拋出的話題。

夏莉亞擠進來的同時，她立刻退後了一步，縮短了與我的距離，這讓我意識到自己的猜測肯定沒錯。

她八成在心裡盤算著，如果無法成功拉攏我，至少也要離間我們。

接下來，大伙兒聊著各種話題，夏洛特和夏莉亞也對正在進行訓練的帝國騎士團說了一些鼓舞士氣的話。

顯然大多數的騎士們對夏洛特更有好感，一眼就能看出目前的局勢對誰有利。

這是我第一次踏入帝國騎士團的演武場。因此，在時刻留心夏莉亞行為舉止的同時，我也一邊用心眼查看帝國騎士團團員的狀態欄，簡直忙得不可開交。

騎士團的水準滿高的嘛。

真不愧是維克哈勒特老爺爺精心栽培的騎士團，將他們稱作帝國最強勢力一點也不為過。

大部分騎士的韌性和體力值都相當高，單就這一點來看，實在難以想像這些人騎上馬之後所展現的攻擊力會有多驚人。我敢肯定，只要帝國騎士團只要發動攻擊，就能瞬間殲滅一般的中小型公會。

當然，大公主看起來並沒有在思考這些事，她只是盡可能地按照我的指示行動。

但這樣也已經算表現得很好了。

她只要負責表達對騎士的鼓勵，讚頌他們的功績，反正這種巡訪大部分只是走個形式而已，沒有什麼實際用意。

連劍術都精通的二公主，在這個場合顯然更占上風，不過即便夏莉亞無法做到和她一樣也無所謂。

只要去做力所能及的事就行了，沒必要讓大家看到她愛惹事的那一面。

「各位辛苦了。」

「我們會竭盡所能，成為守護帝國的劍。」

非常好。

「帝國之所以能平安無事，都是託各位的福。」

「謝謝大公主！這是我們的榮幸，大公主殿下。」

很好，她只要竭盡所能，做到這個程度就夠了。

其實，和力大無窮的騎士們握手，是一件非常吃力的事。即使他們已經盡量控制力道，對於韌性值不高的我們來說，依舊相當痛苦。

在握了數十次手之後，夏莉亞的手掌明顯腫脹了起來。在這樣的狀態下，她還能繼續保持笑容，真是個狠角色。

我滿意地點了點頭，這時夏洛特卻朝我走來，對我說道。

「看來您覺得她改變了。」

在她平靜的語氣下，我的內心默默響起了警鈴。

＊＊＊

同一張臉孔，同樣地面無表情。

再看一遍，不難發現夏洛特和夏莉亞有很多相似之處。兩人都有著一頭白金色長髮和雪白的肌膚，從遠處看或許會難以分辨誰是誰。

如果仔細觀察，雖然能發現她的臉孔與面露凶光的大公主有所差異，但還是能看得出她們兩人身上同樣流著皇族的血液。

如果髮色不同的話，就能更順理成章地攻擊她卑賤的出身了……

對我的心思一無所知的夏洛特，將落在肩上的頭髮撥到耳後，接著說道。

「人類這種生物，是不會輕易改變的。」

「是，我也同意二公主殿下的看法……但是您為何要對我說這句話呢？」

「李基英榮譽主教，您大可不必假裝不知情，我已經大概知道您的為人了。您不是也早就知道我是什麼樣的人了嗎？」

「我是真的不明白夏洛特殿下在說什麼，而且還是在這種場合上。」

「我是指您決定和我姐姐站在同一陣線這件事。」

還真是直截了當。

我認為眼下不應該透漏太多消息，於是我繼續保持沉默。夏洛特接著說道。

「我以為您是很健談的人，沒想到比我想像的還要沉默寡言呢。」

「您似乎誤會了。」

「對，您說得沒錯，是我誤會了。我還以為您是更理性的人……沒想到卻做出這些超乎常理的行為。」

她說得對。不管是誰，都會認為和夏莉亞站在同一陣線，是不理智的行為。

通常這種時候，應該要乖乖接受夏洛特的懲罰，再把原先屬於自己的獎賞撿回來。

我一方面顧慮到金賢成的請求，一方面則是擔心她的懲罰落在身上會有多疼，而我內心的膽怯就是阻礙我做決定的絆腳石。

「我聽說過不少關於您的事蹟。」

「……」

「尤其是從維克哈勒特大人那裡。我知道您向來不怎麼喜歡讓步，不過您的行為似乎比我想的還要極端。我承認，我對您確實有某種程度上的誤判，我也在此為我之前的無禮向您道歉。」

「怎麼會無禮，別人聽到會誤會的，公主殿下。」

「榮譽主教，我指的是想削弱您的勢力這件事。您應該能夠理解，我確實對於您的存在不太滿意。假如您是我，想必您也會苦惱該如何壓制我的勢力。要是有人手中的權力過大，像我這樣的人會備受威脅也是情理之中的事。」

「公主殿下，我不覺得自己手裡握有什麼權力。我怎麼敢在皇室成員面前，談論自己有什麼權力呢？」

「您不必對這種話題感到不自在。不過，即便我這麼說，您的態度應該也不會有所改變。那麼，我換個話題吧。」

夏洛特暫時結束了對話，接著望向前方。

此時，大公主正好結束騎士團巡訪，準備上臺發表演說。

二公主找了合適的位置坐下，直勾勾地盯著我看，似乎希望我能坐到她身邊，接續剛才的對話。

不過剛剛二公主似乎與其他人相談甚歡，所以她身旁沒有多餘的位置讓我坐。

擔心大公主或許會有所誤解，我先朝她使了個眼色，希望她諒解我，接著找個地方坐了下來。大公主則是掏出口袋裡對折好幾次的講稿，接著走上臺。

畢竟是我寫的講稿，我想她至少能照念一半以上。

夏莉亞用嘹亮又中氣十足的嗓音，開始讀我寫的講稿。

坐在座位上的人們，看著講臺上的夏莉亞，連忙獻上掌聲，聽得出來她的聲音變得更加自信，我也不自覺期待了起來。

雖然很想好好欣賞大公主的表現，但夏洛特再度向我搭話，導致我完全無法專注在大公主身上。

「榮譽主教大人，我就直說了。」

「什麼？」

「我希望您能和我搭同一艘船。」

「這是什麼意思……」

「就是字面上的意思。我希望您離開姐姐，改搭我這艘船。」

「……」

「我是個多疑的人，也有很多顧慮，我想您和我也許是同類人。就算您答應與我站在同一陣線，我大概也不會停止進行事前計畫好的那些策略。我會繼續削弱您的勢力，也會努力徵求您的讓步。」

「啊……」

「不過有一件事我能向您保證。那就是，最後的結果一定會對您有利。儘管您現在可能不太滿意……但我敢肯定，無論是對您還是帝國，最後的結局都會是好的。當然，我無法保證結果會比您原先預期的更好，但至少比您目前正在進行的投資更安全。」
我早就預測到她會向我提議了。
再怎麼說，比起直接放生，她似乎認為我還有一絲的利用價值。
大概是我想盡辦法幫助大公主脫胎換骨的樣子，令她特別印象深刻吧。
或許在她眼中，我是難得一見的人才？
當然，她也意識到自己還不足以完全併吞我，因此，繼續削弱我方勢力的念頭，依舊不會改變。
說實話，我並不是沒有完全考慮過改變立場。要不是金賢成的請求，我極有可能會重新考慮是否應該改搭另一艘船。
但是……
就如同發生伊藤蒼太事件時，我向維克哈勒特老先生說的那一番話，我是絕對不會在這種事情上退讓的。就算要讓步，也應該是別人讓步，絕對不會是我。
「您可能會覺得有點無禮，不過我已經稍微調查過您了。比起被龍選擇的人，以及神聖帝國的榮譽主教這些大家都知道的封號，我倒是對其他部分頗為好奇。最令我印象深刻的是，您讓新聞這個媒體在琳德深耕，推動了不少改革。」
「不敢當。」
「基本上，城市與王城各自獨立。不過，王城也會受到來自城市的間接影響。自從您在琳德創立媒體之後，沒過多久，帝國就出現了類似的機構。您雖然是個自私的人，不過我也知道，您還保有最低限度的良知。無論是出自什麼理由，至少您主導的事件中，大部分都有正面的成效。」

「原來您是這麼想的。」

「在我看來……您之所以能有如此成就，大概是因為您懂得察言觀色。不，應該說，我非常確定。您一定是個善於揣摩大眾心理的人。雖然您面對強者時，向來不願意讓出自己的所有物，不過在面對大眾時，卻願意選擇退讓。」

「謝謝您的評價，雖然我有些苦惱該不該將這些話當作是讚美。」

「這的確是讚美，您不需要感到苦惱。榮譽主教，帝國需要您這種懂得揣摩民意和體察民心的人。」

我瞬間呼吸一滯。

她真的是個能夠成就一番大事業的人才。

儘管本來就知道她十分聰慧，沒想到她遠比我想像的還要出眾。

光是思維邏輯就與在場大多數的貴族明顯不同，更別說那個在講臺上讀著我準備的講稿，像隻鸚鵡一樣的夏莉亞。兩人的格局根本天差地遠。

我似乎能理解她的身邊為何會圍繞著這麼多追隨者了。

如果是這種英才，還管他什麼正統性，根本沒有道理不支持她。

俗話說「英雄不怕出身低」，權勢與身分本來就不是與生俱來的。話雖如此，生下來就註定成為帝王的人，此刻就活生生地站在我面前。

我彷彿親眼見證了小時候只在童書中看過的偉人傳記，害我一瞬間差點倒戈。

「對了，順帶一提，最近到處流傳著一個奇怪的傳聞，我也已經知道了。」

「……」

「無論是卑賤的血統，還是放蕩的遊戲，又或者是每晚都能聽見的嬌喘聲，對我來說都是沒必要澄清的荒唐謠言。」

儘管我早就預料到了，但她竟然連這些消息都掌握得一清二楚。

「雖然還沒找到謠言的源頭……就算要查清楚是誰散布這種假消息，可能還得花上一段時間，不過幕後的主使者究竟是誰，我心裡已經有底了。」

「公主殿下，我不太清楚您說的是什麼傳聞。」

「我說這些話的目的，並不是希望榮譽主教能夠理解我，您只需要聽我說就行了。如果說剛剛的道歉和提議是獎賞，那麼我從現在開始說的話就是懲罰了。」

「……」

「榮譽主教大人，面對敵人時，我會毫不猶豫拿起刀劍奮戰。我知道您對於帝國來說十分重要，不過假如您真的打算背叛我，那麼我也只好與您兵戎相見了。還請您做出明智的選擇。」

可惡……

「原先在父親大人，不對，在皇帝陛下身邊進諫的人，究竟為什麼……如今會一位都不剩呢？您仔細想想就會知道答案了。」

媽的……

「您這次如果能試著讓步，我相信這會成為一個很好的經驗。」

如果可以的話，我也想完全讓步。

要是和她硬碰硬，想必會衍生出更多麻煩。不過，我也有我的苦衷。畢竟都收到了不能讓二公主當上皇帝的特別命令，我自然無法和她站在同一陣線。

此時，夏莉亞的朗讀也差不多告一段落了。

「如果您願意讓步，就請跪下來親吻我的手吧。我不是那種會給第二次機會的人。不管遞給您的是獎賞還是懲罰，這都是最後的機會。下次再見面，我手上拿的就會是劍了。」

想也知道她會這麼說，不過我的答案已經確定了。

「很抱歉。」

既然已經決定好路線，就不會有其他選項。

雖然一切還不算太遲，但如今才想回頭，未免也太可笑了。

即便想要改變立場的念頭，仍舊在我的內心深處不斷跳動著……

可是一旦讓步的話，就得不斷妥協。

就像一臉不安地朝我們跑來的夏莉亞一樣，正因為能清楚看出夏洛特是個什麼樣的人，我只能做出相同的選擇。

如果她想要的是帝國子民的安寧，那麼為了達成這個目標，她必定會不斷要求我退讓。不必等到日後，結局就已經顯而易見。

我悄悄望向身旁，只見夏洛特揚起若有似無的笑容。

儘管不明白那抹笑容背後的含義，但就我看來，她大概是認為一切都在預料之中吧。

「榮譽主教，請您好好記住我一開始說的話。人是不會輕易改變的。」

她連招呼都不打，旋即轉頭離開的模樣，還真是讓人無言。

雖然能理解夏洛特為何會說出這句話，但我認為夏莉亞還不至於像她說的一樣。

「辛苦您了，公主殿下。」

「我表現得好嗎？」

「是，您的演講非常精彩。」

夏莉亞順利完成了我的指示。與此同時，她也感覺到自己正在蛻變。

要是在這個時機點闖禍，那簡直比認不得父親的不孝子還不如，幸好她沒有愚蠢到那個地步。

荒謬的是，我堅不可摧的信心沒過多久便徹底崩潰。

夏莉亞就是這麼愚蠢的人。

第095話　能力有限的人，終究會露出馬腳

一切進展得相當順利。

那天夏洛特留下一句令人隱約有些不安的話之後，旋即轉身離開。

眼下情況卻比想像中還要安靜。

實際上，我們散布的假消息，此刻正如雨後春筍般，在貴族和百姓之間大肆流傳。

雖然任誰都看得出來想牽制帝國八強的勢力逐漸增長，但從結果上來看，來自大灣的八強成員表明了願意和我們攜手合作。

也就是說，目前的處境還不算太糟。

當然，令人不安的因素依舊存在。其原因就在於，夏洛特陣營的勢力，出乎意料地龐大。

事實上，他們集體動員的速度也比我想的還要快，而且心思極為縝密。儘管他們沒有特別做些什麼，我卻能明顯感受到政治層面的壓迫。

這就代表，選擇和混蛋沒兩樣的夏莉亞站在同一邊，失去的東西將遠遠超過預期。

但是我也只能繼續進行計畫。

除此之外，夏洛特陣營不僅僅是規模龐大，成員之間還有著奇妙的歸屬感，同心協力朝著相同的目標邁進。

想當然耳，其中的成員絕不是泛泛之輩。儘管也有一部分的人只是單純認為與夏洛特站在同一陣線更有利，才決定繼續留在陣營中，不過至少大部分的核心成員都得到了

帝國子民的尊敬。

地位越高，責任越大。

夏洛特陣營都是些注重貴族義務的貴族，他們個人所具備的實力，自然也不容小覷。

儘管我也曾企圖收買這些擁有穩固根基的貴族，但過程卻困難重重。

實際上，就連和過去交情深厚的貴族們見上一面，都變得越來越不容易。

雖然能在社交場合說上幾句話，位居權力中心的貴族們卻都刻意迴避與我單獨見面，有意無意與我保持距離的狀況也層出不窮。

夏洛特本身具備的人脈，比我所擁有的遠遠多上許多。對我們而言，當然也需要更多人的支持，最起碼得讓雙方陣營的勢力旗鼓相當才行。

如此一來，才能成功拉攏那些立場搖擺的人。

夏莉亞所具備的正統性，也就是「完全繼承了皇帝的血統」這句標語，當然也得繼續大力宣傳。

利用誇大事實的宣傳來提升大公主的勢力與聲望；與此同時，在二公主看不見的地方默默散布她的負面謠言，逐漸削弱她的影響力。最後，人們逐漸聚集過來，我方的勢力也日益壯大。這就是我想看到的結果。

然而問題是，會被這些手段矇騙，進而選擇加入大公主陣營的貴族，絕大多數都和垃圾沒有區別。

雖然他們的勢力並不算小……不過會選擇加入夏莉亞陣營的人，大部分都是守舊派。

也就是些跟李雪浩一樣的老頭。

一群和新血與革新完全搭不上邊的毒瘤老頭齊聚在一起，這就是夏莉亞陣營的現況。

當然，和我交情深厚的卡特琳公爵夫人與愛麗絲伯爵夫人，以及對我有所虧欠的凱斯拉克伯爵和瑪麗蓮千金等人，都對我表現出友好的態度，不過身為必須帶領整個家族的家主，他們也無法輕易做出決定。

在這種情況下，我能做的只有繼續包裝夏莉亞的形象。

我必須讓那些還沒選邊站的貴族們親眼看見夏莉亞的變化。

正因為深知這些計畫將會左右我們的命運，所以我卯足全力投入在這場「公主養成遊戲」。儘管另一頭的李智慧也十分拚命，但我敢肯定，更辛苦的人一定是我。最起碼李智慧不必面對夏莉亞，而我卻得和她密切接觸。

唉……

簡單來說，就是得跟在夏莉亞後面，替她把屎把尿。她都已經是個大人了，我還得哄她、稱讚她、拍她馬屁，甚至連她的服裝都要幫忙挑選，怎麼可能不辛苦。

還不只這樣。

公事以外的私人活動或是質詢般的對話，持續的時間也越來越長。日子一久，我時常能感受到她想插足我的個人領域。

舉例來說，她會問我和車熙拉以及鄭白雪是什麼關係，或者試探我對她的看法。目前充其量只是這些問題，不過一想到我的特有癖好，難保不會再度出現失控的局面。

我實在無法放心。

唯一值得慶幸的是，她和我存在著身分上的差異。

這對於夏莉亞而言，或許是個絆腳石，畢竟她對於自己的皇家血統感到相當自豪。

不過，要是她連懸殊的地位差距都不放在眼裡，那才是真的完全繼承了皇帝的血統。

總之，眼下夏莉亞正咬緊牙關，毫無怨言地完成我所擬定的行程。

或許是意識到自己正在被周圍的人認可，夏莉亞的言行舉止開始變得更游刃有餘。實際上，眾人對於她的評價確實徹底反轉了。

儘管計畫才剛開始不久，身邊還圍繞著一群毒瘤老人，不過夏莉亞一步步累積知名度，目前也漸漸地培養出自己的勢力。

雖然還有許多不足之處，不過這位無能大公主，如今終於能與夏洛特站在同一個的起跑線上。

有別於對方陣營的井然有序，夏莉亞陣營內部正在上演一群毒瘤老貴族的飯碗之爭。幸虧我是陣營裡最深得她信任的人，否則我恐怕也得加入那群老頭的戰局。

總之，目前的成果還算令人滿意。

令我有些不安的是，夏莉亞會如何看待眼下的局面。

這段時間以來的種種變化，對於幾乎零貢獻度的夏莉亞來說，或許會過於劇烈。

如果她知道自己有幾兩重，應該就不會太過驕傲。就算擁有自己的陣營，現在也只不過是剛開始而已，我以為她最起碼還有這一點自知之明。

然而，我錯了。

靠，媽的！

對這個愚蠢的女人抱有期望，是我犯下的最大錯誤。

與大公主夏莉亞，以及經常碰面的卡特琳公爵夫人、愛麗絲伯爵夫人和瑪麗蓮千金一同享受簡單的茶會時，我短暫離席去了趟廁所。

在那短短的幾分鐘之內，令人震驚的事就這麼發生了。

蠢斃了，這個愚蠢的女人！

頓時，我領悟了夏洛特說的那句「人是不會輕易改變的」。

直到剛剛為止依然平靜祥和的氛圍，就這樣化為烏有。

眼前的景象，是陷入一片混亂的茶會現場。

「啊啊啊啊啊！」

「啊啊啊！」

本以為打開門會看到四個女人談天說地，和樂融融的情景，我作夢也沒有想到會是這種雞飛狗跳的場面。

此時，瑪麗蓮千金用雙手摀著自己的臉，不停在地上打滾，卡特琳公爵夫人則在一旁照顧她。

我簡直不敢相信眼前的一切。

不知道出於何種理由，夏莉亞氣急敗壞地大口喘著氣，惡狠狠地瞪著瑪麗蓮千金，一旁的愛麗絲伯爵夫人則是滿臉驚慌。

雖然不曉得這一切的來龍去脈，不過我大概能猜到瑪麗蓮千金為何會捧著臉在地上打滾。

因為那個愚蠢的夏莉亞，手裡正拿著一支小茶壺。

她手中的小茶壺已經空了，剛才鐵定是發生了什麼，才會讓夏莉亞將手中的茶直接潑向瑪麗蓮千金。

過於慌張的我，這時腦袋一片空白。

然而在瑪麗蓮千金痛苦的哀號下，我的身體率先做出了反應。

「啊啊啊啊！」

「瑪、瑪麗蓮千金！」

「李、李基英榮譽主教！那……那個女人！竟敢！」

在這樣的情況下，夏莉亞似乎覺得我來得正好，還試圖向我告狀。

然而，現在重要的人並不是她。我無視她的話，立即朝瑪麗蓮千金走去，確認完她的狀態後，旋即將她抱起。

「艾里絲小姐，快叫祭司……」

「已、已經通知祭司了。」

「謝謝。」

大公主簡直比侍女還要無能。

或許是看見我臉上的焦急，她才意識到自己犯下了什麼錯誤。

希望她那張皺成一團的臉，是出於領悟和懊悔。如果她此刻的表情，只是出於對現況的不滿，我恐怕會拿龍息藥水砸爛她的腦袋。

「李、李基英大人……好痛、好痛！嗚嗚嗚嗚……好痛。」

「請您再忍耐一下，瑪麗蓮千金。艾里絲小姐！我的包包裡有藥水，先拿來給我！」

「是！」

「卡特琳公爵夫人和愛麗絲伯爵夫人，麻煩妳們幫忙一下……」

「啊……好，我知道了，榮譽主教大人。」

現在不是廢話的時候，滾燙的茶水潑上整張臉，她當然會感到疼痛。

傷口可以治療，可是萬一傷到眼睛就麻煩了。不，要是留下疤痕，事情絕對會變得難以收拾。

侍女艾里絲慌慌張張地將我的包包拿來。

或許是第一次碰上這種狀況，有些哽咽的愛麗絲伯爵夫人緊咬著下唇，卡特琳公爵夫人則是想盡辦法安撫瑪麗蓮的情緒。

「好痛，李基英大人……嗚嗚嗚……好黑啊，呃啊啊啊啊……」

「瑪麗蓮千金，請您再忍耐一下。我現在就為您治療，祭司也很快就會來了，一切都會沒事的。」

有別於站在一旁發愣的夏莉亞，艾里絲就像一名負責為我遞來手術刀的護理師，立刻將藥水拿給我。

我馬上轉開瓶蓋，將藥水倒在瑪麗蓮千金的臉上。幸虧平日裡為了應對突發狀況，我一直都有隨身攜帶藥水的習慣。

「一瓶我會拿來倒在傷口上，另一瓶則請您慢慢喝下去。藥水有止痛效果，您很快就會沒事的。」

一定要沒事。

「好……好……」

「請您慢慢睜開眼睛。」

「好的，李基英大人……」

該死。

雖然我不是醫生，不過誰都看得出來瑪麗蓮千金的眼睛不正常。

幸好從受傷到現在還沒有經過太長的時間，她一定能夠康復。

「會有一點刺痛。」

「請、請抱緊我，李基英大人，嗚嗚嗚……」

「好，我會的。」

我一握住她的手，就能感覺到瑪麗蓮千金不斷在發抖。她會感到害怕也是當然的。

我將藥水緩緩倒入她的眼中，她卻突然全身緊繃，發出了慘叫。

「啊啊啊啊啊啊！」

「沒事的，瑪麗蓮千金。請您稍微忍耐一下，很快就會沒事的。」

「好……嗚嗚嗚嗚嗚……」

我再次將她抱起，接著跑向門外。卡特琳公爵夫人跟著我一起離開，愛麗絲伯爵夫人則是早已淚流滿面。

此時，艾里絲小姐正帶著祭司往這裡走來。

方才頻頻發出哀號聲的瑪麗蓮千金，似乎耗盡了力氣，整個人癱軟下來。

眼前的燃眉之急暫時解除，情況總算得到了控制。

「要先將瑪麗蓮千金送到一個能讓她靜養的地方，剩下的治療就在那裡進行。」

我低喃了一句，接著立刻得到回應。

「榮譽主教大人，離這裡不遠處，有一間陛下賜給我的房子，先讓瑪麗蓮千金住在那吧。」

「謝謝您，卡特琳公爵夫人。」

「不用謝，這是應該的。榮譽主教大人，瑪麗蓮千金會沒事吧？」

「我想她會沒事的，應該不會留下傷痕，眼睛也會恢復正常的。不過話說回來，怎麼會突然發生這種事……」

「說來話長……夏莉亞那個瘋女……不，大公主殿下原本正在和瑪麗蓮千金聊天，殿下卻突然拿起裝著滾燙熱茶的茶壺，丟向瑪麗蓮千金。瑪麗蓮千金分明沒有對大公主殿下做出任何無禮之舉，只是稍微提起自己和李基英榮譽主教大人有點交情而已……」

「啊……」

「一切發生得太突然了……我也不清楚究竟是怎麼回事。我試著回想瑪麗蓮千金是否有做出冒犯大公主殿下的行為，不過實在是想不到。」

媽的。

如我所料，瑪麗蓮千金果然沒有做錯事。我連忙將她放到床上，祭司立刻將神聖力注進她的體內。

在此期間，我的思緒越來越複雜，而跟在我後面的卡特琳公爵夫人和愛麗絲伯爵夫人也一臉憂心忡忡地望著瑪麗蓮千金。我想最為驚慌的人，莫過於她們兩位吧。

仔細一看才發現，兩人似乎也有被熱茶濺到，身上有些許燙傷的痕跡。可能是因為情況緊迫，兩人都沒能來得及注意到自己的傷。

在徵求她們的同意之後，我便立刻開始替她們治療傷口。

完蛋了。

這下徹底玩完了。

直到目前為止，我所有的努力全都白費了。

我這才明白為何夏洛特最近沒有積極地對付我們。因為她對夏莉亞的劣根性瞭若指掌……這段時間以來，她都在觀察自己的姐姐。

大公主夏莉亞就是個無可救藥的白痴，就算放著她不管，她也會自取滅亡。

媽的！徹底完蛋了，沒戲唱了！

＊＊＊

我能做的選擇不多。

如今，瑪麗蓮千金的身體已經逐漸康復，雖然還得靜養一段時間，但這已經是不幸中的大幸了。

其實，用不幸中的大幸來形容，顯然和目前的處境不太相符。

卡特琳公爵夫人怒不可遏，氣得渾身發抖，而愛麗絲伯爵夫人似乎還沒回過神來，一臉呆滯。

她們三人平時總是聚在一起享受午茶時光，如今其中一員卻突然遭此橫禍，會出現這樣的反應也很正常。

我當然也很心痛。

雖然這段時間與瑪麗蓮千金沒有太多的交流，不過再怎麼說也是老朋友，看到她如此痛苦，我的心裡自然也不好受。

然而，即便在這樣的情況下，我的腦海依舊在不停琢磨著該如何處理這件事。

處理個屁啊，媽的……

這個問題根本無解。

打從一開始，這幾位貴族就十分猶豫是否要支持夏莉亞，而對於守舊派勢力林立的夏莉亞陣營來說，她們是不可或缺的存在。

在帝國與共和國的邊境上，她們是東部貴族的核心勢力，擁有強大的軍力，是真正有本事的貴族。和那些不想老實做事，只為了從中撈好處而對夏莉亞拚命阿諛奉承的老頭們相比，她們可以說是貴客中的貴客。

然而，夏莉亞不僅對貴客無禮，甚至還向她們潑了滾燙的熱茶，這件事根本沒有解決的方法。這幾位貴族說不定也開始對我心生不滿，畢竟當初拉攏她們加入陣營的人是我，如今想讓她們願意和解，簡直是天方夜譚。

我必須在夏莉亞和卡特琳公爵夫人之間，做出抉擇。

睡著的瑪麗蓮千金，直到現在都還緊緊抓著我的手。

就在這時，卡特琳公爵夫人沉重地開口說道。

「李基英榮譽主教大人，您不需要感到抱歉。」

或許是看出我的眼神中帶有愧疚，她似乎想先安慰我。

「真的很抱歉。」

「不，這不是您的錯。我想就算是主教大人，一定也無法預測到會有這種事情發生。」

「我沒有臉面對您。」

「不，您真的不需要自責，只不過……」

「是。」

「我能夠理解您現在的想法，以及您日後打算如何行動，但是我們可能很難再繼續協助您了。」

媽的……

我想也是。

事已至此，如果她們還願意繼續站在我們這邊，那我不會稱她們為貴族，應該是聖人才對。

「我知道您操了不少心，替我們安排與大公主殿下見面的機會，在各個方面也幫了許多忙，但無論如何……」

「卡特琳公爵夫人、愛麗絲伯爵夫人，我能理解。」

「當然，看在李基英榮譽主教大人的面子上，我們不會轉身就加入二公主的陣營。不過……」

果然，即便她們不加入二公主陣營，這件事也不可能輕易落幕。我想她們已經在心裡斟酌了無數次，卻還是無法消氣。

就算是皇室，做事也應該要有個限度。這件事情如果傳進所有貴族耳裡，夏莉亞絕對會被痛罵一頓，那些毒瘤貴族說不定也會離她而去。

有誰願意效忠一位隨時可能危害自身性命的皇帝？

卡特琳公爵夫人嘆了一口氣，接著說道。

「針對這次的事件，我們不可能不向大公主殿下究責。我們會正式向皇帝陛下報告，爭取對大公主殿下處以應有的懲罰。」

「我完全能夠理解。我也……會盡全力協助妳們，好讓大公主殿下能夠受到應有的處罰。」

我現在也只能做出這樣的選擇。

如果我不立刻表態支持她們，說不定我就會因此被和夏莉亞綁在一起，被她們視為敵人。

光是她們願意保持中立態度，我就已經很感謝了。

卡特琳公爵夫人點了點頭，似乎很滿意我的答覆，她接著繼續開口。

「我知道您十分聰明，但作為比您稍微年長的人，我還是想對您說幾句話。和那位站在同一陣營，是不會為您帶來任何好處的。趁還來得及收手，您得趕緊脫離她才行。雖然我也曾想過或許那位真的改過自新了，不過這次的事件讓我深刻地體會到，人是不會輕易改變的。她本來就是位性情暴虐，且不懂得控制情緒的人。李基英榮譽主教大人，還請您一定要做出明智的選擇。」

這段話不單是指兩方的鬥爭，而是飽含真心的建言。

「我會謹記在心的，卡特琳公爵夫人。」

面對她的建言，這是我唯一能給的回應。

媽的，可惡。

瑪麗蓮千金發生意外，我想這件事很快就會傳到凱斯拉克伯爵耳裡了。讓我不禁開始擔心，十分疼愛女兒的伯爵究竟會有什麼反應。

除此之外，不管是會趁機落井下石的夏洛特，還是會再度認為夏莉亞無可救藥的皇帝，兩人的反應都令我十分在意。

夏莉亞原本只需要負責出一張嘴就行了。然而，她卻把這個機會狠狠地扔在地上。

看樣子她似乎誤以為自己的地位大幅提升了吧。

這個愚蠢的女人，根本就是人渣！真正的垃圾就是在說這種人。

「瑪麗蓮千金就交給我們來照顧，榮譽主教大人，您先請回……」

「不行。」

「沒關係，您不用在意我們。大公主殿下被獨自留在接待室，還需要有人來收拾局面。說實話，我們實在沒有勇氣再看見大公主殿下的臉，一切就拜託您了。」

「我知道了。」

我的嘴裡一陣苦澀。

最後，我用力握住瑪麗蓮千金的手，向她們道別，接著再次前往意外發生的地點。

一路上看到的景象，確實一片狼籍。

碎裂的裝飾品散落各處，空藥瓶還在地板上滾動。

我繼續向前走著，夏莉亞的侍女團隨即出現在眼前，她們又變回以前那副模樣了……

平時負責向我報告的艾里絲小姐，臉頰早已紅腫。她噙著淚水，一邊收拾凌亂的會場。

一看就知道肯定是夏莉亞克制不住怒火，又開始亂發神經了。

「艾里絲小姐。」

「李基英榮譽主教大人！」

「妳的臉……」

「我沒事。不過，榮譽主教大人……大、大公主殿下有急事找您。」

「我還是先替妳治療傷口吧。將藥水含在嘴裡，會好一些。」

「這、這麼珍貴的東西，我怎麼敢……」

「沒事的，這是謝禮，感謝妳剛才那麼快就替我找來祭司。大公主殿下現在在哪裡？」

「啊……她……非、非常地憤怒。可能是因為您拋下大公主殿下，衝出去的模樣讓她大受打擊……殿下命令我們趕緊將您請過來，您剛才沒遇到其他侍女嗎？」

「啊，我沒遇見她們，可能是剛好錯過了。」

「您得趕快進去才行，殿下現在很傷心。」

她盡可能地美化大公主發神經的行為。

我堅持把藥水遞給她，艾里絲小姐雖然有些為難，最後還是乖乖地含了一口藥水。她鼓起雙頰，蠕動著嘴，紅腫的臉頰與嘴裡的傷口便迅速復原。

「現在不是站在這裡的時候，我帶您過去吧。」

「不用了，艾里絲小姐。我可以自己過去。」

「但是……」

「妳繼續留在這裡，和其他人一起收拾現場，我會好好安撫大公主殿下的。」

「是……我知道了。」

其實我對於怎麼安撫她，可以說是毫無頭緒。

不過，我大概知道了整件事的來龍去脈。

就在我短暫離開座位時，大公主和瑪麗蓮千金碰巧聊到關於我的話題，當時瑪麗蓮千金和往常一樣，興奮地不停說著我的事。

雖然不清楚她說了些什麼，不過很有可能是之前我和她有過婚約的事。我們寫給對方的信件內容，或是在凱斯拉克時兩人之間的回憶，她可能也全都說了。

雖然表面上看不出來，不過瑪麗蓮千金的舉止就像個追著偶像跑的追星少女。

儘管不清楚她確切說了什麼，總之夏莉亞在聽見她說的話後，無法控制住怒火，於是將茶壺丟向瑪麗蓮千金。

這就是整件事情的始末。

我也曾想過，或許是瑪麗蓮千金主動挑釁大公主也說不定，不過可能性極低。瑪麗蓮千金的性格或許有些特別，但不至於做出如此不理智的事。

我大步走向接待室，將門打開，只見夏莉亞一副等待許久的樣子望向我。

令人啞口無言的是，她竟然滿臉委屈。而她接下來說的一字一句，更是讓我傻眼到說不出話。

如果可以，我真想拿龍息藥水砸她。

「李基英大人！您怎麼現在才來。」

「……」

「卡特琳公爵夫人和愛麗絲伯爵夫人有把事情的經過告訴您嗎？雖、雖然不知道她們是怎麼跟您說的……還不是因為瑪麗蓮那個蠢貨老是說些奇怪的話……」

「……」

「她一直說自己說不定會與您訂婚這種莫名其妙的話，您是不是也覺得很荒謬？她還提到經常和您有信件往來之類的鬼話，我實在是聽不下去了。一、一想到得守護李基英大人的名譽，我的手就不自覺地……」

「……」

「我沒想到事情會鬧得這麼大，不過那個臭丫頭也算是活該。區區伯爵之女……怎麼敢如此不知輕重……」

「她並不只是伯爵之女，夏莉亞公主殿下。」

「沒事的，我知道您在擔心什麼。不過是無法順利拉攏那幾個邊疆的小貴族，我和李基英大人乘坐的這艘船才不會因此沉沒，再加上我們已經集結了不少勢力……」

這艘船早就已經沉沒了。

我努力忍住不把這句話說出口。

雖然這個領悟來得有點晚，但我現在終於知道了。

比起和鄭白雪搭船，和這個女的搭同一艘船更危險。

「公主殿下，他們不只是小貴族。過去十多年來，在共和國的威脅之下，凱斯拉克伯爵一直是保衛帝國的忠臣之一，而瑪麗蓮千金則是伯爵最疼愛的掌上明珠。雖然伯爵家的規模不大，但無論是凱斯拉克家族的重要性，還是帝國子民對他們的信賴，都超乎想像的龐大。」

「沒、沒關係，就算是這樣，那種腦子有問題的死丫頭……」

她真的是無藥可救了。

早知如此，我就不該只想著要如何收拾這件事，而是乾脆先問問瑪麗蓮千金是否無恙才對。

夏莉亞並非一時失手，而是有意為之，事到如今甚至還沒察覺到自己究竟犯了什麼錯。

見到夏莉亞稍微平息怒火，急著為自己辯解的模樣，我就不禁為那個拚命將她推上皇位的自己感到心寒。

在夏洛特眼中，此時的我該有多麼可笑，光用想的都令人無地自容。

「卡特琳公爵夫人和愛麗絲伯爵夫人也是，比起我們陣營中的那些阿貓阿狗，她們絕對更有價值。」

「啊……可是……既然如此，那就想辦法抓到她們的把柄……」

「她們不是傻瓜。她們會正式向皇帝陛下抗議這件事，您也會受到陛下懲戒。就算是皇室成員，也不該用這種方式對待為帝國犧牲奉獻的貴族。這不單只是能不能站在同一陣線的問題，她們很有可能會徹底與殿下為敵。」

「不、不管怎麼說，我們這段時間進行地這麼順利……」

「總得先有實際成果，才有能力收拾殘局吧。輕而易舉建立的沙堡，要崩塌也只是一瞬間的事。更何況公主殿下並沒有完成什麼了不起的事，您不過是剛從起跑線跨出一步而已，未來還得繼續建造的高塔，就這麼被您擊潰了。這次的事……」

「我、我不是都說了沒關係嗎！」

「什麼？」

「我、我都已經說沒關係了。只要我當上皇帝，所、所有事情我都能解決！」

她扯開嗓子朝我咆哮，實在可笑。

夏莉亞似乎也被自己的聲音嚇到了，眼睛瞬間瞪大。

她的言下之意大概是不想再繼續聽我嘮叨吧。

眼前的一切都荒唐到令我不禁失笑。

第096話　不情願的計畫

把龍息藥水一口氣砸向夏莉亞的念頭時不時掠過我的腦海。令人遺憾的是，現實情況不允許我這麼做。

看見我語塞的樣子，毫無自知之明的夏莉亞反而鼓起勇氣繼續說道。

可想而知，又是一番毫無邏輯的鬼話。

「李基英大人，很、很抱歉對您大吼。不過我剛才的話，可不是隨便說說的，再大的問題我們都能解決。」

「什麼？」

「一直以來，我都沒有屬於自己的勢力，只能畏畏縮縮的。可是現在不一樣了！請您看看那些追隨我的貴族們，和夏洛特的陣營相比，肯定不會輸。」

她在說什麼鬼話？

「他們追隨著正統的皇家血脈，是一群和我志同道合的人。」

才不是那樣……

「父、父親大人也會對我另眼相看。只要我當上皇帝，一切都能解決。沒錯，就是這樣。我想再過不久，大家就會知道誰才是最合適的皇位繼承人。一定會有那一天的，李基英大人，到時候……」

「您在說什麼？」

「我會讓李基英大人成為帝國的宰相。我一定會那麼做。」

我又沒說我要那個頭銜……

她的表情彷彿在說「嚇到了吧？這是我為你準備的禮物喔」，真是可笑至極。

當然，眼下無論她說什麼，都只是天方夜譚。

就算她是等到被選為繼承人之後，才說出這些話，我也會覺得還不是高興的時候。

更何況是一腳踹倒了費盡心力堆砌的城堡後，再說出這些話，根本不會有人相信。

不管怎麼想，事情都不應該變成這樣。我不禁開始盤算著是否該臨陣倒戈。

我敢肯定，如果沒有和李舜臣將軍[1]一樣的忠心，誰都會認為眼下是改變立場的大好時機。

夏莉亞的船正在下沉，而船上的我比任何人都更能認知到這一點。

即便奇蹟降臨，夏莉亞也不可能登上皇位。

一直以來宛如走鋼索般戰戰兢兢的我，第一次踢到鐵板。想必再怎麼勸說，再怎麼大吵大鬧，夏莉亞也不會有所改變。

得趕緊想辦法脫身才行。

想當然耳，即便腦海裡這麼盤算著，我也只是默默地點頭。

比起直接表明「以後不要再一起公開行動」，現在還是先稍微遷就她，再想辦法找活路，才是更實際的作法。

於是，我擺出有點詫異的表情。

即便心裡全是不堪入耳的髒話，表面上也只能裝出一副雲淡風輕的樣子。

1 韓國家喻戶曉的民族英雄，十六世紀末多次擊敗入侵的日軍，立下保家衛國的功勞。

「噢，原來如此。我沒想到您會這樣想……」

「沒錯，李基英榮譽主教，只要您繼續協助我，我絕對不會忘記這份恩情的。」

「當然，我會像之前那樣繼續幫助您……但如果今天的事再有下一次，恐怕就很困難了。」

「我、我承認是我太急躁了。不過瑪麗蓮那個臭丫頭……」

「是，我懂。」

無論她說了什麼，我都只是左耳進右耳出。

要是繼續吊死在她這棵樹上，我恐怕會先得內傷，昏死過去。

見到我一語不發地頻頻點頭，她似乎以為我的心情有所好轉，便開始絮絮叨叨地說個沒完，簡直令人無言以對。

雖然她現在還能喋喋不休，笑得合不攏嘴，但接下來恐怕有好幾天見不到面了。

萬一卡特琳公爵夫人、愛麗絲伯爵夫人以及凱斯拉克伯爵正式向皇帝提出抗議，皇帝也不得不對她做出懲戒。

她或許以為現在的自己無所不能，所有事都能夠恣意妄為，然而不用三天的時間，她肯定會徹底體認到自己闖下了大禍。

果不其然，我的預想是對的。

怒不可遏的凱斯拉克伯爵隔天一早天還沒亮，便立刻前去敲打城門，進皇宮與皇帝進行長達好幾個小時的面談。

夏莉亞這次招惹的，不是地位無足輕重的小貴族，而是一直以來為國家鞠躬盡瘁的凱斯拉克伯爵，因此站在皇帝的立場上，絕不可能置之不理。更何況，即便是一般的貴族，皇帝也不能坐視不管。

當初為了鞏固皇權，皇帝特意設立了帝國八強，甚至不惜為此大張旗鼓地作秀。在這個節骨眼上，皇帝也不得不慎重看待凱斯拉克伯爵的抗議。

雖然他們究竟談了些什麼不得而知，不過最終皇帝下令將夏莉亞拘禁在寢宮。

當然，夏莉亞陣營的守舊派也像是作秀一樣，向瑪麗蓮千金正式致歉。

然而此時的夏洛特絕不會錯過這個大好機會。如魚得水的她開始煽動王城裡的輿論，親自證明了所謂的正統性有多麼不值一提。

那些守舊派則是使出了反擊，夏莉亞大公主受拘禁的期間拒絕與任何人會面，只允許少數幾個人探訪。

令人不怎麼高興的消息是，我是被允許探訪的其中一員，因為夏莉亞大公主直接報上了我的名字。

此時，包含卡特琳公爵夫人在內的幾名東部貴族，也悄悄地和夏莉亞陣營劃清界線，我的處境變得更加進退兩難。

和其他人疏離倒是無所謂，但她們可以說是我手中最珍貴的人脈。幸好她們一直都很善待我，就像之前說的，她們多少也能理解我的政治立場。如果換作是我，恐怕很難再對李基英這個人留下好印象了。

短短幾天之內，王城的氣氛好不容易漸有起色，然而沒過多久，卻又再次落入谷底。就像原本情勢看漲的股票瞬間暴跌一樣。

「你聽說了嗎？凱斯拉克伯爵的女兒瑪麗蓮千金……」

「當然聽說了。夏莉亞大公主把滾燙的熱茶直接往瑪麗蓮千金的臉上潑……這件事是真的嗎？」

「沒錯，我無意間看到李基英榮譽主教大人抱著瑪麗蓮千金往外跑。當時隔著窗戶看不清楚，我還在納悶發生了什麼事呢……作夢也沒想到會發生這種事。」

「幸好當時李基英榮譽主教大人正好在場，瑪麗蓮千金的眼睛才不至於瞎掉。要是再晚一步的話……」

「真令人難以想像……凱斯拉克伯爵的心裡肯定很不好受。」

貴夫人們不分晝夜地討論這起事件，就連王城裡的男性貴族也紛紛對這件事表達各自的立場。

「嘖，我怎麼樣也想不透，即便是皇室的血脈，怎麼能對一直以來默默守護凱斯拉克的伯爵大人做出這種事？」

「該不會有什麼隱情吧……」

「就算瑪麗蓮千金態度不恭敬，直接把滾燙的熱茶往人家臉上潑這種行為……這些話我們私底下說說就好，老實說，夏莉亞大公主那群侍女的模樣，簡直慘不忍睹，別人一眼就能看出她平常的所作所為。百姓是國家的根本……大公主怎麼能那樣虐待下人……」

「皇帝陛下一定也很傷心。」

「聽說平常不太喝酒的皇帝，昨晚竟然喝了紅酒，可見他有多傷心……我還記得當初皇帝聽說大公主的品行有所改變時，有多麼高興。早知如此，還不如不抱期待呢。」

就連信任我，和我一起攜手合作的帝國八強也開始對我提出質疑，我如今的處境不言而喻。

「我只是想問一下喔……這樣真的沒關係嗎？情況看起來不太妙呢……如果我想中

途退出，還請你不要太埋怨我。我相信你會向車熙拉大人好好說明的。啊，我們當然不是想現在立刻退出，你大可放心。」

「如果你有別的計畫，或者需要我們幫忙的地方，請儘管開口。」

即使大灣的陳冠偉和魏蘭說了這些話，我也無法反駁。

在我心力交瘁的同時，金賢成也忙得分身乏術，這一點也令我無比心煩。

親愛的重生者把所有的責任交託給我，接著開始獨自一人東奔西走，我根本無從得知他在哪裡，又做了什麼事，甚至連個人影都看不到。

一開始為了建立基礎，金賢成雖然幫了不少忙，但中途似乎發生了他不得不處理的緊急狀況。

至於車熙拉，她始終保持著一副失敗也沒什麼大不了的態度。

果然，對於他們這種對政治冷感的人來說，即便這次不慎失手，似乎也不會帶來嚴重的打擊。

這麼說其實並沒有錯。

萬一夏洛特真的順利當上皇帝，對他們來說也不會有直接的損失。準確來說，是不會有人身安全上的損失。他們既不會因為叛國罪而人頭落地，也不會吃上一輩子的牢飯。

不過對我來說可就另當別論了。一旦押錯寶，我就會失去最重要的政治基礎。

如今夏洛特已經把我視為頭號敵人，她肯定會卯足全力剪去我所有的羽翼，而我勢必得再展開一場漫長的戰役。

誰都不想面對這種地獄般的窘境，但是「只要能勉強活下來就好」的想法顯然已經不合時宜了。

就算要死，我也得找一個墊背的。

我不是沒想過試著再次與夏洛特交涉，不過按照二公主心狠手辣的個性，別說是重新接納我，說不定還會明裡暗裡地使出各種手段對付我。

不知道是幸還是不幸，二公主陣營裡的貴族也曾經給過我一些忠告。

「這些話本來不應該告訴您的……但我是為了榮譽主教大人著想，才會多嘴說一句。您這陣子最好還是安分一點吧。」

也就是說，二公主的陣營似乎正在籌畫些什麼。

如今，我與貴族們之間的連繫一個接著一個消失，只剩下一開始就和我有交情的那些人。

我雖然也到處奔走，忙著結識其他人脈，卻無法取得有用的成果。

曾經也有部分勢力想衝著帝國八強的名聲與我們靠攏，然而，現在就連這些人都不得不瞻前顧後，因此也難成氣候。

總而言之，眼下我能夠投靠的，就只剩已經一腳踏入棺材的皇帝本人了。

這就是我之所以會一邊想著是否應該開發長生不老藥，一邊每天固定按時到皇帝房間打卡上班的原因。

皇帝陛下，我會盡心盡力效忠您的。

一轉眼的時間，原本效忠於夏莉亞的一片丹心，就又再次轉移到皇帝身上。

最重要的是，等這場風波平息之後，我要重新建立基礎，在此之前，皇帝必須健康無虞才行。

皇帝的侍女朝我打了招呼，便從將大門由內向外打開。

荷。

皇帝今天看起來似乎比昨天更疲憊了。毫無節制地瘋狂飲酒，他的身體肯定難以負荷。

對於性命垂危的皇帝來說，大公主的瘋狂行徑，簡直是在幫助他早一步通往極樂世界。

皇帝是我唯一有十足把握能夠投靠的對象，因此他的性命對我來說格外重要。

老實說，我最近都是這麼想的……

「哦……你來了呀。」

「皇帝陛下，您身體還安好嗎？」

「我、我還不是老樣子……還行……」

「您得盡快恢復健康才行。」

「哈哈哈……我一直都很健康啊……不過話說回來，李基英榮譽主教。」

「是……陛下。」

「你今天有先去見夏莉亞再過來嗎？」

直到我意識到他想把自己拉的屎甩到我身上。

＊＊＊

帝國的大公主本身就是個麻煩人物。

正因為皇帝深知這一點，所以他盡可能不讓大公主肩負重任，或是執行一些超出能力範圍的事，深怕她不小心闖下彌天大禍。

站在父親的角度，他當然十分擔心自己的女兒。假如我是皇帝，肯定也無法對大公主置之不理。

在皇帝的庇護下，她目前或許能安然無恙，不過一旦這老頭投入貝妮戈爾女神的懷抱，接下來的情勢會如何發展，自然不言而喻。

想必二公主會順利繼承皇位，而大公主一定會吃虧。

要是她再犯下和現在一樣的錯，肯定不會只有懲戒這麼簡單。

身為一名父親，會感到不安也是理所當然的……但也不應該如此吧。

要是這老頭還有一點良心，就不應該把那個麻煩人物交給我處理。

他今天的神情不同於往常，看起來特別認真，讓我不自覺地在意了起來。

或許，他和我想的不是同一件事。

然而不尋常的氛圍和語氣似乎都在告訴我，眼前這個老頭正在盤算些什麼。

他應該不會提出就算下地獄也無法被原諒的餿主意吧。

我的直覺不斷向我發出警告，但問題就在於，我該怎麼做？

無論如何，我一定要想辦法阻止這個老頭將那個想法說出口。

「早上正好見了一面。」

「好……她的狀況如何……」

「好像還有些不安……不過，大公主似乎已經深刻體會到自己錯了……」

「她能這麼想真是太好了……」

我再也不想聊關於夏莉亞的事了。

「不過，皇帝陛下，聽說您昨天也喝了藥酒……」

「是啊。本來今天找李基英榮譽主教過來，是想和你喝上一杯。我正好有重要的事要和你談談。」

「陛下，這對您的身體不好。」

「哈哈哈，榮譽主教似乎真的很擔心我呢。就算其他忠心耿耿的臣子也說過一樣的話，但你說的聽起來就是不一樣……還真神奇啊。」

「每個人都盼望陛下身體健康，怎麼會不一樣呢？陛下會有這樣的感覺，大概是因為皇帝陛下您信任我的緣故吧。」

「沒錯，我當然信任李基英名譽主教，這是一定的。所以我才說……」

「哈哈。為了報答陛下對我的信任，即便粉身碎骨，我也在所不惜。」

儘管我絞盡腦汁轉移話題，皇帝也沒有輕易上當，或許是因為他今天特別吃了藥。他一副打定主意的樣子。

這段時間以來，我不曾察覺皇帝在煩惱些什麼，所以他今天反常的行為，才更加令我不知所措。

也有可能不是我想的那樣。

說不定皇帝正在為了別的事心煩意亂，他想說的也許是另一件事，一切都只是我在胡思亂想。

縱使夏莉亞再怎麼令人頭疼，我畢竟不是帝國子民，而是異邦人。不管怎麼想，這件事一定窒礙難行。

此時，皇帝默默舉起手，幾名侍女連忙跑上前，開始替我們倒紅酒。

能和皇帝單獨品嘗紅酒，本該是一件無比光榮的事，但不知怎的，我心中的不安始終揮之不去。

內心的不安使我不得不拚命繞開話題，然而皇帝就像一輛失控的八噸大卡車，非要把那句話說出口，根本阻止不了。

最終，皇帝把藏在心裡許久的話說了出來，而我也不得不埋怨起我這該死的直覺。

「我有個好奇的問題……不曉得李基英名譽主教覺得夏莉亞如何？」

他如果不是瘋子，絕對不會提出這種問題。

我雖然花了一些時間思考該如何回答，但眼下除了再次悄悄轉移話題之外，沒有其他的辦法。

「和外界的評價不同，大公主擁有許多優點。雖然擁有如火焰般，不容易克制怒火的性格，但也正因如此，當她決定要完成一件事，必定會毫不猶豫地全力以赴。大公主同時具備決斷力與執行力，對於自己的分內之事，一定會用盡任何辦法，承擔起責任……」

「不，李基英榮譽主教，我不是在問這個。」

「偉大的皇帝陛下，我很抱歉。那、那個……我不太懂您的意思。難道大公主又犯了什麼錯了嗎？」

「不，我不是那個意思。看來我的問題得再明確一點。我現在想問李基英榮譽主教的是……以一個女人來說，你覺得我的女兒夏莉亞如何？」

眼前的皇帝，果然是個瘋子。

「您、您這句話的意思是……」

「就是字面上的意思。」

媽的。

把她視為一個女人來看的話，我不清楚。

「坦白說，如果有機會的話，我想拿龍息藥水砸爛她的腦袋。」儘管這句話不停在我嘴邊打轉，但我絕不能說出口。

面對這個想將我逼入深淵的皇帝，我真想狠狠揪住他的衣領。

自己拉的屎就該自己收拾……憑什麼要我來清啊。

總之，眼下得先讚美一番再婉拒。

「雖然我不太清楚該怎麼告訴您……不過，夏、夏莉亞殿下的美貌就像寶石一般光彩動人，清亮的嗓音說是天籟之聲也不為過……而那高貴的血統，更有著永不消退的氣韻……萬萬不可和不知道打哪來的異邦人相提並論。」

我自認為做了一個相當不錯的收尾，但那個瘋子似乎沒把我的最後一句話聽進去。

「呵呵呵，沒錯。那孩子雖然性格有些頑劣，不過外表像極了她的母親，就像一顆閃閃動人的寶石，榮譽主教說得一點也沒錯。其實，她小時候還當選過帝國最美女孩呢。哪裡還會有這樣的美人呢？」

「啊……是……」

「有一陣子，上門提親的人幾乎要把門檻給踏破了。」

「原來是這樣。」

「因為我個人的私心，才一直把夏莉亞留在身邊。現在也是時候放手了。」

「啊……是……」

那段期間，從四面八方不斷湧入的求親者，最後為何會杳無音訊，不必多說也能知道。

那些求親者可能的確入不了皇帝或夏莉亞的眼，但我敢保證，他們絕對是看清了夏莉亞的真面目，才避之唯恐不及。他們肯定認為，比起和皇室大公主結為連理帶來的好處，和她共度過餘生鐵定會帶來更多困擾。

我也一樣。

當然還是會有收穫，但是二公主和大公主之間水火不容，先不說成為皇室的一員，只要和大公主扯上關係，就等同於要把二公主視為敵人。

雖然我早已被她當成仇敵，但我可不想在距離她最近的地方，承受她的荼毒。

「其實，這次的事令我非常失望，我也思考了很多。」

「是……」

「因為聽說了很多傳聞，所以我也開始對夏莉亞抱有期望，不過經過這件事，我又再次地體悟到，那孩子並不適合成為一名領導者。」

「也不一定是這樣……」

「李基英榮譽主教，在我死之前，我一定要看到她擁有一個好歸宿。」

「您、您一定看得到的。」

「當然，一定要那樣才行。這樣一來……我才能放心。要是我留下那個不懂事的孩子，就這麼離開的話……」

「您千萬別這樣說。皇帝陛下一定會安然無恙，長久地統治著這個帝國。」

「呵呵呵，李基英榮譽主教，謝謝你。你知道嗎……」

「……」

「只要是明眼人都看得出來，我的大女兒和二女兒感情並不和睦。我的確擔心萬一我先走一步，我的二女兒會對自己的姐姐不利。不只是我，我的父親，也就是先王，也曾經歷過這樣的事。夏洛特雖然聰明伶俐，但對於必須達成的目標，她會毫不猶豫地動手去做。即使對手是自己的姐姐，恐怕也不例外。」

媽的。

「夏莉亞她再怎麼頑劣，也是我的女兒。我希望我的大女兒可以平平安安地度過這一生。如果遇到一個她喜歡，且願意相伴的人，想必那孩子也能放下野心，幸福地活下去吧。」

「我不太清楚……陛下的意思。」

「呵呵呵。我還以為你很懂得察言觀色，沒想到在感情方面這麼遲鈍。」

「小的不敢當。」

「那孩子為什麼會對瑪麗蓮做出那種狠毒的行為，我已經聽說了。在拘禁那孩子的時候，我也大聲斥責她了。不曉得你有沒有察覺，那孩子似乎很在意你。看來她這陣子之所以這麼溫順，都是為了博得你的歡心。」

「……」

「我聽那孩子說，你似乎也對她有意思……」

靠，那又是什麼鬼話啊。

我從未對她表露過一絲絲的好感，看樣子又是那個瘋女人在胡說八道。

這一切都荒謬到令我忍不住失笑。

「我當然也考慮過幾個其他人選，但經過我再三斟酌，我確定你是最好的選擇。你說對吧？」

「陛下……」

「我就把夏莉亞交給你了。」

你這個混蛋。

我的話還沒來得及說出口，皇帝就立刻下了結論。

我不自覺地握緊雙拳。

他最終做出這樣的結論，我完全能夠理解，不過坦白說，此刻我只想逃跑。

如果可以的話，我真想火速離開這座城市。

「北方有一塊領土，雖然不算是寶地，但十分幽靜，能夠避開外部勢力的耳目。」

這我也知道。

那是一塊極其狹小、寸草不生的土地，帝國北部的領土多半都是如此。

「把領土賜給異邦人，貴族們難免會反彈，不過如果對象是你，他們應該會同意。你和夏莉亞去那裡好好過上悠閒自在的下半輩子，也是個不錯的選擇。夏洛特應該不會對住在邊陲地帶的姐姐出手，畢竟如果李基英榮譽主教接納了那孩子，想必夏洛特也會顧慮到異邦人的觀感，不會做出過分的舉動。」

「呃……那個……」

「至於異邦人的身分，你不必在意。你也已經算是帝國子民了，不是嗎？身為教皇廳的榮譽主教，又是帝國八強的一員，如果是你，絕對有資格和夏莉亞站在一起。最重要的是，我信任榮譽主教。你大可不必介意身分差異的問題。」

什麼狗屁身分差異……

「呵呵呵。其中當然參雜了一點我的私心，畢竟我也想得到一個好女婿，希望你能好好考慮這件事，李基英榮譽主教。」

看來他覺得我會欣然接受這個提議。

見到皇帝用那張不帶有一絲罪惡感的臉孔，打算將人逼入深淵，我的面部肌肉便不自覺地緊繃了起來。

＊＊＊

看樣子皇室三人組打算輪番上陣，直接把我送上西天。

連眼前這個老頭也突然令人生厭。

我甚至在心裡默默埋怨起親愛的重生者金賢成，他當初竟然交付給我這種任務。

皇帝心中的盤算，我不是不能理解。不曉得從何時開始，他似乎早已暗自決定讓二公主成為繼承人。起初，大公主也不是毫無即位的可能，但這次的事件八成是壓垮駱駝的最後一根稻草。

就像皇帝剛才說的，他最起碼必須確保大公主能安全無虞地活下去。

然而問題就在於，那個瘋老頭打算犧牲我，來完成他的藍圖。

哪個有腦袋的人會想過那種生活？

一旦接受了他的提議，至少有好幾個人會小命不保。

除了得阻擋這陣子特別安分守己的鄭白雪之外，車熙拉肯定也會十分不滿。

我敢保證，要是我和大公主一起到北方生活，只怕大公主第二天就會變成一具冰冷的屍體。

到時候，這起事件該由誰來承擔責任，自然不言而喻。

不，和她一起到北方生活，就代表必須遠離權力中心。

在城外享受著田園生活，無憂無慮地度過下半輩子，確實是個不錯的選擇，但我根本不想放棄眼前的榮華富貴。

我可不想年紀輕輕就過上養老般的生活，一定要拒絕這個提議才行。

「陛下。」

「呵呵呵。」

「那個……非常感謝您的提議……不過您也知道，我現在……」

「對了……至於那個每次都跟在你身邊的魔法師，還有紅色傭兵的傭兵女王，我允許你們繼續交往。」

「那個……您的意思是……」

「要你跟原本交往的那些人斷絕往來，未免也太過分了。呵呵呵。不過，夏莉亞那孩子的嫉妒心非常重，李基英榮譽主教恐怕得多費心了。」

這是能笑著說出口的話嗎？

見到他眉開眼笑地說出那些鬼話，看來眼前這個瘋老頭的老年痴呆還真嚴重。

依我看，就算是朴德久也不可能想出這種詭計。

面對這個擺明要把我推入火坑的老頭，我只能一臉恍惚地杵在原地。

現在不是顧慮皇帝心情的時候了。

「陛下，我想……我需要一點時間好好考慮。」

「是啊，這麼重要的問題，李基英榮譽主教應該需要一點心理準備吧。我可以理解。」

「不管怎麼說，這項提議令我有些難以負荷……我雖然非常感激皇帝陛下的提議，不過坦白說，我無法判斷自己是否配得上夏莉亞大公主殿下。」

「過度謙虛會讓你吃虧的。呵呵呵。李基英榮譽主教當然沒有任何不足的地方，有誰敢說我家女婿不夠好呢？你再好好想想吧。不過現在說這些還太早了，關於我們今天的談話內容，記得不要告訴旁人……」

「是，我不會告訴任何人。」

「好，時間也不早了，你回去吧。還有……我雖然理解你的心情，但希望你能盡快給我答覆。」

「是，偉大的皇帝陛下。我會慎重考慮再給您答覆。」

「嗯，當然。」

「那麼，我先告退了，陛下。」

「好，你退下吧，李基英榮譽主教。」

媽的。

轉身背對皇帝的瞬間，湧上喉嚨的髒話差點脫口而出。

看樣子皇室替我製造一堆麻煩還不夠，甚至還企圖毀掉我的人生。

到目前為止，我雖然也經歷了不少狗屁倒灶的事，但皇帝這該死的計畫可以說是最棘手的。

我必須找出解決辦法。

要麼再次投奔二公主，把她推上皇位；再不然，尋找其他能夠依靠的勢力，明目張膽地把教皇廳勢力引入皇室，也不失為一個好辦法。

當初金賢成不讓二公主當上皇帝的真正原因暫且不得而知，因此我能做的事相當有限，這著實令人相當頭疼。

那小子的請求太過分了。雖然很感謝他如此看得起我，但即便用盡任何手段，也不可能把瘋子大公主推上皇位，更遑論其中還附加一條不能讓夏洛特完全無法翻身的條件。

拖著夏莉亞這個累贅跟實力不容小覷的對手打仗，簡直就像在沒有前鋒的狀態下作戰。

壓力好大。

就算一個人靜靜待著，也會莫名感到一陣煩躁。

我必須找金賢成談談。

總之，得先回房間一趟，於是我加快腳步朝房間走去。

打開房門的瞬間，只見鄭白雪用有些怪異的姿勢躺在沙發上。令人哭笑不得的是，我隨手脫下的外套此刻正蓋在她的臉上。

至於她這麼做的理由，我最好還是不要知道比較好。

「白雪？」

「基、基英哥？你、你來了？」

「嗯，好像很久沒見到妳了……」

「對、對啊。」

她驚慌失措地開口，連忙將罩在臉上的外套往旁邊一塞，並迅速起身。

此時的鄭白雪，整張臉寫滿了尷尬，一點也不像平常的她。

為了不讓她感到彆扭，我最好迅速轉移話題。

於是，我找了一個適當的話題切入。

「琳德那邊還是跟以前一樣吧？」

「對。那個……研究方面有了一些成果。還有……德久哥也過得很好……還有，剛加入的韓素拉和……劉雅英……以及……安其暮先生、昌烈先生，全部都完成稀有級的副本攻掠了。」

「那真是太好了。對了，這段時間內發生的事待會再說，我現在有重要的事要辦。賢成先生呢？」

「他今天好像會晚一點回來。最、最近賢成先生好像很忙，惠珍小姐也是……這陣子他們兩人也都幾乎碰不到面。」

「惠珍小姐現在在房間裡嗎？」

「對，剛才我們一起吃完飯才回來。」

「如果可以的話，妳能請她過來一趟嗎？」

「當、當然沒問題。」

既然金賢成不在，那就只能問問他的副官曹惠珍了。

或許是想掩飾自己的尷尬，鄭白雪急忙走出門外，沒過多久便和曹惠珍一同出現。

鄭白雪被琳德的大小事纏身，所以難得與我見上一面，但我和住在不遠處的曹惠珍卻似乎更久沒見過面了。

這恰好證明了這段時間以來，我真的忙到分身乏術，內心頓時有點不是滋味。

或許是不願讓我和曹惠珍單獨談話，鄭白雪默默地站在一旁。曹惠珍則是一如既往地朝我點頭致意，接著坐在茶几前方。

大概是因為這陣子內心備受煎熬，她的臉色看起來不太好。

「惠珍小姐，好久不見了。」

「是，副會長，好久不見了。」

「妳最近沒有和賢成先生一起行動嗎？」

我隨口問了一句，只見曹惠珍的臉色瞬間一沉，看來她的心理壓力似乎很大。

曹惠珍明明是以隨行人員的身分一起來到首都，金賢成那傢伙卻老是獨來獨往，對於責任心強的她來說，會感到羞愧也在情理之中。

曹惠珍朝我點了點頭，我果然沒猜錯。

「那個……沒錯，確實如此。會長最近似乎把重心放在處理個人事務上。」

「原來是這樣。」

「話說回來，會長有請我轉達一些話給您。」

我就知道。

「請說。」

「那個……副會長說，雖然會很辛苦，但是麻煩您了……他會盡快結束他手上的任務，回來與大家會合。」

「……」

我無話可說。

雖然不期待他會說出任何解決方案，但要求我們無止境地等待，實在令人難以接受。

那個臭小子……

當然，目前皇帝尚未駕崩，健康狀況也不至於惡化到無法自理。

如果金賢成大致知道皇帝何時會死去，那麼他把這項任務當成長期戰役，我完全能夠理解。不過，只要想到此刻李基英這個人的政治地位，正一點一點地被啃噬殆盡，就沒有閒功夫在一旁發呆了。

對於膽小怯弱的我來說，只能努力應對接下來即將發生的事，並提前想好對策。

畢竟，我現在已經被皇帝的一番話逼入絕境了。

二公主正式行動的那一瞬間，我和大公主陣營的守舊勢力，勢必會被消滅殆盡。

說不定夏洛特還會公開撮合我和大公主的婚事。這個能一口氣將兩個眼中釘發配到邊疆的好機會就在眼前，如果我是夏洛特，肯定想積極促成這件事。

心中的壓力似乎有增無減。

我的語氣開始流露出些許煩躁。

「恕我冒昧，妳是真的完全不知道賢成先生在忙些什麼嗎？」

「是，我也不知道賢成先生在處理什麼事。不過……」

「嗯。」

「他看起來……好像在找人。」

「找人？」

「是的，他在找人，而且會長似乎也不確定自己在找的人是誰。奇怪的是，在離這裡有一小段距離的地方，有一場化裝舞會之類的宴會，會長說自己一定得出席……不僅如此，他似乎比平常更加留意周圍的任何動靜。」

「這樣啊……」

「我也詢問過會長，我是否能夠幫得上忙，但會長說他自己一個人行動比較方便，在那之後……」

「他就開始在惠珍小姐看不到的地方，獨自展開行動了。」

「沒錯，就是那樣。對於沒有辦法盡到自身職責這一點，我感到很抱歉。我應該成為一個更有能力的隨行人員才對……」

「不，妳別這麼說。這不是惠珍小姐的錯，妳不需要自責。賢成先生應該是有其他重要的事必須處理。沒錯，肯定是如此。」

難道是非常重要的事嗎？

當初我就知道這傢伙不可能在一旁偷懶，他把任務交付給我之後，自己也在另一頭忙得不可開交。

他為何要去化裝舞會？又為何要找人？這些我都無從得知。但我敢保證，這件事一定對日後的發展至關重要。

我必須體諒他，這麼做才對。

儘管地位日益下滑令我無比煩躁，但比起爭取區區的政治地位，金賢成手上的事情想必更為重要。

我還有很多時間，現在先體諒他肯定是對的。

就像剛才提到的，皇帝的身體狀況沒有大礙。

金賢成大概也知道事情的輕重緩急，並且認為自己眼前的事更加緊迫。

沒錯，得先解決重要的事。

然而，我的嘴角卻開始不自覺地往下沉。

我當然能理解那傢伙也很辛苦，不過他未免也太棄我於不顧了吧。

作。

身為一家之主，放著家庭不管，一天到晚在外面溜達，這樣的家庭絕不可能正常運作。

妻子忙得腰瘦背痛，口口聲聲說要讓妻子享福的丈夫，卻整天在外面閒晃。此時，妻子需要的只是一句安慰和溫暖的話，丈夫卻一心只顧著在外頭奔波。

這樣的比喻或許並不恰當，但不知怎的，我腦海中浮現的盡是這些畫面。

媽的……

我雖然能夠理解，但內心的煩躁卻不斷湧上。仔細想了又想，卻怎麼也消除不了心中的怒火。

我不禁好奇他究竟是為了什麼重要的事，才把我晾在一旁。

他覺得那件事更重要是吧……

或許是出於對皇室的憤怒，就連金賢成也開始令我感到失望。

乾脆把一切都毀掉吧……

反正只要達到金賢成的要求，不讓二公主順利稱帝，事情會變成怎樣都無所謂。

只要不是讓她無法東山再起，即便手段魯莽了一點，說不定也無傷大雅。

那就……毀掉一切吧。

我的嘴角開始緩緩上揚。

＊＊＊

——這不是夏洛特陛下的錯。

——你不必安慰我。

——這也是無可奈何的事。

——不，這不是用無可奈何四個字來合理化就能解決的問題。說不定還有其他辦法，當初就應該找出其他辦法才對。是啊，當初應該那麼做的……

——您會做出那個決定，都是為了帝國的子民。

——為了那個帝國子民，我親手殺了更多無辜的帝國子民。

——您不這麼做的話，將會有更多人喪命。守護帝國的騎士和士兵們會死去，把所有希望寄託在陛下身上的那些善良之人也會死去。那場瘟疫……

——我知道，我都知道。我知道必須在瘟疫爆發之前盡快採取對策，我也知道瘟疫已經汙染了空氣，不可能有其他辦法。還有那些受到汙染的土地也根本無法挽救了，這些我都知道。不過伯爵他們現在還沒變成不死族，他們肯定還是人類。他們的慘叫聲彷彿還迴盪在我耳邊，那些哀號不是不死族的聲音。不，我聽得非常清楚……

——什麼？

——我聽見他們在和我說話。被我這個愚蠢無能的皇帝親手殺死的那些帝國子民，正不停地責備我，我都聽得見。

——陛下，您應該累壞了。

——不，我很好。我沒事。

——陛下……

——在我還很小的時候……

——是。

——在我還很小的時候……我是說，在我母親還沒去世之前，她對我說過的話，我至今依然記得。

——……

——她要我別太有原則和主見，安安靜靜地過平凡的日子，好好享受每一個當下。她還要我遠離皇室，到與世無爭的地方生活，像普通人一樣，度過平靜的一生。我還記得，她去世的時候，也說了類似的話。那時的我還很小。

——陛下……

——母親在這裡經歷了多少痛楚，我全都看在眼裡。我比任何人都更深刻地體會到，在這個帝國裡，不屬於特權階層的弱者會受到什麼樣的待遇，所以我想改變這個帝國，想當上皇帝。我親手將姐姐趕走，還違背了父親的期待，甚至不惜讓雙手染上鮮血。一路以來，與教皇廳發生無數次衝突，也和像伯爵您一樣的異邦人不停交戰。最後，我成為了這個帝國的統治者。

——……

——就這樣，當我坐上了這個位置之後，才發現我和他們是一樣的人。不，從一開始，我就和他們沒有兩樣。而我害怕失去手中的權力，為了拚命守住自己的地位，又再度讓雙手沾滿鮮血，就這樣過了好幾年，一直活到了現在。我好不容易下定決心建立一個以民為本的帝國，卻被無止盡的疲憊和負擔壓得喘不過氣，小時候的夢想也逐漸被現實消磨殆盡。當我望向鏡子裡的自己，彷彿能看見那個令我恨得牙癢癢的姐姐。

——陛下，不是那樣的。

——我直到現在才領悟，這個位置不適合我，我承受不了這頂皇冠的重量，也無法洗去我一身的罪孽。好累……真的好累啊。就像姐姐從前說過的……到頭來，卑賤的血統是無法承擔起這份重責大任的。

——陛下……

——如果有來生……如果有來生的話，我想過得像母親口中的普通人一樣。像普通人一樣……遇見一個喜歡的人，嘻嘻笑笑，打打鬧鬧，有自己的孩子和美滿的家庭……我想那樣活著。

——您一定可以做得到的。

——哈哈。雖然我沒想過結婚這件事，但如果能遇到像伯爵這樣的人，過上那樣的生活，應該會非常幸福吧……總之，題外話就到此為止吧。我該起身了。

——您還是好好歇息吧，您不需要親自出面。

——沒關係，我得盡快處理完剩下的事。我得放火燒了帝國子民，才能拯救帝國。

——夏洛特陛下。

——不只今天……還有明天、後天，都要殺死帝國子民，必須那樣……哈……哈哈哈。這麼做才能拯救帝國。

我睜開暫時闔上的雙眼，輕輕從地面上抓起一把沙子。

肯定就是這個地方。

在這裡，我與夏洛特進行了一場對話。

在這裡，無辜的帝國子民命喪黃泉。

那場奪走了帝國四分之一人口性命，還能把一般人變成不死族的瘟疫，最初的起源地就是這裡。

我微微攤開手掌，茫然若失地盯著握在手中的細沙隨風飄散。

倏忽之間，眼前出現了幾道身影。此時，我才赫然發現自己已經沉浸在傷感之中好一會兒了。

「您……您怎麼會在這裡……」

「看來你認識我。」

「……」

「看樣子消息已經傳到這裡了，一般人是不可能認出我的。」

「不，不是的。像我們這種人，怎麼可能不認得您這麼尊貴的人呢？不、不過……您來這裡有什麼事嗎？這座小鎮難道有什麼事情需要處理……」

「我來調查一些事。有消息指出，這裡有祕密集團使用了帝國禁用的魔法，我認為這裡說不定會有線索，所以才會過來一趟……不過，看到各位的反應和最近的動向，看樣子我擔心的事應該是事實。誰能想到這塊土地的下方，竟然有那樣的場所呢。」

「很、很抱歉，我實在不明白您在說些什麼。」

「祕密集團薩拉丁，是帝國裡的黑魔法師聯盟，創立至今二十四年，成員數量約六百七十名，平均分布在城外各個地區。該組織的創立目的與存在意義，是為了讓組織成員長生不老。我說得對嗎？」

「您、您到底在說些什麼，我們不……不清楚。」

「我先問幾個問題。」

「什麼？」

「你們見過戴著面具的一男一女嗎？」

「什……什麼意思。」

「面具是一張面無表情的黑色人臉，上方布滿魔力，只有高階魔法師才能破解。男子的身高與一般人差不多，女子個頭嬌小。他們稱呼彼此為摯友，實際上兩人的關係的確十分要好。對了，男子和各位一樣，也是黑魔法師。如果他來過這裡，你們肯定一眼就能認出他。他說不定已經加入了薩拉丁，成為該組織的一員了。」

「黑魔法師？」

「沒錯，黑魔法師。如果你們見過他的話，肯定知道……」

「我們沒聽過這個人。不、不過話說回來，我們真的不知道……您到底在說些什麼。」

「看起來不像在說謊。」

「當然，不管是薩拉丁，還、還是黑魔法，我們真的不知道啊，大人。」

「不，我的意思是，看來你們不知道戴面具的兩人是誰。我已經確認過，現在這個空間裡的所有人都是黑魔法師，你們大可不必遮遮掩掩。我曾經見過幾位薩拉丁的黑魔法師，北邊的卡特爾、南邊的維拉、東邊的海波爾，還有這裡的這一位，已經是第四位了。」

「胡、胡說……」

「那我換一個問題。如果你們沒有見過戴面具的男子……那麼，你們的團長在哪裡？」

四周頓時一陣靜默，只見他們依舊維持著毫不知情的樣子。

正當我打算開口的同時，耳邊傳來一陣咒語發動的聲響。

瞬間，黑色與青綠色的球體，以及無數支箭向我襲來。

「去……去死吧！」

身子一傾，我連忙拔出長劍，將迎面而來的巨型球體一分為二。

砰。

這樣的魔法相當罕見。

球體的碎片噴出不明異物，濺到我的衣服上，在發出滋滋聲的同時，一道煙霧緩緩升起。

剎那間，我利用魔力止住呼吸，開始挪動腳步。然而，就在我抽出長劍，準備衝上去的同時，一隻體型龐大的怪物，從召喚陣中一躍而出，立刻朝我撲了過來。

那是之前見過的低等惡魔。

我揮舞著注入魔力的長劍，當場收拾了那隻怪物，並砍斷眼前黑魔法師的手臂，接著砍向正在念咒的另一名黑魔法師。

一個是惡魔召喚師，一個是死靈術師。

此時，四面八方開始湧現大量的骸骨士兵。

當我朝著他們揮出長劍，士兵們便一個個倒下，死靈術師也跟著吐血身亡。

太弱了。上次也是這樣。

並不是因為我變強的緣故。

和第一回人生中遇到的惡魔相比，實力水準上的落差確實相當大。

實在很難想像，他們是當時令整片大陸陷入一片恐慌的薩拉丁。

在這之中，沒有能夠召喚精英惡魔的惡魔召喚師，他們召喚出來的充其量只是一些中低等的惡魔。而且也幾乎找不到完成四次轉職的團員。

難道有其他的契機嗎？

那個自稱是他們首領的面具男，一定是在幾年後採取了某種手段。

雖然無從得知他確切是從哪個時間點開始在大陸闖蕩，但似乎不是現在。即便皇權爭奪戰已經浮上檯面，他也沒有任何動作。由此看來，他出現的時間應該還要更晚。

或許現在根本不是那對男女展開行動的時期。

由於一開始男子並不是我們找尋的目標，因此我並不怎麼覺得可惜……不過，就連女子的蹤跡也遍尋無果，這確實令我難以理解。

我分明記得戴面具的女子此時已經出現在王城了。

當然，在第一回人生中，她並沒有經常進出王城，不過她遲早會來到首都，我曾經見過她和夏洛特陣營裡的幾位貴族一起行動。

難道她躲起來了？還是未來改變了？如果她已經開始在大陸活動，應該沒有必要特意隱匿行蹤……

在二公主遭逢政治危機時，她同樣也沒有出現。從這一點來看，未來可能因為某種理由，產生了變化。

一想到戴著面具的女子和帶領殺人旅團的魔劍士鄭振浩曾經長時間一起行動……或許是鄭振浩死後，她便失去了立足之地。

假設我的推測是對的，那麼透過將二公主逼入困境，引誘戴面具的女子現身的計畫，根本就不可能實現。

在第二回人生中，戴面具的女子沒有出現，我想大概是我們在新手教學副本裡，率先除掉鄭振浩所引發的正向蝴蝶效應。

我慢慢朝著地下走去，薩拉丁的研究成果隨即出現在眼前。

其中有許多東西我不認得，但我知道這些東西就是瘟疫的根源，它們絕不能存在於這片大陸上。

正如我所料，目前的研究似乎才剛起步。

此時，我在手中升起一股魔力，微小的火苗瞬間迸發。細碎的火花掉落在那些人的研究資料上，燃起了熊熊火焰。

帝國子民葬身火海時發出的痛苦哀號，還有夏洛特陷入精神異常的那張臉，時不時就會出現在我的腦海裡。我搖了搖頭，試圖抹去那些不好的記憶。

但她的聲音依舊在我耳邊揮之不去。

——我想在一片寂靜的樹林裡，聽著蟲鳴鳥叫聲，迎接每一天的早晨。雖然會很辛苦，但我也想體驗沒有侍女在身邊的日子，想聽聽從酒館裡傳出的吟遊詩人的歌聲。我想過上那樣的生活。我好像有點喜歡你，現在仔細一想，好像是真的。因為我從來不曾喜歡過一個人，所以也不太了解那是什麼感覺，不過大概就和母親說的差不多。伯爵，請你一定要幸福。下輩子，讓我們笑著望向彼此，以更平凡的關係重新相遇吧。

我不自覺地緊咬下唇，接著邁開腳步。

沿著貌似永無止盡的地下空間往上走，緊接著映入眼簾的是與平時無異的小鎮。

咦？

此時，小鎮的廣場一側，出現了一張極其熟悉的面孔。

儘管用魔法簡單地在外表上做了裝扮，卻怎麼也隱藏不了那壯碩的身形。
那是許久未見的帕蘭元老成員，朴德久。
這是個距離首都和琳德都極其遙遠的大陸邊境，朴德久為何會出現在這裡？
雖然不清楚背後的緣由，但應該是基英先生請他代勞，執行某些特殊任務吧。
想必此時的基英先生正為了輿論的事忙得焦頭爛額。
發生什麼事了嗎？
我一股好奇心油然而生。
眼下聚集在這個偏遠小鎮的人群，似乎早就收到了通知。在大塊頭男子的演講下，簇擁成一團的群眾們頻頻點頭，時不時發出激動的歡呼聲。
我滿懷好奇，於是將魔力注入耳朵，並同時向前邁進。
然而，吸引我的那道聲音所傳達的內容，卻完全顛覆了我的預想。
「帝國子民！以帝國子民為本！為帝國子民而生！帝國的主人不是皇族！是帝國子民！」
「這、這是……怎、怎麼回事……」
第一回人生中，明明沒有發生過這件事。
「熱切渴望！迫切希望！民主主義！萬歲！」
「這、這是……」

＊＊＊

我揉了揉雙眼，再次確認站在廣場大聲疾呼的人，就是朴德久。

我不知道他出現在這裡的用意，不免令人感到有些不知所措，但他緊握拳頭，扯著嗓子放聲大喊的模樣，更讓我無比驚慌。

「帝國子民就是帝國的主人！各位仔細想想，帝國的主權在誰手上！」

「難道不是皇帝陛下嗎？」

「當然不是！絕對不是！有各位的存在，才會有帝國！帝國的主權就在帝國子民手上！所有的權力都來自帝國子民，這才稱得上是真正的國家！皇帝陛下就算有再大的權力，要是沒有各位，又能做什麼呢！」

「沒、沒錯。你說得對！」

這是怎麼回事……

混在人群裡賣力呼喊的人，外表看起來雖然是個不折不扣的帝國平民，然而除去那層包覆全身的幻像魔法後，就能發現一道熟悉的身影——安其暮先生。

不只安其暮先生，幾個與我僅有幾面之緣的帕蘭成員，也出現在現場。

其中有幾個扯著嗓子振臂高呼的成員，已經順利激起周圍群眾沸騰的情緒。

「自太初以來，貝妮戈爾女神大人就曾說過，存在於這片大陸上的所有人都是平等的！請各位想想！各位親愛的帝國子民啊！在貝妮戈爾女神的庇護下存在的這個帝國，真的人人平等嗎？請再仔細想一想！我這個不學無術的傢伙，難道就應該把心愛的家人送給名為飢餓和貧窮的惡魔嗎！」

「天啊……」

「哎唷……」

「就算每天只能吃粥，只要能填飽肚子就是萬幸。這就是我這個愚蠢老百姓的日常，可是寄生在皇宮裡的那些小偷們，卻每天吃香喝辣，這還有天理嗎？」

「沒錯！」

「以帝國子民為本！為帝國子民而生的政治！就是現在這個國家需要的。我們要靠自己的力量覺醒，才能得到想要的結果！我們要讓那些自詡為高貴血統，且藐視百姓的人知道，帝國子民才是帝國的主人！」

「我、我們該做些什麼?!」

「只要是親愛的同志們能做到的，不論什麼事都可以！首先，這裡的書，請每個人先拿一本！這本書是由我們大哥，不對，一位和我們志同道合的同志親自撰寫的！」

「可是……這不就是對皇室的叛變嗎？」

「這怎麼會是對皇室的叛變呢？明明是這個皇室的血脈背叛了貝妮戈爾女神才對！我們連這種書都不能讀嗎？我們既沒有拿武器，也沒有直接在皇帝陛下面前吐口水，又怎麼會被冠上叛亂的罪名？帝國不屬於皇帝陛下，而是屬於帝國子民和貝妮戈爾女神！連書都不讓人民讀的國家，真的是正常的國家嗎？如果那樣叫正常，你們現在大可以去找騎士團，讓他來治我的罪！為了民主主義犧牲，我問心無愧！」

「民、民主主義萬歲！」

「民主鬥士萬歲！」

「我的名字是普魯德久！民族鬥士普魯德久！」

出於不得已的理由，我已經離開公會好一陣子了。事實上，我也沒有多餘的心思關注周遭的變化，因為追查戴面具的男女以及薩拉丁的底細，必須小心謹慎且隱密地進行。

如今眼前發生了這樣的事，整個世界彷彿都變了。

周圍的人不分男女老少，都在翻閱手上的書。

此時，一個看上去有些年紀的老人，朝我開口問道。

「你是異邦人嗎？」

「啊……是。」

「聽說異邦人來這裡之前，曾經去過沒有國王和皇帝的地方……那是真的嗎？」

「確、確實如此。」

「原來真的有那種國家啊。對了，你讀讀這本書。」

我微微伸出手，接下那本體積極小的書。

設計成方便放入口袋的大小，想必是為了躲避搜查。

書名是「神聖的民主主義」，書本下方則標示著身分不明的作者名。

奧斯卡爾？

雖然不曉得這個奧斯卡爾是誰，但根據德久先生方才說的話，這本書的作者應該是基英先生。

我隨手翻了翻書本，密密麻麻的文字瞬間映入眼簾。

〔帝國的政治應該讓帝國子民積極地參與，在保障帝國子民人權的同時，也要讓法律以及履行法律的程序平等地適用於所有帝國子民。人權和平等法則是帝國子民的『基本權』，平等法則不僅適用於追隨貝妮戈爾女神信念的帝國子民，更是所有生活在這片大陸上的人類通用的準則。〕

天啊……

〈帝國應保障人民的最低生活水準以及福利制度。上述羅列事項，即為帝國與人民之間締結的契約。帝國的運作並非單純仰賴上位者，而是必須依靠國家與人民之間的契約，而人民也必須清楚地體認到這一點。帝國的主權在於帝國子民，所有權利皆來自於帝國子民，這一項事實必須時刻銘記在心。〉

這本書參雜了許多似曾相識的字句，甚至把政治學家的理論修改一番後，巧妙地套用在這片大陸上。

看樣子是把貝妮戈爾女神提倡的「女神之下眾人平等」教義，拿來當成擋箭牌了。從字裡行間就能看出筆者的性格，這果然是基英先生的手筆。

我越是翻閱，越是對書裡的內容感到不可思議。

而同樣屬於上位者的教皇聽，則是與帝國完全分開敘述。雖然書裡寫了許多內容，但這本書的意義只有一個。

「所有人民的平等……」

「這就是貝妮戈爾女神的信念！這就是奧斯卡爾先生想告訴大家的話！哎呀，老兄的理解能力真強啊……老、老兄？你、你怎麼會在這裡……」

大塊頭男子滿臉驚恐的神情，瞬間落入我的眼中。

「普魯德久先生，我想我們最好聊一聊。」

我露出了苦澀的微笑。

＊＊＊

這套說法絕對能奏效。

既然百分之九十九的國民都是貝妮戈爾女神的信徒，那這一招絕對管用。

盡可能地誇大經書裡沒出現過幾次的句子，再搭配政治濾鏡重新解讀，把宗教和政治巧妙地結合在一起，自然就能夠吸引眾人的目光。

倉促寫下的內容，雖然不可能沒有破綻，但想必民眾不會注意這樣的漏洞。

女神之下，眾人平等。

這句話的美好與重要性，對於帝國子民來說，簡直迷人得令人難以抗拒，甚至在一般的神職人員眼中，也相當有吸引力。

我坐在熊熊燃燒的篝火前，緩緩把書闔上，只見德久先生和其暮先生目不轉睛地盯著我瞧。

劈啪作響的柴火聲十分悅耳，而我卻不得不開口打破這片寧靜。

「我能聽聽你們的解釋嗎？」

對於今天在眼前發生的一切，會感到好奇也是理所當然的事。

不過，需要得到合理解釋的人，可不只我一個。

「在那之前，我想先問一句……那個，會長老兄為什麼會出現在這裡？」

「我有私人的事必須處理。等我整頓好一切後，會再告訴各位詳細的情況。目前你們只需要知道，這件事與黑魔法師有關就行了。」

「是受到教皇廳或皇室委託嗎？」

「也可以這麼認為。那麼，德久先生……」

「我當然是來替我們大哥辦事的啊，這次已經是第十二趟了。說什麼要我從距離首都較遠的地方下手……老兄你知道智慧小姐吧？我接到了指令，要我從智慧小姐指定的地方開始，把這本書散布出去。神奇的是，在我行動的過程中，一次也沒有遇到貴族或騎士之類的傢伙來攪局。你說是不是啊，其暮先生？」

「沒錯，事情就是德久先生說的那樣。如今兵力大多集中在東部，我們目前所在的西部地區，顯然相對容易下手。話說回來，真的好久沒見到會長了。」

「是，我太專注在工作上，所以……」

「聽說你也好一陣子沒有回王城了。」

「途中發生了一些事，所以……就變成這樣了。我正打算回去時，剛好就碰到兩位了。話說回來……這本書是基英先生寫的嗎？」

「準確來說，不是大哥一個人寫的……智慧小姐也有一起參與，熙英大姐好像也常常到王城裡幫忙，總之就是如此。不過賢成老兄，大哥好像急著找你耶……你們也很久沒見面了吧？」

「是，其實……有好一陣子了。」

「真是的，大哥找你找得那麼心急……嘖。」

「啊，是嗎？」

「是呀，當然囉！不曉得是不是王城那邊出了狀況，他的心情看起來好像不太好。

老實說，他最近天天都是低氣壓。大哥老是噘著嘴，就是不太高興時會出現的那個表情，搞得白雪大姐每天都得看大哥的臉色，我在一旁看了都覺得可憐。所以我才會來這裡當民主鬥士普魯德久呀！」

「他看起來心情不太好？」

「是呀，的確有那種感覺。」

「那麼這本書……」

「啊，就是一邊生氣一邊寫出來的呀。」

「嗯……」

突然覺得一切好像說得過去。

把任務交付給他之後，我確實沒有關心過那件事。一方面是相信基英先生的能力，另一方面則是因為只有基英先生能應付得了大公主。

就我所知，夏洛特是個賢明的皇帝，而夏莉亞簡直就是無可救藥的無賴。他會感到心力交瘁也很正常。

雖說當時我也有事情必須處理，在這方面幫不上忙，但嚴格說起來，這件事算是我的失誤。

我很清楚，基英先生平時的確值得信賴，但有時卻會用這樣的方式來表達自己的不滿，正因為和他相處的時間並不短，所以我大致看得出來李基英是個什麼樣的人。

曹惠珍事件是如此，除此之外的各種瑣碎小事也是如此，我不可能察覺不到他在抗議。

仔細想想德久先生說的話，要說這是基英先生表達自身不滿的方式，一點也不為過。

是我思慮不周，這確實是我的失誤。

我一心想著時間還很充裕，卻沒顧慮到基英先生的情緒，以及他逐漸被削弱殆盡的政治威望。

不過問題就在於，以純粹表達自身不滿的層面來看，這次的事件規模實在太大，手法也過於激進了。

古語有云，修身齊家治國平天下。如今我只顧著專注在外面的事務上，卻忽略了內部的狀況。

唉……接下來該如何是好？要不要送個禮物向他賠罪呢？

我不禁開始苦惱。

第097話 一定要革命

「基英哥，這招肯定行得通，我敢保證一定管用，你的腦筋真的動得很快耶！怎麼能夠想到把這個和宗教連結在一起啊？」

「這種辦法人人都能想到，只是沒有機會提出來罷了。在異邦人之中，熟背貝妮戈爾女神教義的人，除了祭司之外，就只有我。至於革命這個選項，智慧姐妳也想到了，沒什麼了不起的。」

「話雖如此……但就我看來，帝國子民的公民意識還沒發展到一定的水準。」

「不，帝國子民的意識水準相當高。愛民如子的皇室二公主，從幾年前就開始持續提高人民的公民意識。所以這種事隨時都有可能爆發，只是還沒碰上恰當的時機。」

「你真的這麼認為嗎？你對帝國子民的評價還真高呢。我個人認為，貝妮戈爾女神的教義才是這起事件的第一大功臣。實際上，市民的反應比預期的還要熱烈。運氣好的話，還能把教皇廳也牽扯進來，所以這麼做更好。」

「那麼，我也來說說我的看法。所謂的民主革命本來就是如此，這樣的革命大多……」

「被稱為資產階級革命，你想說的是這個吧？而革命的主導者，就是那些擁有經濟權，卻不具備統治權的資本家們。」

「嗯，沒錯。」

眼前的李智慧點了點頭，嘴角微微上揚，看來她也和我一樣樂在其中。

事。

怎麼可能不有趣呢。讓普羅大眾照著自己擬定的計畫行動，本來就是李智慧熱衷的事。

她能透過這種事情獲得心靈的淨化，看來她會沉迷於權力也不是毫無道理。

我稍稍抬起下巴，此時李智慧正盯著我，一副等待我繼續說下去的模樣。

於是，我也揚起一抹微笑，隨即開口說道。

「當然，該不該把地球上發生的事情和歷史套用在這件事上，還是一個有待商榷的問題。不過，只要補足了缺失的部分，也不是完全不可行。」

「還缺了什麼？」

「武力。」

「啊，我好像懂你的意思了。」

「地球和這裡的差異，果然還是在於武力。在地球上，資產階級只要有經濟權就夠了；但在這裡，還得加上武力條件，所以革命的進度才會如此緩慢。」

「這裡資產階級分子，除了經濟權以外，還得具備武力。所以說，革命遲遲沒有發生也是理所當然的事。」

「我也這麼認為。打從一開始，這裡的當權者就是靠武力來奪取權力，光是這裡的騎士，一個人就能擋下數十個平民……在這種情況下，誰敢站出來反抗當權者？實際上，革命的要素差不多都已經備齊了，就只差實際行動而已。」

「革命的要素？」

「貧窮、飢餓、社會資源分配不均、貧富差距，以及日益增長的公民意識，還有……」

「輿論。」

「沒錯，關鍵就在於輿論。另外，新興資產階級的出現，也是其中一個因素。包括擁有經濟權和武力，卻沒有統治權的那群人……」

「異邦人。」

「沒錯。」

「除此之外還有其他人。像是傭兵隊，或是成天鑽研魔法的魔法師們。就像你說的，革命所需要的條件，已經逐漸到位，就只差把一切給串聯起來，對吧？」

「不曉得這樣的想法正不正確，總之我是這麼認為。不過問題在於，該如何引爆這一切。」

雖然還存在著其他問題，但當前最重要的是，大膽地展開行動。

人為操縱下的革命或改革，無論再怎麼順暢無阻，也勢必會帶來副作用。運氣好的話，說不定能水到渠成，但即便如此，帝國必定得概括承受所有負面影響。

當然，我畢竟不是政治學家，自然無法推測事情的發展，更何況我根本一點也不在乎。事先預想接下來即將面臨的問題不在我的能力範圍內，眼下我只能專注於發動革命。

另外，還有一個不確定因素，那就是共和國。

這不單單只是我的想像，萬一帝國爆發革命，共和國肯定會趁亂撿便宜，所以必須速戰速決。當權者和人民之間的衝突拖得越久，帝國勢必得承受更大的外在壓力與威脅。

此外，失去卡特琳公爵夫人、愛麗絲伯爵夫人以及瑪麗蓮千金等人的支持，也是我的其中一項顧慮。不過，我或許能從中保護她們。

這些受到帝國子民敬重的貴族們，將會形成新的勢力。

雖然這樣的作法有些牽強，但必須強制讓貴族們一起加入革命才行。

當然，在這之中最令人擔心的，莫過於二公主。她很有可能察覺我方的動向，先下手為強。因此，我只能盡可能地謹慎行事。

否則計畫可能會毀於一旦。

要是被冠上叛亂的罪名，帝國八強、龍的配偶、榮譽主教這些稱號，都將離我而去。正因如此，展開政治鬥爭的同時，我還得和夏莉亞一起覲見皇帝，或者不停地遊走在各陣營之間。

不過，即便眼下能轉移夏洛特的注意力，效果有限。

「話說回來，二公主那邊的狀況如何？有什麼動作嗎？」

「沒有，非常安靜。大概是忙著打壓夏莉亞陣營的守舊派勢力，所以還沒注意到這件事……不過仔細想想，她最近確實安靜得有點不尋常。就算我們再怎麼悄無聲息地從城外的邊境地帶下手，這個連別人在背地裡說她閒話都能迅速察覺的女人，竟然沒有任何行動……」

「對吧？之前說得彷彿打算立刻衝上來要了我的命，如今壓制我的力道卻反而變小了。老實說，前幾天我甚至被逼得喘不過氣……難道她在顧慮教皇廳？」

「也有這個可能。要不然就是……」

「嗯？」

「這純粹只是我的看法……那個……我只是突然想起，你之前不是說過，帝國的二公主非常愛護百姓嗎？」

我似乎知道李智慧接下來打算說些什麼。

「應該不可能……」

「最好也把這個可能性考慮進去……」

「這種揣測未免太盲目了吧……」

「我也只是隨便想像一下，就當我在寫小說好了，說不定這樣的局面，就是二公主想看到的。就像你剛才說的，二公主也意識到了異邦人是新興的資產階級，才會想出這個計畫。不管怎麼說，如果她真的在意，肯定早已掌握各種情報，光看現在傳得沸沸揚揚的輿論，我會這樣揣測也不無道理吧？」

「話雖如此……」

「當初基英哥要是沒有培養媒體的話，我可能也想不到這個可能性……如今神聖帝國裡，已經充斥著各式各樣的輿論。不只異邦人，就連帝國子民也開始發行帝國日報，在市面上販售，這不就是再明顯不過的徵兆嗎？如果二公主不是傻瓜，帝國日報出刊的當下，她應該能察覺到一絲不對勁。現在就連魔力全像投影技術都問世了，萬一二公主連投影技術都知道，那麼要說這是她刻意主導的計畫，似乎一點也不為過。」

「所以妳的意思是，二公主刻意挑釁我這個新興資產階級的核心人物，硬是脅迫我、揪著我不放，只是為了逼我做出她想看到的結果？她打算利用異邦人？」

「我不是說了這是我腦中的小說內容嗎？不過……把這件事也一起算進去的話，好像也說得通。再加上，她也花了不少時間和帝國百姓相處……坦白說，當初她想馴服你，似乎也是有意為之。雖然她一副準備對你拔刀相向的模樣，實際上卻沒有徹底鏟除你的勢力，不是嗎？儘管你也不是毫無損失……但她確實沒有動搖你的根基。我猜，她或許是想再次拉攏你。」

「如果這是她夢寐以求的結果，她應該會直接告訴我才對。」

「說了你就會答應嗎？依我看來，你大概不會那麼做吧？你肯定會利用這件事，在背地裡狠狠捅二公主一刀。對基英哥這樣的垃……不對，呃……該怎麼說呢……想到了！帥氣的奸臣。對你們這種帥氣的奸臣來說，封建體制和君主專制顯然更有利不是嗎？看在和你合得來的分上，我說句實話，這一次要不是因為計畫生變，你絕對不會發起革命，反而會在這樣的政治體系下，繼續坐享漁翁之利。」

老實說，我無法否認。

如果二公主心平氣和地提出革命的主意，我肯定會把這件事當作把柄，讓她吃上一記悶虧。

即便打從心底認為不可能，但李智慧胡亂想像的小說情節，卻令我十分在意。尤其是那天在帝國騎士團演武場與二公主交談的內容，突然在腦海裡一一浮現。當下聽起來無關緊要的對話，如今回想起來，確實存在許多疑點。

——您可能會覺得有點無禮，不過我已經稍微調查過您了。比起被龍選擇的人，以及神聖帝國的榮譽主教這些大家都知道的封號，我倒是對其他部分頗為好奇。最令我印象深刻的是，您讓新聞這個媒體在琳德深耕，推動了不少改革。

——基本上，城市與王城各自獨立。不過，王城也會受到城市的間接影響。自從您在琳德創立媒體之後，沒過多久，帝國就出現了類似的機構。您雖然是個自私的人，不過我也知道，您還保有最低限度的良知。無論是出自什麼理由，至少您主導的事件中，大部分都有正面的成效。

所謂正面的成效，就是對多數人來說有利的結果。

——在我看來……您之所以能有如此成就，大概是因為您懂得察言觀色。不，應該說，我非常確定。您一定是個善於揣摩大眾心理的人。雖然您面對強者時，向來不願意讓出自己的所有物，不過在面對大眾時，卻願意選擇退讓。

為了民眾而讓步。

——這的確是讚美，您不需要感到苦惱。榮譽主教，帝國需要您這種懂得揣摩民意和體察民心的人。

我不禁開始認為李智慧的一番話，說不定是真的。

令我有些惱火的金賢成，為何不願讓如此賢能的女人登上皇位，暫且不得而知。不過我想，八成是日後出現了某個人渣，將她徹底逼瘋。

考量到第一回人生中或許不曾出現這樣的革命運動，眼下的確還不能妄下定論，不過新聞媒體的提早問世，確實也讓情況產生了變化。由此看來，李智慧的揣測一點也不奇怪。

儘管各種端倪一一浮現，但在沒有任何證據的情況下，我還是不得不小心謹慎。

在此期間，針對二公主的各種揣測，在我心中變得越來越可信，就連二公主最後對我說的那些話，如今聽起來也十分可疑。

——榮譽主教大人，面對敵人時，我會毫不猶豫拿起刀劍奮戰。我知道您對於帝國來說十分重要，不過假如您真的打算背叛我，那麼我也只好與您兵戎相見了。還請您做出明智的選擇。

我不得不好奇，所謂的背叛她，具體而言是什麼意思。

而她口中所說的明智的選擇究竟是什麼，以及她眼中的敵人是誰，我也不清楚。

假設這就是她想要的，那麼她說的那些話，或許也能這樣解讀——

面對君主專制時，我會毫不猶豫拿起刀劍奮戰。不過，帝國的未來需要你，我知道您會為帝國帶來一番新的變革，所以說您是帝國的重要人物一點也不為過。萬一您真的打算背棄我和民眾的期待，那麼我會拔刀與您奮戰到底。所以……請您一定要……

「革命吧。」

「什麼？你說什麼？怎麼突然這麼說，我們不是已經在革命了嗎？」

「媽的……」

「什麼？怎麼了？」

「智慧姐，妳的猜測好像是對的。」

準確來說，我和李智慧是在不得已的情況下才攜手並進……然而，此時我才終於意識到，二公主夏洛特和我們是同一條船上的人。

＊＊＊

「《神聖的民主主義》。」

「什麼？」

「作者是一個叫奧斯卡爾的人，但寫下這本書並讓它在帝國裡流通的人，八成是那位李基英榮譽主教。想必大部分的人都看過這本書了，這真的是一本越讀越有趣的書，看來在異邦人生活的那片土地上，這樣的思想似乎相當普遍呢！雖然我心裡有數，但我們帝國確實一直在退步。」

「……」

「一個異邦人在短短幾天之內寫成的書，全盤否定了帝國當前的體制。只要是個明眼人都能看出來，帝國的上位者長久以來究竟抱持著多麼荒謬的想法來帶領這些帝國子民。他說的一點都沒錯，所有人類都是平等的。」

「公主殿下……您如何看待《神聖的民主主義》呢？」

「非常好，相當出色。當然，以貝妮戈爾女神的教義作為基礎，推動民主化的想法，難免令我有些在意，畢竟這與我們的理想存在著一定的矛盾。不過，這種事情怎麼可能一蹴可幾呢？眼下這是最好的作法，我也沒有反對的餘地。他肯定認為，為了讓這些日漸熟悉皇權體制的帝國子民站起來反抗，勢必得以女神的教義作為基礎才行。其中，或許也考慮到了教皇廳的支援。從某個角度來看，引用女神的教義，簡直就是天才的想法。」

「確實如此……」

「是呀。雖然多多少少會產生一些副作用，但效果十分顯著。同樣地，這也會為不安的帝國子民帶來許多力量。」

「殿下，您牽掛的事進展得如此順利真是太好了。」

「現在才剛開始，每一步都十分重要。」

我點了點頭，看著前方給予我熱切回應的每個人，他們的眼下都是一片烏青，顯然是為了讀書，一整晚都沒有闔眼。

嚴格來說，眼前的這本小書，無疑是帝國史上首次流通的新款聖經，它包含了來自異邦人世界的思想以及理想的結晶。

當然，這本書也並非毫無瑕疵。但就如同我剛才所說的，時間會解決這個問題，而推翻目前的體制，才是當務之急。

從很久以前開始一點一點累積的進展，現在終於開始開花結果了。

「我的預測果然沒錯。」

把他逼入絕境，就能徹底瓦解體制。

雖然一切來得比想像中更快、更激進，難免令我有些詫異，不過他似乎想起了自己是個相當有能力的人，而這也再次證明了我的決定是對的。

「原本以為至少得花上半年的時間……」

殊不知還不到一個月，王城便籠罩在一股不尋常的氛圍之中。

他把事情處理得滴水不漏，顯然和一直以來不曉得該如何開始、該從何處著手的我完全不同，我當然會感到驚訝。

民主革命是我一直以來的心願和夢想，早在幾年前無意間聽見異邦人車熙拉和維克哈勒特的對話時，這個念頭就在我心裡悄然滋生了。

——維克爺爺，我們住的那個地方沒有貴族也沒有皇帝，這種禮節我從來沒有學過。

就一句話，真的就這麼一句話。

無意間聽到的對話，就這樣烙印在我的腦海中，揮之不去。

當時，我滿腦子都在想著該如何成為皇帝，一時之間還無法理解那句話，但我清楚地記得，那是一切的開端。

一個沒有皇帝治理，也沒有貴族的國家……這有可能嗎？

各種疑問盤據在我的腦海。

想當然耳，只要一想到長期以來與帝國為鄰的共和國，這樣的想法似乎也不是完全不可行。不過，當時共和國的處境，顯然更不樂觀。

雖然共和國的權力只集中在特定少數人手裡，並將解放所有人類視為核心目標，但在一黨專政的體制下，總統卻利用權力為所欲為。

異邦人車熙拉口中的沒有皇帝和貴族，很明顯不是這個意思。

就像她說的，異邦人生活的那片大陸，是個不需要學習禮節的地方。

在那個地方，人人都是平等的。

比起努力抹去腦海裡的那些想法，各種疑惑像雪球般越滾越大，逐漸占據了我的思緒。

偶然間聽見的幾句話，讓我對未曾收服的異邦人之地，燃起了強烈的好奇心，內心的焦急與煩悶使我輾轉難眠。

最終，為了滿足我的好奇心，我不得不採取行動。

第一步，邀請異邦人來訪王城。

那個地方在哪裡？

那種地方為何會存在？

要是沒有皇帝，誰來統治那片陸地？

儘管一整天和異邦人交談了無數次，卻沒有人能夠準確地針對題目給出答案，因為他們多半心存恐懼。

在王城裡談論異邦人生活的那片大陸，被視為某種禁忌，因此普通的異邦人會提心吊膽，也是情理之中的事。但光是這些基本資訊，就足以令我感到無比震驚。

例如，每隔幾年選出一位新的領導人，還會彈劾由市民親自選出的代表，以及國民對於權力的牽制和異邦人家鄉的歷史等等，新奇有趣的事不勝枚舉。

當那些受邀來到王城的異邦人再也無法滿足我的好奇心時，我便開始動身前往外面的世界。

在眾多眼線的埋伏之下，我當然無法自由走動，不過只要一得空，我便會前往異邦人建立的自由之都到處巡視，只為了看一眼他們究竟如何生活，在做什麼樣的工作，以及來自新大陸的他們究竟如何生存下去。

坦白說，結果並不怎麼令人滿意。

有別於腦中想像的烏托邦，那裡同樣存在著貧窮、貧民以及各種歧視。

雖然沒有皇帝，但憑藉武力統治人民的領導人也同樣存在。乍看之下，那裡和如今的帝國並沒有區別。

當我充滿疑心，準備打道回府的時候，赫然發現了正在悄然醞釀的媒體。就如同字面上的意思，我親眼見證了媒體的萌芽。

世界彷彿在一夕之間完全變了調。

即便透過他人的眼睛，也能清楚地看見這個世界究竟是如何天翻地覆。

原本屬於下級階層的人迅速崛起，開始針對當權者發動一連串的牽制。

那時，我難以理解眼前發生的一切。

長時間以來默不作聲的一群人，瞬間團結齊心，積極地展開行動，就像小說裡的情節化為現實。

原本以為無法改變的一切，逐漸出現反轉。

在自由之都琳德占據一席之地的大型公會黑天鵝，開始留心其他異邦人的目光。

過沒幾天，黑天鵝公會甚至爆發政變。

「怎麼可能……」

下級階層的異邦人，在沒有發生任何流血衝突和重大損害的情況下，改變了所有局勢。

那是一場不流血的革命。

我親眼目睹了眼前發生的一切，受到的衝擊難以言喻。

於是，我開始觀察當時被媒體塑造成被害者的李基英，不，應該說是在幕後操縱輿論的這個異邦人。我甚至不惜動用公主的職權，在背後追查他的底細。

他進入王城，揪出惡魔崇拜者伊藤蒼太，還成功守住了凱斯拉克，不僅成為了龍的配偶，同時也是教皇廳的神職人員，在貴族間頗受歡迎。

想當然耳，他當然也有見不得人的一面，但他的為人並不是最重要的事。最吸引我目光的，是他的能力。

不單單只是擁有龍這樣的武器以及他親手製造的藥水，他的辯論能力和人脈也是他的優勢。不過最關鍵的，莫過於他手上握有名為媒體的裝置，以及能夠妥善運用它的方式。

我不自覺地開始想從他身上學走一些功夫。

在琳德發生的一切，成為了一道新的曙光。

只需要一些準備，我就可以改變帝國，帝國子民也能站起來反抗。

首先，得把志同道合的人聚集起來。

社會中鐵定存在著認為現今體制不合理的貴族和覺醒的知識分子，異邦人一定也會提供幫助，必須好好利用他們。

這段日子以來不眠不休地到處奔走，終於開始有了收穫。目前雖然還沒有實際的成果，但我的心情已然充滿喜悅。

「公主殿下，您的心情似乎很好。」

此時，一道聲音傳入耳中，我不禁點了點頭。

「是呀，雖然一切才剛要開始，但我心裡的喜悅卻怎麼也藏不住。」

「那個……公主殿下。」

「是。」

「抱歉，不曉得我能不能說一句話。」

「有什麼好抱歉的？男爵，請說。」

「其實也沒什麼特別的。不過，這件事情結束後……您有什麼打算？」

「噢，我大概會跟各位一樣，度過簡單平凡的後半輩子吧。雖然不容易，不過我希望父親和姐姐都能展開新的人生，而我想過上小時候母親說的那種生活。如果可以的話……哈哈。」

「公主殿下，就像我之前經常說的……」

「男爵，我和帝國子民並沒有什麼不同。在調查異邦人的期間，我學到了很多道理，萬人之上的那個位置，並不屬於我。我只想安穩平凡地活著，像普通人一樣談場平凡的戀愛。」

「這果然是殿下您會說的話，哈哈。難道您有心上人了嗎？」

「哈哈，這才像是伯爵夫人您會問出的問題。」

「該不會……您經常觀察榮譽主教……」

「哈哈哈哈，不是那樣的。他確實是個有趣的人，但不是我心儀的類型。反倒是他的上司，似乎更接近我的理想型。在眾卿面前，真不曉得我在胡說些什麼。總之，今天就先到此為止，散會吧。明天開始又要忙起來了。」

「是，殿下。」

「殿下，祝您有個好夢。」

我微微頷首，只見大伙兒一個接著一個離場。

於是，我連忙回到房間，再次拿起《神聖的民主主義》，仔細閱讀。

過去那些理解不了的思想，如今更加清晰地烙印在腦海中。看樣子反覆翻閱這本書恐怕得花上好一陣子。

「帝國的主權在於帝國子民，所有權利皆來自於帝國子民。」

想必在不同地方讀著這本書的其他人，此刻的處境大概也和我一樣。

有人蹲在馬廄的一角，有人則坐在燈火盡滅的教室裡，還有人靠在微弱的燭火旁讀著這本書。說不定在皇城的一隅，也有人和我看著同一本書。

他們避開眾人的耳目互相分享，討論著書籍的內容，透過這樣的方式啟迪帝國的百姓。

這本書是革命的起點，也是帝國子民的希望。

「那個人是天才。」

我緊緊將這本小書擁入懷中，腦中下意識地浮現這個念頭。

「光榮革命。」

要是計畫順利地進行，帝國就能在不爆發流血衝突的情況下，向前邁進一大步。

＊＊＊

「光榮革命個屁。」

「這肯定就是她想要的結果。她心裡在想些什麼，一目了然。先讓那些為革命站出來反抗的帝國子民安定下來，再讓那些與二公主聯手的貴族對掌權者施壓，想辦法改變體制。順便送你一句經典臺詞『這就是帝國子民的民意』。除此之外，我想不出其他可能性了，畢竟夏洛特那個女人肯定不願見到帝國子民流一滴血。」

「不流血的政變、光榮革命，聽起來確實相當動聽。」

「看來你好像不太滿意？還是你認為回去抱著大公主的大腿，再替二公主冠上一個叛亂的罪名會更好？」

「我不會做那種事，我本來就不是會和那種蠢貨合作的人，所以眼下沒有其他的選擇，只能發動革命。」

「你打算配合她嗎？」

「當然不是。夏洛特想要的發展方向，和我盼望的有些不同。我想要的不是光榮革命，而是在一場激烈的鬥爭下完成的革命。由百姓主導的革命，本來就和二公主發起的革命有所差異。智慧姐，我之所以會這麼說，並不是因為對她懷恨在心。要是事情照著她的計畫順利落幕，夏洛特必定會成為帝國的象徵。此外，在光榮革命期間，阻止共和國從中撿便宜，也是一件麻煩事……時間拖得越久，對局勢越不利。到時候還得與共和國進行協商，這根本不合理。」

「你不是也另有打算嗎？不會只是因為還在氣頭上，就把一切搞砸吧？」

「我還沒有垃圾到只因為自己的心情不好，就讓無辜的帝國子民一起陪葬。雖然這也是其中一個原因，但影響力極低，暫且忽略不計。妳只要知道背後有個更重要的原因就行了。」

「誰知道呢……畢竟我認識的基英哥，就是那種垃……不，我是說帥氣的奸臣。」

「帝國的象徵不會是夏洛特，而是奧斯卡爾。」

「我明白了，你打算一直當那個在背後掌控權力的人。這真是個好消息。」

「坦白說，很可笑吧？」

「什麼？」

「二公主說不定認為我會主動挑起事端，好讓她能順利阻擋人民揭竿起義。等著瞧吧，要是認為我手中只有神聖民主主義這張牌，那可就大錯特錯了……」

「她大概也知道你會利用媒體來煽動輿論，想必已經想好了對策。二公主的形象非常良好，要是放出一些無關緊要的負面消息，她肯定能立刻收拾局面。你有什麼祕密武器嗎？」

「祕密。妳猜猜看吧，敬請期待。」

「好難啊。雖然魔力全像投影目前還無法商業化，但你應該會利用這項技術吧……不過，要公開哪些內容還是個問題。如果想速戰速決，勢必得在大陸掀起一場腥風血雨，還得激起民眾的憤怒，不痛不癢的內容肯定行不通……難道你拍到了哪個貴族抓著平民一陣毒打的畫面了嗎？還是錄下了夏莉亞平常的惡霸行徑？其實拍攝的時間也……啊！

原來這就是你交付給鄭白雪的任務。你之前說過的『看不見的眼睛』，就是這個意思……」

「正確答案。不過，我還是不會告訴妳影像的內容。」

「你捉弄人的喜好還真低級。不過，既然內容由你來準備，我也沒什麼好擔心的。還有，你最好快點決定民主鬥士奧斯卡爾該由誰來擔任，必須讓對方措手不及才行！那麼，我先走了，基英哥。我手上還有一些事情沒處理。對了！這是朴德久寄來的包裹，信件似乎在裡面。去安撫那個瘋女人之前，你先讀一讀吧。」

「嗯。謝啦，智慧姐。」

「對了！瑪麗蓮千金也寫了四十四封信，想向你道謝。」

「那個我以後再看。」

「那就這樣吧。」

李智慧輕輕地將信件放在我桌上，接著離開房間。

去見夏莉亞之前，正好還有一些時間。

朴德久那小子最近總會定期向我彙報消息，這次肯定又是一些沒營養的內容。

譬如「我好想你，你什麼時候會來」這一類的話。

有別於往常，信件被塞得鼓鼓的，看樣子裡面似乎放了其他東西。

我心想或許是放了特產，緊接著用魔力撕開被封住的信封，拿出那小子寫的信。

此時，眼前出現了不同於以往的字跡。

︹我從德久口中大致得知了目前的狀況。︺

「咦？」

〈這些日子以來，很抱歉沒能幫上你的忙。給基英先生添了這麼大的麻煩後，也未能好好專注於工作。對此，我真心誠意地向你道歉。〉

字跡看起來有些眼熟，沒想到寫信給我的人竟然是金賢成。

他為什麼和朴德久在一起？我分明記得朴德久還在邊疆執行任務。

那小子成為民主鬥士普魯德久之後，表現格外亮眼，如今為何會與金賢成待在一起，這著實令我百思不得其解。

金賢成在信中解釋偶然遇見朴德久的來龍去脈，我不禁感嘆所謂的緣分還真是神奇。

總之，從信件中可以得知這件事另有隱情。金賢成雖然想好好解釋一番，但他的辯解卻沒有引起我的注意。

從字裡行間充斥著歉意的字句來看，他似乎也察覺到自己太過分了。

看著他誠意十足的道歉文，我不自覺地點點頭。金賢成確實有要務在身，而且也正在為了那件事卯足了全力。

當然，光是這樣還不足以消除我內心的不快，但最起碼我能夠理解他的立場。

〈突如其來的變化和意外確實令我有些吃驚，不過從一開始我就相信基英先生，才把一切交託給你，我今後也會一直相信你。其實，我雖然希望你能夠採取其他做法，但站在基英先生的立場，這或許也是不得已的選擇。我相信你能將傷害降到最小，實現和平的政權輪替。」

不曉得這一番話是否意味著他願意接受一定程度的流血衝突，但意思大概八九不離十。

金賢成果然也認為根本不可能達到所謂的不流血衝突。

「我大致能猜到基英先生在苦惱些什麼，共和國的介入恐怕會成為妨礙你計畫的絆腳石。」

這傢伙果然很聰明。

「雖然不曉得我能不能幫得上忙，不過我會竭盡所能地阻止共和國從中干預。希望這麼做能為你的計畫帶來幫助。感謝你一直這麼費心，同時我也深感抱歉。」

這是一件值得慶幸的好事。

對我的計畫而言，金賢成的反應還算不錯。但最令我高興的是，他說不定會無暇顧及內部事務。

事實上，我雖然下定決心把一切搞砸，但也十分擔心金賢成會如何看待民眾的神聖抗爭。如今他主動承諾會協助阻擋共和國的干預，我自然高興不已。

此時，寫滿一長串文字的信件末端，有句話瞬間吸引了我的視線。

〔信件後方的另一個信封裡有份禮物。我想基英先生應該會比我更需要這個道具。〕

「他怎麼又送來這種東西？」

包裹裡面裝的不是朴德久送來的特產，而是金賢成的禮物。我連忙拿出裡頭的物品，嘴角不自覺地微微上揚。

「哎呀……實在沒必要這樣……幹嘛又送東西給我啊，真是的。」

〔香奈兒愛馬仕的無限容量包（英雄級）〕

「哇……這個太讚了……」

〔這是在幾世紀之前利用龍族外皮打造而成的無限容量包。出自傳說中的打獵高手，同時也是一名皮革工匠的香奈兒愛馬仕之手。這款包包專門為冒險家設計，不僅攜帶方便，還擁有如防護罩般的耐用性。包包內建的收納空間相當龐大，能夠安全保管物品，十分符合商品的名稱『無限容量包』。附加效果：幸運值上升3點。〕

金賢成大人，我願意一輩子為你做牛做馬！

這正好是我需要的道具，我興奮得忍不住想跳舞。

一瞬間，心裡的各種委屈和埋怨，像山崩一樣迅速瓦解。看來我李基英這個人果然對賄賂毫無抵抗力。

眼前這個包包，看起來比金賢成在新手教學時期隨身攜帶的包包好多了。

由於職業的特性，我必須隨身攜帶各種藥水，因此對我而言，這樣的道具不可或缺。

雖然不曉得金賢成去哪裡弄來這件物品，但他現在整天和朴德久一起東奔西走，想必是半夜從怪物的寶庫裡搜刮來的。

我悄悄地將包包背在身上，看起來與我十分相襯。

把手伸進包包後，發現裡面似乎還裝了些東西。

包包裡有高級催化劑。

雖然不至於令我瞠目結舌，但裡頭有各種神奇的材料，想必是經過金賢成嚴格的挑選，他還真懂我。

我的嘴角不由自主地緩緩上揚。

在我需要的時候正好送上有助益的東西，心情能不好才怪。

金賢成甚至表明願意無條件支持我的計畫，由此看來，他確實有點在意我，我的心情也因此好轉了許多。

不管怎麼說，比起二公主夏洛特，他還是更在乎我。

這下再也沒有任何人事物能夠阻撓我了。

我雖然不怎麼喜歡作白日夢，但目前看來，似乎可以開始擬定革命完成後的計畫了。

事到如今，只剩下最後一片拼圖。

那就是決定《神聖的民主主義》的作者，也就是我的替身奧斯卡爾。

既然如此，我勢必得找一個像民主鬥士普魯德久一樣，從社會底層開始一起主導整起革命的人。

這個人不能是異邦人，貴族也不太妥當；既不能像夏莉亞那般愚蠢，也不能和夏洛特一樣聰明。

作為剛出爐的神聖帝國領導者，《神聖的民主主義》的作者奧斯卡爾，不僅得懂得動腦，還必須對我抱有好感。說穿了，就是一個能任我擺布的人。

然而問題就在於，我身邊根本沒有這樣的人。

打從一開始，李基英這個人的人脈，就與平民沾不上邊。

我只想結識優秀的人，久而久之，我的人脈圈也只剩下貴族和教皇廳的人。

難道必須到外面找人嗎？

腦中閃過這個念頭的當下，一道聲音從外面傳來。

「李基英榮譽主教大人，李基英榮譽主教大人。大、大公主找您。」

我下意識把門打開，眼前立刻出現一張最近經常見到的面孔。

「啊！艾里絲小姐！」

「啊……是。」

「等等，請妳進來房間一下。」

「什麼？那是什麼意……啊！不能這樣，夏、夏莉亞殿下她……」

「我希望妳能抽出一些時間。總之，先請進，在沙發或床上坐下吧。」

「榮、榮譽主教大人？我……您找小女子有什麼事嗎？我……我……實在太意外了。榮譽主教大人，這、這件事如果被公主殿下知道的話……而、而且我還沒做好心理準備。當然，如果您執意這麼做，我也無可奈何……像我這麼卑賤的侍女，怎麼敢……所以！

我沒有不高興！可是！」

雖然不曉得她在想什麼，但無論如何，最佳人選就近在眼前。

「只有我們兩個人的時候，妳不必對我說敬語。」

「什麼？那是什麼意思……」

「你很快就會知道了，奧斯卡爾先生。」

此時，艾里絲小姐就像一隻被雨淋濕的小狗，可憐兮兮地渾身發抖。

第098話　艾里絲的信

母親，最近過得好嗎？我是艾里絲。最近天氣越來越冷了，不曉得母親您在遠方過得如何，是否一切安好？不知道弟弟妹妹們有沒有好好上學，奶奶是否身體健康？好一陣子沒有回家了，我十分掛念他們。

想必母親也很擔心我這個不成器的女兒，但請您放心，我過得很好。大公主對我百般照拂，總是稱讚我能力優秀，有時也會溫柔地撫摸我的頭。

上次順利完成招待貴客的重要任務之後，大公主甚至還親自褒獎我呢。不過我知道，沒有侍女團與眾人的幫助，光靠我一人的力量絕對無法完成。對了，隔了這麼久才寫信給您，其實是想告訴您一件事。

其實……因為某些原因，我恐怕得辭掉這份工作。雖然這件事情並不容易，但多虧我之前向您提過的那位大人出手相助，我才能順利離開。我雖然才疏學淺、一無是處，但我知道那位大人非常想要我……心軟的我也因此下定決心跟隨他了。

寫下這些話之後，我又重新看了一次，這才赫然發現這一番話容易招人誤會。我並不是要那位大人納我為妾！當然，如果美夢成真，我這輩子也別無所求……但現在只要能待在那位大人身邊，我就已經很滿足了。對了，以後我會繼續寄生活費給您，您不必擔心。總之……我總覺得好像有大事要發生了，我的人生說不定會因為這件事而天翻地覆，雖然還不確定是什麼事……啊，我得走了，之後有空再向您交代具體的情況！母親，我會再寄信給您，請您保重身體！

位於王城的艾里絲敬上

＊＊＊

母親，我現在在琳德。聽說這裡是異邦人居住的自由之都，或許正因為這樣，到處都是新奇有趣的東西。把我帶到這裡的人是上次和您提過的那位大人，我這輩子還是第一次搭乘獅鷲，真的好可怕……總之我平安抵達了，與我同行的人也都很友善。

大家都是很優秀的魔法師或劍士，真不敢相信我居然能和他們待在一起。我還親眼看見了大名鼎鼎的龍大人！她的體型超乎想像的龐大，一副威風凜凜的模樣，嚇得我當場雙腿發軟。

老實說，我的確有點害怕。但不是害怕龍大人，而是害怕我目前的處境。對我來說，突然轉換一個全新的環境，確實不太能夠適應。我剪短了以前引以為傲的一頭金色長髮，甚至生平第一次配戴了不適合我的長劍。

鏡子裡的我看起來就像個陌生人。但是那位大人說這身裝扮很適合我，讓我稍微鬆了一口氣。即便如此，不能展現出一個女人該有的樣貌，依舊令我十分難受。擔心自己無法回應大人對我的期待，也使我感到不安。我很好奇我究竟還能做些什麼。

還有……不知道出於什麼原因，這裡的某位魔法師似乎相當厭惡我，小龍大人也不怎麼理會我，甚至連祭司也對我十分冷淡，我不知道該如何是好。難道是我做錯什麼了嗎？雖然被別人討厭，對我來說早已是家常便飯，但我是真心想和大家好好相處，所以傷透了腦筋。我卑賤的出身，果然還是令他們不齒嗎？雖然這也是人之常情，但我的心裡還是有些不是滋味。

位於琳德的艾里絲敬上

＊＊＊

母親，我現在在凱斯拉克！

時隔多日，我終於再次見到那位大人，我從他身上聽到了很多故事，也學到了很多東西。雖然我還不能完全理解大人的話，但他說的話應該不會有錯。我原本就認為他不是泛泛之輩，卻沒料到他的眼光竟如此長遠，就好像貝妮戈爾女神為我們派來的使者一樣。

第二天，我們見了凱斯拉克伯爵。大人要我保持沉默，於是我一語不發地待著。不過，我能聽見大人和伯爵在另一個房間裡大聲地交談。

兩人談話的過程令我忐忑不安，但伯爵似乎相當認同大人的言論。最近瑪麗蓮千金不小心出了意外，他們好像在協調一些約定，反正也沒我的事。總之，事情順利解決了，真是萬幸！

我從他們的談話內容得知，卡特琳公爵夫人與愛麗絲伯爵夫人這些貴族，正在前來凱斯拉克的路上。原本還以為只是一件小事，但現在事態好像變得更嚴重了，我也十分不安，況且我明天還要發表重要的演講。

我會努力的。大家為了帝國不辭辛勞，我當然也要卯足全力才行。下次應該會在其他地方寄信給您，您一定要保重身體。

今天寄給您的生活費稍微多了一些，請您不要太驚訝，也不要告訴任何人。這不是黑心錢，請您放心。那麼，就先這樣了。

位於凱斯拉克的艾里絲敬上

＊＊＊

母親，我的第一場演講順利結束了，當時稀里糊塗地寫完信後就寄出，忘記是否向您提起過這件事。本來很擔心自己的表現不理想，不過到目前為止，我已經完成四場演講了。雖然當時很緊張，但多虧群眾的歡呼聲給予我勇氣，現在我已經稍微能夠適應了。

老實說，我本來以為只要照著那位大人的要求，順利完成任務就行……但最近我的想法變得不太一樣。沒錯，我想應該是那位大人深深影響了我，不只是周邊的環境有所改變，就連我看世界的眼光也變得更廣闊了。

其實，和那位大人在凱斯拉克一別之後，我就再也沒見過他了。不過，每當讀著他送給我的書，我總感覺他一直在我身邊。

這應該也是貝妮戈爾女神的旨意吧？不是只有我有所改變，隨著演講次數的增加，群眾的歡呼聲似乎也越來越大。是呀，所有人應該都在改變。

今天那位大人難得要與我見面，聽說巴傑爾樞機主教也會一同前來……看來他們又得商量一些重要的事了，我真的有資格一同參與嗎？雖然腦中經常浮現這樣的念頭，但按照那位大人所說的，我現在已經擁有能夠為他人發聲的力量了。今天就先寫到這裡，請您保重。

位於不知道是哪裡的艾里絲敬上

＊＊＊

今天和帝國八強一同參與會談，但有一名並沒有出席，所以準確來說是帝國七強才對，哈哈。起初，他們的談話內容讓我摸不著頭緒，後來我總算知道他們在討論什麼了！幸好這段時間的學習沒有白費，我以後一定要更努力才行。

由於每天都要發表演講，所以我絕對不能出任何差錯。今天似乎也有一場針對異邦人的演講，不曉得他們會不會認同我的想法。不過看到帝國七強面帶微笑地看著我，我想他們應該會喜歡我吧。

傭兵女王大人和巫女大人都張開雙臂歡迎我的到來。特別是巫女大人，她沒說什麼，只是點點頭就離開了，我至今還搞不清楚她的意思。聽說巫女大人能夠看到未來，這代表我的未來會有好事發生嗎？難道我會成為那位大人的小妾嗎？說不定真的有可能呢！

說到這裡，我突然想起來，聽說那位大人現在正在和大公主商量婚事。沒錯，就是夏莉亞大公主。我雖然知道大公主愛慕大人，卻沒料到她會做到這種地步。幸好那位大人對夏莉亞大公主沒有半點意思，那個■■■女人，■■死了■■■有多■，對吧？哎呀，不小心打翻了墨水，嘿嘿，不是什麼重要的內容，母親大可不必在意。

對了！上次在信中有向您提到我與巴傑爾樞機主教見面的事吧？幸好和樞機主教大人的談話過程十分融洽，畢竟那位大人與樞機主教大人的關係看起來非常友好，所以我不太擔心……果然不出我所料，樞機主教大人聽完我說的一番話後，也大力表示認同，接著朝我伸出手，要我多多關照。

那位大人親口對我說，如果這次的事情發展順利，巴傑爾樞機主教就極有可能登上教皇的寶座！這是機密喔！母親，請您一定要替我保密！

位於席利亞的艾里絲敬上

＊＊＊

母親，好久沒有寫信給您了。雖然沒有間隔多長的時間，但這陣子我忙得焦頭爛額，事情也不如預期中順利，因此沒能抽空寫信給您。

上次寄給您的生活費較多，想必能夠解決家裡的經濟困難。您應該不會全部花光了吧？按照母親的性格，肯定不會發生這種事。

母親，雖然我有很多話想告訴您，但是時間有限，只能長話短說。總之，我現在很平安。為了以防萬一，我這次也一併附上了生活費，這是那位大人給我的錢，請您不用驚慌。

還有，請把我寄給您的信全部燒掉，不要把信裡的內容透漏給旁人。拜託您了，一定要將信全部燒掉，全部都燒掉。

位於某處地下室的艾里絲敬上

＊＊＊

母親，我好像知道自己被賦予什麼任務了。懵懵懂懂地追逐著那位大人的背影，不知不覺就走到這一步了。坦白說，我到現在還是很茫然。對我來說，要完全理解那位大人說的話依然相當困難，我也不知道自己現在究竟在做什麼。但隨著時間流逝，我反而有種使命感，就算只能盡一點微薄之力，我也想要幫上忙。

那位大人也說我似乎變了，嘿嘿。不過他也說了「艾里絲依然還是那個艾里絲啊」，這句話著實令讓我安心不少。

當然，我也和那位大人親近了不少。親口說出這些話有些難為情，但我和那位大人接吻了！雖然不曉得他對我有沒有意思，畢竟鼓起勇氣主動親他的人是我，我到現在都還忘不掉他驚慌失措的表情。一定是這段時間的經歷讓我變得更勇敢了。

如果是平時的我，肯定辦不到……嘿嘿，幸好那位大人看起來也沒有不高興，只是拍拍我的肩膀。雖然從那之後，魔法師大人便開始對我心生厭惡，但我真的再也隱藏不住我的心意了。

起初，我只是對大人抱有好感，一心想著如果能被大人納為小妾該有多好，因為大人不僅相當優秀，相貌也十分俊朗。不過，這段時間以來，和大人為了同樣的目標一起奮鬥，我才發現，自己想要的遠不止這些。

當然，在我心裡滋長的，不只有對他的愛意，還有對帝國的抱負。我是否曾經告訴您，我覺得自己身上背負著使命感呢？當時的我甚至感受到了比現在更加強烈的使命感。我雖然出身卑微，以卑賤的身分活到現在，但生在這世界上，沒有人是卑賤的。這是那位大人親口告訴我的。

不只是我，包括母親您、弟弟妹妹們，還有奶奶都一樣，我們和大公主一樣都是人。大人從很久以前就明白這個道理，他十分尊重我，和夏莉亞完全不同。

母親。

我接下來要做的事可能會很危險。不只我，還有那些與我志同道合的伙伴，都有可能陷入危機。不過請您不要擔心，為了讓母親和弟弟妹妹們在帝國過上更好的生活，即使要我賭上性命也在所不惜。那位大人曾說過「該流血時就流血」，起初我的確很害怕，但現在我已經無所畏懼了。

眼看那位大人為犧牲的國民哭泣，我早已做好了犧牲一切的準備，我發誓絕不會再讓大人掉眼淚，絕對不會。

即便要我付出一切，也絕對不會。

我已經做好了拋下一切的準備。即便我死了，我為帝國所流的血，也必將成為養分，滋養著帝國的未來。

母親。

我會抗爭到底，為了導正這世界的錯誤觀念，為了正義，為了民主主義，為了神聖的民主主義，我一定會抗爭到底。

母親，三天後請您絕對不要外出。

什麼事都別做，只要待在家就好，我的同伴說不定會去保護您和弟弟妹妹們。

容我再提醒您一次。

三天後請您絕對不要外出，絕對不要。

位於帝國首都的奧斯卡爾敬上

第099話　半吊子革命

時間過得好快。

不對，仔細想想，其實並沒有過多久。

然而，周遭的環境早已截然不同，彷彿已經過了兩年。

我想肯定不是只有我有這種感覺，夏洛特一定也和我有一樣的想法。

這次任務的關鍵在於速度，雖然隱密行動也很重要，但快速行動更重要。

在共和國出手干預之前，在皇室做出回應之前，在夏洛特擬定更多對策之前，我們必須先下手為強才行。

我想她一定也會同意我們的想法，雖然彼此什麼話都沒說，但我同意配合她的行動，她也同意照我的意思行動。

簡而言之，我們決定私下結盟。

與其說是和敵人同床共枕，我們的關係更像她之前說過的同舟共濟。我負責集結異邦人、教皇廳還有部分貴族的勢力，她則負責凝聚覺醒的市民代表，以及她手中握有的貴族勢力。

接下來要多點齊發，開始動員整片大陸的帝國子民。

我們不僅得將神聖的民主主義思想迅速傳播出去，還得設法燃起帝國子民內心對於民主的渴望。而這些事單憑我一個人，肯定辦不到。

啟蒙帝國子民雖然不容易，但實際上，從異邦人在這片大陸落腳的那一刻起，民主主義思想早已開始傳播。

情況比想像中還要順利。

夏洛特如果從東部推進，我們就從西方出發；倘若她從南部出發，我們就從北方開始展開行動，差別就只在於手段是溫和還是激進。

仔細想想，她的確是在配合我們。

夏洛特同樣引用了《神聖的民主主義》，這一點令我印象深刻。託她的福，我們在集結群眾時輕鬆了不少，這是不爭的事實。

當神聖民主主義的思想扎根到一定程度之後，帝國終於察覺到了我方的行動。於是，《神聖的民主主義》被列為禁書，皇室也開始極力追查幕後的傳播源頭。然而問題就在於，皇帝將這項任務交給了夏洛特，這簡直跟提油救火沒什麼兩樣。

潛伏了一段時間後，革命的前哨戰正式展開。

我與夏洛特在無意中組建了無數個祕密結社，以啟蒙全帝國子民為目標，舉辦各式各樣的活動。

教皇廳的巴傑爾樞機主教為了成為下一任教皇，決定順應民意，而部分與我有交情的貴族，也對我的計畫表示贊同。

說服貴族絕不是件容易的事，我甚至盤算著倘若進展不順利，就乾脆一不做二不休，除掉他們。沒想到凱斯拉克伯爵與卡特琳公爵夫人早就對皇室的一切感到厭倦，很快就接受了我的計畫。

—革命結束後，我們還能保有原本的權力嗎？

即便開始實施神聖民主主義，他們也不會因此失去原有的權力。不只是貴族，部分資產階級、異邦人也不例外。

當我提及將來甚至可能獲得更大的權力後，他們都點頭表示同意。儘管對夏洛特期待的民主主義背後潛在的危險性有所顧慮，他們還是選擇先吞下名為利益的蜜糖。

而作為下一屆領導人的奧斯卡爾，也開始認真履行自己的職責。被一部分的團體視為民主主義代表的她，應該也會感受到時光飛逝。如果真要細究的話，她甚至比夏洛特還要忙碌。

從區區一介侍女，搖身一變成為民主主義的象徵，鐵定不是件容易的事，因此她比任何人都要努力，這一點無庸置疑。

聽我的話果然有效。

起初選擇艾里絲小姐時，我並沒有抱持太大的期待，令人驚訝的是，她幾乎完美達成了我提出的所有要求。

我悄悄地往窗外一瞥，只見她一臉恍惚地望向天空。此時的她留著一頭短髮，腰上還繫著一把劍。

雖然只學了基礎常識和劍術課程，她卻能在短時間內取得不錯的成就，想必是付出了比天分還要更多的努力。

我小聲地呼喚她的名字，她慌張回頭的模樣瞬間落入我的眼中。她的臉龐和表情，都和過去沒有太大的差異，然而眼底流露出的情感以及微妙的氛圍，證明了我們的計畫是對的。

「奧斯卡爾大人。」

「啊……榮譽主教大人，我們不是說好單獨相處的時候，叫我艾里絲就好嗎？」

「哈哈，沒錯，我們確實約定好了。可能是因為大事迫在眉睫，讓我有些心煩。」

「榮譽主教大人，您不要太過擔心，一切都會順利的。您計畫好的事，我一定會竭盡所能地讓它順利進行。」

「哈哈，您有這份心意我就很感謝了。也謝謝您幫我減輕了許多負擔。」

「不，您別這麼說。其實榮譽主教您一開始找我時，我的確感到不知所措。但我現在非常開心，目前在做的事，也為我帶來了使命感，真的。」

「您這麼想，真讓我羞愧。」

「這句話應該是我要對您說的才對。」

「艾里絲小姐……不對，艾里絲大人。」

「沒事的！您稱呼我小姐也沒關係，我更喜歡這個稱呼。」

「但是……」

「不行，兩人獨處時，請您務必這麼稱呼我。如果連榮譽主教大人都叫我奧斯卡爾的話，總覺得……我好像會更混亂。」

「我明白了，那我就按照您說的稱呼……」

「話說回來，您用過餐了嗎？還沒的話，得趕緊為您準備……」

「不，不用麻煩了。我只是想來確認一下艾里絲小姐的狀況。」

「那我招待您喝杯茶吧。」

能從帝國民主主義的代表那裡，討到一杯茶喝，感覺還真不賴。這就是為什麼我並不討厭艾里絲小姐。她在夏莉亞手下待了一段時日，磨練出各種技能，茶水沖得色香味俱佳，光是喝上一口，全身疲勞都消失了。

「味道還可以嗎？」

「當然，艾里絲小姐。不過，您為什麼一直看向外面呢？」

「我很擔心母親和弟弟妹妹們，不知道他們過得還好嗎……」

「帕蘭公會的成員已經前去保護他們了，您不用太擔心。就算我出了什麼事，也一定會守護好您的家人。」

「您千萬別說這種話，我不希望榮譽主教大人受任何傷，那麼……差不多該出去了嗎？」

「是的，我們走吧，奧斯卡爾大人。」

「好的，榮譽主教大人。」

她緊咬著下唇的模樣十分可愛。

沒過多久，她的神情逐漸變得嚴肅。如今距離達成目標只差最後一步，想必她的心裡肯定五味雜陳。

一定很累吧，不過，有付出總會有收穫。

看著奧斯卡爾驀地板起面孔，彷彿變了一個人，我頓時有些不寒而慄。

打開門後，馬克斯跟鄭白雪旋即出現在眼前，他們緊張的情緒全寫在臉上。因為我每天不停地說明這件事的重要性，他們也不得不繃緊神經。

此時，鄭白雪朝這裡瞅了一眼，緊接著雙手扠腰，貌似對艾里絲不甚滿意。

要找到讓鄭白雪滿意的女人本來就不可能，但或許是這陣子我和艾里絲小姐相處的時間變長，所以鄭白雪不滿的情緒也更加強烈。

看在她這麼努力按捺住脾氣的分上，這次事情結束後，勢必得給她一些獎勵才行。

我輕輕揮了揮手，對著她微笑。然而一旁的博物館管理員馬克斯，卻誤以為我在向他打招呼，同樣舉起雙臂上下蹦跳著。

當我用手勢詢問他一切是否準備妥當，他便用雙臂圍了一個圈。

許久不見的宣熙英、小鬼頭金藝莉和黃正妍，都已經坐在位置上。除了被金賢成派去保護艾里絲小姐家人的曹惠珍和其他幾名新進人員以外，帕蘭公會的成員幾乎都到齊了。民主鬥士普魯德久和阿爾其暮則是混在人群中等待時機。

此時，艾里絲小姐，不對，奧斯卡爾走向講臺。

她開始滔滔不絕地發表演說，視線完全沒有看向事先準備好的講稿，看樣子是已經將內容全部背下來了。我不禁想起了夏莉亞，她連這點程度的努力都不願意做。

當然，艾里絲小姐比她好一百倍。

演講來到了尾聲，雖然想繼續聽下去，但由於有要事在身，我只好往鄭白雪和馬克斯的所在位置走去。移動過程中，李智慧主動向我開口，她的聲音混雜著奧斯卡爾的演講聲和帝國民眾的歡呼聲，一同傳入我的耳中。

「總算開始了。」

「嗯，沒錯。」

「我這陣子都快好奇死了，現在終於能親眼見到了。我真的很好奇夏洛特究竟能不能讓這群帝國子民鎮定下來，畢竟這才是重點。」

「要是她連我為她準備的『大禮』都接得住，那我以後就稱她為神。」

「她應該很有把握吧？老實說，我也不是不能理解她的想法……但可行性真的不高，雖然歷史上也出現過不流血的光榮革命……」

「英國不是曾經發生過一次嗎？」

「啊，你是說詹姆士二世國王被剝奪皇位那件事嗎？那不算實現民主化吧？雖然從效益主義的角度來看，的確具有一定的意義……但當時應該還是免不了小規模流血衝突吧？夏洛特是否了解這起事件，我暫且無從得知。不過，她如果是將那件事作為借鏡，那麼正好能對應到帝國的現況。腐敗無能又獨斷專行的皇室、夾雜著宗教信仰的爭議……國民為此感到不滿。」

「我不太懂世界史……」

「不懂也無所謂，反正木已成舟。雖然事情的走向已經變質，但我會負責擺平這些反抗的帝國子民，帶著這陣子培養的隱藏兵力與國民，一起向皇帝施壓。雖然英國的光榮革命藉助了外國的兵力，但實際上兩者是一樣的。流血無法避免，但最起碼能把傷亡降到最低。計畫很好，理想也很美好……依我看來，夏洛特其實一點也不笨，我反倒有點尊敬她了。」

「沒想到智慧姐會這麼說，真讓人意外。」

「歷史上的哲學家、革命家、思想家都是像她這樣的人。雖然這個例子有些不一樣，但你覺得能想出共產主義，或是選擇採用共產主義來治理國家的人會是笨蛋嗎？不只是他們，我們稱為政治家的那群人大部分都是天才。」

「妳說得沒錯。」

「問題就在於這些人失敗的原因。」

「我好像知道了。」

「你覺得是什麼？」

「但這只是我個人的想法。」

「個人的想法也無所謂。」

「問題在於，他們太相信其他人也會跟隨自己追逐理想。」

雖然我對夏洛特的想法沒什麼興趣，但她把信任全然託付在帝國子民和自己陣營裡的那些人身上，著實令我有些心痛。

我敢保證，她的陣營裡一定有人不認同她的理想。

不過，眼下最重要的並不是她那頭的情況，而是我們這艘船該選擇哪一條路抵達目的地。雖然一直以來都是她在掌舵，不過從這一刻起，船舵將由我來接手。

我們的奧斯卡爾此刻正口若懸河地發表演說，時機正好。

「白雪、馬克斯，播放影片。」

這麼精彩的東西，當然不能只有我們看到。

魔力全像投影浮在空中，只要抬頭就能看見，投影畫面大到足以讓整座首都的市民們一覽無遺。嚇得目瞪口呆的群眾，想必會先看到投影幕上奧斯卡爾的臉龐。

原先李智慧還一臉呆愣地望向群眾，直到看見出現在眼前的畫面之後，她便立刻轉頭望向馬克斯事先準備的全像投影，驚訝地說道。

「那……那、那是什麼東西？」

「還能是什麼，這是下次要播放的影片啊。」

「我知道，我想問的是……影片的內容是什麼？」

「是那些貴族老爺們頻繁進出我經營的黑市，以及他們都在裡面做了些什麼的影片集錦啊。」

「基英哥……你……你瘋啦，這也太……」

「噗哈哈哈哈。」

「這會不會太過分了……」

「怎麼了？智慧姐，妳覺得這樣太過分了嗎？」

「沒有……很好啊。老實說，我有點濕。」

雖然我不曉得她是指哪裡濕，但她嗓音微妙地夾雜了一絲顫動。

我的嘴角止不住地上揚。

群眾呆愣地望著魔力全像投影的畫面，想必過不了多久，他們內心累積的憤怒就會徹底爆發。相信那群既得利益者看到這些影片，一定也會有同樣的念頭。

＊＊＊

〔各位親愛的同胞，這是第一次以這種方式和大家問候。我想之前應該已經有人與我見過面，或是透過間接的方式，得知我是誰了。我在此再次正式向大家問好，我是奧斯卡爾，是寫下《神聖的民主主義》這本書的作者，也是市民革命團的領導人。我與在座各位一樣，都是平凡的帝國國民。〕

「那個……夏洛特殿下。」

「我也正在看。這個究竟是……」

「好、好像是榮譽主教大人準備的東西。」

「是幻覺魔法嗎？」

「大公主殿下，我覺得應該不是。如此大範圍的幻覺魔法，即使是大魔法師也辦不到。雖然早就料到他們會有備而來，但這個到底是……」

「……」

「……」

「是影像，這個是影像。」

「您說什麼？」

「這應該是用魔力建構的影像，我之前曾聽說異邦人居住的城市有這種東西。沒錯，一定是這樣。」

「這……到底是……」

「現在沒有時間向您一一說明了。影片肯定是從某個地方發送出來的，一定有個信號源。」

「信號源？」

「是的，伯爵，您不是魔法師嗎？您有沒有感受到哪裡有魔力流動？」

「抱、抱歉，首都內的魔力波似乎被刻意扭曲了。憑我的能力可能無法……」

「必須阻止他，絕對不能再傳送那個影像了，絕對不行！伯爵！拜託您快點想辦法終止影像，必須阻止他們！啊……怎麼會這樣？」

「已經太遲了……這個場面到底要怎麼收拾……」

「請各位不必驚慌。親愛的市民朋友，各位目前看到的，並不是幻覺魔法。貝尼戈爾女神視全部人類為平等，這是祂賜予我們的禮物，讓各位同志們能夠同心同德，攜手並進。這同時也是貝尼戈爾女神之鏡，讓我們能看見原本看不見的東西，象徵著祂對我們的祝福。〕

「李基英榮譽主教……李基英榮譽主教……他在哪裡？」

「陛下，聽說他今天會回琳德把尚未處理的工作做完再回來……」

「這、這到底是……誰都好……只要可以解釋現在的情況，不管是誰，馬上叫他過來……」

「陛下，她是奧斯卡爾。現在出現在影像裡的那個人，就是奧斯卡爾。」

「這我也知道，我是在問她的臉為什麼會出現在半空中。你這遲鈍的傢伙！宮殿魔法師到底在幹嘛？快點找人把影像給停止！現在馬上！」

「陛下，請您息怒，現在宮殿魔法師正在想辦法了。」

「神啊……神啊……」

〔各位親愛的同志，請你們親自用雙眼確認、判斷並付諸行動。現在的神聖帝國變成了什麼模樣，這些視我們如草芥般卑賤，自居高貴的貴族究竟有多麼陰險，各位必須親眼審視。接下來我要給大家看的影片，或多或少會令各位十分震驚，甚至會出現一些殘忍的畫面，但這些畫面正是我們當前所經歷的一切，請各位務必睜大雙眼看到最後，看看我們現在到底生活在怎樣的地方。〕

「非常好。」

艾里絲小姐正滔滔不絕地發表著演說。

我本來就看好她能勝任這個任務，沒想到她比我想像中更加沉穩地掌控著現場的氣氛，順利安撫了那些被魔力全像投影嚇得不輕的人民。

馬克斯和鄭白雪展示的新技術，令大多數的帝國人為之驚豔。至於艾里絲小姐的說法能否被帝國子民採納，從他們在短時間內恢復平靜的表現看來，也能略知一二。

畫面中的奧斯卡爾並沒有多說什麼，在一陣簡短的自我介紹後，便邀請大家觀看影片。在那之後，她的態度看起來一直都很從容。

我的判斷是對的，這種影片根本不需要多餘的廢話來解釋，因為接下來公開的影片內容，衝擊力大到足以破壞帝國貴族的形象。

奧斯卡爾的臉從畫面中消失後，隨之映入眼簾的是各種貴族的腐敗罪證。眼前的影片有趣到需要搭配一桶爆米花來觀看。

握有小城市絕對控制權的海安男爵、在大都市梵蒂岡形象優良的加勒比公爵、因為課徵高稅而引發民怨的布希伯爵……除了他們以外，還有許多貴族都是黑市的ＶＩＰ。

「噗哈哈哈哈哈。」

名單裡的人都是我打算一網打盡的對象，在這種場合揭露他們的惡行惡狀，是最有效的方法。

剛開始是害怕，然後感到好奇，最後則是憤怒不已。隨著影片播放時間越久，我越能夠想像他們怒火中燒的模樣。臺下的那些群眾開始氣得渾身顫抖，宮廷貴族的不法罪證一一攤在他們眼前，會氣得火冒三丈也在情理之中。

「呃啊啊啊啊！啊啊啊啊！」

「啊啊啊啊啊！求求您……求求您了……」

雖然凱斯拉克的黑市會因此關門大吉，不過我多的是賺錢的管道，更何況這起事件過後，帝國大部分的門戶大概都會被清理乾淨，需求自然也會減少。這樣一來，將交易目標轉往他國似乎更好。

其實，也不是所有的貴族都如此腐敗，但為了突顯貴族醜陋的一面，這些影片確實經過了剪接處理和刻意渲染，不過這些輕微的調整，對於人民而言根本無關緊要。因為大部分的人只願意相信自己眼前所見，其中也有一些民眾不忍繼續看下去，別過了頭。

「哈哈哈，公爵大人，這未免太紓壓了吧！」

「我不是說過，在這裡不要這樣稱呼我嗎？伯爵。」

「啊，抱歉，我不會再……」

「哈哈，沒事，不要緊。我只是開個玩笑，不必太緊張，是我太敏感了。伯爵您說得沒錯，這實在太痛快了。我們為了帝國盡心盡力，偶爾像這樣讓腦袋放空也很重要。雖然這裡不如以往有趣，但有總比沒有好。」

「公爵大人，其實我的想法也與您一樣，最近的生活實在太過平淡，所以我在領地內又建了另一個祕密房間。公爵大人您……不，我們帝國子民尊敬的公爵大人，您最近一定很疲憊。」

「那些連當人都不配的傢伙……就算得到他們尊敬，也沒什麼了不起的……嘖，我兒子竟然還叫我善待他們。這點我跟布希伯爵的想法都一樣……啊！我倒是有點好奇……布希伯爵領地的稅金是不是很……」

「稅金很高，但這也是沒辦法的事，畢竟異邦人紛紛移入其他領地，人口自然就變少了。老實說，我個人非常不願意讓那些人踏入領地，他們不過就是一群空有力氣的傢伙，骨子裡還透露出一股卑賤的氣息，沒有任何一個人能入得了我的眼，皇帝陛下也和我有同樣的想法。賜給他們爵位對我們來說，就是一種屈辱不是嗎？我也無可奈何，為了不落後其他領地，只能先壓榨在領地裡的永久居民了。哈哈哈哈，我記得公爵您好像也是這麼做的吧？」

「我的領地似乎稍微開放一些。伯爵，這可是時代潮流，我們要怎麼抵抗呢？當然不能輸給其他領地啊，其實那些傢伙也不是全都不合我的意，還是有些不錯的人。像是那個……他跟其他異邦人不同，我覺得這傢伙很不錯，很懂得人情世故。」

「啊啊啊啊……我聽過……這個人，確實是有這種傳聞。我當初還打算跟他保持距離……既然公爵您都這麼說了，那我勢必要安排一下時間，見一見他了。」

提及李基英榮譽主教名字的部分，當然得消音處理。

「但是伯爵，您把稅金定得那麼高，帝國子民不會……」

「哈哈哈，當然有民眾請願要我重新考慮啊，但那種小事只要忽略就好。公爵大人，反正那些卑賤的傢伙們跟豬狗沒兩樣，只要無視他們或輕輕踩個幾腳，他們就會安靜下來了。」

兩人你一言我一語地說著這些不曉得在哪聽過的臺詞，就算給他們劇本，應該也沒辦法演得比現在出色。

這幅光景恰恰說明了某些腐敗的貴族平常是怎麼看待百姓的。

〔如果他們反抗的話……〕

〔那就再更用力踐踏他們就行了，公爵大人，這群人就跟雜草一樣，如果不一次連根拔起，就會不斷冒出新芽。所以，對付他們就必須一舉擊潰，得讓他們認清，我們跟他們的身分地位從一開始就不同，只要讓家畜認知到自己是家畜，那他們就會乖乖閉嘴了。哈哈哈，公爵大人，您覺得如何？如果您有興趣的話，我們約個時間一起……〕

〔如果有時間的話，我會去看看的。〕

〔如果您要來，我會竭盡全力為您服務的，哈哈哈。〕

我敢保證，此刻聚集在此處的市民們，肯定氣得暴跳如雷。隨著影像播放的時間越來越長，眼前的景象簡直令我嘆為觀止。

我本來就想著，倘若要揭發一切，乾脆一不做二不休，所以我準備了不只一個片段。吃盡山珍海味的那些貴族們，肚皮如山巒般鼓起，與影片裡飢腸轆轆的帝國子民形成強烈對比，不知道的人還以為在看悲劇電影。

還有調戲婦女的貴族。

〔請……請您別這樣，求求您了！〕

以及殘忍地處決無辜人民的貴族。

〔請饒命，請饒我一命，拜託您了！〕

竟然對著年紀都能當他們孫女的孩子們做出骯髒下流的事，簡直是一群垃圾。

這些貴族絲毫不體恤各階層的人民，面對境遇悲慘的帝國子民、受歧視被打壓的知識分子，還有被派去狩獵魔獸的少年士兵，他們一開口就是鄙視異邦人的言論，甚至不斷對教皇廳發洩不滿或惡言相向。

原本我並不打算激起異邦人與巴傑爾樞機主教對貴族的憤怒，但畢竟是革命，影響越大越有利。

此時，魔力投影突然以全景模式出現在空中，所有人彷彿靈魂被抽走似地，驚訝到說不出一句話，整座城市頓時陷入一片寂靜。

接著，距離我僅有幾步之遙的李智慧默默開口。

「基英哥，這個影片是向全帝國同時播放嗎？」

「嗯，準確來說，在其他地區的同志也在關注這裡的狀況……革命的信號將由奧斯卡爾統一發布，所以大家會同時行動。」

「基英哥說得沒錯。」

「什麼沒錯？」

「你也看到現在廣場上的氣氛了吧，如果在這種狀況下，夏洛特還能讓群眾冷靜下來，我一定會把她當成神來膜拜。這場革命不可能不流血，如果夏洛特也正在觀看這裡的情況，我想她的臉色一定很難看。」

與李智慧閒聊的同時，影片也逐漸邁向高潮。因為影片裡出現的那張臉不是別人，正是大公主夏莉亞。她就像一部千萬票房電影的主角，各種不堪入目的瘋狂行徑，開始占據整個投影畫面。

精彩畫面簡直不勝枚舉，怎麼剪都剪不完。搧侍女耳光、出言侮辱，還有用各種奢侈品裝扮自己的模樣，活脫脫就是一個惡毒女人。此時，我最喜歡的場面跟臺詞出現了。只見畫面中的夏莉亞滿臉期待地抬起頭，用十分倒胃口的語氣說出了一句經典名言。

〔帝國子民沒有麵包吃？哈哈，沒麵包的話吃蛋糕不就好了嗎？有什麼好擔心的？〕

李智慧目瞪口呆地盯著眼前的畫面，再次朝我開口。

「她真的說了這種蠢話嗎？」

「智慧姐，當然是假的啊。但這簡直是神來一筆，對吧？」

就革命行動而言，這絕對是效果顯著的一擊，而且是可以記載在史書裡面的程度。

＊＊＊

「進展似乎沒有想像中快。」

「那是因為大家不知道反抗的方法。他們一方面畏懼帝國，另一方面憤怒不已，卻不知道怎麼發洩內心深處的不滿。」

「雖然能理解，不過還是有點可惜吧？」

「那也是無可奈何的事。沒什麼好可惜的，我早就料到會出現這樣的結果。百姓們長久以來依附在其他勢力下，被圈養了那麼久，還有辦法自己跨出柵欄嗎？但只要信號一發射，想必所有人都會馬上衝出來吧。你看看這些孩子臉上的表情，我敢保證，只要立刻喊一聲『一起戰鬥吧』，一切就結束了。」

「把這套思想強行塞進他們腦袋的過程，確實有點倉促，這我也知道。我只是抒發一下我心裡的遺憾罷了。現在呢？要發射革命的信號了嗎？」

我有點苦惱，雖然大家沒有實際的行動，但照目前的情況看來，帝國子民心中累積的憤怒已經瀕臨爆發。

事實上，光是夏莉亞那句名言就已經很足夠了。

我打算讓這場行動在歷史上留下一頁紀錄，眼下似乎還差一幅帥氣的場景，像是民主鬥士為了宏大的理想而犧牲之類的，同時也能作為革命的信號彈。雖然這本來就是計畫的一環，但由奧斯卡爾發射信號這件事，意義實在是非同小可。

「再等等吧，反正演說也還沒結束。」

事實上，等待已久的人是夏洛特。

現在正好是集結群眾一起上街頭的絕佳時機，然而她卻遲遲不現身，看來他們陣營內部恐怕出現了問題。覺醒的貴族們雖然贊同她的意見，也極力支持她，但在看了我發布的影片之後，或多或少也會產生「我還能繼續保有我的權力嗎」之類的疑惑。

更何況她的陣營裡，也有幾名貴族出現在影片中，想必為了安撫這些人，她肯定會忙得焦頭爛額。一部分的人認為應該要先平息國民的怒火，另一部分的人則認為要先做該做的事，可想而知雙方肯定爆發爭執。

就如同我著急地展開行動一樣，夏洛特果然也快速地採取行動。

在雙方都承擔副作用的情況下，我對著李智慧點了點頭。

「全體國民啊，千萬不要被叛徒的甜言蜜語蠱惑了，一定要堅守在崗位上！」

從王城內傳來的聲音逐漸變大，我比出撤回計畫的手勢後，李智慧也對我發出「知道了」的暗號。

這種口水戰形式也不錯。

原本以為夏洛特會率先做出回應，沒想到先對帝國子民喊話的居然是王城的代理人。如果從地位對等的角度來看，由皇帝陛下出來說明會更好，不過想也知道那個膽小的老頭絕不會親自出席這種場合。想必這兩天他應該急得像熱鍋上的螞蟻，不停地尋找我和夏洛特吧。

伴隨著一聲巨大的聲響，騎士們害怕事態上升成武裝事件，紛紛從王城內跳了出來，其中還能看到魔法師為了消除魔法投影而不停地找尋方法。

此外，好幾名弓箭手也不斷對著魔法投影發射箭矢。看到這些反應，大概也能感受到他們的危機意識。也就是說，他們也知道如果再不做點什麼安撫民眾的話，局面很有可能一發不可收拾。

「幸好還不至於那麼無能。」

雖然想派出士兵，也想讓街上的帝國民眾回家，但畢竟無法隻手遮天。實際上，人民正在被他們強制帶離，王城裡哀號聲四起。不論是地球還是這片大陸，掌權者的危機處理方式，竟如此如出一轍。想到這裡，我不禁失笑出聲。

「我再聲明一次，請全體國民不要聽信叛徒的話，堅守在自己的崗位上！帝國子民啊！剛剛看到的東西全部都是用魔法偽造的。你們剛剛所見並不是貝妮戈爾女神的祝福，而是惡魔的呢喃啊。奧斯卡爾才是帝國的叛徒！跟她一起共事的人，還有追隨她的人都是帝國的叛徒，他們是想要瓦解神聖帝國的惡勢力！」

我必須沉著應對。

就在我對著奧斯卡爾發送暗號之前，她用先前身為艾里絲小姐時不曾展現過的嗓音，發出一陣狂吼。

「想要危害國家的難道不是你們嗎？骯髒的皇族們，這些背地裡的惡行惡狀，不就是你們一直在做的事情嗎？抬頭看看你們做的壞事吧。那些因為你們的惡行死去的帝國子民都一清二楚，貝妮戈爾女神也是。」

「竟敢從妳骯髒的嘴裡說出女神的名諱，妳這個叛徒。」

「真正的叛徒是你們才對，是你們違背了在女神之下眾人平等的旨意！是你們制定階級制度，用卑賤血脈和高貴血脈來區分人類，你們才是叛徒。請仔細回想，他們從何時起就是皇族，而那自詡高貴血脈的人又做了哪些齷齪事，請各位親自用雙眼確認吧！」

原先還擔心她會說不出反駁的話，但實際情況完全相反。奧斯卡爾從容不迫地說出了自己的想法。李智慧會感到疑惑也是當然的。

「基英哥，那應該不是劇本吧？」

「嗯，不是劇本，應該是她本人的想法。」

「是個可造之才呢，比夏莉亞有用多了。」

我和她的想法相同。

我雖然不認為她會舉足無措，卻也沒料到她會率先站出來反對皇權。眼前的這幅光景，還真是美麗。

〔帝國不是因為有你們才存在，帝國是因為有帝國子民才得以存立。〕

「不對，有皇帝才有帝國，妳這個帝國的叛徒。看看妳自己的模樣，把真實的臉孔隱藏起來，卻用這副模樣煽動他人。帝國的國民們，奧斯卡爾是想讓你們陷入危險的惡魔，她只會用好聽話來包裝惡意。實際上，她是個會將你們推下懸崖的邪惡魔女。不管是誰，只要抓到那個魔女，不問理由跟身分，一律給予爵位跟獎金。必須處死這個魔女，唯一死刑！」

〔我才沒有躲起來，你們這些女神的叛徒！〕

艾里絲直視著正在傳送影像的鄭白雪，瞬間轉身，筆直地朝門口前進，一副打算走出門外的樣子。

「嗯？」

她突如其來的舉動，令我有點慌張，不過這樣還不錯。雖然是劇本裡沒有的橋段，但她打算站到帝國子民面前的舉動，相當值得讚賞。

於是，我趕緊對鄭白雪比手勢。我想如果在奧斯卡爾露出真面目的同時，讓帝國子民也能知道她的所在位置，應該還不錯。

「榮譽主教大人。」

「聽從您內心的想法吧，奧斯卡爾大人。」

「好的。」

為了帶動現場的氣氛，奧斯卡爾隨手抓了一枚旗幟，舉起現在已然成爲象徵的神聖民主主義標誌，就這樣向國民們公開了自己的真實樣貌。

此時，艾里絲小姐站在能夠一覽帝國首都的鐘樓之上，她挺起腰桿，舉着旗幟的形象，非常適合被記錄在史書當中。

而望著影像一臉呆滯的帝國子民們，彷彿突然想起奧斯卡爾身處的位置，不約而同地抬頭望向鐘樓。眼下氣氛越來越高漲，甚至到了令人想瘋狂吶喊的地步。

「我絕不躲躲藏藏。」

太完美了，如果是這種劇本，就沒必要犧牲人命當作信號彈了。

〔我絕不躲躲藏藏。〕

她在鐘樓頂樓說出那句話的模樣，清清楚楚地映照在女神之鏡裡。原先懷疑眼前所見都是幻覺魔法的人，此時臉上寫滿了確信。

剎那間，王城士兵衝進了鐘樓裡，然而我們早已預先埋伏兵力，順利地擋下突襲。四面八方傳來巨大的聲響，預先備好的火苗一個接一個燃燒起來。儘管魔法和箭矢紛飛，但事準前備好的魔法也一一阻斷了這些攻擊。

雖然艾里絲小姐內心充滿恐懼，不過她依舊滔滔不絕地發表自己的主張，完全就是個民主鬥士。

這幅光景，簡直超乎我預期的美好。

﹁女神的叛徒們，我不會躲藏。我不會在這裡逼迫帝國子民，我會站在他們的最前面。皇帝現在又在哪？你指責我躲躲藏藏，那你倒是說說看，現在這種情況下，皇帝到底在哪裡，又在幹些什麼！﹂

她完全覺醒了！

所謂的三寸不爛之舌，說的就是這種人。我敢打包票，這應該是她人生中最輝煌的時刻。

﹁濫用帝國子民的血汗來盛裝打扮自己的公主在哪裡？宣稱自己是神聖血脈的那些人現在又在做什麼？我不想聽你們的回答。這群皇室的走狗，建立了錯誤的體制，卻在背地裡吃香喝辣，他們倒是出來說話啊！﹂

那一刻，正好傳來了另一道聲音。

「我、我是二公主夏洛特！你們的訴求會實現的！」

大概是急著跑出來，連聲音增幅器都還沒來得及用上，此時二公主扯著嗓子大吼的模樣，實在令人嘆為觀止。

我雖然想配合她，但一切都太晚了。

我不想毀掉眼前這歷史性的一幕。

「白雪，繼續維持奧斯卡爾這邊的音量，如果夏洛特那邊使用了聲音增幅魔法就全部擋掉。另外，也拜託陳冠偉先生了。」

「沒問題，基英哥。」

夏洛特的喊話被淹沒在各種聲音中，沒有任何人在意。此時，火焰從四面八方升起，幾名騎士甚至跳出來，試圖將她帶回城裡。

這位比任何人都深愛帝國子民的二公主雖然不停地掙扎，試圖擺脫士兵們的束縛，但在這種危急時刻，忠心耿耿的大臣絕不會拋下公主不管。因為他們清楚地知道，事情已經無法挽回了。

就在此時，奧斯卡爾清脆的嗓音取代了二公主的聲音，迴盪在整個帝國首都。

「帝國的子民啊！你們看，那些掌權的狗屁傢伙們因為害怕受傷而躲在後方，一直以來視我們為卑賤血脈，明明看不起我們，卻又相信我們會守護他們的力量和權力。這才是他們的真面目！透過女神之鏡映照出的影像就能知道，他們關心的不是統治帝國並帶領人民走向正確的方向。他們想要的，只有掠奪、壓榨、填飽自己的肚子。除了凱斯拉克伯爵、卡特琳公爵夫人、愛麗絲伯爵夫人，以及部分發表市民革命支持宣言的幾位之外，其餘在這個國家內的貴族，都是這個社會的毒瘤。」

她如實按照著我的指示行動，令我十分滿意。

想當然耳，贊助名單也必須公布。那些我想維持的人脈，想必此刻正頻頻點頭表示認可。

我的餘光瞄到奧斯卡爾正在注視著我，似乎想詢問我現在是否能採取行動。於是我不得不說句話。

她能這麼聽話，真好。

當初夏莉亞如果也跟她一樣，後續就不會有這麼多麻煩事了。

「是時候站出來了。」

最後，我緩緩開口，奧斯卡爾僅接著舉起旗幟、拔出劍，將這些話原封不動地傳達給大眾。

「是時候站出來了！」

「各位同志。」

「各位親愛的同志！」

「我會站在最前方。」

〔我會站在各位的最前方〕

「我會率先獻出我的血。」

〔我會率先為了正義、為了各位獻上我的鮮血。〕

「覺醒吧。」

〔請各位覺醒吧！〕

「有很多人會與我們同在。」

〔有很多人會與我們同在，其中包括知曉神的旨意，虔誠地為帝國祈禱的教皇廳，還有部分支持我們的貴族，以及如同家人般融入我們的異邦人，他們都會與帝國子民同在。〕

「抗爭吧。」

〔請各位站出來！拿起你們的武器！奪回你們自己的權利！親愛的帝國子民們，是時候抗爭了！〕

「結尾。」

〈我的同志們！為了神聖的民主主義戰鬥吧！奮力抗爭吧！〉

整個首都，不，是整帝國境內，充滿了群眾震耳欲聾的吶喊聲及爆炸聲。

＊＊＊

就如字面上的意思，革命之火持續燃燒。埋伏許久的異邦人與士兵從地底竄出，朝著地面進攻，不斷朝四面八方發射火焰魔法。市民革命團將武器發放給帝國子民後，便如同飛蛾般與他們一起投身戰場。當眾人聚在一起，內心的恐懼就會隨之消失，甚至讓士氣更加激昂。

這場革命最初在帝國首都爆發，除了贊助人的領地外，其他地區多半透過魔力投影同時掌握現場畫面。果然不出我所料，其他城市的市民同樣也高聲吶喊，舉起手中的劍，衝向街道。

「白雪，情況如何？」

「其他城市的情況似乎都差不多，就跟基英哥預想的一樣！」

看著馬克斯管理的投影畫面，我不自覺地滿臉笑意。

此時，首都外的群眾反而更加激動地高喊。看著即時轉播的畫面，我的內心也激動不已，影片沒有即時留言的功能實在是太可惜了。

「布希伯爵所治理的小城市喬治那，因為他的一番豬狗言論，導致市民們群情激憤。」

投入革命的異邦人則有琳德的 Garrosh & Cash 戰隊。

雖然知道那位徒手抓著巨大兔子，名為葛悟植的傢伙實力還算不錯，但從影像中可以看出他的能力超乎想像，且煽動民眾情緒的實力也具備一定水準，之後再替他安排一個職位，似乎也不失為一個好主意。

〔我們才不是什麼豬狗！〕

〔衝啊啊啊啊……〕

〔我們會成為帝國的主人！〕

〔站出來吧！各位同志們！投入戰爭、投入革命吧！〕

〔我們才不是豬狗！我們會成為帝國的……主人！〕

我敢肯定，鐵定沒有其他地方會比帝國人民更熱衷於參與革命了。人民有多壓抑，叛亂爆發的程度就有多嚴重。

我悄悄將視線轉移到梵蒂岡領地的畫面，場面也同樣無比壯觀。規模接近於大型公會的以利塔利公會，其成員惡魔獵人任利緞，正站在最前方帶領著群眾。受到轉職的影響，她的雙眼散發出綠色的光芒，對於同一陣線的同伴來說，這樣的外貌的確很可靠。

〔親愛的同志們，我們必須將自己的命運握在手裡。我們不能再逃避了。〕

〔上吧啊啊啊啊——〕

〔來自凱斯拉克領地的援軍來了，今天我們所流的血並不是毫無意義，為了帝國、為了生存下去！首都的志胞們已經全員出動了，勝利就在眼前！各位，戰鬥吧！所有的一切都準備好了，還沒準備好的是那群坐享其成的叛徒！〕

「喔，那個女的也很不錯呢。」

除此之外，許多領地也紛紛透過各種手段展開革命行動，進度超前的領地已經開始出現成效了。

特別是鄰近共和國的那些領地，為了避免共和國趁亂入侵，必須盡快完成整頓作業，因此派出異邦人與榮譽貴族參與抗爭，如今看來效果頗為顯著。

東部是凱斯拉克伯爵、卡特琳公爵夫人以及愛麗絲伯爵夫人的領地周圍，有了這些強大勢力的幫助，東部地區很快就被整頓好了。雖然有些領地並不容易收服，但我畢竟身處安全之地，那些不是我該擔心的事。

巴傑爾樞機主教也差不多該開始進行交接了。

我們收買了異端審問官赫麗娜和潔西卡主教等教皇廳的人，想必政權交接應該十分順利。

除了巴傑爾樞機主教本人外，另一名樞機主教也支持他上任。三個樞機主教當中，已經有兩人與我們站在同一陣線，一想到這裡，我的心情就更加雀躍了。

倘若巴傑爾樞機主教能順利當上教皇，我也能順理成章地坐上榮譽樞機主教的位子，我的內心突然一陣激動。

至於金賢成那邊，他會自己看著辦。

到目前為止，共和國想採取行動還言之過早。

雖然不清楚共和國內部如何評估這起革命，但光是派遣軍隊就必須花費至少三天的時間。

在那之前，革命應該早就結束了。

反正我們不用殺光為貴族效命的士兵，只需要帶走部分貴族的人頭就行了。

那些拒絕把劍指向一般民眾的士兵，還有被投影畫面說服的士兵們，早就已經做好準備要背叛提供他們俸祿的貴族了。

夏洛特麾下的士兵們，不願犧牲帝國子民的性命，因此也不得不配合我們。目前革命可以說是已經成功了一半。雖然現在這樣就已經足夠了，但像我這樣的人還是想再推波助瀾。

再多播放一段影片好像還不賴。

「白雪，請安其暮做好準備。」

「嗯？安其暮先生嗎？」

「我會在這裡拍下影片然後傳送出去。目前還缺少革命軍為國犧牲的崇高場面……果然還是得派出民主鬥士阿爾其暮。」

「啊！好的！安其暮先生！安其暮先生！基、基英哥找你。」

這種革命果然還是需要一點為國犧牲的崇高戲碼。

琳德的安其暮在地球時，一直夢想成為演員，但或許是事先得知了消息，他滿臉緊張地望向這裡。

接下來，他的螢幕處女秀，將會在整片大陸上大肆播放。

我原先並不打算犧牲那傢伙，但仔細一想，這個選擇更好。如果換成其他人，場面太過真實說不定會讓部分帝國人民感到害怕。

他們不能悲慘地死去，而是必須要崇高，要令人為之動容，要如同電影情節般壯烈犧牲。畢竟沒有人會想看見內臟散落一地，鮮血四濺的場景。

「安其暮先生，準備好了就告知我一聲。」

「是，副會長。我該怎麼做……動線該怎麼安排呢？」

「你必須演出被身穿帝國鎧甲的士兵射死的橋段，箭矢是假的，你可以放心。你只要展現民主鬥士阿爾其暮，為了保護參與革命的少女而中箭犧牲的模樣就行了。對了，藝莉，妳也過來一下。」

「我不是說過我不要再做這種事了嗎？我也要像德久叔叔一樣去外面。你不是說要保護奧斯卡爾嗎？」

「這是最後一次了。上次妳演得很好，這次也會做得不錯的。兩位稍微用魔法裝扮一下外表，十分鐘後馬上開拍。反正只需要演一小段而已，不必有壓力。」

「啊，好的。我知道了，副會長。」

「我真的……好不想做……」

「這次真的是最後一次了。真的，我答應妳。」

「我真的只做最後一次喔。」

「嗯，快去準備吧，不用加太多即興的效果。至於臺詞的部分，智慧姐會再向你們說明。」

「嗯。」

雖然是一個專業和一個業餘的組合，但兩人很快就完成準備了。幾名帕蘭公會的成員一臉哀怨地穿上帝國士兵的鎧甲，點頭示意安其暮和金藝莉開始動作。小鬼頭金藝莉剛才嘴上還喊著不願意，現在反倒露出期待的表情，完全是口嫌體正直。

真是不坦率的小鬼。

收到開拍指令後，極其逼真的演技立刻在我面前上演。

金藝莉舉著比自己身體還大的市民革命團旗幟，吃力地邁出腳步，她眼神裡對於革命的渴望表露無遺。

她的表情演技實在太優秀，連我都起了雞皮疙瘩。和朴德久那次尷尬的演技不同，這一次，她完美地投入到劇情中。

難道她有偷偷練習過嗎？

雖然很難想像金藝莉對著鏡子練習演技的模樣，不過假如沒經過練習就有這樣的表現，我只能說她真的很有天分。

金藝莉咽了咽口水後，開始說道。

「為了神聖的民主主義！投入戰鬥吧！革命吧！大家一起戰鬥，爭取屬於自己的權利吧！」

她揮舞著旗幟跑動的樣子，看起來根本就是一位民主鬥士。此時，其他參演的配角們也一起揮舞著劍，在狹小的空間裡開始帥氣地扮演自己的角色。

士兵舉起弓箭，將那殘忍的箭對準渴望民主主義的少女。剎那間，民主鬥士阿爾其暮的眼裡迸出了火花。

「呀啊！」

阿爾其暮瞬間陷入猶豫的表情真是感染力十足。

與普魯德久一同身為革命象徵的阿爾其暮，在守護大義和保護少女的兩難之間掙扎不已。

「去死吧！骯髒的叛徒！」

其中一名帕蘭公會成員在我不知情的情況下，臨時加入了臺詞，但效果相當不錯。

象徵著卑劣既得利益者的骯髒箭矢，筆直地朝純真少女飛去。

說時遲那時快，阿爾其暮立刻挺身而出擋在少女面前。

「啊！」

咻咻咻！

無數支箭矢射向安其暮，只見安其暮非常帥氣地倒下，沒有痛苦的慘叫，也沒有求救的哭號聲，而他被箭射中的地方宛如電影場景般流下了鮮血。

阿爾其暮的眼神逐漸渙散，而少女就在一旁懵然地看著一切。

「啊！」

此時，畫面再次轉向阿爾其暮，不知為何，箭矢並未再次朝他飛來。

雖然有些不合邏輯，但眼下不會有人去深究影片的不合理之處，頂多只會認為是其他地方的異邦人正好趕來制伏那些士兵罷了。

「阿爾其暮先生！」

「沒事的……我沒事……」

金藝莉焦急地求救，阿爾其暮則是直到臨死前也不放棄對民主化的熱切期盼，他身負箭傷還執意起身的模樣，相當別具一格。不過世人就吃這一套。

「各位務必要挺身而出。我和我的同志們正在一起……戰鬥……」

「啊……對、對不起，對不起。我……」

「小孩……小孩不需要戰鬥。」

事到如今，我的雞皮疙瘩早已掉滿地。考慮到民眾只會把它當成真實事件來看待，這種肉麻的情節似乎還能接受。

阿爾其暮的身軀一陣踉蹌，重心十分不穩。

「我很驕傲……我的血……是為了各位帝國子民……而流……」

他開始喃喃自語。

「我迫切渴望……迫切渴望……神聖的民主主義……萬歲。[2]」

最後，阿爾其暮帥氣地闔上了雙眼。

金藝莉的眼眶裡不知不覺盈滿了淚水。

然而，她選擇抹去眼淚，勇敢地拿起民主鬥士的武器。

雖然情節設定過於浮誇，但經過剪輯之後，效果應該還不錯。

她一手握著旗幟，另一手握著劍，望著王城放聲呼喊。

「卡！」

「……」

2 出自韓國民主主義詩人김지하(Kim Ji Ha)在1975年寫的詩〈타는 목마름으로〉（迫切渴望）。

「……」

「我再也不幹了。」

「我們金演員演技怎麼那麼好？真的很完美耶。安其暮先生也十分帥氣。馬克斯，現在馬上播出去吧！」

「好的！」

「噢，對了，要是覺得畫面不自然，就加點音效吧，你懂的。」

「好的！」

不知怎的，金藝莉的心情似乎出奇地好，而她的戲劇搭檔安其暮，也憑藉這支影片順利出道。此時，兩人卸下一身的喬裝後，再次準備前去支援異邦人。

在他們重整裝備的期間，兩人主演的影片經過一番剪輯後，便發送到全國各地。

毫無疑問地，這段影片在本就熊熊燃燒的革命之火上，再度澆下了一桶油。

「嗚哇啊啊啊啊啊啊！」

「神聖民主主義啊！萬歲！萬歲！」

「貝妮戈爾女神會與我們同在！起身投入戰鬥吧！」

「不要讓阿爾其暮的犧牲白費！各位帝國民，舉起旗幟挺身而出吧！」

準備前往王城的人們和打算從中阻撓的人們開始打了起來。

我望著在普魯德久的保護下與民眾一起奮戰的奧斯卡爾，不自覺地點了點頭。

在這個雙方僵持不下的時間點，如果可靠的援軍能及時出現，應該也能成為史詩級的畫面吧。

「準備出發。」

是時候在皇帝和夏莉亞的背上狠狠捅一刀了。

＊＊＊

四面八方都是熊熊烈火。

耳邊充斥著各種哀號聲，我只能咬緊牙關扶住傾斜的頭盔，並將它重新戴好。頭盔一直遮住視線，實在很不方便。

我的呼吸越來越急促，我的嘴也下意識不斷吐出咒罵。

「可惡，可惡……」

「發射！快發射！那些人不是帝國子民，而是被魔女蠱惑的逆賊！不要停止射箭！絕對要阻止他們進入皇城！不要同情他們！不能讓他們進來這裡！」

他們是逆賊啊……

就算理智上知道我必須做自己該做的事，但卻沒辦法輕易拉開手中的弓弦。

有這種感覺的人或許不只我一個，旁邊的伙伴們同樣也無法拉起弓箭。

我只能不斷向上天祈禱，希望他們千萬不要被射中。

可惡……媽的！

「不要望向天空！那是惡魔的絮語。貝妮戈爾女神的祝福都是騙人的！那不是女神之鏡！奧斯卡爾的話全部都是謊言！不可以被他們的話所迷惑，什麼都不要相信！只有皇帝陛下才是真理！不要動搖！不要害怕！」

小隊長不停吶喊，他臉上卻散發出慌張的情緒。

看著他不斷叫人不要動搖，說不定那是他說給自己聽的，或許他本身也覺得有一點不對勁。

惡魔的絮語是什麼鬼話啊。

倘若真如皇城方面所說，那只是惡魔的絮語，教皇廳的異端審問官們此時早就應該出來阻止那些人了。

但現在甚至還有部分祭司和帝國人民站在同一陣線。不只是異邦人的祭司，就連在教皇廳祈禱奉獻的祭司們也紛紛加入，這不管怎麼想都說不過去。

即使沒有正式宣告，但這等同於教皇廳也判定他們的行為沒有錯。

我想，如果教皇或其他樞機主教也親眼見識到眼前的女神之鏡，肯定也能徹底認知到哪一邊是善、哪一邊是惡。

那絕對不是謊言。

其實在自己統治的領地裡出生長大的布希伯爵，比誰都清楚那個地方的人民過著什麼樣的生活。

貴族忙著中飽私囊的同時，百姓卻在挨餓受凍，每天都必須向貝妮戈爾女神大人乞求，希望今天也能順利活下去，不要再發生任何意外。

我們的日子怎麼會如此悲慘呢？

我心中不得不抱持著這樣的想法：假如貝妮戈爾女神大人真的存在，為什麼不憐憫我們呢？

那些人說得對，這不是神的錯，問題出在悖逆女神的貴族與皇室。

女神之下人人平等。

貝妮戈爾女神大人從一開始，就不可能將人們用高貴與否來區分。

女神之鏡是女神降臨給世人的諭示聖書，也是一把武器，更是為了啟蒙尚未清醒的民眾而賜予的裝置。這樣的想法在我腦中揮之不去。

貴族不把平民視為人類，而是畜生，只將他們當成剝削對象；以帝國子民的稅金過著奢靡生活的皇室，竟然說沒有麵包的話吃蛋糕就好了？這是什麼不知人間疾苦的瘋子啊？

這種話太離譜了吧……簡直是胡言亂語！

位於北部或西部郊區的城市裡，別說是麵包，連粥都喝不起的民眾多達數千、數萬名。

在我來到首都之前，還以為蛋糕是只會出現在童話故事裡的東西。如果要用自己的薪水購買這種奢侈品，就必須痛下決心。

雖然嘴巴上總是說為了世人、為了帝國子民著想，但皇室根本沒有思考過自己過著什麼樣的日子。

看看那些在帝國裡稱得上既得利益者的皇室和貴族過著怎樣的生活，就知道他們不可能理解平民的人生。

即便是反對奢侈，以清廉聞名的二公主夏洛特大人，分配給她的治裝費用也是平民無法想像的金額。

假如將皇室擁有的財產平均分配給所有人，我敢保證一定能讓數萬名的帝國子民免於挨餓。

「我們必須站出來！一起站出來吧！這個帝國不屬於皇族，而是屬於貝妮戈爾女神大人，屬於所有的帝國人民！」

「追隨奧斯卡爾大人吧！」

「為了神聖的民主主義！」

舉旗率領世人的奧斯卡爾，她的面貌與之前聽說過的都不大相符。

她的形象宛如自由女神般強烈。

她的一頭金髮，在祭司們傳送的祝福與神聖力之中閃閃發光，那副模樣看起來很是崇高。

我也下意識看向天空，從女神之鏡裡看著陌生的人們。

出現在畫面中的是一名年幼的女孩，她連寬大的旗子都沒辦法好好拿著。

如果我早點結婚生子，說不定也會有一個和她年紀相仿的女兒。

懷著複雜的心情再次抬頭，我看見和自己一樣身穿盔甲的帝國士兵。

當我看到他卑劣地揚起嘴角，高呼著女神的名諱並朝那名女孩射出弓箭，我的嘴巴也不自覺喊出聲音。

「不、不可以！」

連小孩子都要射殺嗎……？

我自己站在所謂帝國士兵的立場上，仍舊無法理解為什麼非得朝著那麼小的女孩拉弦射箭。

我緊緊咬著嘴唇，雙手開始顫抖。

不知道是幸或不幸，某個男子擋在那名女孩面前，我看見她最後死裡逃生的畫面。

然而被箭射中的男子則是搖搖晃晃地倒在地上。他緩緩閉上眼的模樣，讓我的心莫名感到一片茫然。

〈我迫切渴望……迫切渴望……神聖的民主主義……萬歲。〉

什麼是對？什麼是錯？我現在又在這裡做什麼？

所有人民都在奮力抗爭，就連原先被稱為特權人士的貴族們，也開始宣讀市民革命支持宣言，和帝國沒有任何關聯的異邦人也以女神的名義同仇敵愾，舉起神聖的刀劍。

我為什麼沒辦法拿著武器站在他們身邊，而是必須向他們射出弓箭？

我為什麼要守護欺負、壓榨我們的人？

這一切都難以理解。

「不要胡思亂想。」

「前輩。」

「馬可，我說這些是為你好。你不要胡思亂想。我們只是運氣不好，無奈之下和他們站在相反的陣營。如果我們現在轉身，那就不是死在帝國人民手中，而是死在後面那些騎士的劍下。此時此刻想逃離這個位置的人至少超過幾千人，不是只有你。」

「既然如此，為什麼……」

「這就是我們這種人的命運，馬可。只能隨著風浪四處飄搖……這就是我們的人生。我也是不得已才向他們射出箭。」

「女神大人會降下懲罰的，前輩。我死也不會瞑目。」

「不，女神大人會原諒我們。沒錯……祂一定會原諒我們的。祂會安慰我們，因為祂知道這是無可奈何的事。」

「可是……」

「……」

「……」

砰砰砰砰！

匡噹噹噹噹！

「不要停下來！不要停手！」

「各位也是帝國子民！一起站出來抗爭吧！你們的刀劍不應該朝向同樣是帝國子民的人！皇室的士兵、騎士們，一起站出來吧，一起抗爭吧！」

「啊啊啊啊！準備防禦魔法！不要聽從敵人的話！你們現在只能想著保護陛下，保護陛下！」

「帝國的士兵們！你們的皇帝在哪裡？你們究竟是為什麼而戰鬥？」

「魔女！奧斯卡爾是魔女！乾脆摀住耳朵吧！摀住耳朵！帝國的士兵！如果你們沒有忘記曾經立誓效忠並成為陛下的武器，那就繼續射出手中的箭！拯救被惡魔蒙蔽的人們！祭司！叫祭司來！」

「我們攻擊的目標不是你們！請放下武器！放下武器，秉持著女神的旨意站出來吧！」

「保護皇帝陛下！」

「我來守護大家！我要和各位站在一起！」

四處傳來的呼喊聲混雜在一起，我好想按照小隊長所說的摀起耳朵。

是啊，這些都是無可奈何的。

我們曾經在女神面前發誓要為皇帝陛下戰鬥，所以沒辦法拋棄這個誓言。

就像前輩說的，就算死在這個地方，女神也會理解的。女神會拍拍我們的背，說這是無奈之舉，並稱讚我們做得很好。

我的表情開始扭曲，手也開始止不住地發抖。

就在這個時候，傳來了一則令人意外的消息。

「皇帝逃離皇城了！」

嗯？

「皇帝與夏莉亞公主正準備逃離皇城！」

這……這是怎麼回事……

再次抬頭往上看，正好看見他們的身影出現在女神之鏡裡。

畫面裡的他們在騎士們的包圍下，從皇城的後門離去。

還不只他們，其中也包含原本待在皇城裡的部分貴族。這些人不僅躲在最安全的地方，甚至想從鬥爭爆發的地方逃離。

「這些可惡的混蛋！卑鄙的傢伙！這種人竟然還敢說要治理帝國？」

那正是自己發誓效忠的對象。

曾經以獨權威震整個帝國的人，危急時刻竟是那副模樣，理所當然會令人火冒三丈。

正當我不自覺將箭瞄準女神之鏡裡的皇帝，朝他射出箭矢的時候。

咚。

伴隨著一道聲響，箭矢不知道撞擊到什麼，無力地掉在地面。

「咦……？」

「那是……什麼……？」

眼前出現一片巨大的影子，漸漸覆蓋王城。

剛才還在視線內的女神之鏡，也被某個龐大的物體遮蔽。

宛如黑夜般暫時遮掩住太陽的生命體，最終以壓軸之姿現身。

身軀如此巨大的生物究竟是如何飛在半空中，實在令人難以想像。

「啊啊啊……」

我不可能看不出來那是什麼，那是只在故事裡出現過的存在。

「是真的……那是真的。」

周圍的其他士兵也開始仰望天空，發出呢喃。

匡噹噹噹噹噹——

在略過所有士兵之後，巨大的爪子嵌在皇城上。

皇城牆壁的碎石掉落在地，那隻龐然大物逐步占據皇城上方，就像降落在自己巢穴一樣。

吼哦哦哦哦哦哦！

巨大的吼叫讓地面產生共鳴，皮膚也隨之振動，原本喧囂的場面也因為這聲吼叫而瞬間安靜下來。

那是龍。

而龍之所以出現在這裡的原因再明顯不過——

那個被龍選擇的異邦人，帝國八強兼神聖帝國榮譽主教。

光是看著就令人膽顫心驚的龍頭上方，有一個人正抓著龍角，輕聲開口說道。

「皇帝陛下，您趕著要去哪裡呢？」

＊＊＊

真是有趣的情況。

我臉上不自覺流露出愉悅的笑容，甚至想對皇帝和貴族們鼓掌，高興的程度可想而知。

他們竟然還想要逃走啊。

幸好鄭白雪精準掌握了皇帝的動向，我想之後應該要給她一點獎勵。

不過我其實也有大概猜到皇帝會這麼做。根據歷史，在這種國家面臨危機的時候，最先逃走的總是有錢有勢的人；堂堂正正堅持到底，直到最後都和百姓們站在一起的人屈指可數。

當然，這位愚鈍的皇帝以及貪贓枉法的貴族們，怎麼可能做出如此美好的選擇。危急時刻必須維護組織首腦的人身安全，這也不是不能理解，但民眾用什麼樣的方式解讀這種行為，完全是這些人的責任。

士兵們以虛脫的神情看著出現在女神之鏡裡的皇帝，他們的表情充滿懷疑。

時機點還不錯。

他們呆愣地望向迪亞路奇，接著一個個開始拋下武器的反應，可以說是最精彩的部分。

其實龍不是無敵的。

當初抱著狀況不佳的身體對抗凱斯拉克，聚集在城牆邊的士兵們顯然已經將迪亞路奇推向死亡的邊緣。

再仔細深究的話，她是因為那些把她女兒當作人質的壞蛋，才被當作沙包攻擊好幾個小時，好在最後的結局還稱得上是勝利。如果受到聚集魔力的魔法或刀劍攻擊，龍族堅硬的皮膚終究還是會被刺穿。

即使擁有強大的基礎能力，但龍族仍然有體力上的限制與耐力的極限。

不過最重要的不是她有多厲害，她所具備的價值與象徵性才是最大優點。

雖然她按照我的要求行動，但心中似乎還留有疑問，我的耳邊傳來迪亞路奇用密語過來的聲音。

〔這裡是敵營的正中央……這樣真的沒關係嗎？〕

〔當然。假如要認真打仗，一開始從遠處發動吐息就好了，何必還跑到這裡來呢？我方的魔法師們會幫妳擋掉零碎的攻擊，妳也不需要把人類踩死，只要適當地展現威風，放聲鳴叫就可以了。〕

〔我覺得這樣不太好，有一種被觀賞的感覺……〕

〔那是錯覺，迪亞路奇。妳不是被觀賞的物品，更確切來說應該是人們敬畏的對象。所以妳只要再好好凝聚一次魔力，發出『吼哦哦』的吼叫聲就可以了。如果還有什麼能引起恐懼的效果也可以用一下。〕

〔請務必遵守約定。〕

〔這是當然。〕

雖然不是傳說中的透明龍[3]，總之迪亞路奇又再次奮力吼叫了一次。

吼哦哦哦哦哦哦！

聽見這聲巨響，部分士兵開始陷入恐慌。

餘波一直蔓延到已經事先知情的市民革命團方向，不用多說就能體會那聲吼叫的威力有多大。

望向這邊的當然不是只有民眾或士兵，皇帝也同樣睜大眼睛往我這裡看過來。

有趣的是，那個老頭臉上冒出一絲希望，似乎是把我當成援軍的樣子。

他還希望我和迪亞路奇能解決這場暴動。

到現在還沒發現自己已經徹底被我背叛，看來這個國家會變成這副德性，也不是沒有道理。

「哦，李基英榮譽主教！你終於來了，終於來了啊！」

「……」

「我就知道你會來。我早就知道忠心耿耿的你一定會來。現在、現在立刻將那些叛亂者全部殺死……全部、立刻！」

「……」

「這……這些愚蠢的逆賊們。呵……呵呵。那就是龍吧？看起來確實十分可靠呢，榮譽主教真的是太值得信賴了。」

「……」

3 出自韓國 2002~2004 年間連載的小說《투명 드래곤（透明龍）》

不只是皇帝，在他身邊的貴族們也展現出熱烈的歡迎，像極了忠實粉絲遇見心愛的偶像。

雖然沒有高聲歡呼，但夏莉亞正在向我投來有如茱麗葉看見羅密歐的眼神。

不過我沒有打算跟她搭話。

「榮譽主教大人！哈哈哈哈！我就知道您會來！請您立刻殺了那些下賤的叛亂者吧！」

「榮譽主教大人！榮譽主教大人！我終於等到您了！」

「快啊！將他們一網打盡！榮譽主教！必須立刻驅逐那些惡魔們！」

異邦人從一開始就參與了這場革命，不知道他們怎麼會認為我和他們是同一陣線的人，或許只是想要洗腦自己而已。

如果是我，應該也不願相信盤踞整座皇城，大聲咆哮的巨龍會是自己的敵人。

現在我只想摧毀這些天馬行空的幸福幻想。

就在四周暫時安靜下來時，我的聲音迴盪在空中。

「這裡似乎有一些誤會。各位，我並不是你們的同伴，哈哈。」

「嗯？」

「我也是市民革命團的成員，更是追隨奧斯卡爾大人的帝國子民之一，陛下。」

看他們擺出不敢置信的表情，真的很有趣。

「這、這是在開玩笑嗎……榮譽主教？呵……呵呵……我對這樣的榮譽主教非常心寒啊。好、好吧，問題出在哪裡？榮譽主教，看、看來把北部的領地給你還是不夠啊……好吧……是我考慮不周。如果你有想要的領地，不管是哪裡都可以提出來。只、只要是我能給的，你全部都可以拿去！」

「哈哈哈，我想要的東西不是這些，陛下。」

「那、那你到底想要什麼？只要你開口，不、不管是什麼我都可以答應。」

「不需要陛下的允許，我的願望也會實現，陛下。」

他的表情慢慢開始變得扭曲，看來他似乎比我想的還要更信任我。

雖然有點抱歉讓他產生這種遭到背叛的感覺，但諷刺的是，我的心情真的很好。

我深吸一口氣，用宏亮的嗓音說出接下來的話。

鄭白雪的聲音擴增魔法飛揚而來，我宏亮的嗓音很快就再次響徹整個首都。

女神之鏡映照出我和迪亞路奇的身影，整個帝國應該都能看見我的樣貌。

「帝國的士兵以及效忠皇帝的騎士！請看看他的樣子！」

「榮、榮譽主教……」

「請將你們打算繼續守護的皇帝面貌，牢牢刻在你們的眼裡！那就是你們賠上性命也要擁護的舊帝國、特權人士的真面目。這些就是把你們丟進戰場作為被犧牲的羊隻、被拋棄的馬匹，卻只在乎自己的安危，苟且偷生的人！難道他們有資格被稱為帝國的領導者嗎！」

「你現在在說什麼……榮譽主教！」

「帝國現在需要的，不是壓榨帝國子民，只在意自己安危的人，而是搶在任何人之前，為了百姓奮力一搏的人！」

現在時機正好，鏡頭巧妙地轉往奧斯卡爾的方向。

此時的她頭上凝結著無數汗珠，全身泥濘不堪，看起來就像在地上翻滾過，破裂的盔甲之間流淌著鮮血。這副模樣十分符合我之前提過的領導者。

我再次以手勢示意，鄭白雪的鏡頭又回到皇帝身上。

他因為懼怕而全身顫抖的反應，與奧斯卡爾形成強烈對比。

為皇帝而戰的那些人，或許大部分都在腦中浮現這樣的想法——原來這就是我效忠的對象。

甚至也有可能突然認清事實，頓時感到空虛。

「請放下武器吧！帝國的士兵們！與我們一起抗爭吧！你們同樣也是帝國的一分子，擁有與我們站在一起的資格。女神之鏡正照映著我們的樣子，你們必須自己決定要站在哪一邊。這一切都是貝妮戈爾女神大人的旨意，女神大人也會與我們同在。來吧！李基英榮譽主教會與大家並肩同行。巴傑爾樞機主教大人與諸位祭司大人，還有神聖騎士團也同樣與我們站在同一陣線！你們要待在醜陋的掌權者身邊，還是要擁抱神聖的民主主義，加入光榮的女神聖戰？」

我悄悄望向宣熙英所在的方向。

神聖力開始朝著四面八方擴散。

不僅是同一陣營的所有祭司，就連異邦人也都同時沐浴在這股神聖力中，畫面相當壯觀。

「女神大人說，在女神之下，人人平等。我們一直以來都忘了這句話，每個人都成了罪人，但我們可以得到寬恕。我們對女神大人犯下罪行，就是我們的錯。如果我們拋棄這些違逆貝妮戈爾女神大人的反叛者，我們就能得到女神大人的饒恕。現在還不晚，各位帝國子民們！加入聖戰吧！不要與女神大人為敵，而是要成為女神大人的武器！」

我很想就地舉辦祈禱會並高唱讚頌歌，只可惜現在無法這麼做，不過這樣也有一定的效果。

市民革命團在神聖力的包圍下，散發著燦爛光芒；帝國的兵力則是開始呼吸急促、渾身顫動。

士兵們紛紛放下武器並脫去盔甲，原本站在帝國陣營的祭司們也開始改變心意。

「我也要站在女神身邊一起抗爭。」

「我、我也要加入！」

小隊長和部分騎士開始高聲呼喊，事態的走向出現變化。

這個場面實在是太壯觀了。

到目前為止，我雖然看過幾次逆轉勝的局面，但現在在我眼前的卻是前所未有的大規模倒戈。

帝國人民有百分之九十九都是貝妮戈爾女神大人的信徒。

將宗教與信念交疊在一起，是分毫不差的完美契合。

「讓那些卑劣的當權者下臺！只有找回神聖的民主主義，才是讓我們懺悔罪行的唯一辦法！各位！我們不能讓民主鬥士阿爾其暮的犧牲化為烏有！一起加入吧！」

「李、李基英榮譽主教啊啊啊啊！夏洛特在哪裡！夏洛特！立刻把那個……那個！咳……咳咳咳咳！」

皇帝高亢的嗓音讓我感到有些意外，畢竟他說話總是和螞蟻一樣小聲，令我感到厭煩。

我看見他扶著後頸，身體搖晃顫抖。接著似乎雙腳癱軟，直接在原地暈倒。

夏莉亞露出不敢置信的表情，認為事情不可能變成這樣。她推開身邊的貴族，努力突顯出自己的存在。

她還以為就算我背棄皇帝，也不可能背棄她。

「這、這是不可能的，這怎麼可能！榮譽主教不可能不要我！李基英榮譽主教！我在這裡！我是夏莉亞！我是夏莉亞啊！我是和李基英榮譽主教兩情相悅的夏莉亞，曾經答應要和你在一起的夏莉亞啊！」

我不記得自己曾和她兩情相悅。

她以為她的呼喊會有效果，但女神之鏡裡已經沒有他們的畫面了。取而代之的是我的鏡頭，然後再次切換到奧斯卡爾的方向。

媒體就是這樣才可怕。

帝國人民和革命團的情緒已經十分激昂。

原本看守皇城大門的兵力已有大半轉換陣營，因此市民革命團的人陸續進入皇城，而城裡的幾位貴族也註定要見血了。

我和迪亞路奇其實什麼也沒做。就算什麼也沒做，事情也已經逐步得到解決。

我腦中頓時浮現一個想法——此時好像很適合把皇帝抓起來。但當我下意識往下看去，卻還是只能看到聲嘶力竭在呼喚我的夏莉亞。

嘖。

眼看皇帝就快要陷入昏迷，我本來不想講這些話，但現在也差不多到了要將殘忍的真相公諸於世的時候。

「夏洛特公主殿下也同樣支持我們市民革命團！」

這是名副其實的爆炸性發言。

我之所以這麼做，除了只有我被怨恨而有點委屈之外，這也是針對目前藏身在某處的夏洛特的保護措施。

民眾開始高聲呼喊，皇帝和夏莉亞的表情扭曲到極致。

「呃啊啊啊啊！」

只見皇帝彷彿惡疾發作般全身抽動，夏莉亞則是在一旁高聲慘叫。

「夏洛特！夏洛特！原來是妳！是妳……妳搶走了榮譽主教！是妳！」

站在觀眾的立場，這真是一齣不容錯過的家庭大戲。

嘖嘖，有聽過四分五裂的家庭，但我還沒看過裂成這樣的……

＊＊＊

我承認自己在他們四分五裂的過程中，貢獻了不少，不過一個巴掌拍不響。

他們會變成怎樣，早已和我沒有一丁點關係了。即便事情告一段落，我也不太在意。

反正皇權已經瓦解。

就算這場革命最終沒能成功，已經一敗塗地的皇權也難以再回到過去。

但這是不可能的，畢竟這次革命的失敗率為零。

雖然我有想過在力量上的膠著可能會耗費不少時間，但那些有錢有權的人表現出的激動反應，足以讓立場敏感的人改變心意。

假如我是帝國士兵，我也會毫不留情選擇投身敵營。

如今他們身邊只剩下真心擁戴皇帝的忠臣、幾位騎士，以及始終不願選擇站在女神這一邊的士兵而已。

我本來還有點擔心帝國騎士團的維克哈勒特老先生會有什麼動作，但直到現在都沒有聽說什麼消息，看來是熙拉姐成功阻止他了。

其實看著事情演變的情況，我甚至還在想，當初是不是沒有必要讓熙拉姐出馬。

反正那位老先生肯定無法做出選擇。

他自己勢必也會感到混亂，開始懷疑自己守護的究竟是整個帝國，還是那位年邁的皇帝。

在被冠上叛亂者之名的多數帝國人民面前，很難想像老先生對他們拔刀相向的模樣。

同樣地，我也想像不出來他拿劍指著皇帝的畫面。

所以這一次，老先生兩邊都無法選擇。

他分明擁有極為強大的武力卻不敢發揮，站在我的立場自然是無法理解。

這究竟是聰明，還是愚笨呢？

雖然不知道別人的標準如何，至少在我的判斷中，維克哈勒特是愚蠢中的愚蠢。

皇城下方依然持續傳來高呼聲與喊叫聲。

「找出女神的背叛者！快找出悖逆女神的人！徹底搜索皇城內部！他們一定藏在某個地方！一定！」

「侍女們沒有罪！要是迫害無罪之人，女神大人也不會寬恕的。就像我們懺悔自己的罪，她們也可以和我們站在一起！」

「這些瘋狂的叛亂者們！給我跪下！還不快給我跪下！不要用你們的手碰我！你們

這些骯髒又下賤的平民們，怎麼膽敢！」

「饒我一命吧，求求你……都是我的錯，請饒過我吧！」

「不要放過任何一個人！異端審問官都在做什麼？竟然沒有察覺這些背叛女神的人已經跟惡魔勾結！」

「找出來！通通找出來！」

各種不同的呼喊聲此起彼落。

這種感覺就像看著一群集體發狂或陷入催眠的人們。

奧斯卡爾依然率領著民眾，在王城裡保護無罪的對象，同時開始搜索躲在王城裡的貴族們。

既然異端審問官也在這個過程中陸續出動，那就表示巴傑爾樞機主教在教皇廳內部進行的任務也圓滿完成了。

市民革命團已經封鎖首都的後方出口，並逐漸縮小包圍的範圍，皇帝和夏莉亞等同於無路可退。

再加上女神之鏡持續映照出惡貫滿盈的人們，他們再怎麼堅持也是有極限的。

其實我有想過要不要發射一次吐息，但情況不允許，只好遺憾作罷。

「噗哈哈哈哈哈哈。」

釐清事態後，當然會忍不住在這種時候放聲大笑。

同時，我看向直勾勾望著我的鄭白雪，對她輕輕點頭，她立刻雀躍地離開了我的視線。

雖然我不確定她要做什麼，但直覺告訴我，她要去找大公主。

剛才大公主一直把兩情相悅之類的話掛在嘴邊，現在鄭白雪要去解決心中的積怨了。我方大獲全勝。

我緩緩地從迪亞路奇身上下來，就看到幾個親近的熟面孔向我靠近。

「哎呀，巴傑爾樞機主教大人！」

「李基英榮譽主教！」

「怎麼樣？事情進行得還順利嗎？樞機主教大人。」

「託您的福，當然順利解決了啊！雖然有一點心痛，但既然是女神大人的新旨意，我們也別無他法。這是女神大人想要的結果，想必祂也會為我感到開心。」

「這是當然的。女神大人肯定也會笑著贊同您的作法，樞機主教大人。哈哈哈哈，話說回來……既然事情已經圓滿落幕，現在開始應該不能再叫『樞機主教大人』，而是要叫您『教皇陛下』了呢。真羨慕啊，教皇陛下。這樣您豈不是又更靠近女神大人一步了嗎？哈哈哈。」

「都還沒有舉行就任儀式，叫什麼教皇呢！呵呵呵。雖然很快就會變成那樣了……那麼李基英榮譽主教也不再是榮譽主教，而是應該稱呼你為『榮譽樞機主教』了吧？」

「什麼？那是……什麼……」

「哈哈哈，不要那麼驚訝嘛，榮譽樞機主教。」

「不，巴傑爾樞機主教大人……這太突然了，我……」

「其實我從一開始就有這個想法了，榮譽樞機主教。雖然教團裡目前還沒有先例，不過只要身為教皇的我執意要這麼做，誰又敢違背我的話呢？哈哈。我本來想推舉李基英信徒成為貝妮戈爾教團的樞機主教，但礙於教條太過嚴格，而且我也不想過於勉強李基英榮譽樞機主教，所以只能為你做到這個程度了。」

「啊……巴傑爾樞機主教大人，我配不上這個位子……」

「怎麼會配不上？李基英榮譽樞機主教不正是最適合這個位子的人嗎？而且你也是我最信任的人啊！」

「我一直以來都只是在侍奉女神大人而已，巴傑爾樞機主教大人。」

「這一點正是讓我對榮譽樞機主教如此滿意的原因啊，哈哈哈。您完全沒有人類的貪念！怎麼會有這樣無欲無求的人呢？哈哈哈哈。像李基英榮譽樞機主教這樣的異邦人……不，這樣的人不多見了！李基英榮譽樞機主教一定是女神大人賜予的祝福！」

「您、您過獎了，教皇陛下。」

「哈哈哈哈，先不要這樣稱呼我，榮譽樞機主教。等到就任儀式結束後再這樣叫吧，哈哈哈。啊！即便是榮譽樞機主教，我也會做好調整，讓你享有和樞機主教同等的待遇，你不用擔心。」

好耶！太棒了！

我心裡很想高聲尖叫，但表面上還是擺擺手，表示不需要這麼做，不過誰會拒絕這樣的職位呢？這可是榮譽樞機主教呀。

不僅有眾多特權，還有三名聖騎士負責保護李基英這個人的人身安全。

神聖帝國隱藏的神祕兵力之一，從此成為專屬於我的影子武士。

我現在心情好到想要立刻起身手舞足蹈。

「聽您這樣說，我就已經很感激了，巴傑爾樞機主教大人。不過潔西卡大主教以及赫麗娜異端審問官……」

「啊！潔西卡大主教進入皇城內，幫助實現女神旨意的人們。赫麗娜異端審問官目前還在教皇廳裡，處置那些先行逮捕的罪犯……其實我應該也在自己的崗位上，但我看見李基英榮譽樞機主教和巨龍一起出現，就趕緊過來了，哈哈哈。我也是第一次親眼見證，不過能被如此超現實的存在選定……」

「這一切都是女神大人的旨意，哈哈。您說對吧？」

我正覺得事情進展得太快，不過教皇廳裡的任務似乎還在進行當中。我想他應該是因為有赫麗娜幫忙收尾，才能放心地跑出來。

皇城裡依然是一片互相廝殺的局面，和我這邊的氣氛相差十萬八千里。

雖然我現在很想坐下來喝杯茶，但即便是我，在這樣的情況下太過悠哉，也還是會引人側目。

接著，我又看到一些人在兵力的簇擁下向這裡走近。

我將魔力凝聚在眼部觀察，眼前出現的是曾宣讀市民革命支持宣言，與我方同一陣線的貴族們。

有些人露出鬆一口氣的表情，還有一部分的人則笑著走過來。他們也同樣確信，我方已經獲得勝利。

「卡特琳公爵夫人！愛麗絲伯爵夫人！」

「李基英榮譽主教大人！啊，巴傑爾樞機主教大人也在啊。」

「真是好久不見，卡特琳公爵夫人。」

「巴傑爾樞機主教大人的臉色看起來很好呢。」

「哈哈哈。今天是啟蒙的民眾們得以宣揚女神大人全新旨意的日子，臉色當然好啦。

這樣看來，兩位也是來找李基英榮譽主教的吧？你們聊吧。」

「不，沒關係，巴傑爾樞機主教大人。正如您所說，今天是個好日子，不是更應該要有其樂融融的樣子嗎？其實我只是來向李基英榮譽主教大人道謝，萬一您離開，我反而更為難。請您留步吧。」

我看見巴傑爾樞機主教爽快地點點頭。

曾與皇權兩立，彼此較勁的教皇廳從此走入歷史。

新時代來臨，以後再也沒有必要互相雌牙裂嘴、嘶吼怒罵。以卡特琳公爵夫人為首的貴族們，以及巴傑爾樞機主教背後的教皇廳，比誰都清楚這一點。

我也點點頭，立刻接下話題。

最好能讓溫馨的氣氛變得更和樂溫暖。

市民革命團現在依然在努力奮戰，我們就已經顯露出慶祝勝利的姿態，雖然這樣有點像蓄謀已久的反派，不過我也不會刻意否認這一點。

此刻聚在這裡的這些人即將成為帝國的下一批掌權者，這是不用明說也能確定的事實。

「哈哈，卡特琳公爵夫人也真是的……您不需要向我道謝，反而應該是我向您致謝才對。」

「不是的，榮譽主教大人。我們東部的貴族們，不，現在不是貴族了。哎呀……總之要不是榮譽主教大人特別留意，我們也沒辦法參與這場女神大人的聖戰。我們一輩子都不會忘記榮譽主教大人的付出，而且當時還為了各種事情讓您費心，我也想向您道歉。畢竟這件事本來就既敏感又重要。」

「我當然可以理解，卡特琳公爵夫人。其實應該是我要感謝您的加入，也謝謝您相信我。如果東部貴族的各位沒有同意參與，事情就不會進行得這麼順利。」

「不，能與帝國人民們同心協力，我們真的很高興。只是……」

「哈哈哈，請您不用擔心，卡特琳公爵夫人。曾經發表市民革命支持宣言的貴族人士們，我都會另外替大家安排好議會的位置。不，並不是我安排的，而是我們所有帝國子民為各位準備的，哈哈。」

「感謝您為我們費心。」

「我也再次向您道謝，榮譽主教大人。」

「愛麗絲伯爵夫人也不需要這樣，我都不好意思起來了，哈哈哈。」

與此同時，皇城內的情況與此處形成強烈的對比。

「呀啊啊啊啊啊！」

「啊啊啊！」

「好痛……好痛啊！饒了我吧！饒了我！」

「不要放過任何人！背叛女神的叛亂者一個都不能放過！」

「不要讓民主鬥士阿爾其暮的犧牲白費！」

各種亂象發生在眼前，這裡的人們卻在輕鬆聊天，而我就包含在這群人之中，這實在讓我十分快活。

雖然有一點良心不安，但社會現實終究就是如此。

「我們也該慢慢移動腳步了，各位覺得如何？」

「要去哪裡？」

「哈哈哈，應該要讓這次的事件完美落幕才行，公爵夫人。巴傑爾樞機主教大人也一起去吧。這是屬於帝國子民的光榮勝利，這種日子怎麼能少了樞機主教大人呢？」

「這真的是……」

「一起去吧，樞機主教大人，馬上就要成為教皇陛下了，您也該提前向帝國人民打個招呼吧？」

「咳，那就一起去吧。既然是偉大的女神軍隊獲得勝利，當然要獻上祝賀啊！」

就在我們正要離開的時候，又有另一群人出現在不遠處。

看見那張皺成一團的臉，我不自覺笑了出來，雙手自然而然開始鼓掌。

身邊的東部貴族們聽見啪啪啪的鼓掌聲，也反射性地跟著拍手。

「哈哈哈哈，這不是這場革命的神祕大功臣嗎？夏洛特殿下！哈哈哈哈。還有支持我們革命團的各位貴族們！真是感激不盡，夏洛特殿……不對，妳現在不是皇室了，夏洛特小姐！」

「你……你……」

「來來來，跟我們一起走吧！這是屬於帝國子民的偉大勝利。」

她露出僵硬的表情，當我對她豎起大拇指，我看見她顫抖的手緊握拳頭。

＊＊＊

我完全看得出來她心裡在想些什麼，要不是正在臭罵我一頓，就是覺得我非常厚臉皮。

她的神情就像是想訓斥我，或是想說點什麼的樣子，但在看到走上前的巴傑爾樞機主教和卡特琳公爵夫人時，她又直接閉上嘴巴。

其實她能離開藏身之處並來到這裡，也是因為我在不久前提供的協助。

倘若不是這樣，她可能還要繼續躲起來，時刻擔心這場火會不會燒到自己身上。

「哈哈哈，我竟然不知道這件事。看來夏洛特小姐是這次事件背後的功臣啊。」

「感謝您願意協助我們，公主殿下。」

她當然值得受到稱讚。我敢說，如果只有我一個人行動，一定沒辦法在如此短暫的時間內完成革命。

當我緩緩開口，眾人的視線再次集中在我身上。

「雖然沒能事先告訴各位，但其實夏洛特小姐絕對稱得上這次革命的一等功臣。她不僅和我們一起宣揚神聖的民主主義，也在許多方面積極提供物質與精神上的支援。而且就算擁有莫大的權力，卻願意為了帝國子民們放棄一切。如果其他皇族成員也和夏洛特小姐一樣，那該有多好啊？這樣的話，說不定也不會發生人民起義的事了。」

「……」

「哈哈哈，夏洛特小姐，我有說錯嗎？看來夏洛特小姐似乎因為太激動，一時不知道該說什麼呢。連作夢都在期盼的革命成果就擺在眼前，會有這種反應也是人之常情嘛。啊！追隨二公主的貴族們也是，來吧，請往這裡走。雖然沒能及時發表市民革命支持宣言，但所有帝國人民都知道，各位的心與我們同在。」

我發現貴族們已經掌握了誰才是強勢的一方。部分貴族和卡特琳公爵夫人、愛麗絲伯爵夫人握著手聊天，起初有點不安的貴族也在不知不覺間脫離夏洛特陣營，來到我身邊。

這樣才對嘛。

真的認同夏洛特的心思並擁護她的人，至今仍然和她站在一起。至於那些單純只是充數，或者為了自身利益而行動的人，早已做出投靠其他陣線的選擇。雖然她動著嘴唇，不知道想說些什麼，但在這種和諧融洽的氣氛中，她也不可能斥責奚落我。

或許比起自己，她更擔心身後的那些貴族們。

她明白，只要我的一句話，不只是她自己，連擁護她的貴族們都會遭受帝國人民的審判。

「哈哈哈，現在可以笑一下了，夏洛特小姐。雖然流了一點血，這依然是人民的勝利啊。」

我說的話沒有想要傷害對方的意圖，但或許是她不喜歡我的語氣，只見她的拳頭又再次開始顫抖。當我順勢邀請她握手，她也緊緊握住我的手掌。

呃……好痛啊。

這個舉動似乎反映出她此刻的心情，實在有趣。

「哈哈哈，我還不知道李基英榮譽樞機主教和夏洛特小姐也很熟啊……」

「不是非常親近的關係，巴傑爾樞機主教大人。我們只是朝著相同的目標前進時，偶然有機會認識而已。夏洛特小姐也格外在乎女神的旨意。」

「這我很清楚！夏洛特小姐真的是做出了很重大的決定啊，這應該相當不容易……」

「這就是她為帝國子民與女神大人著想的證據，您說是吧？哈哈。來吧，請往這裡移動，由我來為大家帶路。畢竟也有可能在路上遇見憤怒的民眾……和我在一起可能比較安全，夏洛特小姐。」

「……」

「妳不需要太感謝我。這點小事算不上貼心，夏洛特大人為我做的事，才是真的體貼入微啊。」

看著她連發脾氣都不行的模樣，心裡湧出一股莫名的快感。她的表情擺明是想對嘻皮笑臉的我揍一拳，但她現在的立場是徹底的乙方。

或許她心裡正在猜想我的意圖。準確來說，她一定對「我為什麼要救她」這一點抱持著疑心。雖然對外說我們一直都有合作，實際上我和夏洛特以這次革命為分界點，早已走向不同的道路。

對我而言，我再也不需要這位叫作夏洛特的人物。而且她不可能得知金賢成拜託我的事，所以她現在一定是絞盡腦汁，思緒一片混亂。

她肯定很想知道我為什麼要救她吧。

不管她如何費盡心思，也只能想到革命之後的整頓與善後。可是這種事即便不是她，也有很多人可以做。

其實並非如此。

既然大多數的貴族已經死了，就需要可以迅速結束混亂的角色。雖然有奧斯卡爾在，市民革命團裡也有算得上幹部的人，但這些人在幾天前可能連怎麼做生意都不知道，更不可能順利推動整個國家。

此外，也要指揮那些擁護夏洛特的貴族們。

所以救她是正確的選擇。

本來拯救夏洛特頂多只是因為金賢成的請託，但到了這個地步，我開始覺得這個選擇是正確的。她能創造出皇室將主權歸還民眾的美好畫面，不管怎麼想，她的存在簡直是神來一筆。

就在我思考的同時，慘叫聲仍舊從四面八方傳來，大部分都是那些所謂的敵人發出的哀號。

雖然我沒有太大的興趣，但夏洛特好像對於聽見這樣的聲音感到很痛苦。

「啊，李基英榮譽樞機主教，快看女神之鏡！歹毒的皇帝與奢糜無度的大公主，終於被追隨女神的群眾抓到了。嘖嘖，真是不明事理啊，真糟糕。統治整個國家的皇帝，怎麼能丟下保護自己的人逃跑呢……嘖嘖。我說得沒錯吧？卡特琳公爵夫人。」

「沒錯，巴傑爾樞機主教大人。皇室成員本來就是自私自利的人啊。啊，請不要誤會，我說這句話並不是針對夏洛特大人。」

恰巧在女神之鏡裡，出現了市民革命團處置皇帝及其黨羽的畫面。

夏莉亞的狀態看起來頗為正常，看來鄭白雪還是晚了一步，只見夏莉亞依然保持著潑婦罵街的模樣。

〔夏洛特……夏洛特這個卑鄙的女人！全部都是那個女人的錯，全部！〕

〔……〕

〔放開我！放開我！我是帝國的公主！你們這些賤人竟敢……這些賤人！〕

〔……〕

〔我叫你們放開我！〕

不出意料，東部貴族們望著女神之鏡的表情相當冷漠，他們心裡還是很在意她對瑪麗蓮千金潑灑滾燙茶水的事。

看來那些人也是不能招惹的對象啊。

幸好我和他們是同一陣線的。無論如何，以畫面中的夏莉亞為起始點，哀號聲被逐漸擴大的吶喊取代。

革命團拖著那些極權人士前行的場面看起來非常驚人。

這次的抗爭很明顯是由市民革命團獲勝。看到這副景象，不發出歡呼聲才奇怪。殘存的反抗勢力很快就被解決，舉白旗或放下武器選擇投降的人也越來越多。

「這是民眾的勝利！」

「這是帝國人民的勝利！是我們市民革命團的勝利！」

「我們受到了貝妮戈爾女神的祝福！」

歡呼聲接連不斷，然而在另一方面……

「該死的女人！」

「那些骯髒的背叛者們，應該要立刻被砍頭！」

「殺了他！殺了他！」

一心想見血的人群陷入瘋狂，不斷號叫著。我看見有些人因為勝利而感動落淚，有些人則在對女神祈禱，任誰看了一定都會覺得這幅場面很精彩。

女神之鏡再次投射出奧斯卡爾的身影，她看起來依然十分崇高。

既然被我方認定為下屆領導者，她的形象宣傳當然不是選擇，而是必須。

奧斯卡爾高舉著神聖民主主義旗幟，全然不顧身上多處傷痕，指揮著革命團的模樣非常美麗。

哇……我當初真是選對人了。

原本想說把她當成替死鬼也不錯，沒想到她完全符合帝國所描繪的理想。

奧斯卡爾直視著攝影機，同時傳來她說話的聲音。

〔請投降吧！與貝妮戈爾女神大人背道而馳的人，到現在還冥頑不靈的各位帝國人民們，請放下武器吧！讓更多人流血沒有任何意義，帝國人民已大獲全勝。〕

民眾歡聲雷動，就像在慶祝帝國即將瓦解而歡呼。

〔沒錯。這是帝國人民、市民革命團的各位，以及所有民眾的勝利。〕

〔這是以各位的鮮血開闢出來的勝利，是女神大人的勝利！〕

〔不過，這次的勝利並非單憑我們的力量就能獲得。〕

〔支持我們市民革命團的所有異邦人，以及站在那些異邦人中心的帝國八強，還有支持市民革命團的部分貴族人士，都有資格與我們共享今天的勝利。〕

〔教皇廳的巴傑爾樞機主教大人，以及為了帝國做出重大決定的夏洛特大人，也值得被視為今日勝利的主角。〕

〔從一開始就陪伴我們市民革命團到現在的每一位，都有資格和我們一起站在這裡！〕

說得沒錯！我們的艾里絲還真會說話！

我想，此時正是慢慢露面的好時機。一起站在這裡的人們臉上，也自然露出驕傲的神情。與我們合作的市民革命團成員們，不知從何時開始呼喚著我們的名字。奧斯卡爾適當的煽動與推波助瀾產生了效果。

「榮譽樞機主教，現在……」

「一起走過去應該就可以了。啊，畢竟有那麼多人在看，您先將身上的衣服稍微撕裂，沾上一點灰塵泥土比較好。我們應該給人們留下合力戰鬥的印象，因為大眾總是會為了這種形象而感動。」

「啊，沒錯，李基英大人說得對。我們的衣服太過乾淨了，看起來確實有點奇怪啊。」

「來吧，我來幫大家。啊！夏洛特小姐也過來吧。在這種時候，呈現出來的面貌非常重要，哈哈哈哈哈。」

我開始著手進行一些改造，讓所有站在這裡的人搖身一變，看起來就像經歷過激烈鬥爭的模樣。

我們在眾人面前露臉，接著走到奧斯卡爾身旁的過程中，喝采的聲音從未停歇。

這是帝國人民的完美勝利，然而能夠登上高臺的人數有限，只容得下我、經過挑選的市民革命團幹部，以及選對陣營的舊政權人士。

異邦人聯合部分教皇廳人士，或許會有人覺得這樣有點奇怪，但怎麼樣都無所謂。反正群眾都是愚昧的嘛。這種類型的革命，通常都會朝著媒體想要的方向演變。

「噗哈哈哈哈！各位帝國人民！這是我們的勝利！」

無需解釋，現實即是如此。

＊＊＊

善後的工作進行得比我想像中更快。

民眾熱烈歡迎站上帝國新政權中心的我們，市民革命團高聲歡慶著今日的勝利。

如同奧斯卡爾所說，這是民眾的勝利，也是帝國人民的勝利。

雖然我的想法有一點不同，但我當然沒有打算向他們潑冷水。

大多數的人民都認為這場革命是由他們自己完成的，這也正是我追求的目標。

不管怎麼想，眼前的狀況都忍不住令人滿意地點點頭。

即使有越來越多的聲音，希望將女神的背叛者送上斷頭臺，或立刻處死他們，但革命團的幹部和貴族們，尤其是夏洛特，都不樂見如此野蠻的處理方式。

要處置這些人，必須以合法、人道且民主的方式進行，也就是表面上必須經過適當的審判。

當然這場審判也會依照新政權希望的方向進行，最主要的目的是為民眾帶來「這次的當權者好像不太一樣」的希望。反正現在即刻被砍頭，和幾天之後才被砍頭，結果都一樣。

哪些人被處刑，哪些人舉杯慶祝才是最重要的。

站在勝利方的滋味果然很美好啊。

夏莉亞或皇帝是沒得選擇，但站錯隊伍的大多數貴族也同樣落得斷頭的下場。

其實這件事在這場革命之中，應該也能被稱為正面效果。

畢竟它讓我有機會以夏莉亞為中心，一舉掃除那些昏瞶無能的人渣們。

雖然沒問過，不過我可以確信夏洛特也沒辦法反駁這一點。即使要付出濺血的代價，但欺壓剝削百姓們的貴族如今已徹底消失依然是不爭的事實。

目前還有幾個革命尚未完全落幕的城市，最晚在今天凌晨或者明天早上就可以畫下句點。

帝國的毒瘤被一口氣全部鏟除，可以說是讓家家戶戶都開心，所有人都能享受雙贏的局面。

即便手中拿的是低廉的酒，心情也能輕鬆愉悅。

悄無聲息來到我身邊的李智慧也莫名揚起嘴角，看來她和我有差不多的想法。

「你的心情看起來很好呢。」

「還不賴。」

「基英哥。」

「嗯？」

「很抱歉在歡樂的氣氛中提這個，但暫時討論一下工作應該沒問題吧？有幾件事現在就要趕緊處理。」

「當然了，智慧姐。」

「嗯……首先是保存在皇城內的糧食和財物的問題。」

「重要的東西另行清點保管，剩下的妳應該可以自己看著辦。按照品項進行分類，可能對我們會有幫助的東西，就先保管好……」

「好，那就按照你的意思，財物和存放在皇城倉庫裡的物品就先另外保管。穀物糧食則是全部發放出去比較好，反正讓大家暫時陶醉在勝利之中也不為過，而且可能還會剩下一點……」

「那貴族們就少給一點。我想西部或南部貴族們都儲藏了不少糧食，應該不會立刻短缺吧。話說回來，外頭怎麼樣了？整頓好了嗎？」

「現在還正忙著清運屍體。本來以為很快就完成了，沒想到死亡人數比預期多。」

「還不算太多啦。畢竟隸屬皇城的騎士或魔法師也不是軟柿子，幸好熙拉姐一直牽制著維克哈勒特老先生，否則事態一定會變得更艱難。雖然就算那個老爺爺現身前線，也沒辦法順利壓制帝國人民……但他畢竟是象徵帝國的人物之一。」

「說得也是。」

「啊，所有死者都安置在國立墓園吧，智慧姐。把皇城那邊多餘的空間全部騰出來，在角落規畫一座國立民主鬥士墓園，應該也不錯。不要忘了民主鬥士阿爾其暮、普魯德久的墳墓。比較重要的人物都要豎立大一點的石碑。」

「要做到那個地步太難了……你未免也把太多事推給我了吧？我已經夠忙了……」

「我也有自己必須要做的事嘛。」

「是嗎？一點也看不出來……這根本不是悠哉喝酒的人該說的話啊。」

「這些都是所謂的社會生活呀。差不多再過一段時間，就會進入真正忙碌的時期了。本來事後整理就是比開始更困難。」

此言不假。

實際上要費心的事不只有一兩件。本來想盡可能降低財產損失，但畢竟是帝國全境的民眾起義事件，損失金額自然相當龐大。

目前還能用我的個人財產、皇城內的財物以及教皇廳的奉獻金[4]勉強支撐，但連生財設備都被破壞殆盡的城市，正在面臨更嚴重的危機。

有能力的騎士已經死亡，這也算得上是一個問題。如果把培養一個騎士所需的成本算進去，可以說是遭受了莫大的損失。

除了第一次在前線現身，接下來我都在安全的後方過著舒適的日子，沒能仔細觀察實際發生戰鬥的現場，不過抗爭結束後的帝國，看起來確實相當淒慘。

眼前不僅有許多被短刀砍死的帝國人民，隨處還能見到來不及被魔法保護，完全變成焦屍的人。

比這些人更悲慘的，其實是選擇反叛女神的皇帝士兵。沒能搭上最後一班民主主義列車的他們死狀十分恐怖，連我看了都差點反胃嘔吐。我想這就代表著民眾心中的怒火。

當然，也有異邦人在這次革命中死亡。我只能將他們的死亡當作為與騎士或魔法師抗衡而不得已出現的犧牲，幸好帝國八強和琳德的葛悟植、任利緞等比較出名的人物沒有陣亡。

假如皇帝逃跑的畫面沒有及時播出，雙方對峙的時間可能會變得更長，也可能產生更多的戰力損失。

以這種內部問題來說，其實只要隨著時間過去，總能找到方法解決。

真正令人擔憂的，是由這些內部問題引發的外部影響。

共和國、王國聯盟、異種族王國。

4 個人捐獻給宗教團體的金錢。通常被用於宗教機構運作、慈善活動等。

即便我們成功阻止境外勢力介入革命或者趁人之危發動攻擊，但目前神聖帝國可以說是處於戰力大幅損失的低谷。

王國聯盟如何看待這場革命，共和國如何應對突然轉換的政權，異種族王國會不會派遣使節團前來，都是未知的議題。

對整片大陸而言，這無疑是一大衝擊，甚至可能足以撼動大陸上早已了無新意的局勢。

不過誰也不知道，這究竟是正向的改變，或者是負面的影響。

我下意識轉移視線，發現李智慧正悄悄離開我們說話的地方。

畢竟她自己也有很多事情要處理，此時正好有一位意外訪客來訪，她也就藉此暫時離開。

「您找我有什麼事嗎？夏洛特小姐。」

她一手拿著酒杯，臉頰上隱約出現了紅暈，似乎正處於微醺的狀態。

「我們換個位置吧，到安靜一點的地方。」

她的聲音聽起來明顯已經喝醉，讓人莫名不安，但我還是爽快地答應了。

反正有鄭白雪監視我，朴德久也會關注我的動向，安全上沒有任何疑慮。

況且這女的也不可能突然刺殺我。

雖然我狠狠擺了她一道，但只要她有腦袋，就能發現我做的那些事對她沒有壞處。

「好，這樣也比較妥當。」

我就像在派對裡引領淑女的紳士，朝她緩緩伸出手，就看見她很不情願地握住我的手掌。

她的手就和上次握手時一樣，帶著滿滿的情緒，我牽著她的手頓時傳來一陣疼痛。

我們移動腳步，推開一片偌大的落地窗，來到適合兩人單獨談話的露臺。她先坐在一側，我也同樣找了位置坐下。

她應該不會把我從這裡推下去吧……

因為我有錯在先，心裡總是充滿各種可怕的猜想。

不過看她默默開口的樣子，應該不是為了取我性命才帶我來這裡。

「你為什麼要救我？」

這種感覺就好像被邀請進行深夜談話。

我正好覺得有點無聊，和她聊聊天似乎也不錯。

雖然我沒有設想過該怎麼回答這個問題，但無論如何我都還是能說出適當的答案。

「金賢成叫我救你」當然不是正確解答。

「理由大概就和夏洛特小姐對我說過的話差不多。妳當時不是對我說，帝國需要一個在意民眾想法的人嗎？哈哈，就只是這樣而已，況且我也沒有必要樹立敵人……啊，這應該就是最接近確切答案的說法了。那我改一下答案吧，救妳的理由就是我不需要非得與妳為敵。」

「沒必要樹立敵人？」

「妳也是與我一起奔向革命的合作伙伴啊。雖然我們的方式有些差距，但以結論來說，我們兩個都創造了理想的成果。帝國人民獲得勝利，舊有的掌權者與惡勢力也從此一蹶不振。」

「然後由新的掌權者和惡勢力填補那個位置，就是你，還有和你站在一起的那些人。」

「妳聽起來像在抱怨，但我只會一笑置之。夏洛特小姐，假如這場革命在沒有流一滴血的情況下完成，也還是無法避免會有新的掌權者和新的政治勢力登上高位。因為擁戴妳的貴族們，並不是因為有相同理想才與妳並肩。當然也許有一、兩個人是真的想要實現妳想像的未來，然而在妳陣營裡的大部分貴族，都不會選擇放棄權利。」

這是無法否認的事實。

她可能也同意我說的話，此時的她只是靜靜看著我。

「這就和吸毒沒有兩樣。站在高人一等的位置，和可以操縱民眾的權力，就等同於毒品。像夏洛特小姐這樣崇高的理想家可能不太清楚，不過大多數的貴族都會贊同我的說法。」

「所以就殺死人民嗎？你們為了那些被你稱為毒品的權力，就決定殺死無數帝國子民以及無辜的士兵們？」

「人民不是我殺死的。他們只是為了自己期盼的未來搏鬥而已。妳將民主鬥士們高尚的犧牲說得毫無意義，帝國子民們聽到了會群情激憤的。」

「他們並不是為了心中的目標而去送死。你根本就是在洗腦帝國人民，散播捏造的消息並鼓吹他們，最後把他們推到懸崖邊。」

「把他們推到懸崖邊的不是我，而是這個國家的貴族與皇室。雖然我不是完全沒有捏造消息，但女神之鏡播放出來的畫面，大多都是有事實根據的內容，夏洛特小姐。」

「沒必要做到這樣……你沒必要做到這種地步！」

她奮力捶打露臺的桌子，桌面隨即出現肉眼可見的裂痕。

我知道她擁有一定水準的劍術實力，但實際看到這種畫面還是不免讓我覺得有點可怕。

不過我也並非是無話可說。

雖然我知道夏洛特真正期盼的理想是什麼，但在我的貪婪面前，那是無論如何也反駁不了的內容。

「假如按照妳的期望，真的發起榮譽革命的話……妳以為和現在會有很大的差別嗎？我敢保證，事態一定會越來越糟，根本不會好轉。」

「至少不會造成無數的死傷，在那之前的各種事件也不會發生。人民可以留下原有的生產設備，維持既有的兵力，還能繼續抵抗其他國家的介入。我們不會讓王國聯盟覺得平衡被破壞，許多帝國人民也不會失去自己的家人。」

「那確實可以將眼前的這些副作用降到最低，我也認同。但不代表就沒有任何影響。這不是沒有意義的犧牲，夏洛特小姐，那些人絕對不是毫無意義地死亡。讓帝國人民親自站出來背水一戰才是最重要的。萬一妳介入革命，這個國家的人民一輩子只能被動地活下去。下次再面臨類似情況時，自然就會指望還有像妳這樣的人出手幫忙，而不會採取任何動作。」

「這是本末倒置。」

「不是本末倒置，夏洛特小姐。或許妳不了解，但異邦人的歷史就是最好的證明。人類是如果不得到教訓就不會清醒的種族，無論是支配者或被支配者都不例外。被支配者必須用自己的雙手將支配者拉下臺才行，像妳這樣的人出手不會有任何幫助，他們必須親手殺死自己的王。這正是歷史的教訓，夏洛特小姐。」

「人類沒有那麼愚蠢，雖然我不知道你到底怎麼看待人類……」

「不，人類非常愚蠢。不是所有人都像妳一樣懷抱著理想。沒辦法自覺清醒，必須經歷學習才能領悟的人確實存在。正因為如此，這些事才能成為助力。即使流了很多血，但這無疑會成為一道強力的教訓。從此之後，支配者將會畏懼被支配者，被支配者也會一直記得自己可以靠這雙手讓支配者垮臺，並讓他們付出生命的代價。夏洛特小姐，妳之前也說過這個國家需要一個在政治上懂得聽取大眾意見的人，對吧？我敢保證，從現在開始，擔起這個責任的人再也不能不看人民的臉色。雖然只贏了一半，但我認為自己創造出來的成果已經沒辦法再更好了。我是有良心的人，也不是搜刮民脂民膏的人。對大眾而言，這場勝利並不屬於我，而是所有帝國人民的勝利，同時也會永遠留在人民心中。」

聽完我說的話，在我面前的夏洛特又想開口說點什麼。

一定是想繼續反駁我，她還有很多用來辯論的主張。

但隨著對話進行，她的論點就越來越站不住腳。

我悄然起身，就看見默不作聲的她小心翼翼地開口追問。

看來不只我一個人認為再繼續脣槍舌戰也沒有意義。

「最、最後還有……一個問題。」

「是。」

「你們……異邦人們的國家……」

「表面上確實是由人民掌握主權的國家沒錯。」

「那裡……那裡……」

「我大概知道妳想問什麼。嗯……不過我能說的似乎也只有這些。」

「……」

「不管是在這裡還是那裡，掌權的傢伙們做的事都是一樣的。」

雖然我不想摧毀一個少女相信聖誕老人的美夢，但現實總是殘酷的。

我丟下垂頭喪氣的夏洛特，以正常的步伐離開，隨即看見來迎接我的鄭白雪及春日由乃。

每個人似乎都在用自己的方式度過每一天。

人們各自有各自的生活方式與風格，有些人分享快樂，有些人則不斷懊悔。

即便思緒萬千，但時間總會讓人忘卻所有。

就像一直以來的那樣，權力中心依然會在原本的位置，民眾也同樣沒有絲毫變動。

一切照舊。

而時間也依然不斷流逝。

第100話　時光飛逝

〔神聖帝國的歷史於帝國曆一〇九三年徹底落幕。〕

〔這是民眾無法忍受皇室與部分貴族的惡劣行徑而展現的意志，也是貝妮戈爾女神大人決心鏟除異端、叛教者與反叛者的旨意。十一月九日革命成功後的一週內，開始審判反叛者；革命成功兩週後的十一月二十三日，市民革命團正式創立名為神民議會的機構。〕

〔神民議會由被選拔的兩百位人民代表所組成，是制定憲法與法案，以及維持國政常態運作的機關。其中包含曾發表市民革命支持宣言的四十二位貴族、六十名異邦人以及來自市民革命團的九十八位民眾，象徵著神聖民主教宗國全新啟航的第一步。〕

〔議會的首次議題正是對於叛教者的處置。教皇廳尊重市民革命團的想法，將這些人的審判全權委託給議會。神民議會同時也舉辦了歷史上的首度投票，以兩百九十九票贊成與一票棄權，決議將反叛者處死。十一月二十九日，除了皇室最後的血脈二公主夏洛特之外，皇室成員全數皆已完成處決。在前任二公主的要求下，處刑的過程以人道的方式進行。〕

〔此後不久即成立臨時政府，在神民議會的帶領下實行教宗國總選舉，也正是神聖民主教宗國自豪的……〕

「自豪的第一次總選舉。」

「……」

「雖然這是發生還不到一年的事件，但只要是生活在我們神聖民主教宗國的人們，就必須了解這些內容。這場勝利是由眾多人士的犧牲換取而來，這應該不用再多說了。今天學習的內容在之後的考試中也很有可能會出現，請一定要牢牢記住。好，那我來問問大家昨天學過的重點……在我們民主教宗國中，哪些人擁有投票權呢？」

「我、我！選我！選我！選我！」

「好的，路利同學，妳來回答看看。」

「信仰貝妮戈爾女神大人的所有教宗國人民與異邦人！」

「正確答案，說得非常好。我會給妳一張獎勵小卡，下課後記得要來拿喔。如同路利同學的回答，身兼當時市民革命團領導者，以及現今神聖民主教宗國領導者的奧斯卡爾大人，在成立臨時政府後做的第一件事，就是將投票權交予帝國人民。」

「是！」

迪亞路利喊出正解後，得意洋洋地轉頭向後望著我。

她頭上戴著帽子，嘴角不斷往上揚。在我面前展現自己活躍的樣子，似乎讓她心情很好。

博物館管理員馬克斯雖然也舉了手，卻沒能引起關注，朝我露出莫名可惜的表情。真可愛。

起初只是因為遵守和迪亞路利的約定才來觀摩教學，不過她的表情讓我開始慶幸自己有出席。

我很好奇迪亞路利和馬克斯最近如何，過著什麼樣的日子。

即使沒辦法每天都盡到父親的責任，但我畢竟對他們有感情，還是想看看他們成長的過程。

坦白說，除了個人因素，我會來這裡也不是沒有其他原因。

我想看看現今的教育型態發展得如何。

發行國家編譯的教材並實行符合此教材的教育，與國際問題一樣重要。

建立教育機構，不只是為了延續短短幾年。至少也要持續經營數十年，甚至數百年，所以市民們的教育不是選擇，而是義務。

雖然歷史課對馬克斯和迪亞路利而言並不重要，我也曾叫他們把課程內容當作耳邊風，但這句話並不適用於其他孩子們。

我認為歷史科目和普遍受到重視的劍術、魔法同樣重要。不，應該比那些更重要。

今日的夢想幼苗們，幾年後即將成為我方最忠誠的票倉，他們世世代代的子孫也同樣會是為我們投下一票的珍貴支持者。

雖然在已經將女神之鏡完全掌握在手中的情況下，就算不做這些事也無所謂，但保障還是越多越好。

因為鬆懈而失敗也只是一瞬間的事。

這也是即便有些勉強，我還是堅持在帝國全境設立教育機構的原因。

稍微往旁邊看去，眼前是正望著迪亞路利笑得合不攏嘴的迪亞路奇。其他學生家長也都是一樣的表情。

除此之外，還能發現一些注視著我的目光。

這所私立學校聚集許多沒落貴族、知名冒險家夫妻的兒女，或者事業有成資本家的後代，而我是巴傑爾教皇陛下親自授予爵位的神聖民主教宗國榮譽樞機主教，也是整個琳德，不，是整個教宗國最頂尖公會的副會長。

他們向我投來好奇的目光也不足為奇。

真好笑。

在這個教宗國內，權位比我高的人屈指可數。如果再算上我的非正式職位，大概用三根手指就算完了。

即使民眾成功推動了一場大革命，這種無法顛覆的身分階級差異依然還是根深蒂固。很多事的表象已然改變，但核心卻沒什麼變化。

就像我和夏洛特說過的，我相信最重要的關鍵終究不會被影響。

「我們迪亞路利真的很聰明吧？」

「也不看她遺傳到誰，當然聰明了。」

「是啊，確實和我一模一樣。」

我有信心，迪亞路利聰穎的部分有很大的機率是像我。

「歷史課待會就結束了，接著是劍術演練，再接下來還有魔法演練，我們走快一點吧。據說迪亞路利會以課後活動的方式學習煉金術，請你一定要留下來欣賞。」

「就算妳不催我，我也會自己走。不過迪亞路奇，這個……有非得學習的必要嗎？這對小機靈來說好像不是那麼重要……」

「一開始提議讓她上學的不是你嗎？」

「我只是希望她適應社會生活……並不是現在這個意思。」

「不管怎麼說，學習是好事。龍族的確不需要學這些，但是迪亞路利自己也說想學……這些活動本身對龍的腦部成長有很大的幫助。就連我也多少學習過一些基本的戰鬥技巧；雖然稱不上專業水準，但是我對大陸歷史也有一部分的了解。」

「啊，確實如此。」

「不管理由為何，大量運用頭腦確實有所幫助。尤其在這個時期更是如此。她已經比同輩的孩子們擁有更多的魔力了。」

「又沒有其他同輩的龍，妳要怎麼做比較？」

「想也知道呀，呵呵。」

我突然感到非常不好意思。

說她是女兒傻瓜，但也沒看過這麼傻的。本來以為她已經有點改變，但現在看來，簡直變成直升機媽媽[5]了。

小機靈不像以前那樣黏在我身邊，或拒絕和我分開了，這部分當然有進步。不過看著小機靈的表情，總覺得她還是不喜歡我和媽媽站在一起的樣子。

「好，那麼歷史課到此結束。劍術演練馬上就要開始了，請同學們穿戴好裝備，先行移動到演武場。」

課程轉換印證了迪亞路奇的話，看來課表確實排得滿滿當當。

總而言之，我們隨著教師的指示慢慢開始移動腳步。

在這個過程中，當然也不能忘記迎接特地來向我打招呼的人。

「榮譽樞機主教大人，我作夢都沒想過會在這裡遇見您。哈哈哈。」

5 指過分介入兒女生活，保護或干預兒女的父母。

「好久不見了，琴科議員。哈哈，真是巧啊。這應該是在那之後的第一次見面吧？議會那邊……最近還好嗎？」

「一切順利，奧斯卡爾大人也一如既往。不過要解決的問題不只一兩個，其實還是有點擔心呢……」

「嗯，有什麼棘手的難題嗎？」

「很明顯，又是王國聯盟。」

「這樣啊。」

「不知道是不是在革命之後產生了危機意識，目前還是沒有對我們釋出善意。甚至共和國都已經向我們道賀了，他們卻一點反應也沒有，實在是……我們也只能乾著急。不曉得他們究竟有沒有打算顧好外交關係……總而言之，王國聯盟內部看起來似乎尚未整頓好。」

「這應該很好猜。我想對方可能也在害怕革命的火花延燒到自己的國家吧。您不用太過在意也沒關係，議員。再過一段時間，不管怎麼樣都會找到解決方法的。」

「嗯，原來如此。」

「是，其實我這次到中立國出差也和那件事有關，所以您大可放心。」

「果然是這樣啊。」

「王國應該沒辦法一直保持這樣的態度。住在那邊的異邦人們，大部分對我們都懷抱著善意。」

「您指的是女神之鏡吧。」

「是的，沒錯。不只教宗國人民，其實異邦人都對女神之鏡相當熟悉。與王國當權者相反，長住在那邊的異邦人們，都很希望女神之鏡可以進口販售。」

住在沒有任何娛樂的貧瘠之地，驚喜登場的電視理所當然會引起異邦人們的期待。

此時在琳德、席利亞和大灣，對女神之鏡也都有極為熱烈的反應。

關鍵原因是，女神之鏡被改造成可以放在家裡的輕巧尺寸並進行普及，而不是遮蔽整個天空的鏡子。

沒過多久，類似戲劇或電影的企劃也開始出現，以實驗性質播映的《戰鬥高手》實際上也達到了極高的收視率。

節目找來多位知名人士以及已經在這片土地打滾多年的前輩們，分享戰鬥的必要技巧、祕訣，和自己的經驗談，反應怎麼可能不好呢？

對異邦人十分好奇的帝國人民們，自然也紛紛陷入那個方形盒子裡的世界。

我敢保證，各個王國應該都正在為要求進口女神之鏡的異邦人們而傷透腦筋。

文化與技術也是武器。

以某方面來說，甚至比刀劍槍砲更危險。

正當我打算繼續和議員討論時，耳邊傳來迪亞路奇的聲音。

「現在輪到迪亞路利了！她的演練開始了。」

「哦，好，來了來了，我這就過去。」

劍術演練正式開始，不過顯而易見的結果削弱了期待感，因為小機靈光是基本體能條件就足以輾壓其他孩子們。

如同我的猜想，他們以彼此為練習對象，展示結合了身體技能的劍術，也就是說，小機靈能在這樣的場合肆意展現自己的天性。

比一般的游擊者還厲害啊……

她甚至不會直接打敗同樣握著刀的對手，而是將對方當作展現能力的工具。

雖然對方的劍術實力好像比較強，但大家都看得出來，那孩子沒辦法應付小機靈的敏捷與韌性。

她還在結束前，迅速收起原本襲向對方的攻擊，接著展示下一個技巧。

她的對手真可憐……

那個剛學習劍術沒多久的孩子也咬緊牙關，為了不讓父母失望而竭盡全力，然而不管貓咪再怎麼鍛鍊爪子，也不可能贏過老虎。

基本的能力值差距太大，我想這已經不是劍術演練，簡直可以說是一種戲弄了。

天生駑鈍的我，似乎也不自覺對那個孩子產生同情心。

看著在旁邊開心笑著拍手的迪亞路奇，更是感到羞愧。

「我們迪亞路利也太厲害了吧？雖然我對劍術不是很了解，但她已經達到那些孩子們比都比不上的程度了。只要想到她真正開始學習還不到一年，就覺得她確實是天賦異稟啊。」

因為妳女兒是龍啊，而且她只是用蠻力橫衝直撞……

「為了不讓對方受傷而讓步的樣子也非常善良……」

那不是讓步，而是戲弄……

「我好像太寵她了。」

妳的確很溺愛女兒。

想回嘴的話總是在我喉頭打轉。

「迪亞路利獲勝。」

「我女兒好棒！迪亞路利！最棒！最棒了！迪亞路利！」

小機靈望向我，同時擺出勝利的姿勢。

雖然不確定是遺傳到誰，但她的脾氣真不是一般的差。

＊＊＊

隨著時間流逝，世界也產生變動。

準確來說是整個帝國……不，現在是神聖民主教宗國，不僅周邊的局勢有所轉變，至少誰也無法否認，國家內部正在發生正向的改變。

最顯眼的部分是壟斷帝國的階級已經徹底消失。

當然，以非正式的角度來說，還是有一種可視的高低貴賤。大多數貴族依然享有龐大財富，還被冠上所謂議員的頭銜，夏洛特也同樣在議會中擔任軸心職位。

不過正式廢止階級制度，完全粉碎貴族或皇室之類的特權階層，已經是值得讓一般民眾歡欣鼓舞的事了。

當然還是有被稱為祭司的特權人士，但既然一開始使用了「教宗國」這樣的名號，自然不會有人對教皇廳享有的特殊待遇表示不滿。

他們反而能以神聖的民主主義為基礎，發揮更強大的力量，民眾普遍認為，這些人具備侍奉女神的祭司職業，應當享有相符的特權，這也成為公認的事實。

一切都在我的預期內。女神之鏡的出貨目前還沒有全部結束，但已成功普及到每一戶人家都擁有，由我方透過女神之鏡播映的內容，全部都包裝成對執政者及異邦人有利的方向之後，再進行播放。

即便釋放大量資訊，一般民眾能接觸到的內容當然還是相當受限，畢竟只要讓我覺得有一點不利，那些資訊根本就連審查階段都進不了。

電視的名稱是「女神之鏡」，因此大多數的教宗國人民都認為這個物品是女神的賜福，明顯已經完全被這個方形盒子擄獲。

利用媒體操縱輿論，終究也將成為更輕鬆愜意的事。

我曾想過，結局會不會像我很久以前讀過的喬治．歐威爾[6]的小說一樣？不過這本來就是我最一開始的願望。

如果籠子夠舒適，動物們是不會離開牢籠的。

在過去的時間裡，曾禁錮著教宗國人民的牢籠持續敞開大門，但卻沒有任何人選擇離開。

因為他們自己覺得待在籠子裡很幸福。

沒有任何一個人關心真相。總之，內部的問題交給我們的奧斯卡爾綽綽有餘，這或許也算是女神的賜福吧。

雖然還是有一些意見不合的地方，她仍然願意依照我的意思行事，最重要的是，她自己也擁有熱忱與抱負。

以現在的時機來說，我要思考的不是教宗國內政，而是國際間的議題。

6　喬治．歐威爾（George Orwell）是英國作家、新聞記者和社會評論家，其作品以反對極權主義並支持民主主義為特點。

王國那些傢伙瘋了嗎？

剛才從琴科議員那裡聽說的事，自然而然浮現在我腦中。對於我方每一個的動作都十分敏感的王國聯盟，的確是一個隱憂，不過他們的反應也算正常。

鄰近的國家爆發革命，皇室成員被處以極刑，在位者不免擔心境內會不會也發生類似的起義。

其實只要翻開地球的世界史，就能明白眼下的局勢為何。不過他們一直做出抵制教宗國的小動作，實在令人不悅。

再加上如今教宗國騎士的數量大幅減少，必須避免與境外勢力為敵的境地。

教宗國想要存活下去，就需要盟友，更必須改善與共和國之間的關係。但如果只是在教宗國內部散播風聲，成效當然有限。

李基英的首次外交舞臺就定在中立國拉伊奧斯，這可以說是再合適不過的選擇了。

然而對迪亞路奇而言，這個消息卻讓她不怎麼開心。

「所以，你今天真的要到國外去。」

「妳也知道，這真的是沒辦法改變的情況啊。這件事幾天前就已經說定了……而且我最近也常常在工作結束後繞過來巢穴……」

「那都是你以前沒有做到的事，你現在只是做了身為父親應盡的義務罷了。這些並非拿來炫耀，或者用來討價還價的籌碼，你不是也很清楚嗎？」

「我不會離開太久的，而且今天也有和妳一起參與教學觀摩……」

「如果按照原本的計畫，這是幾個月前早該遵守的約定。」

「當時也是無可奈何的情況。一間暫停授課、進行大規模重新裝潢的學校，要怎麼進去參觀？況且我今天已經在更好的環境中參與更完整的觀摩了。坦白說，用那件事情來責怪我很不妥。既然話已經講到這裡，我就直說了。我也不是無所事事的人，好不容易在百忙之中抽空來陪小機靈，小機靈也得到了充足的關愛，如果妳還是像這樣一直表達不滿，我也難免會感到不開心。難道不希望我離開巢穴的原因之中，除了小機靈以外還有其他理由嗎？」

「什麼……？」

「舉例來說，妳自己不希望我離開之類的……」

雖然這只是為了反駁迪亞路奇才說的話，但我看到迪亞路奇的表情瞬間變得陰沉。那張臉彷彿在問我「你現在是在說什麼鬼話」。我只好當場擺出心靈受傷的表情，心寒的程度不言而喻。

可惡……我好歹也是很受歡迎的人啊。

雖然總是有奇怪的人喜歡我，但至少那些人不會讓我受到這種待遇。迪亞路奇擺出看見一隻蟲子的表情，實在令人火大。

恰好在這時，我看見迪亞路利和馬克斯下課後立刻跑過來，我趕緊摟住迪亞路奇的腰。

即便全身都氣到在發抖，但還是要在小機靈面前扮演相親相愛的父母。

我盡可能貼近迪亞路奇，她卻立刻皺起眉頭瞪我一眼。

不過我想她應該也意識到迪亞路利正在看著，自然沒辦法離開我的身邊。畢竟我們目前還是要遵照姜玄昱博士提供的解決方案。

「爸爸！我今天！」

「我全部都有看到喔，迪亞路利。我也知道妳這段時間有多努力練習。」

「嘻嘻嘻嘻！」

「除了這些課程，媽媽教妳的事情也都有認真做到吧？迪亞路奇，妳覺得呢？」

我很自然地用充滿愛意的眼神望向迪亞路奇。上一秒還擺出嫌棄表情的迪亞路奇，也同樣為了女兒配合我上演一齣溫馨的家庭戲碼。

「我也都有看到，老公。妳真的好厲害啊，迪亞路利。尤其是最後的劍術演練，真的很棒……」

「……」

但在擁有極度扭曲的特有癖好的小機靈眼中，我們兩個的模樣看起來簡直令人作嘔。她斜睨著自己媽媽的眼眸看起來既凌厲又恐怖。

迪亞路奇露出有些驚慌的神情，而我卻開始和她卿卿我我，一副為她獻出無限愛意的姿態，她只能瞥我好幾眼，示意我不要太過分。

妳活該，瘋婆子。雖然是拙劣又幼稚的報復，但我的心情卻變得很愉悅。

「啊，我們的小兒子今天也很棒。」

「嗯嗯。」

「你跟迪亞路利每天都有好好相處吧？」

「啊……有……有的，父親。」

「嗯！」

其實他們之間沒有相處融洽的感覺。馬克斯無法忘懷初次見面時受到的衝撞壓制，到現在依然懼怕小機靈，而小機靈也同樣不喜歡自己的弟弟。

本來以為這種事情通常交由時間解決就好，沒想到需要的時間比預期更長。

總而言之，被我視為艱鉅任務的教學觀摩終於順利結束，我們在返回巢穴的路上一起吃飯，度過快樂的時光，必須出發前往拉伊奧斯的時間也在不知不覺中到來。

小機靈如預期般哭鬧不休，緊抓著我不放；馬克斯雖然不擅長表達，但也露出遺憾的神色。

「我很快就會回來，妳要好好聽媽媽的話，乖乖在家等。馬職員也要認真打理博物館，發生這麼多事，看來開幕的時間要稍微延後了……」

「好，我知道了。」

「好吧，小機……不是，迪亞路利。我這次真的不會離開太久，沒事的。」

「嗯嗯。」

「來，過來讓我抱抱妳。」

她立刻衝過來的樣子真的很可愛。甚至在跑來的途中久違地變回龍的形態，停在我的懷抱裡。

伴隨著「嘰咿咿咿」的叫聲，我的臉沾滿了口水，不過我並沒有生氣。

感覺馬克斯也相當在意這場父女間的感人離別儀式。我悄悄對他招手，就看見他小心翼翼地靠近我們。

這孩子也隱約變得比較愛撒嬌了。

我們小機靈即便化成人類形態，也會直接抱著我發出咯咯笑的聲音，但馬克斯卻經常表現出一種太過介意旁人臉色的反應。

我想這應該可以說是突然和我成為親人而產生的副作用。

他身為加速魔力全像投影誕生的大功臣，我當然有傾盡心力照顧他，但這和馬克斯能不能放鬆地與我相處是兩回事。

直到最近，他才開始出現一些這樣的舉動，看來他確實有所改變。

我刻意摸了摸他的頭，就看見他露出淺淺的微笑，被當作小孩子對待似乎不會讓他感到排斥。

真可愛……

一想起各種變化以及周遭環境的事，返回公會總部的路上我自然也變得思緒萬千。

畢竟轉變的不只是社會和馬職員，帕蘭同樣也經歷了巨大的變革。

以帕蘭第二小隊之名組成的金昌烈、劉雅英、韓素拉等新生，如今已經大幅蛻變，遠遠超越新手的程度了。

尤其是金昌烈的進步幅度最讓我吃驚，比起狀態欄的數字與能力值，極其狡猾且心機的戰鬥風格更令我眼前一亮。

劉雅英身為鐵匠，目前已經晉升到可以運用迪亞路奇鱗片的境界，雖然作為坦克有點勉強，但也能以出眾的體力為基礎，訓練成穩定持久型的前鋒。

韓素拉也是一樣。即使她依然是瘸著腿的獨眼龍，實力卻已超越魔物的階段，只差一步就能直接與惡魔結下契約。

她朝著黑魔法師之路前進仍是我和她之間的祕密，這當然也無需多言。

安其暮本身沒有什麼變化，他正在和與朴德久正式交往的黃正妍聯手，為了讓第二小隊的水準追上第一小隊而竭盡全力。

但這是不可能的……

帕蘭的第一小隊的實力堪稱全教宗國，不，全大陸最強悍。朴德久持續在鞏固他名副其實的「純情坦克」地位。雖然他因為沒有明顯成長而看起來像是小隊的短板，但他的實力並沒有原地踏步。

或許是不想再次遭遇之前那場李基英實境秀的慘事，他發瘋似地熱衷於訓練，能力也提升到不錯的水準，甚至達到了足以和金賢成永遠的副將曹惠珍比武的地步。

本來就屬天才型的小鬼頭金藝莉，同樣正以可怕的速度進步。她的外貌逐漸成熟，現在好像也不能叫她小鬼頭了。不過不知道為什麼，就只有一個地方完全沒有長大。

與此同時，宣熙英晉升為最頂級的祭司。她承襲我之前被任命過的榮譽主教稱號，也擁有與那個職位相符的神聖力。

仔細想想，帕蘭確實不停在變強。不是單純只有武力，就連政治圈裡的地位也爬升到讓人擔心自己是否會承擔不起的高度。

事實上，說我們正走在成功的康莊大道上也不為過。不過在如此蓬勃發展的過程中，還是莫名存在一些讓我心煩意亂的焦慮因素。

準確來說，是有兩個。

其一是親愛的重生者金賢成，另外就是……

比金賢成更讓我感到焦慮，最近異常安靜，總是自己打發時間的鄭白雪。

太安靜了。靠……她最近為什麼這麼安靜？

她什麼事都不用做就能讓我如此不安，這應該也算得上是一種能力吧？現在我們之間的氣氛就像暴風雨前的寧靜。我想，這種莫名其妙的不安感應該不只是我的錯覺。

＊＊＊

其實以金賢成來說，也沒有太大的問題。

他依舊完美地執行公會會長的職務，也一併處理教宗國八強的各種事項。

除了帶領新生往返英雄級副本，當然也沒有忽視他自己的個人成長。

夏洛特原本對他有一點埋怨，但靠著定期會面，兩人的關係也得以重建。他一方面和曹惠珍和金藝莉喀嚓喀嚓拍著愛情喜劇片，同時也和黑天鵝會長朴延周持續保持聯繫。

長得帥又有能力的傢伙，自然廣受女性青睞。

總而言之，他每天都過著順順利利的日子。

每個人都為了教宗國內部整頓忙得焦頭爛額，但他卻能享受相對較為自由平靜的時光，問題是，他自己並不喜歡這份平靜。

嘖……

很多時候他都露出一副似乎在想著「我這樣也沒關係嗎」的樣子。我想這其中的關鍵原因，大概是幾個月前的某件事。

其實也沒什麼。簡單來說只是在公會成員間發生的小事，不過在我眼裡，則是被歸類成有點好笑的插曲。

我們的重生者思考醞釀了兩個月左右，才召集全體公會成員，野心勃勃地踏上遠征之路。

雖然當時還處於為了內部整頓而忙碌的時期，我覺得遠征這件事實在太勉強，但也只能認定他一定有自己的理由。

這傢伙召集所有公會成員的情況不常發生，所以我自然會認為其中有值得這麼做的原因。

金賢成的臉上寫滿沉重的責任感，決心要解決即將在未來發生的災難之一，而我也不得不跟著緊張起來。

金賢成似乎沒有顧慮到發生意外可能導致相當慘重的死傷，其他公會成員也是在震驚之餘，依然跟著隊伍出門遠征……

然而直到揪開謎底後，卻意外地什麼事都沒有發生。

眼前只是一座普通級的地下副本，遠征隊也忍不住對金賢成顯露出不可思議的表情。未來的災難或是將金賢成逼到絕境的黑暗世界，竟然被可愛的小怪物取代。甚至因為是無攻擊性的怪物，遠征的後半段時間，大家還鋪上地墊開始享受露營生活。

——那個……大家最近好像太忙了……所以準備了這個活動。就是……團康大會。對，沒錯……這是團康大會。希望大家……好好休息。

他根本不會說謊，我到現在還忘不了他當時顫抖的臉。就算他懷疑是自己的記憶出錯，翻遍了整座副本，當然還是沒有任何發現。他用自己的眼睛，清楚看見未來已然改寫。

他看起來安心不少，同時也明顯變得焦慮。

看著我們親愛的重生者不知道在憂心什麼，我當然也感到很心痛。

其實這樣的情況我多少也能理解。站在他此刻的立場，讓他不知所措的事應該不只一兩件。

他好像覺得，未來實在變化太多了……

假如按照第一次人生的發展，我和朴德久居住的城市這個時候大概已經從地圖上消失，而朴德久差不多踏上彩虹橋了。

春日由乃也在這段時間撿到廢墟裡的我。就算可能有些計算上的誤差，但大致推估時間線的結果，應該是這樣沒錯。

在漆黑世界裡的我，現在可能正躺在春日由乃的房間裡養病。

雖然我不清楚詳細發生什麼事，但在第一次人生中，那場至少足以摧毀整個城市的動亂，不可能是默默無聞的事件。

畢竟不管是什麼原因，我透過春日由乃所見到的城市，幾乎是難以用言語形容的殘破狀態。

這次的人生不會發生那種事。因為卑鄙的殺人魔鄭振浩在活躍之前就被殺死，成功阻止殺人旅團的誕生，惡魔崇拜者伊藤蒼太也因為榮譽主教的崛起而沒能掌控琳德或召喚惡魔。

春日由乃帶領的夜空公會也因為與我相遇，活動範圍得以擴張。

輿論媒體登場，部分掌權者變得謹慎惶恐。

帝國變成教宗國，施行了神聖的民主主義。

光是這些大事，就已經發生好幾件了，絕對不可能沒有造成任何蝴蝶效應。

伊藤蒼太、鄭振浩的走狗或追隨他們的人，分明也同樣無法在這個世界立足，殺手戰隊的數量從根本開始大幅減少。

也多虧自由城市席利亞或琳德都很重視治安，金賢成記憶中即將發生的災難煙消雲散，應該不足為奇。

雖然這應該是值得高興的事，但對他來說也是一種憂慮。或許綜觀整個大陸的環境並未改變，只是他一時無法承受自己「知道未來」的先決優勢正在消失。

金賢成將這份不安一股腦灌注在必須變得更強的執著與訓練中。他越來越常自己一個人漫遊大陸，似乎正為了捕捉某個人的蹤跡而奔波。

在明明可以放鬆下來的情況下，他卻選擇更嚴厲地鞭笞自己，用這種方法掃除心裡的動盪。

這傢伙真的很焦慮，害我也莫名變得不安。

金賢成的部分大概就只是這樣而已，然而鄭白雪方面就真的不太一樣了。

我一邊沉思一邊走在路上，突然聽見旁邊傳到一到聲音。

「喔？大哥！」

「是德久啊。」

轉頭望去，眼前出現沒什麼變化的朴德久。

除了塊頭變得更大了一點，其他都跟以前一樣。

他氣喘吁吁向我跑來，一副對周邊充滿警戒的樣子。看起來就像是我的護衛，不過很可惜，我並沒有身處危機之中。

「哎唷，你一個人到處跑很危險耶。大哥只要送一隻信鴿來，我就會去巢穴那邊接你了。」

「什麼危險……這裡是琳德，又不是在國外……對了，白雪沒有跟你來嗎？」

「大姐今天好像也一直待在房裡……我有找她一起來接你，但她說有事情要忙，就拒絕我了。」

就是這樣才不對勁。

要是平常的鄭白雪，我敢保證她絕對不會拒絕來接我。她現在不只特別安靜，連行為也開始出現些微的轉變。

「這樣說來，最近你和大姐好像常常分開……你們該不會是吵架了吧？」

「哪有吵架。」

「萬一你有什麼煩惱，要不要試試戀愛博士朴德久的諮詢……」

「不是那樣啦。」

「哎呀，就算是大哥，也難免會有一兩個煩惱吧？只要大哥開口，我隨時都歡迎來一場真心談話喔。」

這小子……我寧可選擇跟鄭白雪吵架。

我是說真的。假如鄭白雪的確是因為吵架才疏遠我，我也不至於這麼不安。

其實她的行為和平常也沒有太大區別。我目前還可以按兵不動的主要原因，就是她到現在還沒有停止對我的追蹤。

她有時候還是會用阿涅摩伊之眼監視我，如果偶然碰面，也會一如既往地瘋狂跑來黏在我身邊。

同樣地，經常主動提議外出約會，甚至想盡辦法和我親暱接觸的表現也始終如一。

唯一改變的是，她不再和以前一樣二十四小時和我待在一起。如果以一天平均來算，同進同出的時間頂多只有五個小時。

比起她從前一整天都想要形影不離的樣子，現在這種情況實在令人不敢置信。

雖然我曾想過她該不會是突然懂事了，但又覺得這樣的機率非常小。

不，說不定真的……有可能是她終於想通了……

其實我常常能從她身上感覺到她好像一個人在壓抑著什麼。

最明顯的例子就是，即便是去見熙拉姐或春日由乃的時候，她也不會充滿戒備。甚至就算我出去吃晚餐或有事要忙而沒有回去公會總部，她也不會主動來找我。

她還是會跟以前一樣咬著嘴唇揮手，叫我早點回來，好像終於明白不可以給我惹麻煩了。這對我來說算是好消息，但鄭白雪本身的壓力似乎越來越大。

如果從旁邊近看她，就能直接看出來她究竟承受著多大的壓力。

右手的指甲已經被她咬得一塌糊塗，而且常常看起來很憔悴，應該總是睡不好。

我還曾親眼目睹她一個人喃喃自語，或者大聲罵著「笨蛋」、「白痴」的樣子，難免會替她擔心。

雖然目前都很安靜地好好過著日子，但她的狀態就像隨時會爆發的炸彈。

這樣的情形持續了好幾個月，這段時間內，我也曾經試著主動接近她。

這應該不是欲擒故縱吧？鄭白雪不適合這種以退為進的手法。

倘若這真的是戰術，那她的確贏了一半，因為我在意鄭白雪的時間確實越來越長。

「她在做什麼？」

「嗯，就跟平常沒兩樣啊……啊，白雪大姐不是也要一起去拉伊奧斯嗎？」

「嗯。」

「我好像有聽說……她在忙著做準備……」

她真的變得懂事了嗎？

雖然很難想像鄭白雪事先打包好行李，等著我們的模樣，但如果朴德久說的是事實，我好像也能再思考一下她變懂事的可能性。

我們慢慢移動步伐，不知不覺已經抵達琳德的公會總部。

公會成員們熱情地迎接我，包含新生在內的其他人也逐一向我打招呼。

「熙英小姐。」

「啊，你來了，基英先生。你現在立刻就要出發了嗎？我有教皇廳的事要跟你商量……」

「是的，收好行李應該就馬上要啟程了。討論的內容如果沒有很長的話……」

「不，那還是下次再找時間比較好。」

「很抱歉。」

「不、不，你不需要感到抱歉。」

結束和宣熙英的對話，我當然也要關心決定一起出遠門的韓素拉。

她一看到鄭白雪就尿失禁的症狀已經有一定程度的改善，實際上她也很有能力，我覺得讓她以副官的身分跟著我是非常妥當的安排。

而且韓素拉已經整理好行李等著大家，看來也有值得信任的一面。

由於這次春日由乃和車熙拉也說要一起去，為了不讓她們等太久，我只好趕緊上樓準備自己的行李。

即便在這種時候，我還是很好奇鄭白雪到底在做什麼。

她是在忙吧……真的有在準備行李嗎？

我不自覺地開始想像鄭白雪變得更懂事的畫面，這時隔壁房間的門突然伴隨著「砰」的一聲，飛了出去。

「辦……辦到了。我、我辦到了……成功了！嘻嘻嘻嘻！我成功了!!」

一道十分熟悉的聲音正在自言自語，聽起來很開心。

我悄悄往房門內看去，當我親眼看見待在房裡的鄭白雪，我忍不住吞了口口水。

什麼啊……

我實在不知道該哭還是該笑。

魔力能力值……九十九。

這時，我看見鄭白雪猛然回頭望向我的臉。

第101話　魔力值九十九

「基、基英哥！我、我辦到了！」

「啊……呃……」

「我終於辦到了!!」

耳邊傳來她充滿興奮的聲音，不僅如此，她的臉頰漲得通紅，張開雙臂朝我衝過來，看起來就像在要求我擁抱她。

第一次見到她如此明目張膽地跑來，我不禁感到有點慌張。

我微微張開手臂輕拍她的背，卻看見她發出撒嬌的聲音，將自己埋在我懷裡。

鄭白雪一點也沒變。不過雖然和以前沒有兩樣，我卻十分在意流竄在她體內的魔力。

魔力能力值九十九……

我下意識不斷在心中重覆這句話。不管再怎麼哭笑不得，我看見的內容也不會改變。

我被嚇得發出乾咳，就算她的成長在我的意料之內……但我怎麼也沒想到她會提升得這麼快。

特定能力值達到九十以上之後，提高的速度本來就會變得異常緩慢。

假如成長上限值在英雄級以上，就不可能再繼續升高；即便是傳說級以上，也難以在短時間內讓能力值逐一提升。

以鄭白雪來說，則是在魔力值九十的情況下，成功讓傳說級裝備完成綁定，藉以大幅提高能力值的案例。

用。

雖然魔力能力值瞬間提高不少，但這畢竟屬於不正常的成長途徑，難免要承受副作用。

因為想要快速成長而選擇走捷徑，但這樣的結果卻表示她必須花時間，重新溫習那些被她錯過的內容。

即使在一番曲折離奇後獲得九十八的魔力能力值，為了讓它再上升一點，所耗費的時間通常上看三年到四年左右。

其實金賢成也認為鄭白雪需要很多時間才能消化自身擁有的能力，光是從傳說級裝備阿涅摩伊身上學習魔法並熟記，就預計需要一年左右的時間。

但她完美推翻了這些既有認知。

鄭白雪現在的魔力值高達九十九，就意味著沾染鮮血的紅寶石阿涅摩伊所蘊含的魔法能力，已經全數被她吸收。

更厲害的是，她這麼做簡直是強行突破界限。

最近我都沒有看到她一頭栽進魔法研究的樣子，根本想不到她會這麼突然地成長。

原來如此，這就是她這段時間這麼安分的原因。

雖然只是猜測，但她有可能曾對自己立下某種誓約。詳細的內容不得而知，不過她說不定是和自己訂下「在達到目標之前要克制」之類的約定。

這當然是值得開心的事，但只要想到這顆不知道下一秒會衝到哪裡去的橄欖球，竟然晉升為名副其實的超人之一，我的表情還是沒辦法太開朗。

她到底變得多強啊？

我沒辦法預測她的戰鬥能力。

靠……該不會比金賢成還強吧？

不會的。除了因為鄭白雪過於專注提升魔力與智力導致成長不平均，魔法師的近身戰鬥本來就無法跟劍士、戰士等職業相提並論。

不過以我個人的判斷，她至少在火力方面毫不遜色。

雖然我很想派出戰鬥力探測器朴德久來做測試，但即便是他，萬一被現在的鄭白雪魔法攻擊，也會瞬間被烤焦。

單純以火力方面來看，我想她說不定可以排在琳德，不，教宗國內的前三名。

就算考慮到較低的戰鬥熟練度，以及因為過度快速成長而帶來的各種副作用，也無法減弱魔力能力值九十九的攻擊力道。

我的心情自然是開心與不安共存，不過我認為現在還是先恭喜她成長比較好。

「發生什麼事了？」

「啊！魔、魔力能力值上升了。現在已經是九十九了！我現在可以使用之前不能運用的魔法，本來只能想像的事情，好、好像也可以實驗看看了！」

「是嗎？」

「嗯！」

「真厲害啊，賢成先生之前也說通常要花好幾年呢。」

「所、所以我很認真。我想著基英哥，非、非常認真。這段時間沒辦法照顧到基英哥，也是這個原因。」

就算她說沒照顧到，其實也還是常常黏著我。

「現在開始可以待在一起更久了，嘿嘿。」

「真是太棒了。我還以為妳想要一個人獨處呢。」

「不是！絕對不是！真的！因為我如果總是待在基英哥身邊，就會不斷出現其他想法……」

「啊……這樣啊……」

我大概可以想像得到她說的其他想法究竟是什麼，但我並未仔細追問關於那些想法的內容。

「妳應該累了吧？好像也沒睡好……」

「是，其實……是有一點。」

「那拉伊奧斯還是我自己去比較好吧？」

「不！我、我很好！我一點也不累！一、一起睡吧。不是，一起去吧，基英哥。我的行李也快要整理好了！」

反正我也沒想過出遠門的時候可以擺脫她。我悄悄看向她房內，眼前出現的景象宛如一座廢墟。

我可以肯定她連自己的行李都還沒收拾，更別說是事先替我準備了。

一股莫名的不安湧上心頭，雖然很想暫時離開她，但把這種狀態的鄭白雪獨自留在公會，我還是不放心。

我內心有一點掙扎，不過帶她去應該才是正確的選擇。她可能擔心我還會說出其他的話，馬上慌慌張張走回房，開始整理行李。

看著她嘴角上揚，用鼻子哼歌的模樣，心情應該是好得不能再好了，自信心似乎也跟著大幅暴增。

她似乎想到拉伊奧斯再添購必需品，放進行李的東西只有簡單的衣物和保養品。我當然也回到自己房間，迅速收拾好行李。

用不了太長時間，我便和鄭白雪一起來到一樓，朴德久和韓素拉也早就在等著我們。韓素拉看到鄭白雪下樓還是有點驚愕，但姑且能保持平常心。她似乎是看見鄭白雪嘴角掛著心情愉悅的笑容，發現鄭白雪的狀態極佳，才得以放鬆不少。

「我們出發前不用跟會長老兄說一聲嗎？」

「我昨天說過了。賢成先生說他今天有事要忙，應該不能出來送行……我們快走吧，要遲到了。」

「那是因為大哥和大姐很晚下來，我們才這麼晚出發，不是嗎？但只要走快點，應該還是可以在時間內抵達。真的不行的話，大不了我抱著你們三個跑。」

「我覺得沒必要……總之出發吧。晚一點也沒關係的。」

「知道了。」

再次向出來送行的人打過招呼，我們才轉身離開。

本來說可能無法過來的金賢成，也在道別的過程中出現。雖然很高興他能來，但我沒有刻意說出煽情的道別。

面對最近總是看起來很煩躁的金賢成，我笑著朝他伸出手，而他也同樣握住我的手，勉強擠出笑容。

「我們先走了。」

「好，如果有什麼事，我會跟你聯絡。」

「好的，賢成先生。」

這次沒有打算離開太久，所以道別也就到此為止。

讓紅色傭兵等太久也是失禮的行為，因此我們還是盡可能快速前進。

鄭白雪緊緊挽著我的手臂，擺出自信滿滿的表情，朴德久擔心遲到而滿臉焦躁，韓素拉則隨時與鄭白雪保持絕對的安全距離。

一路上，鄭白雪就像要彌補前陣子沒有待在一起的時間，往我身上越靠越近。

其實我覺得不太舒服，但我認為以目前來說，還是先滿足她的願望比較好，畢竟讓她心情不好完全沒有好處。

她覺得趕快變強，我就會更喜歡她嗎？

這個理由或許也沒錯，不過我想應該還有一點其他的原因。

仔細想想，鄭白雪開始執著於力量，是在她親眼見證過真正的強者之後。後來又不斷面臨需要實力的情況，這些經歷成為推動鄭白雪的原動力，促進了她的成長。

如果我的推測沒錯，以後也有可能會發生讓人頭痛的事。

就在各種不同的話題中，視線裡出現幾個站在會合地點等待我們的人。

一頭紅髮隨風飛揚的女子，正是紅色傭兵會長暨教宗國議員之一，也是名符其實的琳德一姐，傭兵女王車熙拉。

她就跟我們初次見面時一樣，穿著突顯身材的衣服，看起來確實很有魅力。

車熙拉大搖大擺地走到我身邊，說話時一隻手搭在我的肩膀上。

鄭白雪有點吃驚，但除了直直盯著車熙拉，沒有做出其他動作。

「你遲到了，親愛的。」

「啊，因為事情比較晚結束……」

「這句謊話一點說服力也沒有……你一定是在公會裡閒晃才會遲到的吧。總之我們出發吧。啊，很久沒看到小老婆了呢？」

「是……」

「這陣子過得好嗎？」

「還行……」

鄭白雪此時的表情不太妙，說不上明目張膽，但有一種打量車熙拉的感覺。

雖然神情不帶有敵意，臉色看起來卻像是緩緩觸發了某個開關的樣子。

媽的……她幹嘛這樣啊。

我不知道該怎麼形容，只見鄭白雪的視線慢慢由上而下掃視著車熙拉，不斷扭動自己的手指。

原本搭著我的肩膀正要走進馬車的車熙拉，自然也因為鄭白雪的反應而突然停下動作。

我看見她轉過頭，雙眼正面迎上鄭白雪盯著她的目光。

雖然沒有任何人說話，我卻莫名有種存在感變低的感覺。

身為鄭白雪危險探測器的韓素拉立刻逃之夭夭，躲到戰鬥力探測器朴德久身後，而朴德久只能在這個突如其來的狀況中裝啞巴。

氣氛一觸即發。不管我做什麼，現在的時機點都非常尷尬。

因為她們兩個只是互相盯著對方，鄭白雪也沒有對車熙拉做出什麼特別無理的舉動。

「怎麼？妳有什麼話想說嗎？」

「沒、沒有……不是的……」

「那妳幹嘛這樣看著我？嗯？」

「我……我怎麼了？」

靠，妳們不要這樣……

四周突然一陣靜默。不只是為了一起去拉伊奧斯聚在這裡的人，就連周邊的人聲也都突然消失。

這個畫面甚至讓我開始想向貝妮戈爾女神祈禱。

不知道是幸運還是不幸，鄭白雪默默低下頭，車熙拉則再次揚起嘴角，再次和我搭話。

當然，掛在我肩膀上的手臂以及隱約貼著我的胸部都沒有移開。

「上車吧，親愛的。」

就在這時，鄭白雪小聲地說道：「那個……手還是放下來比較好……」

即使是自言自語，但她卻刻意用所有人都能聽到的音量說話。

「基、基、基英哥好像不太舒服……」

「……」

「……」

「什麼？」

媽的，妳們真的不要這樣……

鄭白雪微微揚起嘴角，在我旁邊的車熙拉，臉上的表情則是用任何話語都難以形容。

＊＊＊

氣氛似乎越來越凝重。

不知道為什麼，呼吸好像也越來越困難。

周圍完全沒有魔力或殺氣，我卻能感覺到一股不知名的壓迫感。

媽的……

鄭白雪此時依然沒有做出任何威脅性動作，我只能祈禱她不要做出直接與車熙拉為敵的瘋狂舉動。

但也不能否認她現在的行為有點不尋常。

乍看之下好像找不到精準的形容方式，如果要舉例說明，我想應該是「想要爬到她頭頂上」的說法最貼切。

鄭白雪和車熙拉本來就不是上下屬關係，車熙拉只不過是在兩人的關係中占有優勢罷了。

這個紅髮的瘋女人是琳德市內唯一的憤怒調節障礙治療師，而以某個角度來說，她的治療對鄭白雪是有效的。

既然兩者間存在完全無法跨越的鴻溝，結果就是鄭白雪這一方率先選擇低頭。

而這樣的鄭白雪如今卻突然採取這種姿態，理由很簡單。

擁有高達九十九的魔力值，她一定是覺得自己現在變得更強了。

在鄭白雪腦中，她已經完成了針對車熙拉的衡量。她覺得自己可以正面宣戰，也確實馬上舉起反叛的大旗。

這應該算是在鄭白雪心中逐漸展開的小規模戰爭。

我不知道這像不像神聖帝國革命的歷史重演，但她們明顯就像雄性動物霸占著雌性，而另一個年輕挑戰者正朝牠露出凶狠的獠牙。

不禁令人聯想到激烈的肉搏戰。

這是什麼動物星球頻道的畫面啊……

雖然性別調換，但我也無法否認自己確實面臨著十分相似的處境。

在逐漸變得不安的氣氛中，兩人終於慢慢恢復交談。

我敢說，假如這兩個人和我沒有任何關係，我一定早就逃離這個位置了，就像早已躲得遠遠的韓素拉一樣。

「什麼？」

「基英哥……好、好像很不舒服的樣子……我、我沒有別的意思……」

「……」

「……」

「我覺得好像還有其他意思啊。」

「那、那是……錯覺……」

「……」

「……」

「最好是錯覺。」

「真、真的是錯覺……真的。我沒有別的意思，我剛才也說過了，只是因為基英哥看、看起來不太舒服……」

「妹妹，妳覺得我看起來像白痴嗎？」

話。

氣氛一瞬間突變。

我當然知道自己應該介入，不過車熙拉卻阻止想要出頭的我，似乎在暗示我不要講話。

接著，她大步往鄭白雪走去。

由於身高上的差距，兩人呈現車熙拉俯視鄭白雪，而鄭白雪仰望車熙拉的姿勢。

鄭白雪大膽直視著車熙拉，這點特別引人矚目。

「妳知道妳現在有點礙眼吧。」

「不知道……」

「……」

「……」

「妳說什麼？」

「我是說我不太明白……」

「那妳為什麼要那樣瞪著我？」

「我不太明白這是什麼意思。我、我只是像平常一樣……可、可能只是熙拉姐妳看我不順眼而已……熙、熙拉姐本來就不喜歡我吧。」

「……」

「看來現在妳已經變得目中無人了啊，是嗎？」

「……」

「我大概知道妳抱著什麼想法才這樣撒野，但如果妳不想送命，就給我低下頭。」

「什麼？」

「不要讓我再說第二次，小丫頭。如果妳不想讓可愛的脖子被扭斷，就立刻低下頭。」

我突然有種快要窒息的感覺。

我從剛才就一直感到呼吸困難，現在覺得就好像突然被某個東西鯁住喉頭。

車熙拉釋放出最強大的氣勢，開始威脅鄭白雪。

我不知道那是殺氣、魔力還是什麼鬼東西，我腦中除了「必須立刻逃跑」的想法以外，其餘是一片空白。

那股壓迫感甚至蔓延到我這裡，很難想像站在車熙拉面前的鄭白雪究竟承受了多少壓力。

可惡……

我立刻發動心眼查看車熙拉的狀態。

她的智力值在我眼前一點一點下降，相反地，力量值正在逐步上升。

她正在運用將智力降低，提升力量的特有癖好。

感覺好像真的要大打出手了，我也下意識開始移動腳步。

我本來覺得車熙拉還算冷靜，但考慮到她的稱號是嗜血狂女、神聖帝國的紅色狂女，看來她的本性或許還是和理智沾不上邊。

就算說她是因為社會地位，以及身為一個組織的領導者而偽裝成正常人的野獸也不為過。

舉例來說，就像替自己拴上鐵鍊的母獅子，或是克制脾氣的瘋狗。

現在的場面也的確很像年輕的挑戰者在招惹沉睡中的獅子。

白雪，快住手……

車熙拉能以女王之姿縱橫琳德長達數年，都是有原因的。

其實我也能看出鄭白雪在想什麼。

她擁有九十九點的魔力值，整體的成長也確實是以前完全無法比擬的程度。根據我的判斷，像是 Garrosh & Cash 的葛悟值或任利緞等稱得上頗具實力的強者，也都無法與鄭白雪抗衡。

然而車熙拉的情況卻不盡相同。

她有九十八點的基礎力量值，再加上隨時可以將智力值轉換成力量值的互通性機制。

力量值一百零一……一百零三……一百零六……

車熙拉的力量不斷提升，智力則隨之以等比例下降。

我不禁擔心車熙拉會不會又跟上次一樣暴走，同時又只能在一旁觀察鄭白雪會做出何種反應。

假設鄭白雪戴上七〇珠裡的「戰鬥力探測眼鏡」，她一定會對車熙拉持續攀升的戰鬥力感到驚慌。

不，就算沒有那種東西，她自己應該也能明顯感覺到。

鄭白雪間接向車熙拉遞出戰帖，而紅髮狂女正打算將這名年輕挑戰者踩在腳下。

我敢保證，假如鄭白雪和我沒有任何關聯，車熙拉一定會毫不猶豫衝上前，與對方開打。

鄭白雪認為自己比較強嗎？她可能覺得自己可以挑戰看看，然而現實卻不如她預期。

我也不否認鄭白雪的強大，就我個人判斷上也認為她足以與車熙拉較量一番，但實際觀察之後，才發現兩人的經驗和資歷還是存在差距。

車熙拉比想像中更強。

頂著傭兵女王的頭銜，手中卻不需要任何武器，這樣想來就更有道理了。

「……」

「……」

就這樣僵持不下，終究會有一方選擇垂下尾巴。

這場氣勢之戰的勝利者當然不是年輕的挑戰者，而是穩坐王位的紅髮狂女。

鄭白雪遵照她的命令，開始慢慢低下頭。

沒錯……認輸吧。

不過她還是想維護自尊心，因此巧妙地避開視線。

莫名的委屈情緒讓她眼中噙滿淚水，雙手也不停顫抖。

或許是因為正當她覺得獲得全世界的時候，本以為可以跨越的高牆又再次擋在她面前，這才流出委屈的眼淚。

「呃嗚嗚嗚……」

「一開始就這樣的話，也不會看彼此不爽了嘛。第一次見面的時候不就說了嗎？」

「嗚……」

「我不太記得我說了什麼……總之大概是叫妳要學學怎麼隱藏殺氣吧？差不多啦，對嗎？親愛的？今天我再教妳一件事，妹妹。」

「嗚……」

「不確定就不要嘗試，不要隨便造次，妳聽得懂我在說什麼嗎？」

她拍拍鄭白雪的肩，結束這一回合。

雖然只是短短一下子，卻彷彿過了很長時間，我的上衣甚至因為流汗而濕透了。

車熙拉不以為意地摸摸鄭白雪的頭，但如果挑戰者也同樣認為這沒什麼，我想鄭白雪也不會出現如此過度的反應。

想必她也感覺到某種程度的威脅，才會選擇認輸。

「親愛的，你過來跟她聊聊吧。就算是安慰她也好，最好讓她能聽懂我說的話……」

「好……我知道了，熙拉姐。」

「我先跟你講好，以免又發生什麼事。萬一下次還有這種情形，我不會再放過她了。你應該明白我的意思吧？」

非常明白。

以氣勢的較量來說，剛才那種氣氛確實有點可怕，不過她應該是顧慮到日後可能會再發生其他情況才會這麼說。

車熙拉能稍微看出鄭白雪的本性，同時也在思考她已經爬升到什麼樣的程度。

很顯然，倘若兩人的情緒開始高漲，說不定會進入連我也完全無能為力的狀況。

難道要跟她們說我希望她們好好相處嗎？

不管怎麼想，都還是太勉強了。

最後，車熙拉表示自己的心情被搞砸了，於是自顧自地走進馬車；鄭白雪觀察著我的臉色，擔心自己會不會被罵。

坦白說，她的表情很明顯是自己沒有做錯事的委屈神情。

我輕輕招手，就看見她迅速跑來。

她還是不斷哽咽抽泣著，但現在不管說什麼似乎都不適合。

鄭白雪並沒有直接罵人或主動挑起爭執，除了態度有些沒大沒小，其他部分完全沒有問題。

反而是車熙拉的反應太激烈。

如果以背地裡的含意來看，情況當然又變成另外一回事，但我對於該如何收拾殘局也還摸不著頭緒。

應該要先教訓鄭白雪才對。

我當然也有顧慮到，這麼做可能會讓團體內部感到不滿。

但是現在無論如何都要防止她在這次旅途中和車熙拉產生摩擦。不，就算是以後也不行。

但我不能讓她產生「基英哥是不是覺得車熙拉比較重要」的想法，所以必須巧妙地運用甜頭與苦頭兩種方式。

朴德久的表情充滿恐懼，急忙和韓素拉一起踏進馬車，我一望向鄭白雪，她就以一副「我現在好傷心，可以抱抱我嗎」的表情看著我。

但第一步是訓斥，下一步才是擁抱。

真羨慕金賢成啊，唉……

比起我，他的情況真是令人稱羨。曹惠珍、小鬼頭，甚至還有朴延周，幾人的關係非常和樂，我還曾經看過她們一起吃飯、逛街購物。

我敢說圍繞在我身邊的這些瘋婆子，作夢也不可能呈現那種畫面。她們應該只會互相攻擊吧……和睦相處的樣子是絕對看不到了。

隨著這種煩惱越來越多，我也越來越羨慕金賢成。

他上輩子一定拯救了國家。
而我上輩子應該犯了很多罪。

第102話 中立國拉伊奧斯

即便心有不安，我對鄭白雪的數落還是停在一條適當的界線上。

其實我心裡很想發脾氣大罵她是不是瘋了，但我不可能說出那種話。

一點一點試探對方底線的鄭白雪，以及反應過度的車熙拉……我覺得雙方都有錯。

萬一過於偏袒車熙拉，可能會引發其他問題。

我先指責鄭白雪的態度，接著以希望她能稍微展現出尊重的態度為開端，說明自己其實沒有覺得不舒服。

當然也要多說幾句「謝謝妳為我著想」、「我很明白妳的心意」等，諸如此類的誇讚。

一開始嚴厲訓斥她時，她哭得唏里嘩啦，但聽到我不斷灌下的迷魂湯之後，表情也逐漸變得平靜。

就算事情沒有朝自己的預期發展，不過最後能以這些甜頭作結，她也覺得很滿意。

唉。

她好像還是跟以前一樣，只想著自己願意想的。

即使現在接受了我的嚴正警告，但我還是忍不住懷疑，不知道效果究竟能持續多久？

指責會讓她感到挫折，相對地，甜頭會讓她以極快的速度恢復平靜。

不管怎麼想，剛才發生的事都像是以後會發生的災難的預告片。不知道為什麼，我心裡總是不斷冒出這種想法。

才剛獲得力量，就馬上對車熙拉表露出敵意。這樣看來，她對其他人一定會更肆無忌憚。

這種感覺就像我把一臺行駛中的失控火車放在身邊。要是放任不管，就算現在保持安靜，未來也可能隨時會闖下大禍。

所謂的魔法，本來就是我難以理解的領域。一般的魔法師都有可能如此，何況是鄭白雪這種水準的魔法師。

我敢說，當她獲得能夠運用的龐大力量，很有可能會出現我想都想不到的魔法。

換個角度想，這就等同於等價交換。就算很累……但鄭白雪對我而言還是非常重要。如果掌握鄭白雪這樣的魔法師，只需要付出照顧她精神狀態的代價，那反而是相當划算的交易。

只是，需要照顧的人不只她一個，幸好車熙拉遠比鄭白雪更容易應付。

她是我認識的人之中，少數能好好溝通的對象之一……至少在她發瘋以前是如此。

站在我的立場，她們兩個能夠不產生摩擦，照這樣保持下去就是最理想的狀態了。

可是人際關係的事，不是這麼輕易就能解決的。搭乘同一臺馬車的過程中，空氣裡也瀰漫著詭異的氣息。

鄭白雪和車熙拉之間並未發生打鬥，但任誰都感覺得出來，兩人之間已經形成一股不尋常的氛圍。

戀愛博士朴德久，以及進化為鄭白雪危險感知器的韓素拉也不例外。

「所以我才說白雪大姐最近有一點暴躁啊！」

「啊……是嗎？」

「嗯，我不是說過好幾次了嗎？前陣子那麼忙，也沒時間做自己的事，我們柔弱無比的大姐當然也會覺得壓力很大啊！」

「……」

「在我看來，現在分明是到了需要更新進度的時候。雖然那位傭兵大姐的反應看起來有一點激烈，不過白雪大姐的眼神確實有些陰森啊。我一時找不到貼切的形容詞……但老實說我也滿害怕的。這麼說很對不起大哥，可是那時候我真的很想轉身逃跑。」

我的目光悄悄轉向韓素拉身上，果然看見她渾身顫抖的樣子。

「戀愛博士朴德久看得清清楚楚，所以大哥一定要相信我。坦白說，大哥和白雪大姐平常感情很好，但進展實在太慢，而且大哥這麼受歡迎，四面八方都有女生這樣！那樣！緊緊黏在你身邊。呵呵。不管大陸的愛情觀再怎麼自由奔放，像大姐這樣柔弱無力，連螞蟻都捨不得殺的人，還是會因為這種事感受到過多的壓力。反正就是這樣！我說得沒錯吧？」

「對……當然……」

我實在很想知道「連螞蟻都捨不得殺」究竟是哪裡來的情報，但我沒有力氣再反駁朴德久的話了。

最可憐的受害者韓素拉也同樣以「你在說什麼鬼話」的神情看著朴德久，但或許是為了社會生活，她還是姑且點點頭。

不過她依然緊緊抿著嘴唇，看起來就像是在隨時準備應對可能發生的突發狀況。

「你們兩個找時間出去旅遊，應該不錯吧？叫作納伯特男爵還是什麼的那個人，不，現在是納伯特議員了吧！他不是說他的領地有鏡之湖之類的東西嗎？你們可以找時間去那裡玩，划划船、慢慢享用晚餐，最好拖到不得已錯過末班車……」

「如果想去看鏡之湖，從這裡要繞很遠的路才能抵達。而且哪有什麼錯過末班車？不是有獅鷲嗎？」

「這些當然都是藉口啊！大家都是這樣的，呵呵。我是不方便說啦……但約會不就是這樣嗎？」

「以後的確可以找時間去玩……」

「但不是現在，是這個意思嗎？」

「想放鬆的話，可以到拉伊奧斯再說，對方應該也會好好招待我們。但我們抵達之後就會忙得不可開交，又怎麼會有時間休息呢？總而言之，就按照你說的，和白雪單獨外出就可以了吧？」

連春日由乃都計畫前往拉伊奧斯。除了黑天鵝的李智慧，和我有深厚關係的人可以說是齊聚一堂。

而且我和由乃曾發生過一次關係，心驚肉跳的程度更是不用多說。

可惡……當時我確實是在沒有任何衝突的情況下全身而退，反而還對鄭白雪發脾氣，藉此逃過了危機。

不過很會記仇的鄭白雪不可能忘掉那件事。

她對車熙拉都能這樣面露凶光，無法保證她不會對春日由乃如此。

況且春日由乃和車熙拉不一樣。足以名列帝國八強的實力固然強大，但她頂多是後援型角色。如果以戰鬥力計算，春日由乃肯定無法抵抗鄭白雪。

她該不會和在受詛咒的神壇時一樣，做出瘋狂的事吧？

照理說，自從鄭白雪重生事件後，她應該不會到現在還有那種瘋狂的想法。

界。

不過為了預防又發生意外事故，我應該聽從朴德久的建議，考慮多和她度過兩人世

就在我陷入沉思的時候，朴德久又再次開口。

到現在還在講同樣的話題，看來他也對這件事的反應也十分敏感。

只不過他擔心的重點和我不太一樣。

「另外就是……以後那位傭兵大姐和白雪大姐會怎麼樣啊？老實說我是無條件站在白雪大姐這一邊啦……可是這種氣氛還是讓人很不自在。比起直接打起來，氛圍更恐怖。乾脆讓她們一較高下還比較好吧……」

這種想法簡直就是自尋死路。

「話說回來，我聽說最近大陸上有很多這樣的問題。許多人都是一妻多夫、一夫多妻，當然會發生這種互相競爭的狀況嘛。那個，我有一個以前曾經一起喝酒的朋友，聽說他居然娶了兩個老婆。」

「哦，誰啊？」

「大哥你應該也聽過……他叫葛悟植。」

「我當然知道了。他也是個可用之材……你們是怎麼認識的？」

葛悟植剛好是我想要找人牽線的對象。

既然他是朴德久的朋友，看來我也沒有必要親自出馬了。

「當然是戀愛諮詢啊！簡單來說，他本身在經營戰隊，也有一定的實力，事情不知不覺就發展成這樣了。問題是那兩位的關係非常差，只要對上眼就會瞪著對方，時不時在背後說壞話、大吼大叫、爭執吵鬧，那位朋友夾在兩人中間，過著非常辛苦的日子。」

這哪裡辛苦啊……這樣已經算感情好了。

如果只是那種程度，我應該可以直接一笑置之。

不知道朴德久到底明不明白我的心聲，他自顧自地講著聽過的例子。

那些故事實在太冗長，我其實沒有認真聽進去。

「咳……總之，大概就是這樣。越是這種時候，大哥就越要振作起來才行啊。夾在中間的人最好能幫忙協調，找到其中的平衡。不是有一句名言說必須維持力量的均衡嗎？」

「我沒有聽過耶。」

「總而言之，在這種事情上，大哥的角色比誰都重要，這應該不用我多說。反正只要找一個機會讓兩個人的關係變融洽，這不就是能讓大家免於受苦的方法嗎？在那之前，安撫白雪大姐也很重要。既然大哥選擇和很多人維持關係，那就應該要從現在開始逐步照料這些關係才對，否則我敢說一定會變得很危險。」

這可能是未經思考就說出來的話，但「變得很危險」這一句卻聽起來相當嚴肅。

朴德久說得百分之百正確。

無論如何都要試試看，如果持續改善，說不定就能體驗到幸福的生活。

我很想再叫金藝莉和安其暮來演一齣戲，可惜他們並沒有在這輛馬車上。

回過神來才發現，我們坐上馬車也已經過了許久。

差不多快到拉伊奧斯了吧？

在和朴德久、韓素拉聊天的過程中，我悄悄看向窗外，周圍景色以相當快的速度掠過眼前。

我只是胡亂猜測，但與教宗國截然不同的異國風情十分引人矚目。

這裡是大陸上唯一的中立國。

拉伊奧斯並未具備如同教宗國或共和國般的強大勢力，但對我而言，這裡也是擁有無數可能性的國家之一。

這裡位處大陸南部，氣候溫暖，食物自然也很多元。而且該國有一面環海，因此成為教宗國和共和國的異邦人經常造訪的旅遊勝地。

我們來這裡的真正目的根本不是放鬆休閒或照顧鄭白雪，但就像朴德久說的那樣，我應該採取行動了。

「這裡的景色真是一絕啊……對吧，大哥？素拉也是第一次看過這種景色吧？」

「是，當然是第一次……」

「總之，大哥，這是個好機會。這種地方本來就會讓人變得更開放，大姐一定也做好某些心理準備了吧。」

我應該再問問那到底是什麼心理準備，但事到如今，我倒希望她不要做什麼心理準備。

當然，這些都只是我個人的期望。

不斷前進的馬車不知不覺已經停下，馬車的門開啟後，一道略顯稚嫩的聲音傳來。

「歡迎各位來到拉伊奧斯，李基英榮譽樞機主教大人、琳德的傭兵女王大人。」

我們終於來到了中立國。

＊＊＊

一下馬車，就看到一位擁有漂亮古銅色皮膚的人。

我可以明確感受到對方和我們來自不同地域。

相較於典型白人臉孔的教宗國人民，拉伊奧斯人民從外貌開始就令人耳目一新。如果用地球上的人種來形容，他們大概就像南美洲的人。

健康有彈性的皮膚，以及充滿光澤的黑髮都相當亮眼。

最有趣的是他們的服裝樣式。教宗國的裝扮讓人聯想到中世紀的華麗風格，而這裡的人民卻穿著簡便的衣物，畢竟很熱嘛。

我們南下了很長一段距離，天氣也相當炎熱，讓我也很想立刻將悶熱的衣服脫掉。

調節溫度的魔法持續在馬車裡運作，所以我們不覺得熱，但實際來到戶外就開始覺得有點不適應了。

啊……對了，有一件一直被我忽略的事，就是圍繞在我們身邊的伊拉奧斯人士的服裝。

他們的裝扮太過開放了。

這樣的打扮在這裡稀鬆平常，我卻很煩惱眼睛到底要看哪裡，視線無處安放。

無論男女，所有人都穿著類似表演用的暴露衣服，毫無避諱地展示出自己結實的身材，讓我不得不在意起鄭白雪。

原本在馬車裡埋頭苦練魔法的鄭白雪，果然也一到外面就稍微皺起眉頭。

只要我小心一點就好了。只要裝傻，眼睛不要到處亂看的話，應該能避免意外發生吧。

況且鄭白雪剛才還被我訓了一頓，應該也不會輕舉妄動。

總之，既然對方主動來迎接，我們也該做出回應。

車熙拉已經在我忙著分析異國風情的時候結束寒暄，現在輪到我走過去了。

眼前的人物是個看起來像國中生的女孩，我想她應該十五、十六歲而已吧？

她和其他人一樣有著小麥色皮膚，但編起的黑髮上戴著樣式獨特的飾品，看起來特別顯眼。

她看起來氣宇軒昂，非常恭敬地向我們打招呼。

敲擊額頭上的紅色鑽石圖紋是拉伊奧斯傳統的問候方式，雖然有點不習慣，但我想還是應該依照這樣的習俗打招呼比較好。

即使我的額頭上什麼印記也沒有，但我們仍必須盡可能展現尊重拉伊奧斯文化的姿態。

如果站在我面前的只是普通小孩，可能只需要點頭致意就好了，然而這位少女，正是拉伊奧斯第二十七代女王——普利斯蒂娜。

既然這個看似因為在外面奔波而曬得黝黑的孩子真實身分是女王，我當然不可能用對待普通孩子的方式應對。

「容我再次向您自我介紹，我是中立國拉伊奧斯的普利斯蒂娜。」

「久仰大名，普利斯蒂娜陛下，很榮幸可以見到您，沒想到您會親自出來迎接我們。如此隆重的待遇實在令我深感羞愧。」

「沒這回事，榮譽樞機主教大人。能夠見到教宗國的重要人士榮譽樞機主教大人，才是我的榮幸。」

「您不必如此客氣。」

「不，這可不行，畢竟您是重要的客人。我們還是先進去吧。」

「謝謝。」

我們只是短暫打過招呼，但從這段對話當中，我就能確信這次應該很難得到想要的東西。

他們的戒心很強呢。

畢竟他們也非常清楚我們為什麼要遠道而來。

使節團的最大目標就是與拉伊奧斯結盟。

刻意在中立國這個詞彙上加重語氣，以及表明不能隨意對待我們的態度，都散發出絕對不會被我們左右的強烈意志。

所謂的中立國，本來就是具備足以守護自己國家的力量才能成立。

然而這個位處南邊、夾在神聖民主教宗國和共和國之間的小國家，相比之下卻顯得較為弱勢。

無論是知名的強者人數、兵力的品質，甚至是異邦人，都沒有其他兩國來得那麼優秀。

諷刺的是，在這種情況下，拉伊奧斯還能站穩中立國的地位，只是因為它的位置就介於教宗國和共和國之間。

從前就每天心驚膽跳地看著兩個鄰國互相廝殺，最後演變成了這種局勢。

從某個角度來看，拉伊奧斯是兩個國家之間的戰略要塞。兩個國家不僅可以橫越海洋走海路，也可以直接經由拉伊奧斯攻進對方的國境。

站在共和國的立場，萬一拉伊奧斯和教宗國聯手，自己就很有可能被逼入窘境，而教宗國的立場也是如此。

實際上，帝國和共和國也曾考慮過直接摧毀拉伊奧斯這個國家，這就等於讓拉伊奧斯在兩國之間承受無妄之災。

不過這個計畫在第二次大陸戰爭之後便終止了。由於戰爭的緣故，當時帝國和共和國正處於可能會同時滅亡的時期，只好不得已選擇休戰。

拉伊奧斯發表不會支持共和國或帝國任何一邊的完全中立宣言，而帝國和共和國則決定尊重並接受。

雖然不知道當時的共和國和帝國為什麼會接受拉伊奧斯的中立宣言，但我猜想，或許是受到各個不同層面的政治因素所影響。

有可能是兩國都很擔心拉伊奧斯會為對方陣營提供支援，也有可能是當時的國家領導者們在休戰協議上有其他不為人知的約定。

反正這些我都無從得知，唯一能確定的是拉伊奧斯的歷代領導者一定全部都非常賢明。

政治手腕也是。我敢肯定他們的政治手腕不容小覷，在夾縫中生存的智慧也非比尋常。

太厲害了。

在列強之間腹背受敵，卻仍然能夠維持國家的主權，當然不簡單。

即使比不上教宗國或共和國，他們依然保有自己的主權。

我不知道住在這裡的異邦人怎麼想，但生活在拉伊奧斯的人民，想必都對自己的國家有極大的自信心。

悄悄回頭看，鄭白雪正和朴德久邊走邊聊，慢慢跟在我們後面，韓素拉也依然維持著安全距離。

目前好像可以放心了。

雖然鄭白雪還是對周遭很警戒，似乎覺得很不自在，但表情看起來不像是馬上要爆發的樣子。

如果在明天或後天主動提出一起出去玩的事，她應該就會放鬆心情，眉開眼笑了吧。

我、車熙拉，也就是這次使節團的主要成員，我們和普利斯蒂娜一起走在前面，並沒有跟鄭白雪走在一起。

刻意不乘坐馬車而選擇步行，雖然有點獨特，但我似乎能大概猜到女王的意圖。

這裡真是個好地方。

人們的臉上都洋溢著燦爛笑容。生活水準看似沒有那麼高，不過他們的幸福肉眼可見。

不知道大陸有沒有像地球那樣的國民幸福指數調查，假如真的有評價系統，這個國家無疑能名列前茅。

光是看著那些對普利斯蒂娜歡呼的百姓，以及逐一回應他們的女王，就已經能預見到結果。

城市裡的人們臉上充滿朝氣，被他們同化的觀光客們看起來也很愉悅。

其中包含從大灣來度假的人們，以及穿著和教宗國風格略有不同的服裝，看起來像是共和國國民的人。

雖然還是有一點微妙的緊張感，但既然這裡在《大陸法》當中被歸為非爭議地區，他們大概也知道要盡量避免摩擦。

這個地方真的好特別。

不管怎麼看都覺得很新奇的景象不斷出現在眼前。

這時，頭髮上戴滿裝飾的女孩再次向我們搭話。

「據我所知，兩位是第一次來到這裡。」

「是。」

「是的，沒錯。」

「我很好奇兩位是怎麼看待我們拉伊奧斯的呢？」

對方想要的答案很明確。

而且我已經預測到接下來會出現什麼對話。畢竟這個問題過於直接，感覺很難不順勢而答。

車熙拉巧妙地將回答的任務交給我，而我即便知道會被牽著走，也還是不得不開口。

「非常棒。人民的臉上容光煥發，每個人似乎都對自己的生活感到滿意。不管怎麼看都讓人覺得這裡的日子很美好。」

「感謝您這麼看好我們。聽到為了教宗國人民的理想而並肩奮鬥的李基英榮譽樞機主教說這些話，心情特別好呢。」

她輕笑了一下，繼續說著。

「這裡就如同您看到的一樣和平，當然這個國家還是存在幾個問題，但我不僅為歷代國王所創建的社會感到驕傲，也想繼續守護下去。」

我就知道。

「在兩個強國之間屢屢遭受傷害，引領這樣的國家走到今天，真的耗費了許多時日。除了第一次大陸戰爭與第二次大陸戰爭，另外還有無數的小規模戰爭、大飢荒與境外勢力的侵略，我們拉伊奧斯為了守護理想及主權，也免不了慘重的傷亡。我們當然很感謝重視這裡的教宗國與共和國人士……但坦白說，過度的關心會讓我們感到負擔。」

「我可以理解。」

「李基英榮譽樞機主教大人來到這個地方的目的，就是為了那件事吧。很抱歉在您還沒開口之前，我就先婉轉拒絕了您，不過就像以前一樣，我們拉伊奧斯沒有想要支持任何一方。當然，我也對共和國說了一模一樣的話，雙方的領導者應該都不用擔心了。」

換句話說，就是他們不想再次受苦。

假設他們將天秤往共和國或教宗國之中的某一方傾斜，那迄今為止建立的一切都有可能毀於一旦。

我對此也深有同感。這種感覺就像夾在鄭白雪和車熙拉兩大強國之間的李基英。不管是這邊還是那邊，都讓我想要誓死守住中立國的位置。

我敢說，現在我想宣稱自己為中立國的心情，一定比小說《廣場》[7]的主角更迫切。這麼說來，現在的情況就是我必須維持中立，但卻不想看到拉伊奧斯繼續選擇中立。真是人渣。

就連我自己也不禁覺得這就是典型的雙標。

7 1960年由韓國作家崔仁勳創作的小說。作中主角在韓戰後因父親的投北者身分而遭南韓人排擠，心寒的他選擇來到北韓，卻又失去了自由，最終決定離開令他絕望的南北韓，前往中立國。

「我們並不是專門為了這個問題而來，普利斯蒂娜陛下。關於其他的問題，我們也會一一詳細向您說明，您這麼說好像有點操之過急……」

「原來如此，榮譽樞機主教大人說得沒錯，是我太心急了。不過……希望您能理解，這是為了更明確向您表達我們的理念。當然，我們還是非常歡迎各位，拉伊奧斯隨時都歡迎所有蒞臨的訪客，並對所有人心存感激。接待造訪我國的使節團，自然也是我們的工作之一。」

「謝謝。」

「對遠道而來的朋友表達謝意，是這裡長久以來的習慣與驕傲。」

「原來如此……」

「各位應該很累了，我立刻帶大家去房間。啊，我記得各位都是第一次來拉伊奧斯吧？雖然由我來介紹有一點不好意思，但這邊有很多適合戀人約會的地方。我聽說車熙拉大人與李基英大人早在異邦人的大陸上就已經結下緣分了……兩位一起到處逛逛應該也是個不錯的選擇。」

「感謝您為我們著想。」

說這句話的是車熙拉。

此時的她心情似乎很好，但這個局面讓我莫名不敢往後看。

雖然不知道那孩子是不是跟我一樣想摧毀對方的中立立場，但她剛才攻擊的角度確實非常犀利。

「這樣看來，兩位真的很相配啊。」

我感覺到背後的溫度正逐漸下降。

那孩子應該不是故意的吧？

面對接二連三的攻擊，我忍不住露出有些狐疑的表情。

「我們這裡有一顆石頭，相傳只要在那裡互訴情意就能一輩子在一起，拉伊奧斯的情侶遊客很喜歡去那裡。明天兩位也可以找時間……」

不要再說了。

我知道她沒有惡意，但我真的很想立刻堵住她的嘴。

因為我看見鄭白雪氣到鼓起整個腮幫子了。

＊＊＊

普利絲蒂娜精準銳利的攻擊讓人不安，不過拉伊奧斯是個比我想像中更和平、更適合居住的地方。

在歡迎使節團蒞臨的宴會中，我不時會有這樣的想法。

不確定是因為充滿異國風情的景色，或是當地特有的風俗民情，總之我似乎能明白為什麼會有那麼多的人喜歡造訪拉伊奧斯了。

這裡的人們都討厭鬥爭，非常重視平衡與融合。

大部分的國民都認為自我管理與自律是最崇高的價值，其中還有幾種特別的行為讓人聯想到地球的佛教。

其實這裡與教宗國不同，最主要的職業是修道士及苦行僧。

這些人的職群大致可以歸類為祭司，但本質上還是跟教宗國內部的神聖騎士團不太一樣。

如果說聖騎士的追求是對神的信仰，這些人講究的就是精神上的修養。

某個角度來說，或許有可能為了宗教問題而引發衝突，但也不一定如此。

我想應該是因為拉伊奧斯的國民祀奉的瑪哈瑪拉女神，與貝妮戈爾女神可以說是友好關係。

瑪哈瑪拉女神的教義並不提倡對女神的信仰，而是強調信徒自身的修行與幸福。

我相信他們會產生這種民風，很大的基礎是來自於瑪哈瑪拉女神的教義。

這裡還真是個好地方啊。

也因為如此，整個國家都相當樸實，沒有任何奢侈。

不過他們也不可能對教宗國的貴賓招待不周。最好的證明就是這場招待我們的宴席，對他們來說，已經是最為隆重的盛會了。

絕對不可以在代表著教宗國的使節團面前出錯，這樣的心思顯而易見。

畢竟教宗國是個泱泱大國，就算經歷過市民革命，教宗國依然穩穩站在大陸局勢的中心。

至今為止，我雖然被招待到各種場合不少次，但這是我第一次見識到如此令人感到舒適的宴會。

舞孃表演的舞蹈美麗迷人，當地的文化及音樂也相當精彩悅耳。

我久違地感受到類似度假的放鬆感，到了宴會尾聲，我幾乎已經是喝醉的狀態。

「您還滿意這場宴會嗎？」

「我們度過了一段非常愉悅的時光。受到如此盛情的款待，真不知道該怎麼表達心中的感謝。」

「您能滿意真的太好了。我一開始還很擔心食物和酒水不合口味……現在終於可以放心了。我準備了一棟別墅，提供給各位自由使用，使節團的貴賓們可以在那裡過夜，明天再慢慢參觀拉伊奧斯。」

「感謝您的招待，普利斯蒂娜陛下。」

他們提供的待遇真不錯。

我從剛才就有這種感覺，這孩子似乎知道該怎麼做才可以討我們歡心，而且不是以卑躬屈膝的奉承姿態。

既然普利絲蒂娜已經委婉拒絕我方的結盟提議，我想這場宴會應該也帶有致歉的意思。

現在天色已晚，差不多到了該上床睡覺的時候。

只是剛從座位起身，我就能感受到醉意一下子湧上來。

誤以為是甜酒而毫無節制地喝下肚，最後就變成這樣了。看來那些酒的後勁很強啊。

再加上長時間的旅途，身體早已疲憊不堪。

或許是察覺到我重心不穩，朴德久默不作聲來到我身邊攙扶我。

鄭白雪緊緊抓著我的手臂，一副很害怕我被搶走的樣子，車熙拉則在這時和我交接任務。

現在開始由她親自和那個孩子打交道。

她偷偷朝我們快速揮手，讓我們趕緊離開。

朴德久點點頭，我也簡單打過招呼，就這樣先行離開宴會廳。

真的好累啊……

相較之下，朴德久和鄭白雪的狀態正常多了。

不管怎麼說，能力值的差異似乎讓我更容易喝醉。

甚至連韓素拉看起來都沒有我這麼茫，我突然對自己低下的體力值感到心酸。

「哎唷，大哥，你是不是喝太多了啊？我從來沒看過你醉成這樣。」

「大概吧，我今天真的特別累。」

「我能理解大哥的心情。畢竟好久沒有這麼開心的場合了嘛，而且這裡的人看起來也都是好人。」

「是啊。」

「總而言之，今天就好好休息，明天再和大姐一起到處逛逛吧。話說回來，這裡好像到處都有新奇的景點啊。」

「是嗎？」

「嗯，還有一個叫作真理之窟的地方，據說是在幾百年前被發現的女神遺跡。雖然我也不太清楚到底是什麼，但這裡好像保存了很多被《大陸法》指定為文化遺產或受保護文物的東西。聽說拉伊奧斯還有明令禁止獵殺瀕臨絕種的怪物，這些歷史文物應該也都被保存得很好吧？」

「嚴格來說，教宗國也非常小心地在保管和貝妮戈爾女神有關的物品。」

「啊，教宗國也有這種東西嗎？」

「嗯。」

「反正這裡好像比想像中好很多啊。」

「嗯。」

我快累死了。

這大概是我一直接下鄭白雪從旁邊遞來的酒所造成的副作用吧。

雖然鄭白雪因為擔心我而緊抓著我的手臂，亦步亦趨地跟著前進，但實際上就和朴德久拉著我們兩個往前走沒有兩樣。

沒多久，我們就來到了寬敞的別墅。

別墅外觀散發著異國風格，但內部裝潢卻與教宗國相似。看來這應該是每當教宗國使節團來訪時使用的場所沒錯。

「從、從這裡開始交給我吧。」

「什麼？」

「我可以帶基英哥去房間。」

「那就這麼辦吧！」

「好，那、那就交給我吧。」

朴德久朝我豎起大拇指表示「太棒了」，但很可惜，我已經沒有力氣做出任何回應了。

此時只有睡意不斷向我湧來。

我滿腦子只有昏昏欲睡的感覺，連正常的思考都顯得困難。幸好不用洗澡，魔法在這種時候真有用。

進入寬敞的房間後，我當然是直接倒在床鋪上。

即便聽見鄭白雪問「要、要幫你洗臉嗎」，我也只能用螞蟻般的微弱喉音傳達同意的信號。

逐漸被睡魔侵襲的過程中，我當然也在思考著關於拉伊奧斯的問題。

目前的狀況還說不上急迫，但現在的教宗國確實需要值得信任的同盟國。

成天惹是生非的共和國一開始就不算在內。

至於王國聯盟，他們正處於對我們提高警覺，準備短兵相接的狀態，所以能夠爭取支持的對象就只有拉伊奧斯和異種族而已。

我開始思考該怎麼接近這些一直以來都宣稱中立的人們比較好，但我還是找不到適當的答案。

抓一些把柄小題大作，讓他們和共和國的關係惡化，這樣好像也不賴……

最好不要操之過急，再等一段時間吧。

他們表面上對我們無微不至，但其實已經對我們十分警戒。所以我猜，他們應該也和共和國的人保持著一定的距離。

頭好痛……

明明可以放輕鬆充分休息，還一直想著這些事情，看來我真的是工作狂沒錯了。

就像那個女王小朋友說的，我也希望至少明天可以什麼都不要想，好好度假。

在這些思緒的盡頭，我終於閉上眼睛沉入夢鄉。

直到感覺到陽光照著我的臉，我才從床上猛然坐起。

時間已經來到隔天早晨。

「呃……我的頭。」

「基英哥，你醒了嗎？」

「啊，白雪。現在幾點了？」

我把頭轉向聲音傳來的方向，就看見鄭白雪在門邊，捧著一個大碗走來走去的樣子。

「現在三點了。」

「三點？」

「是，我想說你差不多該起床了，就盛了一點燉肉過來。這是我親手做的！我才剛做好，你就醒來了。」

「已經這麼晚了嗎？」

「是。」

「感覺好像沒睡幾個小時……身體怎麼會這麼累呢？」

「昨、昨……昨天太辛苦了吧。」

她說得對。

稍稍轉頭看向鄭白雪，她正露出笑顏逐開、嘴角上揚的表情，看來她今天的心情很好。

昨天她在舞孃登場的時候鼓著嘴，我本來還有點擔心，幸好過了一個晚上，她的煩躁似乎消退了。

看她朝氣蓬勃的樣子，應該也睡得很好。

她的皮膚充滿光澤而且有彈性，一點也看不出來昨天晚上有一起喝酒。整張臉乍看就像抹了油一樣，散發著強烈的愉悅神情，不知道這是不是魔法。

總之，這副模樣也讓我稍微安心了。

畢竟現在有太多事讓我感到頭疼。

好不容易有這樣的反應，我自然也感到心情輕鬆。

「看起來……基英哥好像還是很累，先吃完這個再繼續睡……」

「不了，都來這裡了還只是睡覺，有點可惜呢。我只要喝一瓶藥水，稍微活動一下就沒事了。熙拉姐呢？不，德久也還在房裡嗎？」

「啊，兩位和素拉小姐一起出去了，紅色傭兵的成員們也是。他們好像打算今天要在拉伊奧斯四處參觀，還請我在基英哥醒來後跟他們聯絡。」

「是嗎？」

「對。」

「還有很多時間，我們慢慢來吧。啊……對了，白雪。」

「咦……怎麼了？」

「我最近有點冷落妳了吧？」

「沒、沒有……因為基英哥很忙，要、要做的事也很多，我可以理解。」

「謝謝妳理解我。」

輕輕在她額頭留下一吻，就看到她低下頭，整張臉和雙耳漲紅的反應還滿可愛的。

吞下鄭白雪做的索然無味又奇怪的燉肉之後，我很快就開始準備出門。

如果艾里絲侍女在的話就好了。

把教宗國的領導者稱為侍女，連我自己都聽不下去。不過身體實在太累，思緒也因此亂成一團。

平常確實覺得她在身邊幫忙會讓我有壓力，但這種時候卻突然感到可惜。

不管鄭白雪再怎麼努力照顧我，專業和業餘之間依然存在著無法橫越的鴻溝。

心裡雖然很感激鄭白雪，但她說要幫我而氣喘吁吁地到處奔走，反而拖延了我的準備時間。

「我們走吧。」

「好！」

「這樣好像久違的約會喔，對吧？」

「啊！對！真、真的呢！」

好吧，今天就由我為她服務吧。

反正不久後又要和車熙拉會合，就算只有短暫的時間，但能待在一起的機會對鄭白雪來說也十分珍貴。

而且她現在正巧心情愉悅，繼續維持這樣的氣氛好像也不錯。

這麼做不只可以享有片刻安寧，還能提高讓她與車熙拉改善關係的可行性，我也可以解決一項煩惱。

託鄭白雪的福，我的心情似乎也好轉許多。

本來以為所有事情都能順利解決，結果過不了多久，我就沒來由地感受到一股即將發生意外的預感。

那位大姐怎麼會在這裡？

雖然是記憶早已模糊、名字也想不太起來的人，但出現在眼前的女子非常眼熟。

第一次見面是在黑市，第二次則是因為車熙拉暴走而受到她的幫助。

我唯一認識的共和國人脈，同時是共和國引以為傲的五虎將成員，也是傳說級武器罰神之鞭烏爾德的持有者。

在我看過的特有癖好中，她也是擁有最變態癖好的人之一——小林。

媽的……我下意識轉身倉皇地逃離。

畢竟是我虧欠她在先。

第103話　羊入虎口

今天是什麼倒楣的日子……

如果我沒有看錯，那個人應該是小林。

發動心眼查看資訊，除了能力值有所增長，特有癖好、職業等內容都和之前看過的完全相同。

總是隨身攜帶的兩個手下也和以前一樣。

我百分之百確定她就是小林。

在其中一個嘍囉拿著的包包裡，肯定就裝著她的傳說級武器。

他們看起來就像是剛從別墅出來，輕鬆愜意地在拉伊奧斯街道上的商店中閒逛。

在街上撞見不想見到的人，馬上轉換前進方向的反應再正常不過。

可惡。

當初以近期內安排約會為條件請求她的幫助，至今也已經過了一年。

寫著「務必遵守約定」的信件隱約浮現在眼前。

她也是和鄭白雪、車熙拉差不多等級的瘋女人，我當然無法預知她會對我做出什麼事。

要是讓鄭白雪遇上那傢伙，說不定會在中立國闖禍。

鄭白雪因為我突然變換路線，而露出有點意外的表情環顧四周。

「哦？」

令我沒想到的是，一道明顯是因為震驚而發出來的聲音，瞬間迴盪在街道上。

鄭白雪似乎有點摸不著頭緒，但我卻清清楚楚聽見了那個瘋女人的聲音。

被她發現了嗎？

在擠滿拉伊奧斯人民與觀光客的商圈中心，我卻只聽得見那聲大叫，只好立刻拽著鄭白雪的手臂。

快走，快！

我一股腦轉身往後走，所以到現在還沒辦法確定對方有沒有發現我們。

「基英哥，你怎麼……」

「我現在突然不想被別人干擾。」

「基、基英哥……」

我和共和國的瘋女人約好要私會的事，沒必要讓鄭白雪知道。

拉著有點感動的鄭白雪，我們很快就脫離人潮聚集的區域。

雖然好像已經拉開一段距離了，但我反而覺得更不安。

要繞去街道的另一邊嗎？還是立刻去找熙拉姐比較好？

正當我想著只要能成功擺脫，去哪裡都無所謂的時候，鄭白雪悄悄地說道。

「那個，基英哥。」

「嗯。」

「好像有人跟著我們。」

「什麼？」

「有三個人一直跟在我們後面。雖然沒辦法指出正確位置，但好像是剛才遇見的人派來的。」

「妳確定不是紅色傭兵的成員嗎？」

「對，不是那些大叔們，應該是剛才那個女生身邊的人。雖然沒有看清楚，但是我可以確定是他們沒錯。」

靠……

「該怎麼辦？」

「先不管他們，慢慢甩開就好。那個人呢？」

「好像沒有看到那個女的。不知道為什麼，那些人似乎也不想被發現，現在跟我們還離很遠。難、難道是你認識的人嗎？」

「算是吧……」

聽到對方也不想引起太大問題，就是不幸中的大幸了。

我在想，乾脆直接找到她，然後若無其事地打招呼，是不是也不算太糟……

但是她也是徹底的瘋婆子啊。

她不僅是黑市的VIP，從她的眼神也能感覺到這個女人精神不正常。

我不知道她的特有癖好「絞首浪漫派」究竟是什麼意思，但我可不想在這個年紀就被絞首而亡。

除了腦袋裡的思想有問題，小林也有可能因為情緒越來越激昂而做出某些動作。

當然，鄭白雪也有很高的機率會對那些動作做出反擊。

於是我瞬間整理好思緒，既然確定她人在拉伊奧斯，還是之後再另外跟她聯繫比較好。

現在先假裝沒有發現她，盡速離開這個地方才是最正確的選擇。

我輕輕拉著鄭白雪盡量往人多的地方移動，接著開始繞行城市的外圍。

或許是覺得約會受到妨礙，鄭白雪在這個過程中一直鼓著臉頰，而我當然也沒辦法專心在這場約會中。

因為鄭白雪無時無刻提防著跟蹤我們的人，我也忍不住擔心拿著鞭子的瘋女人不知道什麼時候會從我面前冒出來。

而且鄭白雪同樣處於一觸即發的狀態。

只要想想琳德恐攻事件，她會這麼敏感也不是沒有道理，畢竟當時事情也是以這種方式開始的。

我們到處逛了好幾家店和各個巷弄之後，終於在鄭白雪的魔法協助下得以擺脫對方的追蹤……但問題是我們離市區太遠了。

這裡是哪裡啊？

目前也不算迷路，旁邊還有一個最可靠的保鑣，所以我並沒有感到慌張。只是一想到回去的路途，腦中還是一片空白。

懷抱著好好遊覽拉伊奧斯的心情出門，卻不得已面臨令人感到沮喪的情況。

鄭白雪只是沒有把情緒擺在臉上，但其實她也覺得有點失望。

兩個人單獨出門本來就睽違已久，而且她也相當期待，錯過這次不知道什麼時候還有下次時間，因此我想鄭白雪應該把今天視為非常珍貴的機會。

然而她的幸福計畫卻因為意外的不速之客受到阻礙。

「還是下次再出來吧，今天狀況不太好。」

「好的……基英哥。」

簡單來說，讓鄭白雪保持心情愉悅的初衷，已然完全崩塌。我只能祈禱帶她去高級餐廳吃飯這個方法，能多少幫忙舒緩她的情緒。

附近的餐廳全都還在營業中，恰好也到了用餐時間，我可以趁現在牽著鄭白雪的手前往適合的餐廳。

我又該怎麼跟熙拉姐解釋呢？

我必須照顧鄭白雪的心情，同時也要在車熙拉身上多花時間，實在傷腦筋。

我們選定了一間適合的餐廳，走進去之後看到的內部風格也十分對味。整體散發著高級感，坐滿客人的席位看起來也很不錯。

有點奇怪的是，這裡的客人大多不是一身古銅色皮膚的拉伊奧斯人民，甚至還能看到和教宗國人民氣質有點不同的白人。

這又是怎樣……

就在我隱約察覺不對勁的瞬間，心眼發動了，彷彿在呼應我不安的心情。

〔您正在確認玩家范倫丁·亞歷山德洛的狀態欄與潛在能力。〕

〔姓名：范倫丁·亞歷山德洛〕

〔稱號：羅納夫的怪物、羅納夫的屠殺者、共和國五虎將〕

〔年齡：39〕

〔傾向：單純無知的劊子手〕

〔職業：羅納夫的打手（英雄級）〕

〔職業效果：習得基礎格鬥知識〕
〔職業效果：習得中級格鬥知識〕
〔職業效果：習得高級格鬥知識〕
〔職業效果：習得高級魔力運用知識〕
〔能力值〕
〔力量：97／成長上限值高於傳說級〕
〔敏捷：89／成長上限值高於傳說級〕
〔體力：91／成長上限值高於傳說級〕
〔智力：31／成長上限值低於普通級〕
〔韌性：87／成長上限值高於英雄級〕
〔幸運：32／成長上限值低於普通級〕
〔魔力：61／成長上限值高於英雄級〕
〔特性：憤怒控制（傳說級）〕
〔總評：魔力值低下有點可惜，但力量、敏捷和體力呈現相當完美的平衡。傾向與特有癖好都不太好，如果玩家李基英不想英年早逝的話，不建議和這樣的人長時間待在一起。〕

我要瘋了……

最引人注目的就是這個體形和朴德久差不多的大塊頭白人。不，光是看他坐著的模樣，就能感覺他比朴德久更高大。

他的臉上有一道長長的疤，讓他散發著邪惡反派的凶惡形象。

他似乎不是常見的格鬥家，從獲得高級魔力運用知識的職業效果看來，他應該已經達到一定的水準了。

傾向看起來也非常危險，不過最讓我在意的反而是共和國五虎將的稱號。

靠……

除了他，還有另一個傢伙也很顯眼。

那個人坐在餐桌的主位，是一位黑髮、體型和我差不多的人物，應該是中國人吧。

他的氣質看起來比較和善，和有點卑鄙的我不一樣，然而他的能力值卻一點也不平易近人。

〈您正在確認玩家秦澄的狀態欄與潛在能力。〉

〈姓名：秦澄〉

〈稱號：軍師、戰場上的賢者、共和國五虎將〉

〈年齡：30〉

〈傾向：精於策劃的戰術家〉

〈職業：軍團魔導士（傳說級）〉

〈職業效果：習得基礎魔法知識〉

〈職業效果：習得中級魔法知識〉

〈職業效果：習得高級魔法知識〉

〈職業效果：習得高級召喚知識〉

〈職業效果：習得高級魔力運用知識〉
〈能力值〉
〈力量：65／成長上限值高於英雄級〉
〈敏捷：75／成長上限值高於傳説級〉
〈體力：89／成長上限值高於稀有級〉
〈智力：99／成長上限值高於英雄級〉
〈韌性：77／成長上限值高於稀有級〉
〈幸運：67／成長上限值低於英雄級〉
〈魔力：97／成長上限值高於英雄級〉
〈特性：不可閱覽。〉
〈總評：擁有完美平衡的魔導士，拿玩家李基英的能力值與天賦跟他比較都有點慚愧，這裡姑且不談。很可惜魔力值沒辦法繼續攀升，但99的智力值和卓越的基本能力值，大幅彌補了這個缺陷。〉

這一位也同樣是共和國的五虎將。

看得出來其他跟班大概也是實力相當的人。

他們是剛好在聚餐嗎，還是有其他事？

我腦中理所當然浮現立刻逃離這裡的念頭。

不明所以的鄭白雪看著我的臉，表情就像是在催促我趕快走進去，但我實在無法邁開腳步。

因為突然有客人上門，大家也都對我們投以好奇的目光。

不只身材比朴德久更魁梧的共和國俄羅斯人，連擁有不可思議能力值的中國籍魔導士，也同樣望著我們這個方向。

他們應該不知道我是誰吧？

雖然我認為他們應該不認得我，但我極有可能被自己這張臉出賣。不，就算他們不認得我，應該也有很大的機率推斷出我是教宗國人。

率先開始動作的是身材極為壯碩的范倫丁．亞歷山德洛。

我沒在開玩笑，他的身體看起來真的比我大三倍。

「應該是帝國，不，教宗國人吧。」

他的聲音就像喉嚨裡有痰，讓人聽起來很不舒服。

中國人秦澄用手指敲了敲桌子，視線停在我身上，臉上帶著感興趣的表情。

我不確定其他人的想法，但感覺這個傢伙已經認出我了。

鄭白雪也察覺到氣氛不對勁了，我發現她正在緩緩釋放魔力，只能先緊緊握住她的手。

我們只有兩個人，而他們占多數，甚至還有兩名共和國的五虎將。姑且不論鄭白雪的能力值，我的戰力目前還是難以匹敵。

如果真的打起來，送命的絕對是我們。

雖然我們在中立國境內……但也不保證不會發生衝突。不知道算不算屋漏偏逢連夜雨，我們的後方竟然傳來了一道熟悉的聲音。

「這群白痴畜生，這樣也會跟丟？沒用的傢伙，簡直跟垃圾沒兩樣。」

媽的……連退路也完全被切斷了。

猛然拉開店門走進來的人，正是那個鞭子女。我當然是相當恐慌，但也不得不厚著臉皮向她開口。

「小林大人！您怎麼在這裡！」

「你……」

「我不知道找了您多久呢，哈哈哈。」

不過她的反應不太理想。

「您還是跟以前一樣貌美啊。」

今天本該充滿幸福的鄭白雪，頓時毫不保留地露出反感的表情。

＊＊＊

小林的表情充滿困惑。

臉上彷彿寫著「這傢伙為什麼在這裡」的樣子。

面對突如其來的阿諛奉承，她一下子反應不及，看起來還有點驚訝。

一直看著我們的大塊頭俄羅斯人以及軍團魔導士秦澄，也持續用好奇的神情觀察我們兩個。

他們應該意識到我和小林曾在某處打過照面。

「是認識的人嗎？」

秦澄沒有表達任何想法，反倒是范倫丁用可惜的語氣喃喃說著。

我不知道他在可惜什麼，唯一能確定的是，我們必須盡速離開這個地方。

我用力握住鄭白雪的手示意她冷靜，她的呼吸這才終於有逐漸穩定下來的趨勢。

原來她不是在吃醋，而是同樣感受到了極大的壓迫感。

眼前的三個人實力明顯都和她差不多，讓她非常擔心我會不會遭遇危險。

她一副毫不在意我，只是低頭喃喃自語的模樣，雖然看起來像是在管理形象，但其實是在準備應付可能會爆發的意外。

「你……」

「很抱歉這麼晚才跟您聯絡。」

「這應該不只是太晚聯絡的程度而已吧？我明明跟你說過，如果你不遵守約定，我不知道做出什麼事。」

「我當然也很想跟您聯絡，但您應該也知道，過去這段期間，教宗國接二連三發生許多劇烈的動盪。不管我再怎麼想見您，也完全抽不出時間……我也很為難啊。」

「是嗎……剛才我們好像有遇到，看來是我的錯覺啊。而且，要來見淑女的話，禮儀上不是應該自己一個人來嗎？旁邊還帶一個女的又是什麼情形？你又是怎麼知道我會來這裡的？」

可惡……我沒有想到這一點。

第一句話就說錯了。我不應該說「不知道找了您多久」，而是應該用「真巧啊」之類的臺詞當開頭才對。

她此時的語氣聽起來就像在質問我，是不是在偷偷跟蹤共和國異邦人？

秦澄的臉上露出狐疑。

大概他心裡會浮現「被跟蹤了嗎」或者是「他很在意我們的行蹤嗎」，諸如此類的想法吧。

不過，根本沒有這些事。我們真的只是不經意走進來這裡，遇到小林也純屬偶然。

然而一位教宗國的當權者走進像這樣的郊區餐廳，站在他們的立場來看，確實會覺得很可疑，也很可能認為我有什麼目的。

「您應該是認錯人了。我來到這個地方也純屬偶然。話說回來，您真是一點都沒變呢。」

「你也是，那張嘴也還是沒變，見風轉舵的樣子也一如既往。這裡有這麼多餐廳，偏偏剛好走進這一家，你說這是巧合？我不知道你是怎麼找到這個地方，或是為什麼要進來，但你應該也知道，現在的情況對你們來說不太好吧？就算再怎麼跟我熟識，突然到訪也會變成不速之客。我當然是無所謂，但我不確定我的朋友們會怎麼想……就當作你是堂堂正正地來找我，你身邊沒有帶著其他人好了，我現在就好像看著一隻自己跑來要求被吃掉的草食動物呢……該怎麼辦好呢？要把你抓起來吃掉嗎？」

他媽的……

「這是誰啊？」

「啊，范倫丁大人應該也知道……」

「所以說，他是誰？」

「就是最近在教宗國最大名鼎鼎的人物嘛。位於琳德的帕蘭公會副會長、被龍選擇的人、首位在神聖帝國受封爵位的異邦人、教宗國八強、傭兵女王的情……」

突然，一顆拳頭落在離他們最近的那面牆上，牆面在一陣驚人的聲響中崩塌。

鄭白雪反射性地對那道巨響做出反應，瞪大眼睛擺動手指。正當她忙著施展魔法，後方又瞬間出現一把短刀。

短刀架著鄭白雪的脖子，但她卻彷彿毫不在意，急忙打算開口。

她似乎決定就算赴死也要念出咒語，但我不能就這樣莫名其妙失去鄭白雪。

「住手！」

所有的動作瞬間凝結，原本即將刺向脖頸的短刀也同時停住。

鄭白雪白嫩的頸部流出一道鮮血，小林聞言放下手中的利刃。

「如果妳念了咒語，妳現在可能已經死了，雖然這裡的大多數人應該也會跟著陪葬就是了……其實剛才那個一點也不算什麼，妳不用那麼激動，魔法師小姐。那位大叔只是有點神經質。」

那他到底在幹嘛啊？

「對了，之前我和那個紅色母猩猩發生了一點衝突，那次好像真的滿嚴重的，我臉上這個傷疤就是那隻母猩猩的作品。那個大叔大概是因為我講到傭兵女王的名號才會那樣……我還是不要提到傭兵女王什麼的比較好。」

她在我面前擺出咯咯笑的表情。就算是單純的玩笑，這玩笑未免也開太大了。

而且那個傢伙現在看起來就像即將爆炸的炸彈，臉上青筋突起，眼睛也怒瞪著我。

他不斷喘著粗氣，充滿壓迫感的氣勢更是朝我襲捲而來。

這種感覺就像老鼠遇上貓，我差點一下子腿軟，但表現出柔弱的樣子沒有絲毫用處。

鄭白雪咬緊牙關，直到握住我的手，心情才稍微放鬆一點。

此時，他的拳頭又在毫無徵兆的情況下襲來。

幹……他瘋了！

周遭的物品都因為氣壓而四處飛散，耳邊傳來空氣被劃開的聲音。

鄭白雪緊抿著嘴唇，就算我想要做出反應，還是會忍不住在意身後的小林。被打中的話，我一定會直接變成血肉模糊的屍塊。

其實我心裡還是有稍微相信她，即便如此，也不可能完全不害怕。

當死亡的威脅瞬間來到眼前，我下意識回頭尋找那位讓我抱有期待的女子。

結果小林已經不在那裡了。

雖然嘴上咒罵了幾聲，但我還是趕緊準備施法，鄭白雪也試圖重新開始念咒語。

這時我發現小林已經來到我們面前，手指的動作也跟著停滯。

我看見她用鞭子纏住對方的雙手，阻止了他的攻勢。

太……太厲害了！

空氣中再次傳來巨響，兩人的對話也在耳邊響起。

「你這是在做什麼，想殺了他嗎？我沒說過他是我的客人嗎？」

「放開我。」

「我不放的話，你又能怎麼樣？現在該收手的人是你，最好在我發脾氣之前滾開。」

「妳……」

簡直是一團糟啊……現在無論如何都必須控制住場面。

情緒相當激昂的野豬滿臉通紅，小林的力量似乎也難以正面抵擋他的攻擊，雙手吃力地顫抖。

小林的戰鬥模式本來就適合中長距離，我想她現在應該只是勉強擋下對方的攻勢而已。

希望能有人能趕緊來勸阻這樣的場面，因為我被嚇到快要閃尿了。

幸好他們之中還有一個正常人，我很需要他來當那條能控制這兩個瘋子的韁繩。

「你們最好不要再打了，范倫丁大人、小林大人。這裡是中立國。」

在後方觀察事態的傢伙，正是軍團魔導士秦澄。

最神奇的是，他只說了一句話，憤怒調節障礙患者和瘋婆子就慢慢往後退了幾步。

大塊頭的手還在發抖，但他似乎是藉由把桌子打爛的方式在強忍怒氣。

小林也默不作聲，開始讓身旁的小嘍囉幫她治療手臂。

看似和善的小白臉慢慢從座位上起身，往我這邊走來，開口道。

「再繼續打下去，連我們也會面臨不利的情況。他是首位得到榮譽樞機主教稱謂的異邦人，也是受到由教宗國教皇廳的聖騎士庇護的人物之一……雖然我也不清楚那些人究竟是怎樣的存在，不過即便剛才小林大人沒有從中阻擋，他們應該也會出手。」

他很了解嘛……

其實我不曾看過聖騎士，我也只是聽說聖騎士會負責我的安危，從來沒有測試過聖騎士會不會真的跳出來，更不知道他們到底是怎麼保護我的。

可是剛才真的很危險啊……他們為什麼沒有出現呢？

這讓我有點擔心聖騎士是不是會在事情爆發後才遲遲現身。

「目前教宗國的使節團正停留在拉伊奧斯境內，《大陸法》也明文禁止在中立地區發生衝突。就算不是這樣，殺掉外國人士也同樣很危險。無論是我們還是對方，都需要盡可能避免在國際間遭受非難……尤其是最近這種敏感的時期。我可以明白范倫丁大人的心情，但他並不是傭兵女王本人啊。」

「……」

「就算不是這裡，以後總有機會見面的。不過站在我的立場，將來也不要發生這種事才是最理想的……啊，這麼說來，我還沒自我介紹呢，李基英榮譽樞機主教大人。我是共和國五虎將成員之一，同時兼任共和國軍師的秦澄。很榮幸能見到您。」

「啊，很高興能見到您，我對您也是久仰大名。」

其實我從來沒聽過他的名字，但他還是朝向我點點頭。

有種「我就知道會這樣」的感覺。

他神情很愜意，但只看一眼就能知道他是個心思縝密的人，實際上，他的智力值的確高達九十九。

當然不能單憑智力能力值斷定一個人是否聰明，但眼前這位魔法師看起來確實非常聰穎。不僅是因為「軍師」的稱號，還有我沒辦法閱覽的特性也是如此。

雖然不太可能，但我不由得開始好奇他是否擁有神話級特性，或者具備如同我和春日由乃一樣的特殊能力。

水準真高啊。

在稍微冷靜下來之後，我再次意識到這些人的實力比我想得更高強。

就算只是牽制范倫丁·亞歷山德洛也讓曾經和車熙拉對峙三十分鐘以上的小林受傷，可見他本身就是一顆行走的炸彈，無論是稱號或傾向都是如此。

此外，看起來待人和善的秦澄明明擁有相當驚人的能力值，卻似乎在隱藏著什麼，照這樣看來……難道他比教宗國八強還厲害嗎？

當然，教宗國八強裡也有像車熙拉和金賢成這樣的怪胎。

可是眼前這些人的能力卻遠遠超越教宗國八強當中實力較弱的人。也就是說，魏蘭、朴延周、陳冠偉等人，都沒辦法對抗我面前的這些傢伙。

或許不應該光用能力值、特性、武器配備的狀態等肉眼可見的條件來判斷強大與否，但也不能說能力上的差距完全不存在。

「嗯……雖然我不知道您來到這裡的原因，但兩位直接走進來也無妨。總之先打招呼應該沒錯。來！請入座吧，這位女士也一樣。」

「謝謝。」

他為了讓我們順利坐下而輕輕拉開椅子，不過鄭白雪卻皺起眉頭，看似對他的體貼感到不舒服。

不知道為什麼，他的舉止散發著一種對鄭白雪獻殷勤的感覺。看來他也意識到了鄭白雪是這世上獨一無二的人才。

我不知道他是否有身為異性的心思，但不管是哪一種，都不能否認他讓我很不順眼的事實。

而且他還用一副很感興趣的表情看著我。

「話說回來……您應該還沒有用餐吧……」

「對，還沒。」

「在這裡吃飯會花上很多時間。在我們等待餐點的同時，能不能邀請您一起玩個簡單的遊戲呢？」

他突然說什麼鬼話啊？

第104話　簡單的遊戲

「您是說遊戲嗎？」

「是的，只是單純的娛樂消遣而已。您只要想成是西洋棋或象棋之類的遊戲就可以了。只不過這個遊戲比那些更複雜一點……我相信您應該很快就能理解。」

突然說要玩什麼遊戲啊？這個瘋子……

我實在很想跟他說我不在乎這些，趕快放我們回家吧，但我怎麼可能說得出口。現在我能不被其他事情纏身，還可以保持人身安全，我想都是因為眼前這個小子。所以說，我們目前暫時安全了嗎？

聽到他說以後就算在非中立區域也不希望發生問題，想必他也不怎麼想牽扯上麻煩的事。

就算他此刻對我們釋出善意，但人心本來就隨時都有可能改變。

目前我的直覺告訴我還是先照著他說的話做比較好，配合他的節奏應該不是壞事。

氣氛沒有太不自在，這小子也確實掌控著小林與范倫丁。

我不確定這小子是否擁有他們兩個也無法超越的武力，或者有其他的原因，不過看著即使喘著氣也不敢再伸出拳頭的俄羅斯版朴德久，就能略知一二。

現在已經沒事了。

我轉過頭看向鄭白雪，發現她依然保持緊張兮兮的狀態，直到我輕輕拍她的肩膀，才稍微冷靜下來。

或許是差點死掉的陰影還留在腦中，我們已經完全沒有食欲，卻也只能按照那小子的邀請移動腳步。

「今天這一餐就由我來招待兩位。啊，應該要先跟您說明遊戲規則。您有沒有聽過類似這樣的遊戲呢？」

「沒有，這是我第一次聽到……」

他的隨從拿來一組有點滑稽的大型桌遊。

地圖本身包含森林、海洋、沙漠、原野、城牆，應該是以實際地形描繪製作的沒錯。棋子的結構也相當多元，分別有國王、騎士、魔法師、騎士、祭司、平民。我找不到精準的形容詞，但如同他所說的，這種遊戲設計就像放大版的象棋或西洋棋，只是更加複雜。

玩家必須向棋子提供補給品，依照軍種進行分類的兵力獲得充足的資源後才能出兵。士兵們同樣被劃分得相當仔細，其中有許多弓箭手、步兵、騎兵等，在大陸上被廣泛運用的兵種。

遊戲個屁……這簡直是戰爭的縮影。

就像秦澄那小子說的，既然它標榜為遊戲，自然就會有配套規則。不過排除基本的規則，它的遊玩模式和實際的戰爭相當類似。

這讓我開始對他的意圖感到好奇。

我想這或許可以當作是純粹的餘興節目，但真正的目的也很有可能是對我方的一場試驗。

看著他極其期待的眼神，總覺得他似乎聽說過很多關於我的事蹟，然而那些戰略天才之類的內容，大部分都是假新聞。

我好像讓他誤會了什麼……但現在的情況不容我拒絕。

「基本的規則就如同常見的棋盤遊戲，國王死掉的話就輸了。失去手中的所有旗子也算輸。如果您有不明白的地方或有什麼需求，請隨時告訴我。」

「好的。」

「另外，我想我應該多讓您幾步比較好……」

「我就不拒絕了，您讓越多步越好。」

「本來以為您會感到被冒犯，真是萬幸。」

竟然以為我會拒絕，他真是太客氣了。我本來就喜歡從比別人更有利的地方開始。實際上，這只是為了應付對方而適當拖延時間，畢竟現在可是個大好機會啊。

我悄悄看了鄭白雪一眼，她隨即點點頭，似乎明白了我想表達的意思。

既然是共和國的軍師，秦澄應該非常熟悉這種戰略模擬類型的遊戲。

我雖然和西洋棋或象棋之類的東西沾不上邊，但畢竟這不只是普通的下棋，我想我應該能適應。

——直到幾分鐘前我都還是這樣想的。

這……這個臭小子，該死的老狐狸！

我的兵力和補給品從一開始就占上風，但隨著遊戲進行，我也開始越來越慌張。

就算是第一次玩的新手，我也不得不承認，這小子實在太會玩了。

我眼睜睜看著他一步一步吃掉我的棋子，讓我方逐漸感到窒息。我不禁納悶，本來擁有眾多兵力的我方，到底是怎麼陷進這種困境的？

我能感覺到我越是調動棋子，局勢卻越受限。

實際上，我方的陣營從一開局就遭受很大的麻煩。更討厭的是，我能感覺到那小子確實有對我放水，但隨著時間過去，他一改原本從容的表情，臉上慢慢出現煩躁的神色。

「帝國，不，教宗國的天才……」

我能聽見他喃喃自語。

很遺憾，所謂的天才只是廣告標語的一環。

頒布帝國八強時，皇室散布了太多令人哭笑不得的事蹟，他如果有聽過那些資訊，應該也不奇怪。

不過就算這個傢伙手中握著錯誤的情報，也沒有讓我覺得反感。

他時不時冷冷瞪著我的眼神，確實充滿著蔑視的成分。

不，跟蔑視又不太一樣……他現在的表情不是無聊，也不是看不起。不知道為什麼，他一直表現出心情不好的樣子。

這小子幹嘛這樣啊？

遊戲進度差不多來到中間階段，這時他說了一句令人有點意外的話。

「您該不會沒有認真玩吧？您不用在意這裡的其他人，這就只是字面意義上的遊戲，無關勝敗，我們無意引發彼此間的衝突。」

這是什麼鬼話？

「希望您可以再認真一點看待這場對弈。」

他到底在說什麼？我已經全神貫注、絞盡腦汁在發揮實力了啊。

假如我真的在討好對方，我應該會讓棋局發展成不相上下，最後還是贏不了的局面。這才是交際能力，也是能收買對方的方法。

但我完全不會下棋，到底要我怎麼玩啦，你這小子。

如果我熟知這個遊戲，至少不會如此尷尬地被逼到窘境。

像這種在規則內進行互動的遊戲，總是存在詐欺作弊的手法。倘若我很了解兵法，說不定還能多掙扎幾下，但那不屬於我的專業範圍，而是指揮官李智慧的領域。

我學習過基本知識，也曾覺得自己學得還不錯……然而我根本比不上這傢伙。

接著又大概過了十手，正當我覺得眼前這個瘋子散發的氣氛變得有點不同時——

「本來以為這會是久違的餘興活動。站在我的立場，我自認為已經充分為榮譽樞機主教大人讓步了，但現在看來，榮譽樞機主教大人依然沒有一較高下的心思呢。」

到底要一較什麼高下啊，你這個瘋子。

「那我們做個簡單的賭注好了。這樣或許才能提起榮譽樞機主教大人的一絲興趣……」

「什麼……？」

「如果我在接下來的一百手之內占優勢，那就是我贏。否則的話，就算是榮譽樞機主教大人的勝利。我們賭些什麼好呢？啊，就賭手指頭吧。十根手指頭，全部。我是不太清楚，但假如只是單純的打賭，教皇廳的聖騎士們說不定能容忍。」

我瞬間差點咒罵出聲。

這卑鄙的老狐狸根本沒有想對新手放水。

我帶著懷疑的心情悄悄抬頭看向他的臉，只見那小子的視線已經不在我身上，而是一副無論如何都要把我的真面目引出來，集中精神專注於遊戲的姿態。

這個老狐狸的眼裡，充斥著無庸置疑的真心。

以傾向來說，他應該不是喜歡賭博的人，他之所以這麼說，肯定是已經認定勝利屬於他了。

雖然我認為，他或許只是單純想看我拿出真正的實力，但很可惜，我沒有所謂的真正實力。

倘如真的有什麼，我一定會展現出來給他看。

秦澄這個瘋子……

「贏、贏他吧！基英哥！不要再讓他了！」

就說了我沒有讓他。

鄭白雪握緊拳頭為我加油，就好像認定我一定會贏似地，而這副模樣又讓眼前這個瘋子的臉上流露出一點緊張感。

幹，誰可以把李智慧帶來啊。

不管怎麼想，我還是覺得應該坐在這個位置上的人不是我。

說出豪言壯語要在一百手之內結束棋局的瘋子，已經開始展開行動。

我駑鈍的腦袋完全無法捉摸這位老手的思路，根本不可能與他抗衡。

儘管如此，還是要撐下去才行。姑且不說贏，如果目標只是不要輸，說不定還有點可能。

避免戰敗的條件，就是不讓國王死掉或阻止所有棋子滅亡。

我開始移動棋子，對方立刻掌握我的意圖，無情地皺起整張臉。

「您到最後都不打算正面迎戰嗎？」

「我不太明白您這句話是什麼意思。」

「我自認為已經展現足夠的善意了，沒想到榮譽樞機主教大人似乎直到現在都還是瞧不起我們啊。」

「您好像對我有什麼誤會，我是說真的。」

「……」

本來以為這傢伙是正常人，他現在的表情卻相當扭曲。

我不確定原因，但我似乎觸碰到他的逆鱗了。

萬一就這樣莫名其妙敗北，我看不只十根手指頭，就連脖子也可能被砍斷，此刻的危急程度應該不用我再多加贅述。

不過我的路線依然沒有改變。

進入下半場後，這場比賽已經無力回天。

這本來就是回合制的遊戲，即便受到空間上的限制，如果他往前移動一格，我也只要往後退一格就可以了。

保住國王是首要之務，除此之外，我沒有別的想法。

把騎士送去比較方便移動的原野，讓射手或暗殺者逃到森林裡，魔法師唯一的用途是引開敵人的視線，至於平民……

拋棄。

盡可能最大化每一輪由平民提供的補給品，接著再將他們集中到能夠吸引敵方注意力或需要堵住去路的位置。

即便撲向敵方武裝部隊的平民只是一味送死，但敵方也會在每一輪遭受消磨。

假設這不是遊戲而是實際作戰，我可能會成為天下最垃圾的畜生……

反正這只是桌遊，沒關係啦。

坦白說，萬一現實也出現這種狀況，我也不能保證完全不這麼做。

如果這個老狐狸的目的是掌握名為李基英的人，我想他已經成功一部分了，不知道他究竟滿不滿意。

我就是個人渣，真抱歉啊。

就在他將主要兵力用於阻擋我方優秀的平民時，我已經開始讓國王步步向後退。

普通士兵也是盡量留到最後再用，倘若覺得再也撐不下去，那就果敢地將他們推出去犧牲。

可是即便如此，對方的軍隊依然以令人窒息的架勢前進，一步步吃掉我的棋子。

難道他是孔明在世嗎？

再二十手。

我腦中已經浮現我的國王在二十手內被敵方士兵擄獲的畫面了。

＊＊＊

只要再二十手。

考慮到他即將要調動的棋子位置，以及我可以逃避的空間，他的兵力在二十手內就會來到我方面前。

距離他豪邁說出的一百手，還有很多餘裕。

即便我已經用盡全力抵抗，但他完全不管先前丟出的誘餌，也沒有為了追擊逃亡的兵力而浪費機會。

他無疑是想著，只要抓住我的國王就可以了。

那麼，我要加強國王身邊的兵力嗎？

為了防止兵力全數被殲滅而將誘餌分散到各處，看來它們並未發揮作用。

他也很清楚，如果要一個個去抓，就沒辦法在一百手之內讓我束手就擒。

我的手指頭啊……當然還是可以再接回去，但我不想經歷痛苦。

在我內心深處，我當然也有想要一擊打倒這個混蛋老狐狸的念頭。

我不得不陷入深深的思索中。一路撐到現在，退路已經被堵住，敵軍也從四面八方逐漸逼近。

能讓國王後退的空間有限，大部分平民也已經無路可走。

我看著那小子用手指敲擊桌面，斜眼望向我的模樣。

或許是因為到現在還沒消氣，他不發一語盯著我的臉，可能認為我還是只想隨便應付他。

食物早已在幾十分鐘前上桌，卻只能擺在一旁慢慢變涼，觀戰的人也安靜地注視著我。

看得懂遊戲局勢的人，想必也在暗自計算著下手的次數。

可惡……

既然沒有選擇，也就只能試試看了。

我輕輕揚起嘴角，擺出一種「一切發展都如我所料」的笑容。

雖然很短暫，但觀眾們的臉上都閃過一絲驚愕。

他們一定很好奇，在這樣的情況下，我怎麼還能露出這樣的神情。

當然，這全都是擺爛和演戲。我不過是虛張聲勢，假裝游刃有餘而已。

剛才總是一副撲克臉的我突然慢慢放鬆下來，秦澄也再次用一副興味盎然的表情看向這裡。

即使沒有說一個字，但我成功為他植入下一步會開始出現反轉的想法。

反轉個屁。

兵法既不是我的專長，也不是優勢。

雖然自己這樣說有點不好意思，但我的專長是煽動、捏造、詐欺、行騙，以及……心理戰。

像這種可以和對方面對面進行的遊戲，正好提供了能讓我發揮這種把戲的空間。

我一彈指，桌面上就啪嚓啪擦冒出一隻小小的龍腳。

看著我的那些人臉上都充滿著驚訝。

這是當然的。即使稱不上什麼有用的能力，但我從來沒有遇過看到龍卻還能保持淡定的人。

國王以及伴隨在四周的主要部隊，都由從我手中變出來的龍腳緊緊抓住，緩緩向下一格移動。

與此同時，我臉上也繼續維持著看見獵物上鉤的笑意，並且不斷向對方投以擾亂思緒的得意表情。

胡亂四散的兵力反過來打垮他的信心，原本在原野拖延時間的騎士團也轉換了方向。

其實這是束手無策的爛招，也是毫無意義的掙扎。

上鉤吧，求求你……上鉤吧。

假如他真的對我抱有過高的評價，應該就能如願上鉤。

目前為止，我還沒完全失去力量。散落各處的兵力和擁護國王的士兵們，也同樣還有餘力可以抵抗到最後。

補給品也是一樣。即使不太充裕，但還能勉強湊出足以殺到敵方國王面前的能量。

既然已經沒有百姓，那就再也不可能生產補給品……只要把提供給士兵的補給品轉移給騎士就可以了。

儘管士兵會因此滅亡，但是我方騎士的劍就能觸碰到對方陣營的國王。

其實我根本沒想過要反擊，我也只能期盼現在拋出毫無意義的這一步，能在他眼中變成令人無法理解的神來之筆。

此時，他安靜地看向我。

上鉤了嗎？

他的臉上帶著疑惑，不知道我為何會下這一步，絞盡腦汁的模樣頗為可笑。

就算不知道接下來會怎麼樣，至少我替自己製造了思考的時間。

過度的虛張聲勢反而會招來疑心，只要適度發揮就可以了。

我緩緩翹起腳看著他，就像是在說「你自己想想」、「接招吧」的樣子，而他也開始觀察整個局勢，確認我是不是真的要走這一步。

我沒有說話。不，是沒必要說話。

只要等這個傢伙以及從共和國來的所有觀眾們，任意用自己的方式詮釋就夠了。

如我所料，騷動的聲音開始傳來。

我不覺得這樣會讓這小子失去判斷力，不過也希望觀眾們鼓譟的聲音能稍微讓他動搖。

要散發懷疑或確信的眼神，只是一念之間。

一邊是必須提防我的每一步，另一邊則是繼續圍攻我也無所謂。

而我只能期盼這場發生在他心中的矛盾，最終會讓他決定再繼續觀察。

恰好那個傢伙的手開始移動。

我懷著緊張刺激的心情望向桌上的遊戲……

成功了！

他選擇了拖延策略。

噗哈。

當然只要再過一輪，我還是會一敗塗地，不過至少我有一種成功讓他吃鱉的感覺。

其實我也不知道他是主動配合或者真的上當，但依然不能否認，他確實按照我的意圖做出了反應。

我再次利用還在桌面上活靈活現的龍腳，抓起其中一個棋子。

他的臉上是非常期待想知道，我接下來要做什麼的表情。

當然，我根本沒有要展現什麼。

這只是一場為了爭取時間而上演的一場秀，不過他似乎真的認為我暗藏了某些招數。

白痴。

只要他在遊戲結束後仔細回想這番拉鋸，說不定就會發現我剛才那一步有什麼含意。就在我再度抓起棋子的瞬間。

匡！

餐廳的門隨著巨大的撞擊聲飛了出去。不只是門板，整個入口處都變得粉碎。

我迅速轉過頭，看見一張非常值得高興的臉。

「熙拉姐？」

天啊！天使下凡來守護我的手指頭了。我愛車熙拉！

我腦中迸發出一道念頭，成功保留手指頭以後一定要為她效勞。

出現的人當然不只有車熙拉。

朴德久、韓素拉和紅色傭兵的隊員也在其中，還有……春、春日由乃?!

她閉著眼睛，尋找我的表情十分焦急。

我也是第一次這麼高興可以看到她的臉。

「怎麼……」

秦澄一瞬間突然有苦說不出，聽到傭兵女王就一秒失去理智的俄羅斯版朴德久，隨即朝車熙拉衝過去。

擋在他前面的則是戰鬥力探測器，韓國版朴德久。

耳邊傳來砰的一聲，韓國版朴德久被撞飛出去，卻也很快就爬起來朝著俄羅斯版衝刺。

「你這隻小蟲子……我要殺了你。」

「那個，這樣打招呼不會太……激烈了嗎？」

面對突如其來的衝突，小林高舉起長鞭，其他共和國的隨從們也跟著進入備戰狀態。來找我們的救援隊自然也散發出十分犀利的眼神。

秦澄站起身，再次往俄羅斯版朴德久走去。

「范倫丁．亞歷山德洛，我剛才已經說過，不要在這裡惹是生非。」

「……」

「車熙拉大人，好久不見。還有……春日由乃大人也好久不見了。」

「我不是來這裡跟你打招呼的，臭老鼠。我是來讓你把人交出來的。」

「啊，您似乎有什麼誤會。我們並沒有脅迫教宗國八強李基英大人……反而是李基英大人他對我們……」

「如果你不想看到我發狂就閉嘴……我現在還沒有出手，就只是因為我們親愛的，還有我欠那個拿鞭子的瘋女人一個人情而已。」

秦澄輕笑了一下，視線朝小林望去。

小林慢慢放下自己的手臂，對此做出回應。

「我曾在凱斯拉克短暫拖住那隻陷入癲狂的母猩猩。大概是因為那件事吧。」

「沒錯。總而言之，不管是什麼原因，今天的活動到此為止。啊，范倫丁還是一點也沒變啊。最近過得怎麼樣？」

「妳這個賤女人……」

我覺得他們互相叫囂的模樣真的很像狗跟貓在打架。

在這個瞬間，我深刻體會到，不只是共和國和教宗國，異邦人之間的關係也不太好，但我非常不樂見這種僵局。

萬一爆發意外，還在他們手上的我和鄭白雪，有很高的機率是第一個被波及的對象。

除了《大陸法》禁止人們在中立地區發生紛爭，秦澄也和我一樣，主張避免引起太大的衝突。

我無法斷言哪一邊的戰力比較優越，不過車熙拉、春日由乃和鄭白雪的組合肯定不會處於劣勢。

那個老狐狸的能力還是未知數，但只要正面宣戰，就一定會有人因此犧牲。

話說回來，最重要的應該是先試著降低充斥在空氣中的敵意。

「不好意思，我應該要先離開了，秦澄大人。」

「啊……」

他擺出惋惜的神情，似乎覺得不能看到接下來的發展很遺憾。

我不疾不徐地站起身，現在沒有任何人阻止我。

因為秦澄已經回握住我伸出去的手。

畢竟他也不願看到這裡爆發打鬥事件，這一回合最好就在這裡畫下句點。

兩人握完手、互相打招呼過後，熙拉姐的緊張情緒似乎也在這股和樂的氣氛下得以緩解。

事到如今，我覺得多捉弄秦澄一下也不錯，於是決定再輕聲對他說幾句話。

「如果再這樣走下去，我就會贏過您了。」

當然這只是胡扯……

「一定會很有趣吧。」

那小子低下頭，又開始觀察棋盤。

「小林大人，我會再另外跟您聯繫。」

「要是你這次敢再失約，我很有可能會抓狂。這次礙於紅色母猩猩的臉色，我就不送你了，你自己小心慢走吧。」

我這次確實想找機會再和小林見一面。

我以前總是為了國內的事費心忙碌，這次則對共和國產生了興趣。

那個叫作秦澄的傢伙是怎樣的人？其餘的共和國五虎將還有誰？以及他們的基本情報等，我想打探的事太多了。

在我和小林道別的同時，鄭白雪也和秦澄也不知道在說些什麼，我還看到她收下了像是紙條的東西。

我突然意識到，那小子一開始對鄭白雪展現的體貼是真心的。

真討人厭啊，那傢伙。

如果有人想要奪走我握在手中的東西，心情當然會很差。

我靜靜望向鄭白雪，就看見她嚇了一跳，隨即趕緊往我身邊跑來。

正好想跟鄭白雪道別的那傢伙，表情好像僵了一下。

鄭白雪緊緊抓住我的手臂，而我只是輕聲向她開口。

我得先確認吩咐她的事有沒有完成。

「剛才都錄下來了嗎？」

「你是說戰、戰爭遊戲對嗎？」

「對。回去別墅之後就立刻著手分析。妳把影像也傳給李智慧一份，白雪，雖然很累，但今天希望妳能跟我一起熬夜，沒問題吧？」

「是……是！當、當然，當然沒問題。」

「啊，還有我不太喜歡妳和那種人有過多的接觸，妳懂我的意思嗎？」

我可以，但妳不行。這是典型的雙標渣男行為。

或許是發現我表情裡的責難，我看見鄭白雪的臉色一下變得慘白。

單純的鄭白雪，甚至懷疑自己劈腿了。

第105話　鄭白雪使用說明書

真令人頭痛。

正如字面上的意思。

我從來沒有忽視過鄭白雪，但不可否認的是，我的確有些大意了。

因為我深信無論自己做什麼，她都會無條件支持我。

現在當然也是這麼想……但我忘了鄭白雪的價值。她可是金賢成從新手教學開始就特別關注的天才魔法師。

鄭白雪早已遠遠超過普通人所能想像的境界，而其重要性可想而知。

即使不清楚暗黑世界的確切狀況，這點我還是知道的。

就連「天選之人」這個詞彙，也不足以形容她的天賦。

即使是擁有傳說級以上魔力天賦的人，也不及她驚人的成長速度與對魔法的熟練度。

鄭白雪的成長速度與能力，與天賦異稟的眾多魔法師相比，仍然具有壓倒性的優勢。

而她也是在金賢成所知道的未來中，能夠帶領我們脫離危險的關鍵人物。

當初，鄭白雪單靠天賦便能與重生者金賢成的成長速度並駕齊驅，從這一點來看，就能將她歸類成異類。

這雖然只是我的推測，但鄭白雪在不遠的將來，必定是個不可或缺的魔法師，而就連不知道這件事的人們，也都在覬覦她這個人才。

因此像今天這樣，對方陣營的人對她感興趣，也絕非奇怪之事。

如果她單純只是看起來很強，反而還不會有什麼問題。但任誰都能看出鄭白雪現在的精神狀況不穩定，而這種人是最容易動搖的，自然會有很多蒼蠅貼上來。

如果今天我跟鄭白雪分別在不同陣營，我也一定會為了拉攏她，做盡各種骯髒事。

看那老狐狸對鄭白雪相當友善，想必是跟我的想法不謀而合。

同樣身為魔法師的他，一定打聽過鄭白雪的程度如何，而他肯定認為如果運氣夠好，就有機會能讓她加入自己的陣營。

那可不行。

誰能眼睜睜看著自己精心栽培的香甜果實被別人摘走？

老實說，我時常被鄭白雪那令人窒息的愛意壓得喘不過氣，希望能跟她保持一點距離，但一想到有人意圖搶走我們珍貴的大魔法師，就連原本不存在的愛火也都會復燃。

可惜引起秦澄興趣的人是鄭白雪。

如果他今天對其他人感興趣，直接派當事人去挖掘敵營情報，也是個不錯的選擇。

總之，鄭白雪在聽完我的話之後，就開始不知所措。

而這位不懂得欲擒故縱的純真女孩，似乎很擔心我會不會因為這件事情而開始討厭她。

「不、不、不是那樣的。真的不是你想的那樣！是那個人自己來找我講話……我、我、我……」

「……」

「我、我才不是那種女人！」

她突然發自內心地大喊道。

雖然不知道鄭白雪口中的那種女人是哪種女人，但如果我想得沒錯，我其實就是她口中的那種男人。

眼看她嚇了一跳，緊緊貼到我身邊，真是一連串精彩的反應。

從目前的狀況看來，還可以再增加一點戲劇性，我悄悄地迴避視線，便看到她趕緊撕碎了某個東西。

那是秦澄塞給她的紙條。

而她似乎覺得用手撕不夠，還用魔法把紙條燒毀，甚至丟在地上踩爛，彷彿是碰到什麼髒東西一樣。

有趣的是，秦澄也將這一幕看在眼裡。

果不其然，他馬上皺起了眉頭。無論他遞紙條的意圖為何，親眼看到那種畫面，任誰都會心情不好。

而我當然要擺出一副「她已經是我的了，別想動歪腦筋」的表情。

從鄭白雪的眼中流出斗大的淚珠，她開始拚死地為自己辯護。

沒想到她會因為我隨口說出的話而做出如此過度的反應，這讓我有點錯愕。

「嗚……嗚嗚。我不是那種女、女人，真的。嗚……我沒有出軌，這是真的……」

她似乎是心生不滿，甚至狠狠瞪著造成誤會的元凶，這也讓我看戲看得更起勁。但繼續這樣刺激她，似乎會對不起我的良心，我只好將手伸向她。

而她看到我伸出手後嚇了一跳，驚慌地跑向我的模樣也著實可愛。

這時，在前線等待著我們的可愛搜救隊，也同時映入眼簾。

「我知道，白雪。我只是說說而已，妳不用這麼在意。」

「真、真的。嗚……我沒有騙你。」

「我當然知道妳沒有，我也只是開玩笑而已啦。」

我當然要大致緩和一下氣氛。

縱使我不停地安撫她，她仍舊抽抽噎噎地用埋怨的眼神瞪著秦澄。

我跟他的交集就到此為止，然而共和國的人卻好像還是持續對我們保持警戒。

畢竟熙拉姐這樣瞪大眼睛著實駭人，他們會有那種反應好像也很正常。

當我們從共和國五虎將身旁回到教宗國陣營，最先露出喜色迎接我們的正是朴德久。

也許是因為他用身體擋下了俄羅斯版朴德久的攻擊，我一眼就能看出他身上帶著傷。

至少他還有辦法站著，這樣已經不錯了。

雖然剛剛狼狽地後退了幾步，但他已經成長到能夠擋下那傢伙的一擊了。

「大哥，你有沒有哪裡受傷？」

「沒有，德久，我很好。比起擔心我，你好像應該先照顧自己的身體。你剛剛擋下攻擊後……」

「嗯……我除了感到內臟一陣翻攪，其實沒有很嚴重啦。而且祭司大人有幫我治療，這點程度我還撐得住。比起這個……」

「你怎麼會來這裡？親愛的？」

我們的救星車熙拉接續了朴德久的話。

她的表情看起來有些煩躁，似乎是不滿意我自己惹禍上身。看來車熙拉也認為是我自己踏進虎口。

畢竟換個立場來看，如果我是車熙拉，我也不會相信這一切都是巧合。

「真的只是巧合。我的確是有目的才來這裡，但要解釋的話說來話長……總之謝謝妳，熙拉姐，我剛剛正好開始感到有點不安。」

「要不是這裡是中立地區，你早就死了。就算小老婆在你旁邊，你也不應該這樣到處亂闖，有聽懂嗎？」

「嗯。」

一看就知道她心情不太好。

即使共和國與教宗國有過大大小小的紛爭，我倒沒想到同是異邦人的他們，關係卻這麼緊繃。

他們的關係已經破裂了，縱使同樣是異邦人，也無法團結一心。若考慮到他們過去已經在戰場上針鋒相對好幾次，這情況似乎就合理了。

雖然他們現在能夠不撕破臉、和平共處，但要曾經刀劍相向的人笑著對彼此打招呼，還是有點難度。

最近才來到這裡的人一定不會懂吧……

現在甚至連春日由乃的臉色都不太好。直到我稍微點頭示意，她的表情才豁然開朗。

總之，車熙拉邁開步伐離開的同時，仍然直盯著共和國的五虎將。

她的心情看起來依舊不太好。

就連鄭白雪離開時，也被低氣壓籠罩，回去的路上氣氛有多陰沉，自然不言而喻。

看來以後會變得更忙了……

這時，我的腦中冒出各種不合時宜的想法，思考著以後該怎麼做。

我應該事先搜集好各種相關情報，好讓我方與共和國的問題得以浮上檯面。

而現在我該做的第一件事，就是搞清楚他們到底是不是我們的敵人。

＊＊＊

拜託，拜託讓事情順利過去吧……拜託……

我從一開始就不想來這個地方，因為在這裡度過的每分每秒都如坐針氈。

雖然剛開始就有種不祥的預感，但眼看事情演變成現在這種局面，我實在很難不去思考之前的事。

跟著李基英教官，不，跟著李基英副會長行動，果然令人倍感壓力。

光想到上次的事件可能再次上演，我就冷汗直流。

我悄悄地往旁邊看了一眼，就看到鄭白雪大人僵著一張臉。

她已經連續好幾天都是這個表情了。

以我過去的經驗判斷，我很清楚那代表她隨時會爆炸。

光是她時不時向我拋來的目光，就快讓我嚇到尿褲子，因此我不得不把目光轉向我認為最安全的那個人。

如果真的發生什麼事，他是唯一有能力保護我的人。

「我臉上有沾到什麼東西嗎？」

「沒有……」

「話說大哥要妳做的事，進行得怎麼樣了？」

「目前沒有什麼問題。雖然普利斯蒂娜女王態度堅決，但副會長好像本來就認為這需要花時間耕耘……他有交代我不要做得太顯眼。」

「原來如此。我就知道大哥帶妳來一定是有原因的。當初大哥說要帶妳來，我就有大概猜到了，看來他也打算把行政事務交給妳處理。妳說是不是啊，大姐？」

「啊……對。」

但他果然也跟我一樣，在看鄭白雪的臉色。

雖然跟我感到不安的原因有些不同，但看到鄭白雪大人毫不掩飾地表現出自己的壞心情，甚至吃飯吃到一半，淚水還會奪眶而出，也難怪他會如此焦躁不安。

那氣氛堪比家裡辦喪事。

一想到造成這一切的元凶，我內心就不禁湧上一股怨恨。

拜託……快點結束這趟行程吧……

不知道又有什麼事讓鄭白雪大人難過，她的淚水從一早就在眼眶中打轉，但我卻一點都不覺得她可憐，反而認為很可怕。

因為這讓我回想起第一次遇到鄭白雪大人時發生的事。

「那個……大、大姐，妳不用太擔心啦。」

「嗚嗚……我、我真的不是那種女人啊……嗚嗚……」

「大、大哥說過上次的事只是他隨口說說，真、真的跟那件事無關啦！大哥現在沒時間陪妳，單純只是因為太忙了，忙到無法抽身……」

「可、可是……」

「不只是大姐，我跟素拉小姐也很久沒見到大哥了不是嗎？就連傭兵女王大人跟巫女大人都說很久沒跟大哥一起吃頓飯了。以大哥的立場來看，我想應該是……既然都來到這裡了，當然要多了解共和國吧？我可以跟妳保證，雖然不知道大姐做了什麼，但大哥最近沒回來，絕對不是大姐的錯。」

「以、以前他再怎麼忙，也一定會抱我一下……但自從那天後……」

「那是大姐妳想太多了啦。在我看來其實沒什麼不同啊，我反而還覺得他好像有更關心大姐……應該是大姐妳反應過度了。」

「可是……嗚嗚……」

我也好希望那是真的。

如果真的是那樣，我至少還能安穩地睡上一覺。

但現實的殘酷就在於，事情絕不會發展得那麼順利。

「嗚嗚……都是那個人害的。基、基英哥本來說會再找時間跟我約會，嗚嗚……但、但自從那天後，他就再也沒有提過了……約會也全部取消……」

「真的不是大姐的錯啦。」

「我、我又不是那種女人……嗚嗚，是、是那個人做出令人誤會的舉動……」

「這麼說好像也是……」

「……」

我發現她的眼神漸漸變得不太尋常，這讓我突然想起以前發生過的那件事。

拜託不要這樣。拜託、拜託讓我和平度過這段時間吧。

雖然不清楚鄭白雪大人在想些什麼，但我看到了她那略顯僵硬的表情。

拜託、拜託……請您一定要忍住。

＊＊＊

現在該怎麼辦？

我感覺到雙腿正不由自主地顫抖。

腦中自然地浮現出一個想法——要、要不要逃走……？

眼前的德久前輩似乎還沒發現異狀，但過去曾經看過那模樣的我，很清楚這代表了什麼。

他們兩人的對話感覺不在同一個頻道上，那持續不斷的細微喃喃自語，卻讓我越聽越起雞皮疙瘩。

雖然搞不清楚目前的狀況，我腦中浮現了某個想法。

李基英副會長的確非常忙碌，光是中立國的問題就讓他忙得團團轉，現在又突然多出一個名為共和國的變數，想必也需要思考各種應對方法。

他甚至把幾件簡單的小事交給我處理，可想而知他必定處於一天二十四小時都不夠用的狀況。

問題出在聽者鄭白雪大人身上。

他到底對她說了什麼……

我當時沒有跟其他人一起去找副會長，因此不清楚事情經過，也不知道副會長跟鄭白雪大人講了些什麼，但從鄭白雪大人的反應可以大致判斷出，她可能是被斥責是不是出軌了。

也太雙標了吧。

副會長本人私生活不檢點的事，不只傳遍整個琳德，甚至連全教宗國、全宇宙都知道。

我真好奇他怎麼有辦法面不改色地說出那種話，這可不是光有一張厚臉皮就能解釋的。

鄭白雪大人一定覺得都是那個人害的。

不只原本約定好的約會泡湯，再加上最近見面的時間急遽減少，她似乎把那個人當成這一切的罪魁禍首，並把矛頭指向了共和國的五虎將之一。

當然，這只是我的猜測，也有可能是我誤會了。

然而誠心希望不要引起任何軒然大波、想盡辦法察言觀色的我，理當要對鄭白雪大人的一舉一動保持一定的敏銳度。

雖然很想趕快離開這裡，我的腳卻怎麼也動不了，而令人訝異的是，德久前輩竟然率先離席。

「啊，該、該去訓練了。大姐，我得先走……咳。希望妳今晚能見到……咳咳。」

這、這個卑鄙小人。

就算不清楚箇中原由，我想他必定是認為這狀況已經超出自己所能承擔的範圍。

虧我還相信你……

我很想起身離開，腳卻莫名動不了，反而開始瑟瑟發抖，身體也像在微風中顫動的白楊樹葉般抖個不停。我只能咬牙忍著不停冒出的冷汗，盡可能地移開視線。

「我、我該怎麼辦？」

「什……什、什麼？」

「該怎麼做才好呢……萬一基英哥繼續這樣討厭我怎麼辦？」

我搞不懂她是在問我，還是只是自言自語。

「這個嘛……」

過去分明也有發生過類似的狀況，無論如何，現在最正確的做法就是馬上起身離開這個地方。

正當我捶著不聽使喚的雙腿，準備起身時，突然感覺到有人緊緊握住了我的手。

「啊、啊啊啊啊啊！」

突然的舉動令我心跳瞬間漏跳一拍，還不小心驚呼出聲，所幸周遭目前還很平靜。

「素、素拉小姐，妳說呢？妳覺得我該怎麼做？」

不要問我啊。

「嗚嗚……我不想被基英哥討厭……不會錯的，他、他一定把、把我想成會是處處留情的那種女人……嗚嗚。」

不是妳，是他才對……他才是會處處留情的那種人！

我硬生生地把這句話吞回去，要是不小心說出這句話，難保會發生什麼事。

當我鼓足生平最大勇氣轉頭，便看到她擦拭著斗大的淚珠，看起來極度不安。

雖然不該有這種想法，但我漸漸開始同情她了。

她完美體現了女人遇到壞男人會是什麼模樣，讓我的內心不禁感到有些苦澀。

現在應該要安慰她吧，這才是正確做法。

「就像德久哥說的，不會有事的。我相信副會長並不會那樣想，那感覺只是……隨口說說……而他最近也的確……很忙。」

「可、可是基英哥的眼神真的跟平常不太一樣……嗚嗚，他看起來很討厭我……」

「那一定是您誤會了。對了，我、我跟副會長相處時，很常聽到他提鄭白雪大人您的事啊。他每次都說您心地善良，還愛到卡慘……相當愛他。」

「真的嗎？啊……妳、妳以前有跟基英哥私下聊過？」

「當、當然！但我們不是單獨相處！對！我們當時不是單獨相處！德久前輩也在場！沒錯！我們怎麼可能單獨相處呢，是不是？哈哈哈……不、不算是私下啦。」

「啊……原來如此。」

「而且先不論他是不是隨口說說，聽到他講出那種話，反而是件好事吧？」

「會、會嗎？為什麼是好事？」

僅僅是簡短的對話，就讓我緊張到全身顫抖，彷彿只要不小心說錯一句話，就會直接墜入深淵。

差點就出事了。

尤其是跟李基英副會長私下聊過的事，也可能產生不必要的誤會。

「副會長當時到底跟您說了些什麼？」

「他說不喜歡我……嗚嗚，不喜歡我跟那種人說話。」

「啊，那就是好事啊！」

「為什麼是好事……」

拜託不要這樣盯著我看……拜託……

「因為……那代表他在吃醋啊。」

「吃醋？」

「對，李基英副會長肯定是因為不喜歡看到您跟其他男人說話，才會說那種話，不會錯的。如果他根本不喜歡您，那不管您要跟那個男人做什麼……他應該都不會在意吧。他之所以會說出那種話……就代表對您有占有欲，當然是件好事囉。」

「是、是這樣嗎？占有欲？」

「當然了。」

「基英哥是在吃醋？」

「畢竟我當時不在場，這我沒辦法確定……」

「基英哥真的是在吃醋耶……」

「對，沒錯。」

「基英哥在吃醋！」

「對！」

「其實是在說想占有我！」

「對！就是這個意思！」

雖然有點懷疑自己這樣說對不對，但反正無法得知正確答案，至少讓她現在不要再哭鬧就好。

鄭白雪大人那太過飄飄然的狀態讓人有點放不下心，不過看到她開朗的表情，我也漸漸鬆了一口氣。

這樣說真的對嗎？

問題在於我依舊懸著一顆心，而這份不明所以的情緒卻在我心中種下了不安的種子。

萬一……萬一她領悟到副會長是在吃醋，因而再次試圖做出相同的事，結果真的被副會長拋棄怎麼辦？這種情況如果再次上演，使得她又開始哭哭啼啼，這次的矛頭搞不好會指向我。

「這、這都是素拉小姐害的。都是素拉小姐害的！嗚嗚……我真的很不想這樣……這全都是妳害的！」一想到鄭白雪可能會說著這種話，狠狠地捅我一刀，我就開始覺得這種做法不太妥當。

雖然不管說什麼，結果都是通往地獄之門，但至少不要讓她把矛頭指向我，否則真的有可能命喪黃泉。

上次之所以能夠僥倖活下來，單純只是因為我運氣好。不對，如果要我再經歷一次那種事，還不如叫我直接去死，更何況我最近好不容易才慢慢開始感覺到幸福。

「而、而且！」

「什麼？」

「而且那個人一定是……對您不懷好意。沒錯，就是不懷好意。副會長很會看人，他一定是發現那個人有什麼邪念。畢竟您之前跟其他男性講話，副會長也不曾特別說過什麼不是嗎？那個人一定有什麼邪念，副會長才會因此不開心。」

「啊……原、原來是這樣。」

「對。雖然我不能保證這百分之百是對的，但我覺得機率很高。反而不像是因為您……」

「對吧？是、是因為那個壞人對吧？」

「對。」

「那該怎麼做呢？」

「什麼？」

「我必須證明我心裡只有基英哥一個，證、證明我對那壞人一點興趣都沒有。」

「倒也不用特別去證明……」

「我要讓基英哥知道我不是那種女人……嗯，沒錯。」

「他應該……本來就知道了吧？」

「但我還是要讓他更清楚地知道這件事。吃醋也好，占、占有欲也罷……我不希望基英哥把我想成那種人。沒辦法了……嗯嗯，我心裡只有基英哥一個，我要證明我對他的感情忠貞不渝。既然妳都說他是壞人了……所以不是我的錯。」

四周的空氣似乎逐漸凝結。

「對，這……不是鄭白雪大人您的錯。」

「是那個人的錯吧？」

「如果要追究……是可以這麼說……」

「我心裡只有基英哥一個，那個人卻硬要跟我搭話，造成基英哥不必要的誤會，所以這當然是那個人的錯。要不是那個人，根本不會發生這種事。妨礙我們約會的也是他……一開始明明氣氛還很好，我們正準備一起吃飯，本來還有機會共、共度良宵！沒錯……但他卻跑來礙事。」

「啊……那個……」

「我們是被他妨礙的，是他跑來礙事……跑來礙事就算了，還用無謂的事浪費我們的時間。仔細想想，當時的狀況其實很危險，我最親愛的基英哥差點就死在他們手裡。那些人那麼危險，根本不應該存在。」

這、這下慘了。

她不停喃喃自語的模樣恐怖至極，害我想起過去的回憶，甚至有股噁心的感覺湧上喉頭。我想就算是面臨生死關頭，也沒有如此驚悚。

「沒錯，不只是那個人，那女人好像也喜歡基英哥；那個大塊頭也對基英哥揮拳；害基英哥變那麼忙的也是那些人。只要他們不存在，我們每天都可以出去到處玩……他們幹嘛來拉伊奧斯，害我們變這麼尷、尷尬？乖……乖乖待在他們的共和國不是很好嗎？一、一群笨蛋！蠢死了！我還有很多地方想跟基英哥一起去，還有很多事想跟他一起做……德久哥也說過這趟旅行是個大好機會！結果全被他們毀了。全部！全被他們毀了！」

「拜……拜託……」

「我要除掉他們所有人，他們全部都該死。」

「請放過我吧……」

「全部都要殺死……我不過是在清理垃圾罷了。我應該變得更強的……因為那些人也很強……」

「求求您，請放過我吧。」

我的身體又開始不由自主地顫抖，甚至開始覺得褲子有些濕潤。

眼淚不自覺地從我緊閉的雙眼中流下，雖然知道導致她憤怒的對象不是我，但我還是不停地求饒，任由先前經歷過的噩夢一點一滴地啃食我的腦袋。

就在我下意識默默求饒時，我隱約聽到鄭白雪大人的嗓音漸漸減弱，四周恢復一片寂靜。

她出去了嗎？

正當我這麼想時，耳邊再度響起一道聲音。

「素拉小姐也這麼認為吧？」

面對她的提問，我當然只能點頭贊同。

＊＊＊

世界上最令人心煩的事，大概就是事情不如預期發展。

雖然從出發前，我就已經做好會需要花費較多時間的覺悟，但事情卻變得比我想像中更加複雜。

說實在的，我們才來這裡不到一個星期，卻希望能馬上看到成效，似乎太過心急了。

而且看普利斯蒂娜時不時迴避我的提議或問句，光是提到結盟就已經是一大問題……但我相信只是時機未到。

現在才過一個星期，對方當然也需要做一些事前準備，藉此來判斷我們結盟的意圖，而不是馬上採取動作。

與此同時，韓素拉也按照我的吩咐努力奔波，我看她大部分時間都待在拉伊奧斯的高層身邊，把這段時間想成是在打基礎也無妨吧。

共和國的那些臭小子……真令人心煩……

實際上，這種前置作業根本不需要如此急躁，我卻忍不住感到心急，想也知道就是受到共和國那些人的影響。

教宗國八座之中，已經有三位開始採取行動，而共和國的重要高層們也來到了拉伊奧斯。

如果他們只是單純來觀光，我還能鬆一口氣，然而如此大陣仗的陣容齊聚一堂，當然不可能是為了旅行。

他們必定是帶著某種目的來到這裡，而我也不得不猜想，我們雙方所想到的東西類似。

那就是與拉伊奧斯結盟。

這雖然能夠看作是每年都會進行的例行公事，但這次的規模似乎又更大了。由於這同時也是表示整座大陸局勢不安的指標，這次事情的重要性可想而知。

萬一拉伊奧斯跟共和國結盟，我就只有亡命天涯的份了。然而我在教宗國已經達到不少成就，現在要我拋下一切，多少還是感到有些可惜。

那還用說嗎……眼看教宗國的領導者都快要變成幫我泡咖啡的下人了，我可不想錯失這塊寶地。由於事關許多重大事項，我也必須四處奔波。多虧如此，我最近的每天都過得一成不變。

我每天執行的第一件任務，便是造訪以普利斯蒂娜為首的中立國拉伊奧斯高層們。

在那之後，雖然看似是不重要的小事，我還是會去見居住在拉伊奧斯的異邦人，並與他們討論從教宗國輸出的李基英牌藥水供給量。

我一邊提出能夠滿足他們的簽約條件，一邊用花言巧語分析若是拉伊奧斯與教宗國結盟，他們將得到多少利益。

這幾乎已經算是種遊說，但優渥的簽約條件當然都還只停留在討論階段。與其說他們排斥我的提議，應該說中立國本來就不太希望這種局面發生，因為他們很清楚，要有收穫必定會需要有所付出。

真難對付。

站在拉伊奧斯的立場來看，他們嘴巴上雖然歡迎，實際上卻不樂見共和國與教宗國來訪。因為比起眼前的利益，中立國更希望能維持自身的立場，我們的情況可謂對牛彈琴、以卵擊石。

即使如此，我能做的也只有三顧茅廬，盡可能傳達教宗國的訴求，為未來打好基礎。共和國現在似乎也處於類似的處境，知道敵方陣營的高層也在拉伊奧斯停留後，隨即選擇使用更加激進的外交手段。

雖然我們都無法得知彼此提出什麼樣的條件，並做了哪些動作，但不用親眼確認也能大致猜想到。

我原本應該在這裡稍作休息，接著完全專注於與拉伊奧斯協商，如今卻牽扯了其他複雜問題，讓我不得不略過原先跟鄭白雪及車熙拉約定好的所有行程。

我馬上將之前與那老狐狸交手的影片傳給李智慧，更請她跟馬克斯一起分析他們的模式與習慣。

既然我的智力不及他們，那就只能找點不同的方法了。

﹝以我的程度，好像沒辦法做出分析耶？基英哥你應該也有感覺到，他們似乎沒有使出全力……所以無法當作參考數據……不過有總比沒有好，我會先繼續進行演算，但我也不能保證會有成果。﹞

看完我傳的影片後，李智慧給了我這樣的回覆。

連擅長分析的李智慧都說出這種話，讓我心中湧上一股不安感。

這跟拉攏拉伊奧斯之戰不太相同，她是在說五虎將有可能會成為我們的潛在敵人。

我已經知道那些叫五虎將之類的傢伙很強，但在我親眼見識過後，才發現他們的實力遠遠超過我的認知。

俄羅斯版朴德久有種韓國版朴德久加上車熙拉的感覺，而小林更不用多說。

秦澄也是如此，他擁有相當高的魔力，即便只是個普通的軍師，身體條件也相當好，把他當作魔劍士也不為過。

雖然如果真的爆發戰爭，那傢伙一定是站在後方指揮，但他們比實力相對較弱的幾位教宗國八座還強，這點讓我相當吃驚。如果另外兩位五虎將成員的實力不及他們……

「他們更強。」

「什麼？」

「我不是說過他們比我更強嗎？這雖然沒有對外公開，但讓你知道也不會有什麼影響……準確來說，我的實力在共和國的五虎將之中墊底。不對，如果真要說的話，我應該跟范倫丁不相上下。不過我沒有實際跟他交手過，單靠這種資歷也無法判斷一個人的強弱，這只是我自己大致推測的。」

「呃嗯……」

「我沒有把軍師大人算進去，他在我們之中可以說是排行第二，但畢竟他是魔法師，很難測出真正實力……可以確定的是，我們這邊排行第一的人真的很厲害。你看到一定會嚇一大跳，不過……你這樣也太明顯了吧？」

「我聽不懂您在說什麼，小林大人。」

「裝什麼傻……我能理解你想從我這邊探聽到有用的情報，但你臉上完全寫著『我就只想問這些事』，不是嗎？」

「這一定是您誤會了。小林大人，您如果有什麼疑問，也可以直接發問。畢竟交換情報比旁敲側擊更有意義。」

「你想要的應該不是這種情報交換吧……像我們這樣的男女單獨見面，只談這種生硬的話題，誰會開心呢？應該去家燈光美氣氛佳的餐廳吃飯，再配個紅酒才對……再怎麼說，我也幫了你不少，希望你能多想想我的感受……」

「我當然誠心感謝您過去的幫忙，但畢竟現在的狀況不太適合，再加上我們也才見過幾次面而已……總之，這次換您提問了。」

「那我問你，你覺得我怎麼樣？」

簡單來說，我已經決定要用這種方式跟小林共度時光了。除了打聽情報外，正如她所說，我的確有很多人情債要還。

不知道是不是因為還不太懂事，小林比我想的還要口無遮攔。

然而她的確有資格這麼做，我第一次見到她時，她才二十二歲，要爬上這個地位想必也需要花費不少時間，我想她可能在十五六歲，或還不到二十歲就來到這地方發展了。這代表她天賦異稟，在小小年紀就是萬眾矚目的新星，並且平步青雲地達到如今的高度。

更何況，她長得相當有魅力，如果真的要說，她跟我過去遇過的女性屬於完全不同的類型。雖然語意上有些相像，比起用性感來形容，「情色」這個詞語可能更適合她。

她跟我現在已經想不太起來的「百姓掠奪者」夏莉亞公主那種狠毒面相有點類似，

但又有種難以形容的風流氣質。她身穿的那套開高衩旗袍、又長又翹的睫毛與纖纖玉手、染上一層紅暈的臉蛋以及看向我的眼神，甚至連她舉手投足的每個動作，都讓我強烈感受到她在誘惑我。

這樣講雖然對鄭白雪很抱歉，但那種定期施展的誘惑手段，根本不能與其相比。與其繼續聽這些無用武之地的情報，我還真的有點想不顧後果地撲上去，跟她發生更進一步的關係……

我真是瘋了。

我敢說那絕對是個喪心病狂的舉動。

她可是母螳螂或捕蠅草，若只因為甜美就一股腦地衝過去……搞不好會死。認真說起來，她一定跟外表看起來不同。乍看之下雖然像個正常人，但我比誰都清楚，她絕非常人。

畢竟我第一次見到她是在黑市，儘管看起來不像，但她的本性非常殘忍。而金賢成也把她視為頭號公敵，可想而知她在第一次人生的所作所為。

總結來說，如果我跟她共度良宵，隔天就等著變成窒息而死的屍體。

「我覺得您很美麗，老實說我也對您有好感。」

「那就好，我的哪部分讓你有好感？」

「這個嘛，這我不太知道該怎麼跟您說明……啊，那小林大人您覺得我怎麼樣呢？」

「這是你要問的？」

「是的。」

「我可以說實話嗎？」

「當然可以。」

「……」

「……」

「你真的長得很色情，是很有魅力的那種色……」

我不自覺地乾咳了一下，比起聽到我們對彼此有相同的看法，她毫不遮掩地說出那種話更讓我慌張。

「我本來不太容易有這種感覺……這真的很奇怪。其實你根本不是我喜歡的類型……但你卻一直讓我心癢癢……就像是令人垂涎三尺的香甜蜂蜜，你聽得懂這種形容嗎？你身上有股香甜的氣味，嘴唇也像塗上了果汁般誘人，但又不像是用了魔法……」

「嗯……」

「我不知道你在其他人眼裡是否也是這樣……但至少在我眼裡是這樣，很好笑吧？」

我想我在車熙拉或鄭白雪眼裡，應該沒有像小林形容的那樣。

「這……如果是種稱讚，那很感謝您的賞識。」

「這當然是稱讚。雖然我的形容有點冗長又俗氣，但這代表你對我有種異性的魅力。」

我看見她的嘴角隱隱上揚，不知道是不是我的錯覺，總覺得她有種在細細品味的感覺。就在這時，我心中突然湧上一股不安的感覺。

「咦……？」

怎麼回事？

問題並不是出在她身上，反而是在離我們有段距離的地方。我看到地面逐漸升起，天空中開始凝聚一股令人難以置信的龐大魔力。
該死……那到底是什麼？
緊接著，我看見那顆龐大的魔力球，直接落地砸在城市的郊區。

＊＊＊

儘管我揉了揉眼睛，眼前的光景卻沒有改變。
這不是夢。真的有顆龐大的暗紅色球體從天上掉下來。
「那是什麼……」
小林也跟我一樣慌張。
她看著窗外喃喃自語，看似比我更加震驚。
想也知道她為什麼會擺出那種表情。
因為魔力球砸中的地方，正是共和國人們的暫居之地。
太扯了……
匡啊啊啊啊啊啊！
龐大的魔力球伴隨著這聲巨響，撞上了保護城市的防護措施。
跟我們一起用餐的其他人，也因為這荒唐的狀況而感到驚慌失措。
匡噹。
保護城市的防護魔法發出破裂聲，出現了裂縫，而那道龐大的魔力瞬間沿著裂縫而入。

一切都發生在短短的一瞬間。

神奇的是，那股衝擊竟然沒有波及到我們這邊。

雖然不清楚那是什麼魔法，但它似乎是某種能夠完全瞄準目標範圍的魔法。

那不是元素類魔法。

我也考慮過黑魔法的可能性，但其中卻沒有黑魔法的氣息。

最貼切的形容是，這魔法會直接吞噬掉某個特定空間，可謂是高密度的魔力凝聚體。

要完整念出那種魔法的咒語，比直接提高魔法威力還要困難。

而保護城市的基礎魔法瞬間破防，也是出於這個原因。

實在是太扯了！

我因為過度驚嚇而將手按在胸口，現在的我應該比看著隕石墜落的恐龍還要驚恐吧。

雖然尚未釐清狀況，但我想我還是先逃為妙。

先不說別人怎麼看待這起事件，我個人所能想到的最合理解釋，就只有天災。

真的是自然災害嗎……

匡匡匡匡匡——！

我的耳邊開始響起有生以來聽過最震耳欲聾的聲音。

砸中特定區域的魔法球猛烈地轉動，徹底吞噬了整個空間。

而那地區就像用裁紙機切過的紙張，只留下平整的切面，裡頭一點也不剩。而那股暗紅色的魔力，也波及到了其他地區。

雖然衝擊不大，但也足夠讓整個城市陷入哀鴻遍野。

值得慶幸的是，除了被直接命中的地區，大部分被魔力球吞噬的都是沒有生命的物體。

匡匡匡！

接連不斷的巨響漸漸減弱，而後在我眼前出現的光景，我不曾透過任何魔法看過。

怎麼會有這種事……不對，那到底是什麼？

我承認，魔法對我而言是一門很難理解的學問，然而我卻怎麼也無法相信自己的眼睛。

要不是有感覺到人為的魔力，我絕不會認為這是魔法造成的，也許會誤以為是魔力風暴之類的某種自然災害。

而看見這種難以置信的狀況後，失去語言能力的人不是只有我。

餐廳裡直到剛才都還充斥著尖叫聲，現在所有人卻不約而同地閉上嘴。

直到不知從哪傳來的嬰兒哭鬧聲打破了寂靜，眾人才爭先恐後地衝出餐廳。當然，我們也不例外。

「我出去看看。」

「我跟您一起去。」

小林露出了一絲猶豫，而後點了點頭，想必是認為我跟出去不會有太大的問題。

我們立即來到餐廳外面，只見四周的景象已經亂成一團。

從拉伊奧斯派遣而來的調查團，氣喘吁吁地從我們面前跑過，修道士與苦行僧們則在路上尋找是否有傷患。

而後出現的魔法師似乎也早已開始行動。

值得稱讚的是，他們的反應比我猜想的更快，然而……這裡的魔法師實力太弱，我並不期望他們有能力查出資訊。

他們頂多只會管制道路，瞎忙一番，假裝有找到些什麼。

另外，路上還能看到驚慌失措、四處奔逃的民眾。

老實說小林的手下也跟他們有差不多的反應，都是一副不知道該怎麼應對的模樣。

我也擔心隨時會有第二波攻擊，反應與他們如出一轍。

而這就是我刻意緊緊跟在小林身邊的原因。

我們趕緊加快腳步，很快就趕到被第一波魔法砸中的地方。

一抵達受害地點，眼前的景象簡直慘不忍睹。

人該不會都死光了吧？

雖然不清楚裡面的人狀況如何，但我敢保證，凡是被捲入的人，連想收屍都難。

不曉得那個老狐狸跟大塊頭如何……

雖然不清楚事發經過，我心中卻暗自希望他們能直接死於這場災難。

看到附近有幾個人聚在一起後，才知道我的期望並沒有成真。

穿過層層人潮後，我看到幾天前見過的老狐狸跟大塊頭，以及幾道熟悉的身影。

倖存下來的跟班就只有區區三人，其他人全部喪命了。

我本來不相信經歷這種災難後，還有人能活下來。直到看到大塊頭的一隻手臂被扭曲成某個難以形容的角度，才恍然大悟地點了點頭。

想必是那傢伙救了老狐狸。

「該死的……咳咳，該死。」

他讓一擁而上的祭司們治療傷口，不停地咳嗽。

多虧有治療魔法的及時救治，他才能保住那隻手臂，然而若想完全恢復，可能會需要花上一點時間。

老實說，他有辦法存活下來就已經很厲害了，不過他似乎也撐得很勉強。

而秦澄正一邊安撫著其他人，一邊觀察著那平整到不行的切面。

他似乎是在分析這狀況。

這明明不是我做的，我卻開始不安了起來。畢竟災情最嚴重的偏偏是共和國人士的住處，我當然可能會有這種想法。

「我還是先確認一下好了，這……」

「我可以保證這次的事與教宗國無關。」

「……」

「……」

「真的嗎？」

「對。」

我對這次的事確實問心無愧。

小林不發一語地看著我，緩緩地點了點頭。

她應該知道我沒有笨到會做出這種蠢事。

在中立國境內主動攻擊共和國，想也知道是件極度敏感的事。更不用說根據《大陸法》，我們會遭到其他國家的仇視與撻伐。

我們是為了與拉伊奧斯結盟才來到這裡，完全沒有任何理由要做這種事。如果小林也是這麼想的就好……

但還是有可能被抓到把柄。如果有人想藉此抓教宗國的小辮子，絕對不是毫無辦法。

總覺得我也要想想對策，既然跟著她過來了，我只好趕緊先開口說道。

「您過去跟他們談談吧，小林大人。因為我似乎也需要另外去了解一下狀況……」

「好，我也覺得這麼做比較好，趁那大塊頭還沒開始激動……等詳細調查結果出爐，我們才能知道這是怎麼一回事，但目前狀況不免會讓我對你起疑心，這點還請你見諒。」

「好，我能理解。」

什麼理解……只要這不是自導自演，我就謝天謝地了。

雖然是自導自演的機率很小，但也無法保證完全不可能。

羅難的雖是共和國的人，但以目前狀況來說，我方的立場反而更加難堪。

「我就不送你了。」

「好。」

話音一落，小林便往秦澄與范倫丁的方向走去。

他們彼此談論的聲音傳進我耳裡，我卻一個字都沒聽進去。

我得立即聯絡共和國，而他們應該會馬上派遣調查團過來。

當然，我想教宗國也會派出調查團。

弱小的拉伊奧斯沒辦法擋下頂著調查團名號的武裝組織進到國境內，而最終只會讓狀況變得更複雜。

雖然他們想必也覺得很荒謬，但事情已經發生，總時光不可能倒轉。

我想拉伊奧斯的國王現在肯定頭痛至極吧。

我再次稍微轉頭看向身後，就看到他們已經開始管制人流出入，並著手調查。

任何人都看得出教宗國的陣營沒什麼問題，但畢竟目前的狀況涉及敏感議題，當然要多加調查。

如果讓鄭白雪來調查，也許能看出些端……倪……

媽的……

「該死。」

我不自覺地爆粗口，腦中充滿了各種髒字。

雖然還不能確定，但我心中的疑團開始越滾越大。

不會吧？不行，千萬不能是她。

就算鄭白雪真的是罪魁禍首，也不能讓別人知道是她做的。

她又沒有充分的動機……不對，仔細想想好像也滿充分的。

自從她的魔力值上升到九十九點，我就猜想到她總有一天會闖禍。即便現在有車熙拉鎮住她，還是改不了她隨時可能會暴走的事實。

她最近非常安靜，卻反而更令人不安。

自從與共和國發生摩擦後，我就沒有好好看過她，甚至沒有一起坐下來好好吃頓飯。

當然我還是有盡量抽出時間陪她……我卻不敢斷言那短暫的時間能夠對鄭白雪起到安撫作用。

久違的約會告吹，還被誤會成奇怪的女人，如果她認為這一切都是共和國造成的，再加上沒有人在一旁勸阻她的話……她好像真的有可能做出極端之事。

不，也可能不是她。不會是她的。

但在我的認知中，只有極少數的人有辦法發動這種威力的魔法，而鄭白雪正是第一人選。

就是她。

我瞬間領悟到現在沒時間管那麼多，趕緊拔腿跑向教宗國的陣營。

該死、該死、該死！

我吞下已經到嘴邊的咒罵，慌忙地拔腿狂奔。

當我抵達時，便看到使節團已經來到事發地點附近。畢竟事情鬧那麼大，他們怎麼可能不出來看看。

他們占據了絕佳位置，拉伊奧斯的人果然也正在管制，不讓閒雜人等進入。

由於事件發生在我們的住處附近，紅色傭兵的成員站在那裡隱隱透露出「這裡由我們控管」的訊息。

簡直跟大使館沒兩樣。

雖然不清楚這是誰的決定，但判斷得非常完美。

我立即脫下身上的外套進到屋子裡，跟著紅色傭兵成員的指示前進。隨後便看到春日由乃與她帶來的魔法師，有人在追蹤魔力，有人則在撿拾掉在地上的碎片。

「親愛的，你來得真晚。你剛剛人在哪裡？有看到魔法砸下來嗎？」

「嗯，我就是看到才趕來的，我剛剛原本在其他地方觀察狀況。這……」

「不，等等。我覺得還是要先問一下比較保險，這是你做的嗎？」

「不是，我完全不知情。」

「確定嗎？」

「嗯，真的不是我。」

車熙拉點了點頭。

不知道車熙拉為什麼要問是不是我做的，難道她以為我又闖了什麼禍嗎？眼看車熙拉又想開口說些什麼，這次換我不得不打斷她，因為現在最急的人是我。

「熙拉姐，妳有看到白雪嗎？」

「她不就在那裡嗎？」

她似乎知道我為什麼這麼問，立刻回答我。

我沿著她指的方向看去，便看到鄭白雪正背對著我，認真地加入調查。

這不是她做的吧？

我出聲呼喊了鄭白雪的名字，只見她帶著有些不安的神情轉過頭來。

可疑的是，她竟然沒有立刻撲進我的懷裡。

拜託了……

＊＊＊

「白雪。」

「啊……基、基英哥，你來啦？」

白雪趕緊轉過頭，小跑步來到我身邊，臉上的表情與平時無異。不對，有點不尋常。她的模樣莫名有種做錯事不知該如何是好的感覺，而我也看出她那股不知名的罪惡感。但那都只是一瞬間的事，現在我眼前的鄭白雪確實與平常並無不同。

「白雪，妳……」

我稍微起了個頭，鄭白雪便咬緊雙唇準備開口回答。而她似乎也很擔心，深深地吸了一口氣。

鄭白雪很不會說謊，尤其是對我說謊時，更是破綻百出到令人絕望的程度。

要是鄭白雪打算說謊，她一副要做好心理準備的模樣就說得通了，而我也下意識地在發問前環顧了四周。

因為我擔心不擅長說謊的鄭白雪，雖然做好心理準備，卻說著「其、其實……」並將事實全盤托出。

我根本不該在這種地方問她。

「什麼？」

「算了，沒事。我們等等再聊吧。」

這裡有太多人在場了，如果這件事真的是鄭白雪所為，應該讓越少人知道越好。

我並不是信不過紅色傭兵與夜空公會的人，而是為了避免意外發生，必須小心為妙。

現在馬上把鄭白雪帶走似乎也很奇怪，搞不好會讓其他人懷疑是鄭白雪做的。

她看起來沒有消耗魔力。

再怎麼仔細觀察也一樣，我雖然不清楚九十九點魔力值的威力有多大，但如果她施展了剛剛那種魔法，現在至少要處於虛脫狀態才正常。

鄭白雪的臉色看起來再正常不過，讓我覺得她或許不是凶手，然而……她也可能是用了別種方法。

她再怎麼失去理性，也不可能完全不考慮後果就闖禍。

如果她真的是凶手，那她一定也有什麼計畫，才會付諸行動，想必她早就處理掉可以指認她的證據或把柄了。

她不只炸掉共和國的住處，連其他地區都一併夷平，果然也是為了不讓教宗國被懷疑。另外，她沒有面臨魔力虛脫的狀態，同樣也是她的計畫之一。

我轉過頭，對著呆愣在原地的朴德久說道。

「德久。」

「什麼？」

「你帶白雪出去外面一趟吧。」

「都什麼時候了，還出去……大哥這話是什麼意思？」

「這次的事件一定有波及到民眾與其他不相干之人。你們專心幫忙復原就好，其他什麼事都不要做，這樣你有聽懂嗎？」

「啊……」

「我是要你們用魔法去幫忙中立國的人。既然要去幫忙，把我們手上的救助物資帶過去分送也不錯……總之重點在於用魔法幫忙。記得要盡可能地提供援助，這件事就交給你去辦。」

「啊！哦！原來是這樣！哇……還是大哥英明。」

「你在說什麼……」

「在這種狀況下，還不忘記要照顧其他人……果然大人物就是不一樣，簡直是行俠仗義的義俠！看似孤高冷漠，卻比誰都還關心他人！義俠李基英！果然不同凡響。」

「別說些有的沒有，還不快去辦事。」

「那當然，我當然知道現在一分一秒都很重要，包在我身上吧！我一定會處理得完美無缺。」

「記得帶幾位夜空公會的魔法師一起去。白雪，妳先去巡一圈城市，等妳回來我們再談談。」

「好的，基英哥。」

她那一副若無其事的表情讓我更加不安，那表情就像是在憋尿般彆扭。而當我直盯著她，她便悄悄地迴避我的視線。再加上她現在講話不像平常那樣會口吃，更讓我確定她有特別注意自己的行為舉止。

靠，分明就是妳做的……

現在還不能妄下斷語，但看著鄭白雪的表情就能確定一半。雖然我依舊不曉得她是怎麼辦到的……總之，大概真的是她做的。

這次事件的主力很可能是鄭白雪，就算不是，我也必須維持這個假說去應對，因此我的第一反應是趕緊把白雪支開。由於她可能被懷疑是發動魔法的始作俑者，我必須先讓其他人看到她體內還有足夠的魔力，藉此撇清嫌疑。

至於當志工不過是順便而已。運氣夠好的話，還能夠讓拉伊奧斯對我們更有好感，現在馬上把鄭白雪派出去絕對是正確的決定。

總之，朴德久與鄭白雪帶著幾位夜空公會的魔法師，在我的催促下加快腳步離開。畢竟事發不久，現在的確是個恰當時機。

「那我們出發了，大哥你萬事小心。誰也不能保證會不會再有剛剛那種東西砸下來。」

「這應該不可能，你們先過去吧。我會在這裡重建所有魔法防禦措施。」

「好啦，知道了。」

朴德久與鄭白雪完全離開我的視線範圍後，我也邁開了步伐。

如果鄭白雪把證據隱藏起來，我必須用雙眼親自確認。即使事情不是她做的，我也得查出這種魔法是從哪裡冒出來的。

來自教宗國的春日由乃與其他魔法師已經採集完樣本，正在觀察樣本反應。當我一靠近，就看到他們歡迎的表情。

即使我稱不上對魔法有多少了解，但至少在煉金術這種領域上，時常能夠提供一些幫助。更何況我還有心眼，絕對比一般的魔法師有用一百倍。

〔？？？四散的魔力結晶（傳說級）〕

〔該結晶受到準神話級魔法？？？的影響，能夠當成高級催化劑使用。〕

我直接找了個好位子坐下，開始把魔力聚集到眼睛，各式各樣的資訊映入眼簾。

〔？？？殘存魔力（傳說級）〕

〔受到準神話級魔法的影響，殘存於大氣中的魔力。7小時後將會消散。〕

剛剛發動的魔法是準神話級……

準確來說，是擁有魔力值九十九點以上效能的咒語。

果然有很多部分連心眼也派不上用場，畢竟是準神話級的魔法，沒辦法看透全貌似乎也很合理。

事實上，魔法砸下時，我看到的場面也是一片空白。

我把腦中浮現的各種想法拋諸腦後，立即拿出了試管，把看起來有研究價值的東西收集起來。這是件大工程，可惜其他人看不到這些魔力結晶、碎片或殘存魔力，還是自己動手比較快。

看到其他魔法師把沾到一點魔力的小石子當成樣本撿起，讓我有些不知所措，但仔細想想，這些其實連我都很難用肉眼去區別。

他們已經做得很好了。

我想大概是因為那股威力直接吞噬了一切，才會只留下這種痕跡。而只要靠近觀察，就能發現被吞噬的切面其實不是完全平整。

有留下痕跡的地方大多數是從這些切面上掉落的碎片，除此之外便再也找不到任何痕跡。

這代表想找到魔法的來源並不容易。更何況大氣中的殘存魔力會在七小時後消散，到時會更難找尋痕跡。

有趣的是，受到這道魔法影響的碎片，能夠拿來當高級催化劑使用。雖然還不清楚確切用處，但這好歹也是傳說級的催化劑，肯定有不少用途。

而且魔法本身也相當令人感興趣。

就好像直接吞噬掉了整個空間……這點我幾乎可以確定，因為范倫丁的手臂不是被截斷，而是被扭曲成畸形，可見他是趕在整個空間被吞噬前，硬生生把手臂抽出來。

他用蠻力抵抗把自己吸進去的引力，雖然傷及手臂，卻能倖免於斷臂之災。

要是他被吸到更接近球體的位置，或是沒能成功抵抗，我敢保證，他的肩膀，甚至連身體都會被俐落地一分為二。

如果太晚反應過來，或是換成沒有能力抵抗的人，肯定會屍骨無存。而且是連血跡都沒能留下就喪命，彷彿從未存在過。

不對，並不是消失……直到找到一個極小的物質，我才意識到這裡其實不是被空間吞噬的。

那是一塊只有灰塵般大小的碎片。

我可以確定普通人甚至根本看不到它。就算用比正常尺寸還小一號的鑷子都很難夾起，而且還無法看出任何資訊，怎麼看都只像顆普通的小石子……

感覺有點奇怪。

這時，有個想法從我腦中一閃而逝——

那個空間並沒有消失，而是整個被壓縮了。

太扯了……

原來被魔法吞噬掉的地方，被壓縮成這塊微小的碎片。

好扯……實在太扯了……靠……

雖然不管是被什麼擊中，死了就是死了，但一想到共和國的那些受害者被壓縮成這小小的碎片，我就不禁冷汗直流。

這種魔法在球體爆炸的那瞬間起，便把周遭的所有人事物全部壓縮成一粒灰塵。

人們都還來不及反應，就已經被吸入並壓縮，骨頭與血液瞬間粉碎，變成近似虛無的型態。而我手中的碎片，就等同於這一整個地帶。

一想到這裡，我不禁感到有些慌張，感覺這一塊碎片有如石頭般沉重。

我甚至開始想，如果它帶有魔力，或是能像這樣把空間壓縮成這種型態，這在某種意義上，也許會成為能夠善加利用的能源……

這實在太可怕了。

我原本希望千萬不要是鄭白雪做的，但當我越是了解這魔法，我卻越希望乾脆是出自鄭白雪之手還比較好，還真令人哭笑不得。

如果這種魔法是某個不知名的敵人所為呢？

魔法的威力幾乎等同於隕石從天而降的自然災害，如果是鄭白雪做的，我還有辦法收拾。但如果真的是某個不知名的敵人發動這種魔法，不用說收拾了，我想我還是趕緊跑路比較實在，因為懂得向現實妥協絕對是最明智的方法。

拜託要是白雪的傑作……拜託……

而讓我擔心的另外一點是……這微小的物質正散發著陌生的黑色煙霧。

雖然細微到很難發現，而且上面殘留著各式各樣的殘存魔力，但在這眾多的殘存魔力之中，有一股可能是黑魔法的魔力，讓我實在放不下心。

這也讓我順勢想起被我晾在記憶深處的某個人……

韓素拉在哪裡？

就在此時，所有事情開始像拼圖般拼湊在一起。

靠……她到底在哪……

＊＊＊

這絕非鄭白雪一人的傑作。

縱使只是推測，我腦中卻不停地浮現出這種想法。仔細想想，這的確不像是獨自一人做得出來的。

就算鄭白雪變得再怎麼思慮周全，也不可能把事情處理得如此萬無一失。

首先，我無法探察出魔力源自哪裡。

再來，這股魔力的氣息跟我認識的任何一個人都不同，並且特別用兩三道咒語包裝扭曲。即使她的魔法能力有辦法做到，我依舊認為一定有某人在幫她。

我迅速地掃視了一圈，韓素拉不在這裡讓我相當在意。

如果共和國發現這次事件與黑魔法有關，我方也可能陷入危險。

儘管只要把韓素拉推出去當擋箭牌，就能解決所有問題，但把正在迅速成長的黑魔法師拿去當擋箭牌，還真的有點浪費。

真不像話。

正當我陷入沉思，席利亞的春日由乃前來和我搭話。我對她點點頭，正欲開口，便看到她也點頭回應。

「主人，不，李基英大人。請問您在找什麼……」

「其實也沒什麼……您有看到我們公會的韓素拉嗎？」

「啊……我想她應該在使節團的住處。我有聽到她說她身體不舒服……是不是出了什麼問題？還是您找出什麼了嗎？」

「現在斷言還太早，但我似乎找到線索了。春日大人，這裡就麻煩您善後了。這是我剛剛蒐集的樣本，請您把跟這相似的碎片全部蒐集起來，尤其是魔力結晶，請務必要帶回，因為日後可能會成為新線索，或是能應用在新研究上。」

「好的……」

「那似乎是可以作為上等材料使用的催化劑，我也還不清楚。」被壓縮的催化劑由我方帶走是最理想的，因為我得觀察它是否有其他反應。

「是，我明白了。」

「車熙拉大人會負責處理對外的事務，如果她有發表官方聲明，我會再回來這裡。如果可以，我希望您也去其他地區調查魔法留下的痕跡，並把您認為需要的東西全部蒐集起來。」

「好的，我會照您的安排行動。」

「另外，我想問一下……春日大人有辦法追蹤魔力嗎？」

「我還不太清楚，雖然要再更深入了解才能知道，但就算有辦法追蹤，我想也會花費大量的時間。」

「那您能用眼睛……」

「實、實在很抱歉，那不是我想看就能看到的……還有，您可能要在近日離開拉伊奧斯會比較好。」

「什麼？」

「其、其實……」

她猶豫了好一會兒，讓我等到都快不耐煩了。直到我幫她起了個頭，她才終於開口。

「您儘管說吧。」

「剛剛那道魔法砸下來的時候，我看到了這座城市變成廢墟的景象。但只是一瞬間的事……也不知道確切時機……」

這又是怎樣……

我差點被口水嗆到。

現在光是因為未知的魔法，就已經讓我忙得不可開交，她竟然說整個拉伊奧斯會變成廢墟。

「這件事我思考了很久，不知道該不該說出來……」

有什麼好思考的，說出來當然比較好啊。

縱使這番話令我滿頭霧水，但她接下來說的話，讓我明白了她為什麼會如此猶豫不決。

「我也無從得知像這樣說出未來的情況，會帶來什麼樣的後果。畢竟未來的事還沒發生，誰也不知道我這小小的舉動，會不會因此改變未來……要是李基英大人您跟我看到的未來有所關聯……也有可能是因為我現在告知您這件事，才讓我看到的未來發生。」

「您的意思是您看到的畫面，是因為我知道未來而導致的後果？」

「簡單來說的確是這樣。我現在向您坦承這件事，也可能是讓我看到的未來發生的過程之一。當然也可能完全相反……但這畢竟可能讓您陷入危險，我才認為必須要告知您。誰也不知道之後會發生什麼，還請您考慮看看要不要離開拉伊奧斯。」

「我懂您的意思了。」

現在我完全懂了。春日由乃想必是擔心對我說出口，反而可能導致城市會滅的未來發生。因為就算是讓普通的農夫聽到這件事，也可能顛覆未來，想也知道他一定會挨家挨戶叫所有村民離開。

更何況我是能夠動員許多人力的掌權者，甚至可能會是這起事件的中心人物。如果我試圖阻止春日由乃看到的未來發生，反而可能變成加速的催化劑。

好複雜……

也是，只看到這種零碎片段，的確需要小心行事。畢竟春日的第一次人生也因為說錯話，而度過了不幸的一生。

「那……我會謹記在心。」

「請您務必謹慎行動。」

「啊，比起這個……請問拉伊奧斯那邊……」

「他們目前尚未發表官方聲明。車熙拉大人剛才正式提出要求，表示要派遣教宗國調查團前來，拉伊奧斯也批准了。由於擔心會有第二波攻擊，他們一定擔心自家民眾勝過於我們。我們使節團裡的專家也有類似的見解，如果您想一起……」

「不用，沒關係。」

想也知道他們會說些什麼。無非就是「對突然發生的災難感到遺憾」、「將繼續戒備以預防未知狀況發生」、「向共和國獻上誠摯的慰問」、「已經盡全力在處理目前情況」等官腔說法。

中立國這兩天也發生了很多問題，若有心人士想要在政治層面上挑撥，絕對有做文章的空間。畢竟事關重大，他們肯定沒辦法那麼快整理好相關立場。

老實說我也很在意拉伊奧斯會做出什麼反應，但現在還有比拉伊奧斯更讓我在意的問題。

突然得知拉伊奧斯將會陷入火海，再度加深了我的不安。

應該是鄭白雪做的吧？

那很有可能也是出自鄭白雪之手，畢竟第一波攻擊就是她做的。

我腦中的其中一個假設是發生了一連串足以刺激鄭白雪的事件，導致她失去理智而暴走，拉伊奧斯因而變成廢墟。

另一個機率不高的假設則是因為外部攻擊或發生天災，拉伊奧斯受到第二波攻擊的重創而變成廢墟。然而，任誰看都會覺得第一種假設更有說服力。

春日由乃決定說出來是對的，她的發言警惕了我現在的一舉一動都要格外小心。

我必須謹慎行事，盡可能不要刺激鄭白雪，再次安撫她不安的精神狀態，以防她失去理智而暴走。在那之前，我必須先找到韓素拉。

狀況似乎變得越來越複雜，但當務之急還是抹去痕跡及安撫鄭白雪。

我帶著各種想法來到了別墅。不同於剛剛的平靜氣氛，門口的紅色傭兵成員們正在嚴格管制人員出入。

就連我都需要先通過簡單的檢查程序才能進屋。我並沒有覺得不悅，畢竟無論來者何人，理當都該通過盤查。

進到住處內部後，我直接來到韓素拉的房門前敲門。眼看房間內沒有任何反應，我立即打開房門，便看到她安靜地坐在沙發上。

「素拉小姐。」

「啊……是，副會長。」

「妳應該知道我為什麼來找妳吧？」

「不太清楚……請問有什麼事嗎？」

「不要跟我裝傻。」

「請問是因為外面發生的事嗎……我也聽說剛剛好像出了什麼事，但我今天身體不太舒服，很抱歉沒能提供幫助。」

她的演技根本是影后級的。畢竟這本來就是她的專長，甚至不亞於金藝莉與安其暮。她的反應甚至讓我思考她是否真的對此一無所知，可見她表現得可圈可點。

她是真的不知情嗎？

這樣的想法一閃而過，但當看到她眼中閃過一絲恐懼之情，我就否決了這個猜測，她害怕的對象不是我。

她一定是害怕鄭白雪。

鄭白雪想必有再三警告她不准洩漏這件事，她的演技不是為了要我，而是為了保命的垂死掙扎。

「韓素拉小姐，我沒時間跟妳開玩笑。我很清楚妳在擔心什麼，但我必須知道現在是什麼狀況，因此希望妳能趕快回答我。如果妳是在擔心白雪會做出什麼，妳大可不必顧慮。我會在我的能力範圍內做出處置。」

「我真的不知道你在說什麼，副會長。真、真的……」

「快點說，時間不多了。」

「我真的什麼都不知道，你、你為什麼要這樣。」

然而她的眼角卻在顫抖，雖然不清楚她想到了什麼，但我發現她的瞳孔劇烈震動，手腳也抖個不停。

一看就知道她正在用全身表現出「不要這樣對我」、「拜託不要問我」。她的反應隱約讓我動了惻隱之心，可惜我現在沒有餘力替她著想。

「求求你不要這樣，我真的什麼都不知道。」

到底是叫我不要怎樣？

「我也完全聽不懂你在說什麼。」

「我得知道發生了什麼事，我才有辦法幫妳解決。素拉小姐，我已經大略知道妳跟今天的事件有所牽連。」

「我真的……」

現在已經拖太多時間了，我邁開腳步上前，卻看到韓素拉大驚失色。

我看到她極力蜷曲自己的身體，似乎是想要隱藏些什麼。她抓著自己的手臂，並抬頭看著我，像是在懇求我不要這樣。

我念了個簡單的咒語，便聽到咻地一聲，她的上衣被截成了兩段。而後便看到我已經猜測到的畫面——她的胸口被巨大的黑色斑點覆蓋。

那是魔力耗盡的症狀。

這證據想賴也賴不掉。說時遲，那時快，我馬上聽到韓素拉開口狡辯。

「不、不是那樣的。不是您想的那樣！」

她驚慌地喃喃自語，但事實已經擺在眼前，這次事件的確是韓素拉和鄭白雪所為。

「您真的誤會了。事情不是……總之您誤會了。」

「什麼誤會……」

「真的不是那樣的。是誤會，對！您、您誤會了！求求您……請、請饒了我。」

「沒關係的。」

「請……請饒了我。」

「我又沒有……」

我赫然發現她顫抖著身體求饒的對象不是我。

我不自覺地轉過身，便看見鄭白雪正悄悄地看著我。

靠……

＊＊＊

該死的……

我的腦袋瞬間一片空白。

完蛋了。

想也知道韓素拉為什麼一直求她。

「這……拜託了……求求您……」

韓素拉陷入恐懼瑟瑟發抖的模樣，已經不只是可憐，甚至有些悽慘，更摻雜著一絲悲壯之情。

這時機真該死……

不論理由為何，現在這狀況任誰看都會誤會。

光是我跟脫去上衣的韓素拉同框，就不是鄭白雪樂見的畫面。

雖然必須將誤會解釋清楚，但我並不覺得她會全然接受我的說法。

再加上鄭白雪現在的精神狀態極度不穩定，隨時都可能暴走，她的出現更讓我不知所措。

我不禁好奇，鄭白雪怎麼出現得這麼剛好？

她一定有預料到我會來找韓素拉。

而她想必是擔心東窗事發，才懷著忐忑的心情趕來。

然而鄭白雪現在看到的畫面，肯定比她所想的還要衝擊許多。

其實用常識想也知道，我跟韓素拉在這種非常時期偷情一點也不合理，然而鄭白雪如果有那種程度的常識，我現在就不需要這麼辛苦了。

我看到鄭白雪的瞳孔瞬間劇烈震動。

她緊咬著嘴唇的模樣，彷彿是在對韓素拉表達敵意。

看來我勢必要好好收拾殘局了。

斗大的淚珠在鄭白雪的眼眶中打轉。我都還來不及開口，就看到她往反方向跑走。

雖然我趕緊喊著鄭白雪的名字試圖追上她，卻感覺到有人緊緊抓著我的腳踝。

而我回過頭才發現是哭得一把鼻涕一把眼淚的韓素拉。

她又是怎麼了？

「放開我。」

「請不要留我一個人……求求你不要留我自己在這裡。」

「妳先放開我。」

「拜託不要留我自己在這裡，請、請您救救我。請幫我跟她好好解釋，告訴她我們剛剛什麼事都沒發生。拜託，算我求求您，咳咳、拜託您……」

「等等，妳先放……」

「不行，不可以。請不要留我一個人在這裡，拜託不要，不要留我一個人。您要我做什麼，我都會照做，不要丟下我，不要丟下我一個人離開！求求你……嗚嗚嗚嗚……」

帶著韓素拉追上去絕對有害無益。

這就等於是帶著小三去找目擊到偷情現場的正宮。

現階段最好的選擇是把她留在這裡，我自己去找鄭白雪，但她卻像附在枯木上的蟬一般，怎麼也不肯放開我的腳，讓我不知該如何是好。

以我那微薄的韌性值，根本沒辦法甩開這女人。

「請您一定要告訴她剛剛那只是場意外，讓、讓她知道您對我完全沒有興趣。求求您……請一定要說您覺得我連路邊的石頭都不如，咳咳。」

「我知道了，我會那樣告訴她。」

「不不不不不可以！請不要丟下我離開，拜託您不要這樣對我！您剛剛問的那些，我會全部交代清楚的。請您不要丟下我離開，不要留我一個人。拜託……拜託不要留我一個人……咳咳。請你救救我……我都這樣求你了！你這個王八蛋！」

看她激動到嗆到，不停咳嗽的模樣，還真是令人無言以對。

雖然我一直都知道韓素拉本來就很怕鄭白雪，但看她現在這種反應，似乎比我想的更誇張。

她似乎已經沒辦法正常思考，說出的話根本不經大腦。

我甚至開始覺得以為她最近有好一點的我很可笑，可想而知狀況有多淒慘。

然而，我也因此意識到事情不能再拖下去了。

春日由乃所看到的未來場面，不停浮現在我的腦海中。

拉伊奧斯將陷入火海。

而且無法得知確切發生的時機，這點讓我相當不放心。

一想到那也可能就是今天，我就更加不安了。

若如同春日由乃所說，真的是鄭白雪把整座城市變成廢墟……

到時就真的一發不可收拾了。

如果真的發展到那種地步，就不是靠我的能力可以擺平的了。

繼續待在這裡浪費時間也不是辦法，現在我所能做的，就是帶著她去找鄭白雪。

我嘆了口氣，開口說話，卻看見她一臉不解。

「妳先起來吧，快點，我們現在要去找她。」

「什麼？」

「如果妳不想去，就留在這裡……」

聽到我的回話後，她便開始點頭如搗蒜。

「我去！我去！當然要去啊。當然了，當然要去。我們走吧。要、要趕快做好準備，趕快……對，我們得趕快過去，這樣才能解開這場誤會。」

她心急地試圖起身，卻因為已經嚇到腿軟，連站都站不穩，這畫面就像剛出生的斑馬試圖撐起自己虛弱的身體。

我馬上隨手抓了一件能夠遮蓋上身的衣服給韓素拉，她便顫抖著身子準備好出發。

「我不會讓這件事波及到素拉小姐，所以請妳冷靜一點。我會好好跟白雪解釋，剛剛的狀況只是場誤會，妳不需要如此擔心。」

「好……我知道了。」

「還有，妳要詳細回答我剛剛問的問題。如果不願意，妳也可以自己留在這裡。」

「當、當然要回答你啊。對，當然要說……」

「妳跟在距離我幾步遠的地方就好。」

「我明白了，好。你說什麼我都照做。我會照你說的做，也會把一切都交代清楚，但、但請你務必……」

「我會好好解釋的。」

雖然講得好像不會有什麼問題，但其實我得先擔心我自己。

不是只有韓素拉完蛋……我的處境也沒好到哪裡去。

即使鄭白雪已經不知去向，我們還是必須趕緊動身。

因為春日由乃說的話不停浮現在我的腦海中。

縱使不清楚拉伊奧斯變成廢墟的原因及過程，但我總覺得這件事隨時都可能發生。

鄭白雪暴走導致拉伊奧斯變成廢墟這件事，雖然只是我的推測，但至少這是我現在唯一能想到的可能。

我很想加快速度跑去找鄭白雪，卻因為一瘸一拐的韓素拉而不得不慢下腳步。

韓素拉的表情像是深怕自己會被丟下，事到如今，帶著她一起去應該也不是件壞事。

說實在的，沒人能保證鄭白雪那匹脫韁野馬不會攻擊韓素拉。

她可能會等我跟韓素拉分開後，做出之前在訓練所未能完成的行動。

反正她一定走不遠，我們應該可以在找她的同時先釐清狀況。

「我們來談談剛剛發生的事吧，素拉小姐。」

要她邊跑邊講似乎有些強人所難，只見她因為擔心會落單，趕緊開口回話，看來是死都不想被丟下。

「我不知道要從哪、哪裡開始講起。」

「那就先從妳身上為什麼會有魔力耗盡症狀開始吧。」

「因為發動魔法的人是我。」

「我知道以妳的能力，沒辦法發動剛剛那種魔法咒語……」

「不，我只是念出最後的發動指令，真的是字面上的『發動』魔法。我不清楚鄭白雪大人是怎麼做到的，但她把咒語讓給了我。用『讓』這個字眼不知道夠不夠貼切……」

「這是有可能做到的嗎？」

「因為只是一次性的。當然，這在理論層面是不可能的……但我傾盡全部魔力施展的魔法，就是你剛才看到的魔法。」

因為是鄭白雪做的，才有可能嗎？

簡單來說，這就等同於暫時借用韓素拉的身體發動威力驚人的魔法。

她似乎是為了防止自己使用魔力的痕跡被發現，才多使用了這一層迂迴手法。

鄭白雪想必是在韓素拉發動咒語時，另外念了一道咒語，而這很可能是為了混淆之後的調查。

完成咒語的人是鄭白雪，發動者卻是黑魔法師。

雖然不確定這是不是在她的計畫之中，但我之所以會在咒語中感受到一股鄭白雪無法使用的黑魔法氣息，也是基於這個原因。

這下我大致解開謎團了，有種終於找到最後一片拼圖的感覺。

「妳都沒想過應該要先告知我嗎？」

「真的很抱歉，對、對不起。」

我不是在怪她，其實我完全能理解韓素拉為何會那麼做。

我不清楚她們兩個為什麼會達成共識，聽起來像她們突然聊到這件事，而韓素拉沒辦法拒絕鄭白雪的提議。

真是典型的黑魔法師。

她似乎還跟鄭白雪締結了契約，這已經不只令我感到無言，更有點傻眼。

當然，韓素拉也是因為害怕隨時死於鄭白雪之手，才會不敢拒絕。

我猜她反而有可能在一旁不停贊同鄭白雪的計畫，並當起了助手。

「但我們有用各種辦法掩飾，讓人無法循跡找到我們。她之所以會藉由我的身體發動魔法，也是出於這個原因，我雖然有努力阻攔她……」

她一定沒有阻攔她。

我不相信她有那種勇氣。

「但她已經壓力大到什麼都聽不進去……」

「……」

「反而越來越鑽牛角尖。她好像認定這一切都是……共和國那些人的錯……」

「到底是指什麼事？」

「她說她不想要副會長把她想成奇怪的女人……我有告訴她，你可能是在吃醋。她一開始聽到本來還有點開心，但你在那之後依舊非常忙碌……」

「所以她就更加不安了？」

「對，她後來就一直喃喃自語，說些我聽不懂的話，結果……她開始說副會長很討厭她，又說自己已經沒辦法直視你的眼睛，因此必須好好解決。我完全沒想到她口中的解決是這個意思，她說要證明自己的清白……要我參與她的計畫……我當然不知道她那是什麼意思，我、我只是想活命……不想因此受傷……嗚嗚嗚……」

靠……

她似乎因為感到委屈，而開始語無倫次，讓我不禁嗤笑出聲。

但那副眼淚撲簌簌流下的模樣，老實說也令人有些心疼。

罪魁禍首好像是我……

由於突然出現不被歡迎的客人，讓我們之間的關係降到冰點。

而在那之後，我雖然認為自己有讓感情升溫，但問題在於鄭白雪本人並沒有相同的感受。

自從受詛咒的神壇事件發生後，她變得極其安靜，而誤以為這點關心就能安撫到她，是我的一大敗筆。

我因為鄭白雪的安分表現放鬆了警戒，結果該發生的還是發生了。

還有，沒辦法直視我的眼睛又是怎樣？

我不過是警告了她一次，不要跟秦澄那種傢伙交談而已。

我實在不懂為什麼會演變成我覺得她是奇怪的女人，而她需要證明自己的清白。那個老狐狸也只不過是遞了一次紙條，就要被恨一輩子。

這下慘了。

總覺得悲慘結局離我越來越近了。

春日由乃看見的未來不停倒映在我的腦海中。

結局應該不是大家一起死吧？不可能吧？

鄭白雪現在搞不好也在獨自奔波，就為了證明自己的清白，又或是認為自己需要獨自完成那未完的計劃。

無論是哪種可能，都可以確定我現在正面臨最糟糕的狀況。

我趕緊看向窗外，便看見鄭白雪緊握著拳頭的背影，飛快地跑走。

＊＊＊

我下意識想趕緊追上去。

但卻因為韓素拉跛著腳也努力想要跟上，而被拖慢了速度。

要不要丟下她？

正當我腦中閃過這想法，韓素拉彷彿已經看穿我的表情，她開口說道。

「請不要丟下我，我會盡、盡可能跑起來的。呼……呼……」

「……」

如果可以，我真想直接背著她走。

然而一想到鄭白雪可能又會看到，我就忍不住起雞皮疙瘩。

現在最重要的是她到底跑去哪了。

我還真好奇她到底要跑去做什麼事。

雖然不知道她是想先迴避，還是為了去做其他事，但兩者都不是什麼好事。

我很擔心她會把隕石砸在城市中。

春日由乃說過的話又再次閃過我的腦海。

這可不是普通的嚴重……

如果整座城市因此變成廢墟，那用無語都不足以形容。

該死……他媽的。

我盡可能地將魔力凝聚在眼睛，找尋鄭白雪的去向。

但是鄭白雪在陷入一片混亂、尚未整頓的城市裡跑來跑去，要跟上她簡直是難上加難。

我想先知道她到底往哪個方向跑去。

目前最有可能的就是共和國那些傢伙所在的廢墟，因為她有很大的機率會去完成未完的毀滅行動。

看到我跟韓素拉共處一室，的確也會造成她暴走，但在那之前，她就已經認定我討厭她了。

我漸漸開始希望心眼也能讀出對方內心的想法了。

無從得知鄭白雪到底在想什麼，實在太煩悶了。

雖說鄭白雪的思維本來就很難用常理去理解，但這次更讓我摸不著頭緒。我能做出最合理的推測，就是她跑去施展魔法了。

我跑遍了大街小巷，卻依舊找不到鄭白雪的去向。

唯一能夠確定的是，她不停往郊區外跑，這讓我有些意外，因為那裡和共和國那些傢伙的住處有一段距離。

這時，韓素拉開口說道。

「我好像知道她去哪裡了。」

「哪裡？」

「海邊，我邊走邊說明給你聽。」

就算韓素拉不這麼說，我也沒打算拋下她，我想她可能也是想確保我沒辦法丟下她。

「我們把魔法陣畫在那裡。那是為了把鄭白雪大人的魔力鎖在我體內的裝置，我畫的魔法陣也是她為我量身打造的，說是能將魔法的威力提到最高……」

「妳們沒有清除掉嗎？」

「不、不好意思，因為鄭白雪大人說以後可能還會用到。她說如果失敗，可能會要再回去那地方，所以要先觀察第一波攻擊後的狀況再說……」

「該死，那也不能留下痕跡啊！其他人有辦法找得到那個地方嗎？」

「其他人絕對找不到魔法陣所在的地方，那附近已經設下複雜的魔力結界，除了我跟鄭白雪大人之外，沒有人進得去。而魔法陣中也疊加了雙重及三重咒語，不會有任何問題的。若不是絕世魔法師，絕對無法找到或摧毀外部的結界……」

不幸的是，現在正好有一名絕世魔法師位在拉伊奧斯。

現在的首要之務是趕緊收拾局面，想辦法解決共和國那邊以及眼前的問題。雖然不太可能露出馬腳，但如果魔法陣還留著，就必須趕快抹去痕跡。

如果老狐狸比我想的還要早開始動作，搞不好真的會找到魔法陣所在之處。

靠……怎麼有辦法在這麼短的時間內做這麼多事……

她們不只物色好可以發動魔法的地點，還設下陷阱，甚至施了雙重、三重咒語。

如果是我來做，至少要花費一個月以上的時間。
總覺得這一切都是因為是鄭白雪，才有可能做到。
更何況有腦袋靈光的韓素拉在一旁幫忙，事情才會進行得如此順利。
再加上沒有人出面阻止，鄭白雪就會像剎車失靈的火車般暴衝。
如果現在鄭白雪真的要去海邊，絕對是為了去發動下一道魔法。
可想而知，這次的威力絕對比前一次更強大。
我得趕快過去，至少要趕在鄭白雪完成魔法前抵達。
「路上有捷徑嗎？」
「這我就不清楚了，只要一直往海邊走就行了。」
「我們可能要加快腳步了，我背妳或抱妳吧。」
「那怎麼可以！求、求求你……這可能會被鄭白雪大人看到，絕對不行。」
眼看她又要發作，讓我有些可憐她，但現在的狀況實在拖不得。
就在此時，一張令人安心的臉龐映入我的眼簾。
「咦？大哥！大哥，你也來這裡啦？那個，你見到大姐了嗎？她剛剛說有事要先回去……」
出現在我面前的，正是在整理倒塌建築殘骸的朴德久。
他來得正好！
他似乎非常認真在做志工服務，臉上沾染了厚厚的灰塵。
他看到我跟韓素拉，便露出了一絲欣喜，似乎認為我們是來一起幫忙的。
然而當他看到我們急迫的表情，便發現事情並非如此。

「發生什麼事了嗎？」

「你來得正好，你抱著韓素拉小姐跟我走，素拉小姐，請妳把地點告訴德久。」

「難道出了什麼大事嗎？這、這是什麼狀況？」

「先跟上就對了，其他的我之後再解釋。」

「大姐去哪裡了？」

「你先什麼都不要問，跑起來就對了。」

「大、大哥吩咐的，我當然要照做……」

「沒時間拖延了，快。」

「我明白了。」

真是在可靠的時機來了個可靠的援軍呢。

朴德久像是在回應我的期待般，抱起韓素拉並開始奔跑，我也因此能立即邁開步伐。

在追著鄭白雪的過程中，我們似乎漸漸遠離了人群。

而後終於抵達了有著一片白沙灘的海邊。

我曾答應總有一天會帶她來海邊走走，結果卻是在這種狀況下來到這裡，還真是對她有些歉疚。

然而我現在可沒有閒情逸致陷入那種感性的想法。

站在這生死及末日關頭，我根本沒心情欣賞海邊的落日。

「我們到底要去哪裡？」

「素拉小姐。」

「啊，快到了。只要再往裡面走一點……」

「從這裡開始，我走最前面吧。請素拉小姐跟我說要怎麼走。德久，你跟我保持幾步的距離會比較好。」

「我知道了，我們是要進副本嗎？」

他雖然沒有答對，但感覺確實差不多。

一想到來到這杳無人煙的郊區海邊，還要進入連野生怪物都不想待的洞窟裡，就讓人莫名不安。

那裡頭一定如迷宮般複雜，說不定根本是拿廢棄的副本重新利用。

韓素拉一念咒語，魔力結界漸漸淡化，我跟朴德久終於能夠進到裡面。

這就像是按了密碼進門一般，我們經過魔力結界後，結界馬上又再次恢復原狀。

還真的有種進入副本的感覺。

如果這座副本的魔王是鄭白雪，現在這種陣容絕對沒辦法攻掠。

稍微進到裡面後，我們能看到好幾層結界，每抵達一道結界，韓素拉就會跟剛剛一樣，再次念咒語讓我們通過。

我們走了好一陣子，才好不容易走到能通往其中一條路的通道，我好像應該在韓素拉和朴德久之前進去。

先前說要跟我一起走的韓素拉，看似也不想比我早遇到鄭白雪。

我悄悄地朝她比了個手勢，便看到她朝我點頭，而我也只能盡力壓抑著不安的心情，邁開步伐走進去。

映入眼簾的是被魔法陣照亮的洞窟。

這裡看起來像一般副本的魔王會棲息的郊區，用「壯麗」來形容也不為過。

鄭白雪就站在魔法陣的正中央。

她頂著一頭鮮少看過的散髮，並用充滿血絲的眼睛看著我。

「白雪。」

「嗚嗚……」

光看她的外表，就能感受到她現在內心很脆弱。

「再一下就結、結、結束了。」

什麼結束？

「這、這次一定能確實完成！所、所以請你原諒我，原諒我好嗎？我不會再隨便跟人交談了，嗚嗚。」

是要我原諒什麼？

「都、都是那個人的錯，我不是奇怪的女人。」

「我從來沒有說過妳是奇怪的女人，妳剛剛看到我跟韓素拉小姐待在一起也是場誤會。妳先過來吧，我保證什麼事都不會發生，妳先過來我這邊好嗎？」

「我知道那是場誤會，但基英哥看我的眼、眼、眼神確實變得不同了。我真的不是那種女人……你明明答應會多跟我約會……但全都取消了，嗚嗚。都是那些人害的。你還說要陪我去海邊玩，但也全都取消了……」

「我才沒有，不是妳想的那樣……」

「你現在也覺得我是個壞、壞女人不是嗎？嗚嗚，所以你才都不跟我見面啊！」

才不是那樣，靠……

我不知道該從哪裡開始解釋這荒唐的誤會，更萬萬沒想到自己無心說出的一句話，會引起如此軒然大波。

事情怎麼會演變成這樣……

儘管我絞盡腦汁，依舊想不通鄭白雪到底在想什麼。

「以、以前德久哥說過，只要開始起疑就回不去了……你對我一定也是這樣。」

朴德久這個豬頭，別再說些有的沒的了！

「你、你一定會繼續懷疑我。只要那個白痴壞蛋還活在這世界上，你就會繼續懷疑我！」

「我不會懷疑妳，白雪，我是說真的。」

「你嘴巴上說不會懷疑，但現、現在不也在懷疑我。你不是把我當成很隨便的女人嗎？我從你的眼神就能看出來了，嗚嗚……」

「沒有，我沒有那麼想，我絕對沒有……」

「沒錯，你一定會繼續懷疑我，絕對不會停止的。」

「就說沒有了，靠……」

「我必須證明我的清白！」

不需要證明……不要再證明了。

「我現在就證明！」

洞窟瞬間開始發出轟隆隆的巨響，隨後爆發出我難以想像的魔力。

不能讓整座城市陷入火海。

春日由乃的嗓音像回音般繚繞於整座洞窟內。

「鄭白雪！」

「我要證明我的清白！」

她到底在發什麼瘋啊！

隨著驚天動地的聲響，洞窟上方的塵土開始掉落。

魔法陣的光芒持續照耀著鄭白雪，四周的魔力漸漸聚集到她身上。

「白雪，妳不需要這麼做，我對妳那麼……」

「我必須讓他們消失，那些白痴都應該消失！」

縱使我不停說著那些我很愛她的花言巧語，她卻已經失去理性，完全沒有要收斂魔力的跡象。

如果現在在這裡發動魔法，我們絕對會被其他人懷疑。

這可能導致與拉伊奧斯結盟一事化為泡影，教宗國更會因此成為整個大陸的公敵，並走上滅亡之路。

我太少關心鄭白雪了。

平時只顧著把她推開，卻忘記偶爾要讓她嘗點甜頭。

在我無暇顧及她時，她的心理壓力已經累積到極限。

魔法依舊持續高漲，洞窟內的聲響大到震耳欲聾。

我不禁擔心魔法再過不久就會發動。

我敢保證，鄭白雪吐出咒語的那一刻，一部分的拉伊奧斯就會變成廢墟。

完蛋了，媽的，一切都沒救了……

「啊啊啊啊啊啊啊！」

那瞬間，鄭白雪的眼睛與嘴巴散發出暗紅色光芒，我不得不使出吃奶的力氣，大喊出魔法咒語。

「跟、跟我、跟我結婚吧！」

＊＊＊

現場頓時陷入一片寂靜。

雖然不是真的聽見，但用轟然一聲來形容，可說是再貼切不過了。

震動的魔力與扯開喉嚨念咒語的鄭白雪，都在瞬間安靜下來。

而響徹整個洞窟的噪音也同時靜止，速度快到連我都嚇了一跳。

披頭散髮、身上散發著暗紅色不祥光芒的鄭白雪也頓時恢復正常，她的眼神早已不帶一絲狂氣，轉而睜著一雙水汪汪的大眼睛，受到魔力影響而飄浮在半空中的髮絲也安分地垂落在肩膀上。

她那一副懷疑自己耳朵的模樣，還真滑稽。

她先是歪著頭，仔細回想我說的話，而後露出訝異的神情。

最後一臉困惑地轉向我，彷彿想確認自己聽到的是不是真的。

「什……什麼？」

該死……

「你說什麼？」

靠……

「結、結、結……結結……」

她不停地喃喃自語，看起來比剛剛還不正常，讓我很難判斷這麼做到底對不對。

畢竟如果太常用這種方式會寵壞她，可能會導致未來經常發生這種「一哭二鬧三毀掉城市」的狀況。

但現階段確實也只有這個方法能阻止鄭白雪。

如果我喊出的咒語不夠力，魔法就要砸下來了。

我也曾想過要口出惡言來威脅，但她可能因此更加失去理智……

我這麼做是對的。

為了阻止鄭白雪，我已經做了最好的選擇，不，是別無選擇。

「再、再一次。你再說一次。」

莫名的不安緊緊抵著我的喉頭，讓我無法再次重複那句話。

但是一言既出，駟馬難追，如果現在告訴她我只是隨口說說，可能會招來比方才更嚴重的災難。

因此我只好緊閉著雙眼開口說道：「跟我……結婚吧，白雪。」

這畢竟是會一輩子印象深刻的求婚，理所當然要盡量維持儀式感。儘管鄭白雪似乎已經大為感動，開始落下斗大的淚珠，但既然都求婚了，就要好好做。

這時，我突然想起自己曾經把幾樣道具放進口袋，世界上就是有這種巧合，我從口袋中拿出了先前拿到的戒指。

「我看待妳的眼、眼神並沒有變，我只是……需要一點時間釐清妳在我心中占有多少重量。」

「啊……基英哥……」

「如果讓妳傷心了，我很抱歉。」

由於剛剛那是我在情急之下隨便丟出的一句話，要收拾局面實在不容易。我自己也不清楚到底是需要時間釐清什麼，總之我開始吐出一些連我自己聽了也很無言的話。

無論從哪個面向來看，在這種時機求婚都很格格不入。

然而不管我說什麼，鄭白雪似乎都已經準備好要被感動一把了。

這樣至少比教宗國陷入危機好。

反正我也不可能跟鄭白雪分開。

即使需要承擔高風險，我能藉此獲取的利益也遠遠高於風險。

如果沒有發生這種事，我就無法確定自己跟鄭白雪十年後會是什麼樣的關係。

我有可能死在她的刀下，也可能一起活到最後。

我現在只是為了自我防衛，提早從兩者之間選擇了比較好的選項。

畢竟我可不想在未來的某天突然被刀砍，然後又被壓縮成一粒灰塵。

我的理智告訴我這是最恰當的選擇，但情感上卻還是不免感到一陣莫名的苦澀。

再怎麼說……這都不是我想要的，靠……

「對不起，我這陣子太少關心妳，害妳這麼沒有安全感。但這、這段時間反而讓我能再次回顧我們的關係，我也因為這次的事領悟到妳對我有多重要……」

真的好想回到過去。

我不停地像鄭白雪一樣支支吾吾，即使自認很有說謊的天分，我這次卻真的不太想說這種謊。

「啊……啊，基英哥……嗚嗚、嗚嗚嗚嗚嗚。」

「妳可以之後再回答……」

「不用！不、不、不！現在！我現在就回答！我、我現在就要回答！」

真的不用現在回答……

雖然我極力渴求她能給我點時間，她卻表現得好像如果現在不讓她回答，她就要賭上性命抗議般壯烈。

我都還沒開口說出問句，就已經看到鄭白雪滴著斗大的淚珠，用力地點頭。

「好……我願意，我願意嫁給基英哥。嗚嗚嗚嗚嗚……我願意，我要跟你結婚，我一定要跟你結婚。就算天塌下來也要結。嗚嗚，嗚嗚……」

該死。

她抓住我手上的戒指，撲進我的懷裡放聲大哭，更露出感動至極的表情，其中還摻雜著一絲成就感。

我還沒來得及幫她戴上戒指，她就已經自己把戒指戴在左手無名指上。

剛剛那瞬間，我突然覺得鄭白雪的動作比惡魔崇拜者伊藤蒼太還要可怕。

該死！

「終於成功了，終於……」

她像平常一樣喃喃自語，還不斷點頭，看起來是真心地感到幸福。

別人可能會覺得我的表情跟她天差地遠，但我已經盡可能勉強擺出自然的笑容了。

當然，忙著用雙手擦拭眼淚的鄭白雪，想必沒空觀察我的表情。但為了預防其他意外發生，這種防範措施還是要做得徹底。

現在得告知在外面等待我們的韓素拉與朴德久，事情已經大致告一段落，然而鄭白雪卻沒有要冷靜的意思。好不容易平靜下來的她，眼淚又再次潰堤。
「嗚嗚嗚嗚嗚……我愛你。我愛你，我只愛你一個人，嗚嗚。」
「我也愛妳。」
她緊緊抱著我哭，讓我胸口的衣服濕了一大片。
「我絕對不會放開你的……絕對不會。」
「……」
依稀聽到的自言自語，讓我莫名感到背脊一涼。
而她就這樣緊抱著我數十分鐘，才慢慢跟我分開。
她踮起腳尖，緩緩閉上雙眼，像是要跟我索吻。
仔細想想，這幅畫面的確滿浪漫的。
我們站在光彩奪目的魔法陣之中，五光十色的光線照亮整個洞窟，並映照在地上的水灘，反射出更耀眼的光芒。
鄭白雪站在正中央，被我輕輕摟著，等待著我的吻。
如果不清楚我背後的用意，想必會覺得這是個絕美的畫面。
不，我想鄭白雪早就已經把今天的事扭曲解讀成夢幻求婚了。
現在這地方對某人來說將會是一輩子的恐懼陰影，對另一個人卻是被祝福的浪漫場景，說來還真是諷刺。
害得我突然想起鄭白雪剛剛眼中散發暗紅光芒，高聲念咒語的模樣。
雖然很多有家室的人，都會開玩笑說婚姻是愛情的墳墓，但這對我來說絕對不是玩笑。

話雖如此，我這副求生欲極強的身體，還是主動拉近了跟鄭白雪的距離，開始朝她的嘴唇靠近。

雙唇交纏了好一陣子才漸漸分開，我看見鄭白雪用哭腫的雙眼望著我。

想趕緊安排婚事的她，便開始如連珠炮般提問。

「嗚嗚……那婚、婚禮要辦在什麼時候？結婚登記要怎麼……」

「啊，這個嘛……」

「那生小孩呢？我不生小、小、小孩也沒關係。我怕有了小孩以後，你就只專注在小孩身上……但、但如果你想生也可以啦！想生幾個都行！辦完婚禮後，我們會馬上去蜜月旅行吧？」

「那個……」

「我已經存了很多錢！啊！你要繼續待在帕蘭公會嗎？那我也不介意，只要你開心，去哪裡都好！」

「啊……嗯。」

「去一個沒人找得到我們的地方，過甜蜜的兩人生活也不錯……但基英哥一定不想要吧。但我還是覺得找個安靜的地方定居比較好，對、對吧？然後蜜月旅行去鏡之湖吧，我一直很想去那裡走走，也很想坐船……一、一起去湖邊旅行一定會很浪漫。而、而且我會每天做早餐給你吃。我、我雖然不太懂那個……晚上要做的事，但我也會認真學！還有！其他事情我也都會認真學起來！嗚嗚……真是太幸福了……我會去上廚藝課的。」

「這、這些事我們以後再慢慢聊吧，重要的是我們已經有共識了。」

「好……好，當然……」

「還有……這件事先不要跟其他人說……」
「為、為什麼？」
「因為目前還有很多事情要先解決……如果可以，我現在就想跟妳結婚，但這牽扯到很多事。」
「什麼？」
「還有……」
「嗯。」
「我想等一切穩定下來之後再結婚。」
既然都說出口了，當然要好好收拾善後。
這句話堪比不想結婚，不停找藉口拖延的經典渣男語錄。
鄭白雪的臉上雖然閃過一絲驚訝，但她的確也應該要退一步。假如她大肆宣揚這件事，難保車熙拉的怒氣會一發不可收拾。
但這樣講真的好渣……
沒辦法，這是我能做的最後掙扎了。
老實說，我現在的地位早就已經穩定，沒辦法再爬得更高了，但「想更穩定」這句話，卻有一定的效果在。
「我、我不介意，隨便怎麼樣都可以。就、就算不邀請賓客也沒關係……我什麼都不需要，只、只要有基英哥你……」
「但我不想讓妳這麼委屈。」
「可是……」

「這件事我們之後再談吧，妳不要太焦急……最重要的是我們心意相通。」

「好……」

「還有……今天雖然是個好日子，但我還是得針對今天的事好好訓話，這個我們回去再說吧。」

「啊……」

她這時才想起自己闖了什麼禍，臉上頓時沒了血色。

看來她剛剛是真的完全失去理智，雖然我剛剛是在情急之下喊出魔法咒語，但一想到這能讓鄭白雪安分一段時間，就覺得好像也不賴。

畢竟這對鄭白雪來說，也是她期盼已久的甜蜜之事。

她必定會擔心如果自己不小心做錯事，有可能會導致這門婚事告吹。

這麼一想，感覺還不賴。

至少我現在多了一個能夠控制她的方法。畢竟越是甜蜜的誘餌，效果就越好。

雖然擔心日後可能會連這誘餌都失效，但就目前看來，至少能讓她安分一年。

因為她至今還顯露著擔心的神情。

她絕對是在想，她必須為這次的事負起責任。

她雖然因為太激動而暴走，進而闖出這種禍，卻沒有笨到不知道這件事情的嚴重性。

她剛才還像個失去理智的心理變態，提到婚禮後，卻又露出擁有全世界的幸福模樣，現在則像隻徹底淋濕的小狗，楚楚可憐地看著我。

她的表情看起來異常地焦躁不安。

這時，鄭白雪小心翼翼地開口說道。

「基、基英哥……」

「嗯？」

「好、好、好像有人來了。」

她這句話就像在問我該怎麼辦，嚇得我臉色發白。

沒想到才剛解決完內部問題，外部問題就接踵而至……

——《重生使用說明書06》完

CD012

重生使用說明書 06
회귀자 사용설명서

作　　者　흙수저 (wooden spoon)
譯　　者　M夫人、劉玉玲、廖佳萱
封面設計　C　C
封面繪者　阿蟬蟬
責任編輯　胡可葳
校　　對　張庭瑄

發　　行　深空出版
出 版 者　星巡文化有限公司
地　　址　臺北市中正區重慶南路一段 57號 3樓之 5
電　　話　(02)7709-6893
傳　　真　(02)7736-2136
電子信箱　service@starwatcher.com.tw
官網網址　www.starwatcher.com.tw
初版日期　2025年 09月

總 經 銷　聯合發行股份有限公司
地　　址　新北市新店區寶橋路 235巷 6弄 6號 2樓
電　　話　(02)2917-8022

國家圖書館出版品預行編目(CIP)資料

重生使用說明書 / 흙수저 (wooden spoon)
著 . -- 初版 . -- 臺北市 :
星巡文化有限公司出版 : 深空出版發行 , 2025.09
冊 ;　公分
ISBN 978-626-74126-4-0(第 6 冊 : 平裝). --
862.57　　114005831